MIRA®

Der Preis dieses Bandes versteht sich einschließlich der gesetzlichen Mehrwertsteuer.

Umwelthinweis:
Dieses Buch wurde auf chlor- und säurefreiem Papier gedruckt.

Pia Engström

Mittsommermärchen

Roman

MIRA®

MIRA® TASCHENBUCH
Band 25671
1. Auflage: Juni 2013

MIRA® TASCHENBÜCHER
erscheinen in der Harlequin Enterprises GmbH,
Valentinskamp 24, 20354 Hamburg
Geschäftsführer: Thomas Beckmann

Originalausgabe

Konzeption/Reihengestaltung: fredebold&partner gmbh, Köln
Umschlaggestaltung: pecher und soiron, Köln
Redaktion: Daniela Peter
Titelabbildung: Getty Images, München
Satz: GGP Media GmbH, Pößneck
Druck und Bindearbeiten: CPI – Ebner & Spiegel, Ulm
Printed in Germany
Dieses Buch wurde auf FSC®-zertifiziertem Papier gedruckt.
ISBN 978-3-86278-727-2

www.mira-taschenbuch.de

PROLOG

Sjöråhamn, Schweden – Mittsommer 1957

Magie lag in der Luft. Sie durchdrang jeden Baum, jeden Strauch und jeden Stein, erfüllte alles, was sie berührte, mit vibrierendem Leben.

Es war überall.

In den Tieren des Waldes und in den Pflanzen, ja sogar in den Felsen und im Wasser. Es war ein ganz besonderer Zauber, so hell und leuchtend, nur ein einziges Mal im Jahr. Der Zauber der Nacht, in der die Sonne niemals unterging.

Wie ein lodernder Feuerball stand sie tief über dem Horizont und setzte den Himmel in Flammen. Ihr Strahlen brach durch die silbernen Stämme der Birken und erfüllte den sonst so kühlen, schattigen Wald von Sjöråhamn mit rotgoldenem Licht. Es verwandelte ihn in einen Ort voller Wunder, wo die geheimsten Träume eines jeden Menschen nur darauf warteten, Wirklichkeit zu werden.

Wie aus weiter Ferne drangen fröhliche Musik, Gelächter und Gesprächsfetzen vom Festplatz auf die Lichtung herüber. Ganz Sjöråhamn war auf den Beinen, um die Sommersonnenwende zu begehen. Männer und Frauen, Kinder und Jugendliche, egal ob arm oder reich, tanzten und lachten unbeschwert miteinander. Die gesellschaftlichen Konventionen verschwammen.

Heute Nacht war so vieles bedeutungslos, das die Menschen sonst voneinander trennte.

Heimlich hatte sich das junge Paar vom Festplatz davongeschlichen. Vor dem großen Feuerwerk würde ihre Abwesenheit niemandem auffallen. Sie hatten also Zeit. Alle Zeit der Welt, so mochte es ihnen erscheinen.

Ausgestreckt auf einem weichen Bett aus Moos lagen sie da. Der Wind fuhr raschelnd durch die Kronen der Birken, die sich wie eine ringförmige Kuppel über die Lichtung wölbten. Die

Augen des Mädchens waren geschlossen. Der Junge lag seitlich neben ihm, auf die Ellbogen gestützt. Zärtlich strich er seiner Liebsten das dunkle Haar aus dem Gesicht. Er schaute sie an, als könnte er es noch gar nicht fassen.

„Seht her!“, schienen seine Augen zu verkünden. „Seht her, was für ein unglaubliches Glück ich habe, denn sie liebt mich. Und ich liebe sie!“

Doch er brauchte es nicht auszusprechen, denn das tiefe Gefühl, das sie füreinander empfanden, umgab sie wie ein goldenes Leuchten. Es war, als hätte der Rest der Welt aufgehört zu existieren. Als gäbe es nur noch sie beide und nichts anderes sonst.

Daher bemerkten sie das Mädchen mit den roten Haaren nicht, das, halb verborgen von einem mannshohen, mit Moos bewachsenen Felsen, den Blick nicht von ihnen abzuwenden vermochte.

Sie war den beiden gefolgt, als sie den Festplatz verlassen hatten. Irgendwie hatte sie gewusst – *gespürt* –, dass sie etwas vor ihr verheimlichten. Aber nichts hatte sie auf diesen Anblick vorbereitet.

Durch einen Vorhang aus Tränen sah sie, wie der Junge sich hinabbeugte und den Mund des Mädchens mit seinen Lippen verschloss.

Hass schnürte ihr die Kehle zu. Ihre beste Freundin und der Junge, den sie liebte, seit sie ihn zum ersten Mal gesehen hatte …

Sie schmeckte das Salz der eigenen Tränen auf den Lippen. Ihre Hände waren so fest zu Fäusten geballt, dass sie sich mit den Fingernägeln ins eigene Fleisch schnitt.

„Das werdet ihr bereuen“, flüsterte sie so leise, dass niemand sie hören konnte. „Das werdet ihr bitter bereuen …“

TEIL 1

1. KAPITEL

Ein Blitz zuckte aus der schwarzgrauen Wolkendecke herab und tauchte die Umgebung für den Bruchteil einer Sekunde in gleißendes Licht. Verzweifelt bemühte sich Agneta, die Straße im Blick zu behalten – viel erkannte sie durch die dichten Regenschleier jedoch ohnehin nicht.

Die Scheibenwischer ihres silberfarbenen Volvo Cabriolets arbeiteten auf Hochtouren, wurden jedoch kaum mit den Wassermassen fertig, die stetig über die Scheibe liefen. Die sündhaft teuren Carbon-Scheinwerfer, die Kristoffer ihr beim Kauf des Wagens aufgeschwatzt hatte, entrissen der Dunkelheit um sie herum nur einen kleinen Kegel aus Licht. Gerade genug, um die Fahrbahn auszumachen.

Erschrocken fuhr Agneta zusammen, als eine schrille Melodie erklang.

Fluchend nahm sie eine Hand vom Lenkrad und tastete in ihrer Fendi-Umhängetasche nach dem Telefon. Allerdings keineswegs, um das Gespräch anzunehmen. Sie konnte sich schon denken, dass es Kristoffer war. Und er war mit Abstand der letzte Mensch, mit dem sie im Augenblick sprechen wollte. Nein, sie wollte einfach, dass dieses nervtötende Geräusch aufhörte.

Da spürte sie plötzlich, wie der Volvo auf der regennassen Fahrbahn ins Schlingern geriet.

Mit einem heiseren Aufschrei riss sie das Lenkrad herum und trat auf die Bremse. Genau die falsche Reaktion, wie sich gleich darauf zeigte. Die Räder blockierten, der Wagen rutschte vollkommen unkontrolliert und viel zu schnell auf den Straßenrand zu. Agneta kniff die Augen zusammen, so als könnte sie das Unvermeidliche verhindern, indem sie sich einfach weigerte, es zu sehen.

Schmerzhaft schlugen ihre Zähne aufeinander, als die wilde Schleuderfahrt des Volvos schließlich mit einem Ruck im Straßengraben endete. Der Motor machte ein Geräusch, das wie ein resigniertes Seufzen klang, ehe er erstarb. Danach war nur noch das heftige Prasseln des Regens auf dem Autodach zu hören.

Agneta öffnete zaghaft die Augen. Was sie sah, entlockte ihr einen wenig damenhaften Fluch. Die farbigen Warnleuchten im Armaturenbrett, die miteinander um die Wette strahlten, tauchten den Innenraum des Volvos in ein seltsam unwirkliches Licht. Das kleine Kosmetikköfferchen, das sie bei ihrer Abfahrt auf dem Rücksitz abgelegt hatte, war bei der Kollision nach vorn und frontal gegen die Windschutzscheibe geschleudert worden. Ein spinnennetzartiges Geflecht winziger Risse, das sich durch das Glas zog, zeugte von der Wucht des Aufpralls. Nur mit Mühe unterdrückte Agneta ein Schaudern. Nicht auszudenken, was alles hätte passieren können!

Sie hatte Glück gehabt. Aber davon abgesehen, dass sie noch einmal mit dem Schrecken davongekommen war, konnte sie der Situation nichts Positives abgewinnen. Der Wagen hing in einem Winkel von etwa fünfundvierzig Grad im Graben. Das Heck ragte steil in die Höhe, während die Front von den teuren Carbon-Scheinwerfern bis hin zur Vorderachse im Schlamm steckte. Was für eine Bescherung!

Doch im Grunde war diese Katastrophe nur eine konsequente Fortsetzung der Ereignisse, die ihr Leben innerhalb von knapp vierundzwanzig Stunden vollkommen auf den Kopf gestellt hatten.

Agneta schüttelte den Kopf. Unglaublich, wie schnell sich die Dinge manchmal entwickelten.

Vor zwei Wochen um diese Zeit war sie gerade auf dem Heimweg von der Arbeit gewesen, in Vorfreude auf ein romantisches Wochenende mit Kristoffer. Sie hatte sich ausgemalt, wie sie bei Kerzenschein essen und danach mit einem Glas Wein vor dem Kamin sitzen würden … Wie durch ein kleines Wunder hatte sie es geschafft, ihrem Vorgesetzten – Birger Johanssen, dem *Chef de Cuisine* des *Hotel Rosenträdgården* – ganze zwei freie Tage in Folge abzuschwatzen. Ein Ereignis mit echtem Seltenheitswert, da es keine Vertretung für sie gab. Als *Maî-*

tre Confiseur war sie dafür zuständig, jedem Menü mit einem eigens dazu kreierten Dessert den letzten Schliff zu verleihen.

Die Arbeit machte ihr Spaß. Einzig die Tatsache, dass sie Johanssen gegenüber für wirklich jeden Handgriff Rechenschaft ablegen musste, trübte ihre Begeisterung ein wenig. Denn während sie insgeheim von zarten Gespinsten aus Zucker, Eischaum und feinster Schokolade träumte, bevorzugte der Küchenchef des Hotelrestaurants eher bodenständige Kost. Nicht, dass an *mandeltårta*, *kanelbullar* oder *spettekaka* etwas auszusetzen war. Agneta wünschte sich einfach nur, etwas mehr herausgefordert zu werden. Endlich einmal ihre kreative Seite zeigen zu dürfen.

„Sei zufrieden mit dem, was du hast", hatte Kristoffer ihr gepredigt, als sie über dieses Thema gesprochen hatten. „Andere wären froh, wenn sie so einen tollen Job hätten wie du." Wenn sie jetzt darüber nachdachte, wann hatte er eigentlich zum letzten Mal etwas wirklich Nettes zu ihr gesagt? Agneta konnte sich beim besten Willen nicht daran erinnern.

Doch selbst wenn zwischen Kristoffer und ihr vermutlich längst nicht mehr alles so rundgelaufen war, wie sie sich einzureden versucht hatte – darauf, was sie erwartet hatte, als sie zwei Stunden früher als angekündigt zu Hause eingetroffen war, hätte nichts auf der Welt sie vorbereiten können.

Kristoffer eng umschlungen mit seiner Sekretärin auf der Couch …

Nej! Agneta schüttelte den Kopf, um die Erinnerung zu vertreiben. Doch jenen Anblick würde sie sicher nie vergessen können.

Und es war sogar noch schlimmer gekommen.

Denn Kristoffer hatte ihr nicht einmal die Chance gegeben, ihrer gerechten Wut Luft zu machen.

„Tut mir wirklich leid, dass du es auf diese Weise erfahren musst", hatte er gesagt und sich schützend vor seine Sekretärin gestellt. „Aber früher oder später hätte ich es ohnehin nicht länger verbergen können. Das zwischen Grit und mir hat sich einfach so entwickelt, und … Wir bekommen ein Kind, Agneta. So, nun ist es heraus."

Ihr wurde jetzt noch ganz schlecht bei dem Gedanken. Und wie erleichtert Kristoffer ausgesehen hatte! Schuldbewusst, ja, aber vor allem erleichtert.

Schwanger – ausgerechnet!

Ein Blitz zuckte vom Himmel und holte Agneta wieder zurück in die Gegenwart. Sie atmete tief durch. Das mit Kristoffer war Geschichte, und im Hier und Jetzt gab es genügend Herausforderungen, denen sie sich stellen musste.

Zuallererst musste sie den Volvo irgendwie aus dem Straßengraben bekommen und den Pannendienst anrufen.

Der Inhalt ihrer Handtasche hatte sich, als sie die Kontrolle über den Wagen verloren hatte, im gesamten Fußraum verteilt. Im Dunkeln tastete Agneta nach ihrem Telefon. Doch als sie es endlich fand, musste sie erkennen, dass sie keinen Empfang mehr hatte. Und das, wo ein eingehender Anruf doch erst zu dem Dilemma geführt hatte, in dem sie nun steckte! Kristoffer war schon wieder die Wurzel des Übels.

Das Display zeigte „Nur Notrufe" an – die Polizei würde sie aber keinesfalls alarmieren. Draußen schüttete es jedoch immer noch wie aus Kübeln. „Und was nun?", fragte Agneta mit belegter Stimme in die Stille hinein.

Seufzend fuhr sie sich durch ihr ehemals perfekt frisiertes weizenblondes Haar, stellte den Kragen ihres cremefarbenen Camilla-Norrback-Trenchcoats hoch und drückte mit der Schulter hart die Fahrertür auf.

Der Wind, der ihr entgegenschlug, brachte eine kalte Dusche mit sich. Agneta hatte die steile, mit Gras bewachsene Böschung des Straßengrabens kaum erklommen, da war sie schon bis auf die Haut durchnässt.

Na wunderbar, dachte sie. *Es reicht ja nicht, dass dein Mann dich nach sechs Jahren Ehe sang- und klanglos gegen eine andere Frau austauscht und mit ihr genau die Familie gründet, die du dir insgeheim immer gewünscht hast. Ist es nicht Strafe genug, nach fast dreizehn Jahren wie ein geprügelter Hund in deinen Heimatort in der schwedischen Provinz zurückzukehren? Nein, auf dem Weg dorthin musst du dir offenbar auch noch den Tod holen!*

Sie erreichte die Straße und hielt Ausschau nach irgendeinem Anzeichen von Zivilisation. Doch so weit das Auge reichte, gab es nur Wald und Regen. Agneta hatte keine Ahnung, wie weit es noch bis Sjöråhamn war. Ihr letzter Besuch lag schon lange zurück. Kristoffer hatte der Gedanke, Stockholm zu verlassen, nie gefallen, und Agneta hatte sich stets nach seinen Wünschen und Bedürfnissen gerichtet.

Nun musste sie feststellen, dass ihr die Umgebung, in der sie aufgewachsen war, vollkommen fremd geworden war. So fremd, dass sie sich ebenso gut auf dem Mond hätte befinden können.

Es war Stunden her, dass sie während der Fahrt an einer Siedlung vorbeigekommen war. Agneta blieb nichts anderes übrig, als nun am Straßenrand entlangzugehen und zu hoffen, dass es nicht mehr weit war. Und hinter jeder Kurve hoffte sie, endlich die ersten Ausläufer von Sjöråhamn zu erblicken. Oder zumindest einen Balken auf der Empfangsanzeige ihres Telefons.

Zwanzig Minuten später hatte sich weder das eine noch das andere eingestellt. Inzwischen fror Agneta so erbärmlich, dass sie mit den Zähnen klapperte. Was hatte sie da bloß angerichtet? Wäre sie doch in die andere Richtung gegangen – dort wusste sie zumindest, dass sie ein paar Minuten vor ihrem Missgeschick mit dem Wagen noch ein Netz gehabt hatte. Doch inzwischen war es zu spät, um noch umzukehren, also straffte sie die Schultern und setzte ihren Weg fort. Bald musste sie doch irgendwo ankommen!

Trotzdem verging noch eine gefühlte Ewigkeit, ehe das sich rasch steigernde Knattern eines Dieselmotors ankündigte, dass Rettung unterwegs war. Agneta trat mitten auf die Straße, wischte sich das tropfnasse Haar aus der Stirn und blinzelte geblendet ins Scheinwerferlicht eines näher kommenden Wagens.

„*Hej!*“, rief sie und winkte hektisch mit den Armen. „*Hej*, halten Sie an! Bitte! Ich brauche Hilfe!“

Das klapprige Vehikel – ein uralter Ford – kam unmittelbar vor ihr zum Stehen. Das Fenster auf der Fahrerseite wurde heruntergekurbelt, und dahinter zeigte sich ein unrasiertes Männergesicht, das Agneta entfernt bekannt vorkam. „Wo soll's denn hingehen, *tjej*?“ Buschige Brauen hoben sich über funkelnden Augen. „Ach herrje! Wenn dieser begossene Pudel hier nicht die kleine Holmquvist ist. Dich hat man ja eine Ewigkeit nicht in Sjöråhamn gesehen!“

Agneta musterte den Fahrer des Ford genauer. „Arne?“, fragte sie schließlich. „Arne Sonsby?“

„Ganz recht“, erwiderte er lachend. „Mensch, das ist aber eine Überraschung! Hab gestern erst deinen alten Herrn besucht. Hat mit keinem Wort erwähnt, dass du zu Besuch kommst, der alte Griesgram.“ Er beugte sich über den Beifahrersitz hinweg, öffnete die Tür und stieß sie auf. „Aber jetzt hüpf endlich rein, *tjej*, ehe dich der Regen noch ins Meer spült.“

Dazu musste er Agneta kein zweites Mal auffordern. Während sie sich die Hände am Heizungsgebläse wärmte, erzählte sie Arne auf dem Weg nach Sjöråhamn von ihrem Malheur mit dem Volvo.

„Keine Sorge, darum kümmere ich mich schon. Petter holt den Wagen in null Komma nichts aus dem Graben und macht ihn wieder flott.“ Fragend schaute er sie an. „Du erinnerst dich noch an meinen Jungen?“

Natürlich wusste Agneta, wer Petter war. Immerhin hatte er, als sie noch Teenager gewesen waren, oft genug versucht, mit ihr anzubandeln. Damals war für sie jedoch nur einer infrage gekommen. Jonas Arvidsson …

Rasch verscheuchte sie die Erinnerung an Jonas. Er war es nicht wert, dass sie auch nur einen Gedanken an ihn verschwendete. Außerdem lag das alles schon eine kleine Ewigkeit zurück. So lange, dass es schon fast nicht mehr wahr zu sein schien. Die Erinnerungen an ihn sollten sie genauso we-

nig bremsen wie die an Kristoffer.
Mit der Gegenwart hatte sie genug zu tun.

Dunkle Wolken hingen so tief am Himmel, dass sie den Wetterhahn auf der Turmspitze der Kirche von Sjöråhamn zu berühren schienen. Jonas Arvidsson stellte seinen anthrazitfarbenen Saab Kombi vor *Wikströms Blomsterparadis* ab, zog zum Schutz gegen den Regen seine Wollmütze über, die auf dem Beifahrersitz lag, und stieg aus. Der Sommer nahte, aber zu sehen war davon nicht viel. Seit Tagen regnete es schon in Strömen, und es sah nicht so aus, als würde sich daran so bald etwas ändern.

Eilig überquerte er die Straße und stieß die Tür des Eisenwarenladens auf. „*Hej*, Frider", begrüßte er den Ladenbesitzer, der, eine dampfende Tasse Kaffee in der Hand, hinter der Theke stand. „Ich komme, um die bestellten Ersatzteile für die Tortenschneidemaschine abzuholen. Es wird Zeit, dass wir das alte Schätzchen wieder zum Laufen kriegen, ehe die gesamte Produktion zum Erliegen kommt."

„Wenn du mich fragst, dann solltet ihr euch lieber eine neue Schneidemaschine anschaffen", knurrte Frider. „Aber wie ich Berit kenne, ist es ihr mal wieder jede Krone zu viel, stimmt's?" Er schüttelte den Kopf. „Ich sag's dir, Junge, eines Tages fliegt euch noch die gesamte Fabrik um die Ohren."

„Wem erzählst du das? Ich liege meiner Mutter oft genug mit diesem Thema in den Ohren." Jonas winkte seufzend ab. „Aber ihre Antwort ist immer dieselbe: Wenn Frederik eines Tages die Firma leitet, kann er schalten und walten, wie immer er möchte. Aber solange sie noch die Zügel in der Hand hält ..."

„Das klingt eindeutig nach deiner Mutter", entgegnete Frider. „Genauso starrköpfig und unnachgiebig wie schon ihr Vater. Der hat sich auch in nichts hereinreden lassen."

An seinen Großvater hatte Jonas nur eine sehr verschwommene Erinnerung. Kein Wunder, schließlich war er gerade einmal fünf Jahre alt gewesen, als Ludvig Arvidsson einem

Herzleiden erlegen war. Doch nach allem, was er so hörte, musste er ein sturer Hund gewesen sein. Gleichzeitig sagten aber auch alle, dass ihm das Wohl seiner Mitarbeiter sehr am Herzen gelegen hatte.

Und das war etwas, das man seinen Eltern nicht nachsagen konnte.

Manchmal fragte Jonas sich, wie aus der Ehe seiner Eltern insgesamt zwei Kinder hatten hervorgehen können. Berit und Carl-Henrik Arvidsson-Brömmer hatten in getrennten Zimmern geschlafen. Ihr Umgang war so kühl und reserviert gewesen, dass Jonas sich absolut nicht vorstellen konnte, wie es zwischen den beiden jemals zu Intimitäten gekommen war.

Doch Frederik und er waren der beste Gegenbeweis.

„Auch einen Kaffee, Junge?", fragte Frider und riss ihn damit aus den Gedanken.

Jonas winkte seufzend ab. „Prinzipiell gerne, aber ich habe leider nicht viel Zeit", sagte er. „Mutter hat für heute noch zwei Bewerber für den offenen Posten als Lagerleiter eingeladen. Dreimal darfst du raten, wer sich um die Vorstellungsgespräche kümmern darf."

„Typisch Berit." Frider lachte. „Kaum zu glauben, was aus dem flatterhaften Ding geworden ist, das sie als junges Mädchen gewesen ist."

Jonas hatte schon die verschiedensten Ausdrücke gehört, mit denen seine Mutter tituliert wurde – die wenigsten waren schmeichelhaft. Doch flatterhaft hatte sie bisher niemand genannt. Und es war schwer vorstellbar, dass die eiserne Berit Arvidsson jemals einen flatterhaften Zug an sich gehabt haben sollte.

„Du glaubst mir nicht?", fragte Frider, der seinen skeptischen Gesichtsausdruck offenbar bemerkt hatte. „Aber ich sage dir, genauso war es und nicht anders. Ich muss es ja wissen, schließlich habe ich jahrelang mit ihr die Schulbank gedrückt. Deine Mutter war als Mädchen ein ganz schöner Feger. Keine Ahnung, was mit ihr passiert ist."

Jonas wusste nicht, ob Frider die Wahrheit sagte oder einfach nur übertrieb. Vielleicht würde er ein andermal nachhaken. Wenn er sich vorher noch einmal den Laden anschauen und dann rechtzeitig für die Vorstellungsgespräche zurück in der Fabrik sein wollte, musste er sich beeilen. „Wir sprechen wann anders darüber, ja?" Er deutete in Richtung Hinterzimmer. „Ich fahre auf den Hof – bringst du die Sachen schon mal bis zur Tür, damit ich sie in den Wagen laden kann?"

Keine zehn Minuten später war alles erledigt. Die Ersatzteile für die Schneidemaschine lagen auf der Ladefläche von Jonas' Kombi, und er verabschiedete sich mit einem knappen Nicken von Frider, ehe er zurücksetzte, den Wagen wendete und durch die schmale Zufahrt zur Straße zurückkehrte.

Der Regen hatte ein wenig nachgelassen, doch die schwarzen Wolkenberge, die tief am Himmel hingen, machten wenig Hoffnung auf Sonnenschein.

Seufzend schaltete Jonas die Scheibenwischer ein und setzte den Blinker, um sich wieder in den überschaubaren Verkehr einzufädeln. Dabei registrierte er Sonsbys klapprige alte Rostlaube auf der gegenüberliegenden Straßenseite. Er hob die Hand, um Arne zu grüßen, als plötzlich ein Blitz vom Himmel herabzuckte und alles für den Bruchteil einer Sekunde in grelles Licht tauchte.

Jonas erstarrte.

Die Frau, die da auf dem Beifahrersitz neben Arne saß, war das nicht …?

Er kniff die Augen zusammen, um besser sehen zu können, aber im nächsten Moment war der andere Wagen auch schon vorbeigefahren. Stirnrunzelnd versuchte Jonas, ihn im Rückspiegel zu fixieren, bis der Regen ihn verschluckte.

Nej, das ist völlig unmöglich, sagte er sich schließlich. Und es stimmte: Er musste sich einfach getäuscht haben. Agneta Holmquvist hatte sich schon seit vielen Jahren nicht mehr in Sjöråhamn blicken lassen. Es gab keinen Grund anzunehmen, dass sie es sich jetzt plötzlich anders überlegt haben sollte.

Vergessen hast du sie allerdings nicht, ganz gleich, wie lange es her sein mag …

Vor dem verlassenen Ladenlokal stellte er den Wagen ab. Ärgerlich über sich selbst, hieb er mit der flachen Hand aufs Lenkrad. Die Sache mit Agneta lag schon eine Ewigkeit zurück, und er hatte im Augenblick wirklich andere Sorgen. Seine Mutter sprach vielleicht nicht darüber, doch er wusste, dass es Schwierigkeiten gab. Die Tatsache, dass die Gespräche zwischen ihr und ihrem Privatsekretär, diesem unsäglichen Leifsson, plötzlich verstummten, sobald er den Raum betrat … Irgendetwas war im Busch, das spürte Jonas deutlich. Dabei schienen die Geschäfte recht ordentlich zu laufen.

Nach einer Flaute vor etwas mehr als zwei Jahren befand sich die Tortenfabrik Arvidsson endlich wieder auf Kurs. Und diesen Erfolg hatten sie allein seiner Mutter zu verdanken. Nur dank der von ihr eingebrachten innovativen Tortenkreationen waren die Verkaufszahlen wieder gestiegen. Jonas hatte das Potenzial ihrer Rezepte auf Anhieb erkannt, als sie sie während eines Krisenmeetings den Abteilungsleitern vorgestellt hatte. Die Leute konnten überall *mandeltårta*, *prinsesstårta* oder *valnötstårta* bekommen. Ihnen stand der Sinn nach etwas Besonderem, Außergewöhnlichem. Diesen Wunsch bediente *Arvidssons Tårtafabrik* nun mit einem speziellen Programm von Klassikern, denen durch kleine Veränderungen in der Rezeptur ein völlig neues Gesicht verliehen wurde. Diese Finesse hatte rasch großen Anklang gefunden.

Jonas fragte sich bis heute, wer seine Mutter auf diese Idee gebracht hatte und wie sie so plötzlich ein halbes Dutzend geeigneter Rezepte aus dem Hut hatte zaubern können. Es hatte schon einem Wunder geglichen. Denn obwohl Berit in einer Familie von Konditoren aufgewachsen war, verstand sie von kreativer Zuckerbäckerei etwa so viel wie Jonas von Atomphysik.

Auch an seinem Bruder Frederik war jegliches Talent für kreatives Backen vorübergegangen. Jonas hingegen hatte schon als kleiner Junge viel Zeit in der Backstube verbracht, den Schichtleiter und sämtliche Mitarbeiter mit neugierigen Fragen gelöchert. Später, nach dem Schulabschluss, hatte seine Mutter ihn gedrängt, eine kaufmännische Ausbildung in der Fabrik zu machen. Jonas hatte sich ihrem ausdrücklichen Wunsch widersetzt und sich an der Uni in Stockholm eingeschrieben. Noch heute nutzte Berit jede Gelegenheit, ihm unter die Nase zu reiben, für welche Zeitverschwendung sie das Marketingstudium hielt, das er mit Bestnoten abgeschlossen hatte.

Denn als älterer Sohn würde Frederik die Firma eines Tages übernehmen und sämtliche geschäftlichen Entscheidungen treffen. Laut Ansicht seiner Mutter führte es automatisch zu Zwist, wenn Jonas als Jüngerer versuchte, eigene Vorstellungen und Entwürfe durchzusetzen.

Das war auch der Grund, warum Jonas, anstatt in der Marketingabteilung von *Arvidssons Tårtafabrik* zu arbeiten, den Maschinenpark und das Vorratslager verwaltete. Dabei hatte er so viele Ideen! Auch wenn seine Mutter davon ja partout nichts hören wollte.

Seufzend strich er sich das tiefschwarze Haar zurück. Wenn es ihm jemals gelang, Berit davon zu überzeugen, ihm eine Chance zu geben, musste er sich etwas einfallen lassen. Es war besser, vorbereitet zu sein und sich keine Ablenkung zu leisten. Deshalb sollte er keinen Gedanken an Agneta Holmquvist verschwenden. Sie hatte schon einmal sein ganzes Leben ins Chaos gestürzt. Noch einmal würde ihr das nicht gelingen.

Nie mehr.

„*Tack*", bedankte Agneta sich, als Arne Sonsby seinen Wagen vor ihrem Elternhaus, das aufgrund seiner Lage auf einer schmalen Landzunge direkt an der Küste nur *Klippanhus* genannt wurde, an den Straßenrand lenkte. „*Tack så mycket.* Ich weiß wirklich nicht, was ich ohne deine Hilfe getan hätte."

Arne beugte sich nach hinten und holte einen sperrigen schwarzen Stockregenschirm aus dem Fußraum der Rückbank hervor. Grinsend reichte er ihn Agneta. „Eines kann ich mit Sicherheit sagen: Du wärst noch nasser geworden, als du es ohnehin schon bist. Und jetzt mach, dass du reinkommst. Dein Vater reißt mir den Kopf ab, wenn du dir meinetwegen eine Lungenentzündung holst!"

Das wäre wohl kaum deine Schuld, dachte Agneta und blickte auf die Straße. Sofort wanderten ihre Gedanken wieder zurück zu Kristoffer. Wenn jemand für dieses Dilemma die Verantwortung trug, dann ganz eindeutig er. Immer wieder quälte sie sich mit der Frage, wie lange die Affäre mit seiner Sekretärin wohl schon angedauert hatte. Ein paar Wochen? Monate? Oder gar Jahre? Hatte er all die Abende, an denen er angeblich in Meetings oder bei Geschäftsessen gewesen war, in Wahrheit in Grits Armen verbracht? Allein bei der Vorstellung drehte es Agneta schier den Magen um.

Sie war im Grunde nicht einmal so sehr wütend darüber, dass er sie verlassen wollte. So bitter es auch sein mochte, aber solche Dinge passierten eben. Liebe verblasste, Gefühle kühlten ab. Was sie ihm jedoch übel nahm, war die Tatsache, dass er ihr offensichtlich nicht genug Respekt entgegenbrachte, um offen und ehrlich mit ihr umzugehen. Zumindest das hätte sie von einem Menschen erwartet, der ihr einst am Altar „Bis dass der Tod uns scheidet" versprochen hatte.

Mit einem unterdrückten Seufzen öffnete sie die Wagentür, lächelte Arne zu und spannte den Schirm auf. Noch einmal wandte sie sich zu dem älteren Mann um. „Wir sehen uns bestimmt bald!"

Arne hupte kurz, dann fuhr er los. Agneta blickte ihm nach, während er wendete und über die schmale Zufahrt zurückfuhr. Dann trat sie ein paar Schritte zurück und begutachtete das *Klippanhus*. Hier hatte sich nichts verändert, seit sie als kleines Mädchen im Garten herumgetobt war. Nicht das Geringste.

Die hölzerne Fassade war noch immer in demselben hellen Gelb gehalten, das Agneta stets an Vanilleeis erinnerte, während die Rahmen der Sprossenfenster, das Geländer der Veranda und die Balken des Dachstuhls leuchtend weiß gestrichen waren.

Agneta stieg die niedrige weiße Treppe zur Veranda empor und betrachtete versonnen den Schaukelstuhl, auf dem einst ihre Mutter gesessen und eine endlose Flut von Strümpfen gestrickt hatte, mit denen sie zu Weihnachten die Verwandten beschenkt hatte. Einen Moment lang rechnete Agneta fast damit, dass die Tür sich öffnen und Viola Holmquvist ins Freie treten würde. Aber das war selbstverständlich nicht möglich. Ihre Mutter war vor mehr als sechs Jahren gestorben und unter der großen Linde auf dem Friedhof von Sjöråhamn begraben worden. Ihre Beerdigung war eine der seltenen Gelegenheiten gewesen, bei denen Agneta ihren Heimatort besucht hatte.

„Agneta? Bist du das, mein Kind?"

Als sie die Stimme ihres Vaters hörte, drehte sie sich um.

„Agneta, *min älskling*, du bist es wirklich!" Strahlend kam Gustaf Holmquvist auf sie zu. „Warum hast du mir nicht Bescheid gesagt, dass du zu Besuch kommst, ich …" Plötzlich wurde seine Miene ernst. „Um Himmels willen, du bist ja vollkommen durchgefroren! Was ist dir zugestoßen, Liebes?"

Die Zuneigung im Blick ihres Vaters und seine offenkundige Sorge wärmten ihr das Herz und verdrängten die eisige Kälte, die von ihm Besitz ergriffen hatte. Wer weiß, sagte sie sich. Vielleicht hat das alles ja auch sein Gutes …

„*Hej, pappa*", entgegnete sie mit einem traurigen Lächeln. „Es ist nichts. Ich bin nur so froh, dich zu sehen!"

Sie ließ den Schirm einfach fallen; dann eilte sie auf ihren Vater zu, schloss ihn in die Arme und barg das Gesicht an seiner Brust. Einen Moment lang stand sie einfach nur da, durch das Dach der Veranda vom Regen geschützt, und genoss es, einem Menschen nah zu sein, der sie liebte. Der sie *wirklich* liebte – und zwar nicht nur auf diese seltsame Art und Weise, wie Kristoffer es vielleicht getan haben mochte.

Irgendwann machte ihr Vater sich von ihr los, hielt sie auf Armeslänge von sich und musterte sie forschend. „Erzähl mir doch nichts, Kind! Irgendetwas hat dich vollkommen aus der Bahn geworfen, und ich will wissen, wer oder was dafür verantwortlich ist!“ Er seufzte, als sie nicht antwortete. „Gut, gehen wir erst mal rein. Ich brühe uns einen frischen Kaffee auf. Und während er durchläuft, schauen wir mal nach, was der Kleiderschrank deiner Mutter für dich zu bieten hat. Ihre Sachen dürften dir ja passen.“

Er hatte recht. Der schmal geschnittene weinrote Rollkragenpullover und die dunkle Flanellhose saßen wie angegossen. Und Agneta fühlte sich überraschend wohl in der Kleidung ihrer Mutter. Das Haar in ein weiches Frotteehandtuch gewickelt, lächelte sie wieder, als sie die Küche betrat, in der ihr Vater gerade den Kaffee vorbereitete.

Einen Moment lang wirkte er so verblüfft, dass sie schon anfing, sich Sorgen zu machen.

„Du siehst deiner Mutter wirklich unglaublich ähnlich, weißt du das? Wenn du, so wie heute, ihre Kleidung trägst, könnte man fast meinen, ein und dieselbe Person vor sich zu haben.“

Agneta nickte. Schon als kleines Mädchen war sie oft auf die Ähnlichkeit mit ihrer Mutter angesprochen worden. Viola Holmquvist hatte dasselbe weizenblonde Haar besessen, und ihre Augen waren genauso leuchtend blau gewesen, mit winzigen goldbraunen Sprenkeln darin, die man nur sehen konnte, wenn man sie unmittelbar anschaute.

Ein trauriges Lächeln glitt über Gustaf Holmquvists Gesicht. „Es klingt vermutlich albern, aber ich vermisse Viola noch immer genauso sehr wie am ersten Tag. Ob man irgendwann lernt, besser damit zurechtzukommen?“

Agneta schluckte. Ohne es zu wissen, hatte er sie mit seinen Worten mitten in die Seele getroffen. Zum einen, weil auch sie ihre Mutter noch immer sehr vermisste. Sie war eine Seele von einem Mensch gewesen, mit ihr hatte Agneta über alles reden können, was sie bewegte. Zum anderen hatte ihre Mutter ihren Vater sehr geliebt. So sehr, dass selbst der Tod sie nicht wirklich hatte entzweien können. Auf gewisse Weise existierte Viola Holmquvist noch immer – und zwar in den Erinnerungen ihres Mannes, der sie, solange er lebte, in seinem Herzen tragen würde.

Und sie selbst? Würde ihr ein solches Glück auch jemals zuteilwerden? Ganz sicher nicht mit Kristoffer, so viel stand fest. Nicht einmal, wenn er jetzt reumütig zu ihr zurückkehren würde. Nein, ganz sicher nicht, nachdem er ihr so übel mitgespielt hatte. Aber wenn nicht mit ihm, mit wem sollte sie ihr Leben sonst planen? Männer, die sich nicht daran störten, dass sie mit Agneta niemals eine eigene Familie würden gründen können, wuchsen nicht gerade auf Bäumen …

„Lass uns erst einmal eine Tasse Kaffee zusammen trinken", sagte Gustaf, der ihre seelische Not zu spüren schien. „Dann reden wir."

Alles war noch genau so, wie Agneta es in Erinnerung hatte. Selbst die Wachstuchdecke, deren fröhlicher Blumendruck über die Jahre ganz verblichen war, lag noch immer auf dem Küchentisch. In den Pflanzkästen vor dem Fenster blühten Goldmarie und Eisbegonien, genauso wie früher. Und Agneta glaubte noch immer den Duft vom frisch gebackenen *äppelpaj* ihrer Mutter zu riechen.

Sie schloss die Augen und atmete tief durch, als die Bilder auf sie einstürmten. Bilder aus Zeiten, in denen das Leben noch einfach und unkompliziert gewesen war. Sie sah sich selbst, wie sie mit ihrer besten Freundin Ann-Kristin im Garten hinter dem Haus Blumen gepflückt und daraus Kränze geflochten hatte, die sie sich ins Haar gebunden hatten. Endlose Sommer, die sie am felsigen Strand außerhalb von Sjöråhamn verbracht hatten, Fahrradtouren durch blühende Rapsfelder und schattige Wälder …

„Agneta?"

Sie spürte den Blick ihres Vaters auf sich ruhen, sah auf und nahm die Tasse mit dampfend heißem Kaffee entgegen, die er ihr reichte.

„Bitte, setz dich doch. Dein alter Herr hat es nicht mehr so mit dem Stehen."

Tatsächlich wollte er nur Rücksicht auf sie nehmen, und das rührte Agneta. Sie nahm auf einem der alten Küchenstühle Platz und starrte dann minutenlang in ihren Kaffee, wobei sie versuchte, ihre Gedanken zu sortieren. Schließlich räusperte sie sich. „Ich habe Kristoffer verlassen", sagte sie schlicht.

Gustaf Holmquvist schien nicht sonderlich überrascht. „Was ist passiert?", fragte er bloß – so als sei das Scheitern ihrer Ehe ohnehin nur eine Frage der Zeit gewesen und einzig der Auslöser ihm noch unbekannt.

War das wirklich so? Hatte man Kristoffer und ihr bereits ansehen können, dass das Ende unmittelbar bevorgestanden hatte? Aber nein, unmöglich! Ihr Vater hatte Kristoffer und sie insgesamt zweimal zusammen gesehen – auf ihrer Hochzeit damals im *Sheraton Stockholm*, und später auf der Beerdigung ihrer Mutter. Nein – ihr fiel ein, dass Kristoffer es wegen eines dringenden Geschäftstermins gar nicht zur Trauerfeier geschafft hatte. Sie war allein nach Sjöråhamn gefahren, um ihrem Vater beizustehen. Also hatte Gustaf Holmquvist seine Tochter und seinen Schwiegersohn sogar nur ein einziges Mal zusammen gesehen. Sehr glücklich konnte er darüber nicht gewesen sein, aber er hatte sich nie beklagt.

War ihr Vater etwa von Anfang an davon überzeugt gewesen, dass die Beziehung zwischen ihr und Kristoffer nur von kurzer Dauer sein würde? Weil er gewusst hatte, dass sie ihrem Ehemann niemals das geben konnte, was die meisten Menschen sich doch irgendwann wünschten?

Der Gedanke schnürte ihr die Kehle zu. Aber im Grunde konnte sie nicht glauben, dass ihr Vater so über sie dachte. Schließlich waren es ihre Zweifel gewesen, die sie befallen und unter denen sie gelitten hatte. Wie oft hatte sie mit offenen Augen neben Kristoffer im Bett gelegen, an die Decke gestarrt und sich dabei immer und immer wieder dieselbe Frage gestellt? Und es war nicht einmal so sehr die Frage gewesen, ob er eines Tages einsehen würde, dass es ein schwerwiegender Fehler gewesen war, sie zu heiraten – sondern die, *wann* das geschehen würde …

Sie nahm einen Schluck Kaffee, der stark und bitter ihre Kehle herunterrann. Ein Lächeln umspielte ihre Lippen. Von allen Menschen, die sie kannte, kochte ihr Vater den mit Abstand schlechtesten Kaffee. Ihre Mutter hatte früher oft im Scherz behauptet, eine der Hauptzutaten des scheußlichen Gebräus wäre flüssiger Teer. Agneta kam nicht umhin, ihr einmal mehr recht zu geben.

Doch viel zu schnell holte die Realität sie wieder ein. Was geschehen war?

Seufzend fuhr sie sich mit der Hand über die Augen. Seltsamerweise verspürte sie zugleich bleierne Erschöpfung und nervöse Rastlosigkeit. „Nichts Besonderes eigentlich", beantwortete sie die Frage ihres Vaters. „Im Grunde ist es schon so klischeebehaftet, dass es beinahe albern klingt."

„Nichts, was meinen kleinen *solstråle* beschäftigt, könnte für mich jemals albern klingen", entgegnete Gustaf ernst.

Min solstråle – mein Sonnenschein. Es war ewig her, dass Agneta von jemandem so genannt worden war. Kristoffers Kosename für sie war *duva* – Taube – gewesen. Und in den letzten Jahren hatte er sie eigentlich nur noch mit dem Vornamen angesprochen. Vielleicht war dies bereits ein erstes Alarmzeichen gewesen. Wann hatte sich der graue Alltag in ihre Beziehung geschlichen? An welchem Punkt war ihre Liebe auf der Strecke geblieben?

Kopfschüttelnd strich sie sich durchs Haar. „Er hat mich mit seiner Sekretärin betrogen", fasste sie die Geschehnisse der vergangenen Wochen zusammen – selbst erstaunt darüber, wie nüchtern ihre Stimme klang. „Ich habe sie in flagranti in unserer Wohnung ertappt, leugnen war also nicht mehr möglich. Aber wenn du mich fragst, war es genau das, was er gewollt hat: Kristoffer hatte es darauf abgesehen, erwischt zu werden. Vermutlich war er die ewigen Lügen längst leid und einfach zu feige, reinen Tisch zu machen."

„Dieser Schuft!", knurrte ihr Vater. „Wie konnte er dir so etwas antun?"

Agneta winkte ab. „Bitte, *pappa*, lass gut sein. Kristoffer wird schon seine Gründe gehabt haben. Vermutlich war ich auch nicht gerade die perfekte Ehefrau – vor allem in einer speziellen Beziehung ..."

„Fan också!" Erschrocken zuckte Agneta zusammen, als Gustaf mit der flachen Hand auf den Tisch schlug. „So etwas will ich aus deinem Munde nie wieder hören, hast du mich verstanden? Und nun lass es endlich sein, diesen Mistkerl in Schutz zu nehmen. Er hat ganz genau gewusst, worauf er sich einließ, als er mit dir vor den Traualtar getreten ist. Er kann sich jetzt nicht einfach aus seiner Verantwortung schleichen!"

„Doch, er kann", entgegnete Agneta müde. „Seine Sekretärin – Grit ... Sie erwartet ein Kind von ihm. Du siehst also, er hat ihr gegenüber eine noch sehr viel größere Verantwortung als für mich."

Ihr Vater sah wenig überzeugt aus. *„Förlåt"*, entschuldigte er sich, „aber das macht ihn in meinen Augen nur noch mehr zu einem Schuft." Er schenkte ihr ein aufmunterndes Lächeln. „Nun, jetzt bist du ja hier, *min solstråle*. Und es wäre doch gelacht, wenn wir dich nicht im Nu wieder auf die Beine kriegen. Wer weiß, vielleicht ist die Sache mit Kristoffer sogar ein Wink des Schicksals. Ich hatte nämlich ohnehin schon länger vor, dich etwas zu fragen. Da mir allerdings auch klar war, wie deine Antwort lauten würde, habe ich die Sache immer vor mir hergeschoben – bis jetzt."

„Die Sache?" Agneta runzelte die Stirn. Sie hatte keine Ahnung, worauf ihr Vater hinauswollte. „Wovon sprichst du?"

„Vom *Himmelska Sockerdrömmar*, der Zuckerbäckerei deiner Tante."

Überrascht schaute sie ihn an. Tante Mia ... In ihrer Backstube hatte Agneta schon als junges Mädchen ihre Liebe zur Zuckerbäckerei entdeckt. Die jüngere Schwester ihres Vaters war für sie stets so etwas wie ein Vorbild gewesen. Es hatte sich wie von selbst ergeben, dass sie bei Mia ihre Ausbildung zur Konditorin absolviert hatte. Und irgendwie hatte wohl jeder damit gerechnet, dass sie das *Himmelska Sockerdrömmar* – Himmlische Zuckerträume – eines Tages übernehmen würde, nicht zuletzt auch sie selbst. Doch das war gewesen, bevor die Sache mit Jonas ihr ganzes Leben auf den Kopf gestellt hatte …

„Was ist mit dem Laden?“, fragte sie vorsichtig. „Ich dachte, du hättest ihn nach Tante Mias … nach ihrem Tod verkauft.“

Tief seufzend fuhr Gustaf sich durch das schüttere, inzwischen mehr silbergraue denn silberblonde Haar. „Das *Himmelska Sockerdrömmar* war Mias Lebensinhalt – ich habe es bisher einfach nicht über mich gebracht, es zu verkaufen, obwohl ich ein ziemlich gutes Angebot von jemandem aus dem Ort bekommen habe.“ Schief lächelnd schaute er Agneta an. „Nun bin ich es wohl, der ziemlich albern klingt, wie?“

„Nichts, was meinen *pappa* beschäftigt, könnte für mich jemals albern klingen“, entgegnete sie ernst und benutzte dabei absichtlich dieselben Worte wie er. „Außerdem verstehe ich dich gut. Tante Mia war einfach fabelhaft. Ich bedaure sehr, dass ich nicht zu ihrer Beerdigung kommen konnte.“

Es war ein weiterer Punkt, den Agneta der Negativliste ihrer Ehe hinzufügen konnte. Vor anderthalb Jahren war Mia beim Auswechseln einer Glühbirne in ihrer Konditorei so unglücklich gestürzt, dass sie sich eine schwere Kopfverletzung zugezogen hatte. Sie hatte mehrere Monate im Koma gelegen, bis ihr Herz schließlich aufgehört hatte zu schlagen. Sie war gestorben, ohne noch einmal das Bewusstsein erlangt zu haben.

Als Agneta damals die Nachricht vom Tod ihrer Tante erhalten hatte, hatte sie sofort nach Sjöråhamn aufbrechen wollen. Doch Kristoffer hatte mit seiner Werbeagentur gerade in schwierigen Verhandlungen gesteckt, ein wichtiges Dinner mit seinem potenziellen Geschäftspartner und dessen Ehefrau hatte bevorgestanden. Kristoffer hatte wortreich erklärt, dringend ihre Hilfe zu benötigen, da er sich unmöglich um beide Gäste gleichzeitig kümmern und die Verhandlungen vorantreiben konnte. Ihm zuliebe – um den Erfolg seiner monatelangen Arbeit nicht zu gefährden – hatte sie sich dazu durchgerungen, in Stockholm zu bleiben.

Ein sehr schmerzliches Opfer, das, wie sich im Nachhinein herausstellte, vollkommen unnötig gewesen war. Denn Kristoffers Geschäftspartner war ohne seine Ehefrau angereist, und Agneta hatte den Abend damit verbracht, fast gänzlich unbeachtet den Gesprächen der beiden Männer zuzuhören.

„Mia wusste, dass du sie gernhattest“, entgegnete ihr Vater. „Sie hat es immer gewusst. Und sie hätte ganz sicher gewollt, dass du …“

„Dass ich was?“, fragte sie nach, als Gustaf nicht weitersprach. „Was hätte Tante Mia gewollt?“

„Sie hätte gewollt, dass du das *Himmelska Sockerdrömmar* in ihrem Sinne weiterführst.“

„Was sagst du da?“ Einen Moment lang konnte Agneta ihren Vater nur überrascht anstarren. Dass er annehmen konnte, sie wolle dauerhaft in Sjöråhamn bleiben … „Aber …“ Sie stockte. *Aber was? Was spricht denn eigentlich dagegen, hierzubleiben? Was zieht dich noch zurück nach Stockholm?*

Es stimmte schon. Da Kristoffer keinen gesteigerten Wert auf gesellschaftliche Kontakte legte, war die Verbindung zu den meisten ihrer früheren Freunde und Bekannten längst abgerissen. Ihr Job im *Hotel Rosenträdgården* bereitete ihr zwar Spaß, doch die Erfüllung war er nicht. Dazu fühlte sie sich, was ihre Kreativität betraf, zu sehr eingeschränkt. Denn letztlich musste sie für jede noch so kleine Entscheidung die Zustimmung von Birger Johanssen einholen. Wie lange sehnte sie sich schon danach, eigenverantwortlich ihre Kreativität ausleben zu dürfen? Eine eigene Zuckerbäckerei würde ihr doch genau diese Möglichkeit eröffnen!

„Nun, was sagst du dazu, *min solstråle*?“, fragte ihr Vater nach einer Weile des Schweigens unsicher. Zweifellos ahnte er, was ihr gerade durch den Kopf ging. „Könntest du dir vorstellen, hier in Sjöråhamn noch einmal ganz von vorn anzufangen?“

Agneta zögerte. Ihr erster Impuls war es gewesen, einfach Ja zu sagen. Doch sie wusste auch, dass sie sich in einer Ausnahmesituation befand. Wenn sie sich jetzt leichtfertig für etwas entschied, das ihr ganzes Leben beeinflusste …

„Ich … Ich weiß es nicht“, erwiderte sie zögernd. „Ich kann das nicht einfach so übers Knie brechen.“

„Das verstehe ich“, sagte er nickend. Der Klang seiner Stimme verriet deutlich, wie froh er war, dass sie das Angebot überhaupt in Betracht zog.

„Gibst du mir also ein bisschen Zeit?“

Ihr Vater nickte. „Aber natürlich. *Förlåt*, bitte entschuldige. Ich hätte dich nicht derart überrumpeln dürfen. Komm du erst mal zu Hause an – ich richte in der Zwischenzeit dein altes Zimmer für dich her, ja?“

Agneta nickte, obwohl die Worte ihres Vaters sie erneut nachdenklich stimmten. Er sprach von zu Hause und Ankommen – aber wo und was war das überhaupt? Hier in Sjöråhamn, wo sie aufgewachsen war? Oder doch in Stockholm, wo sie die letzten dreizehn Jahre ihres Lebens verbracht hatte?

Oder gab es einen solchen Ort für sie womöglich überhaupt nicht?

2. KAPITEL

Während du geduscht hast, war Petter Sonsby hier und hat dein Gepäck gebracht. Dein Wagen steht bereits in der Werkstatt, der Schaden scheint weniger schlimm zu sein, als es zunächst aussah. Ach, und es hat endlich aufgehört zu regnen", verkündete Gustaf Holmquvist, als Agneta später am Abend die Küche betrat. Er war gerade dabei, Zwiebeln für sein wunderbares *pytt i panna* zu würfeln. „Das Essen ist etwa in einer Stunde fertig. Willst du nicht ein bisschen hinausgehen und die frische Luft genießen?"

Durch das große Küchenfenster blickte Agneta nach draußen. Es dämmerte bereits, und die Sonne färbte das Meer tiefrot, während am Himmel über dem *Klippanhus* bereits die ersten Sterne glitzerten. Ihr Vater hatte recht: Was sie jetzt brauchte, war ein wenig Bewegung, um den Kopf freizubekommen. Sie bedauerte, bei ihrem überstürzten Aufbruch nicht daran gedacht zu haben, ihre Laufschuhe einzupacken. Sie hätte sie sofort gegen die sündhaft teuren Pumps von Christian Louboutin eingetauscht, die stattdessen in ihrem Koffer gelandet waren.

„Du hast nicht zufällig meine große gelbe Tasche noch?", fragte sie ohne große Hoffnung. „Die mit meinen Trainingssachen für den Schulsport?"

„Natürlich", erwiderte ihr Vater, beförderte einen Schwung Zwiebelwürfel in die Pfanne und nahm sich nun die Kartoffeln vor. „Es ist alles noch da, *min solstråle*. Schau mal im großen Garderobenschrank in der Diele nach. Oberstes Regalbrett links."

Und tatsächlich – es war alles dort. Ihre alte Schultasche mit dem schweren Atlas darin, ein Tuschkästchen mit ineinander verlaufenen Farben und einem Pinsel, dessen Borsten in alle Himmelsrichtungen abstanden. Sie fand sogar einige leicht vergilbte Schulhefte, die Seitenränder mit Kritzeleien und Zeichnungen verziert. Und plötzlich hielt sie eine dünne

Kladde in der Hand, auf deren weinrotem Einband in ihrer Handschrift *Meine Freunde* geschrieben stand.

Agneta schluckte. Sie hatte über die Jahre vollkommen vergessen, dass dieses Buch existierte. Damals hatte fast jeder in ihrer Schulklasse so etwas besessen. Man reichte es immer weiter, und jeder, der es bekam, schrieb einen Spruch oder einfach ein paar nette Zeilen hinein.

Mit klopfendem Herzen schlug sie es auf. Gleich auf der ersten Seite hatte sich ihre damals beste Freundin Ann-Kristin Månsson verewigt. „Auf dass dein größter Herzenswunsch bald in Erfüllung geht", stand dort geschrieben. Und dann, mit einem lachenden Smiley versehen: „Du weißt schon, wen ich meine!"

Was für jeden Außenstehenden wie ein merkwürdiger grammatikalischer Fehler aussehen musste, hatte für Agneta eine tiefere Bedeutung. Denn ihr größter Wunsch war nicht etwa ein eigenes Pferd oder eine Ferienreise nach Paris gewesen. Nein, sie hatte davon geträumt, dass eine gewisse Person sie endlich bemerken würde.

Jonas Arvidsson.

Beinahe hastig klappte sie das Buch wieder zu und schob es in den hintersten Winkel des Regals zurück. Sein Inhalt weckte zu viele Erinnerungen, mit denen sie sich im Augenblick lieber nicht herumschlagen wollte.

Die gelbe Tasche lag genau dort, wo ihr Vater gesagt hatte. Und darin befand sich, neben einem schreiend bunten Paar Shorts und einem Bandshirt von *The Cardigans* auch das, was sie gesucht hatte: ihre alten Laufschuhe.

Wie sie feststellte, waren ihre Füße seit dem sechzehnten Lebensjahr nicht mehr nennenswert gewachsen, denn die Schuhe passten ihr noch immer wie angegossen. Auf die Shorts und das Shirt verzichtete sie jedoch. Die weite Nickihose und die dazu passende Kapuzenjacke, die sie trug, würden zum Joggen auch reichen.

„Warte nicht mit dem Essen auf mich", rief sie ihrem Vater

im Vorbeigehen zu. „Ich weiß noch nicht genau, wann ich wieder zurück bin.“

Kühle Abendluft schlug ihr entgegen, als sie auf die Veranda hinaustrat. Es roch nach Regen und feuchter Erde. Agneta hörte die Brandung, die sich unterhalb des Hauses schäumend gegen die Klippen warf. Möwen zogen am rasch dunkler werdenden Himmel ihre Kreise, auf der Suche nach einem letzten schnellen Happen, bevor die Nacht hereinbrach.

Ohne sich lange aufzuwärmen, lief Agneta los. Obwohl sie lange nicht gelaufen war, verfiel sie wie von selbst in einen leichten Trab, der sie körperlich gerade so weit anstrengte, dass in ihrem Kopf eine angenehme Leere entstand. Nachdem sie die Landzunge, auf der das *Klippanhus* errichtet war, hinter sich gelassen hatte, wandte sie sich nach rechts und folgte dem bewachsenen Trampelpfad, der sich direkt an der Küste entlangwand. Zum Glück hatten sich die Wolken verzogen. Der Mond schien hell und klar, sodass es Agneta nicht schwerfiel, dem Weg zu folgen.

Erst als sie die Abzweigung erreichte, die hinunter zu einem balkonartigen Felsvorsprung führte, erkannte sie, wohin ihre Schritte sie geführt hatten. Ihr Puls fing an, heftiger zu pochen, als sie dem schmalen Pfad nach unten folgte.

Hier, genau an dieser Stelle, hatte Jonas sie zum ersten Mal geküsst.

Jonas …

Es war wie in einem Märchen gewesen, so süß und so wunderschön, dass sich die Erinnerung daran für alle Zeit in ihrem Gedächtnis festgebrannt hatte. Dasselbe aber galt leider auch für die Geschehnisse, die nur kurz darauf alles zerstört hatten.

Das Herz zog sich ihr schmerzhaft in der Brust zusammen, als die Geister der Vergangenheit mit einem Mal auf sie einstürmten. Und als sie plötzlich *seine* Stimme hinter sich hörte – so fremd nach so langer Zeit und zugleich so vertraut –, glaubte sie zunächst, einer Sinnestäuschung aufgesessen zu sein.

Sie drehte sich um und erblickte seine hochgewachsene Gestalt im Mondlicht. Agneta stockte der Atem. Er war es tatsächlich.

Jonas Arvidsson.

„Du bist es also wirklich“, sagte er und schüttelte ungläubig den Kopf. „Nach all den Jahren …“

Jonas konnte noch immer nicht glauben, dass Agneta tatsächlich zurück war, selbst als sie direkt vor ihm stand.

Er wusste nicht einmal, was ihn dazu getrieben hatte, heute Abend zu ihrem alten Treffpunkt hinauszufahren. Es war wie ein inneres Drängen gewesen. Fast ein Zwang, der ihm einfach keine Ruhe gelassen hatte, bis er ihm schließlich nachgegeben hatte. In der Hoffnung, dass er dann endlich aufhören könnte, trotz aller guten Vorsätze immer wieder über sie nachzugrübeln.

Es war schon eine ganze Weile her, seit er zuletzt den Gedanken an sie zugelassen hatte – zumindest bis zu diesem Déjà-vu heute Vormittag, das, wie sich nun herausstellte, gar kein Déjà-vu gewesen war.

Agneta Holmquvist – die einzige Frau, bei der er jemals versucht gewesen war, sein ehernes Prinzip über Bord zu werfen: eine Beziehung stets zu beenden, wenn die Dinge ernst zu werden drohten. Sie hatte allerdings dafür gesorgt, dass es gar nicht erst so weit gekommen war.

Stirnrunzelnd sah er sie an. Sie hatte sich überhaupt nicht verändert, sondern war noch genauso schön wie in seiner Erinnerung. Nein, noch schöner sogar! Das Mondlicht verlieh ihrem blonden Haar einen silbernen Glanz, und ihre Haut schimmerte wie Alabaster. Diese Lippen … Er wusste noch immer genau, wie es sich anfühlte, sie zu küssen, ihren warmen Atem an seinem Hals zu spüren und …

Fan!

„Es ist lange her“, sagte er und widerstand dem Verlangen, sie bei den Schultern zu packen und zu schütteln. Ihm lagen unzählige Fragen auf der Zunge, doch er sprach keine einzige davon aus. Es war zu gefährlich, denn er wusste nicht, ob er die Antworten wirklich hören wollte. Stattdessen bemühte er sich um ein unverfängliches Thema. „Bist du hier, um deinen Vater zu besuchen?“

„Ich …“ Sie räusperte sich angestrengt. „Ja, das auch.“

Er ließ es dabei bewenden. Wenn sie nicht darüber sprechen wollte – schön, ihre Entscheidung. Sie hatte schon immer ihren eigenen Kopf gehabt. Ohne Rücksicht auf Verluste hatte sie ihren Willen durchgesetzt. Im Grunde sollte er ihr inzwischen dankbar sein. Er war drauf und dran gewesen, sich auf eine ziemliche Dummheit einzulassen, kurz bevor sie damals einfach verschwunden war. *Jäklar*, er hatte ihr sogar einen Heiratsantrag gemacht – ausgerechnet er! Doch alles, was Jonas empfand, wenn er an jenen Abend im Wald dachte, an dem er vergeblich auf Agneta gewartet hatte, war Zorn. Zorn – und grenzenlose Enttäuschung.

„Hast du vor, länger zu bleiben?“, erkundigte er sich.

Der Wind spielte mit ihrem Haar, eine einzelne Strähne fiel ihr immer wieder ins Gesicht. Mit einer ungeduldigen Handbewegung strich Agneta sie sich hinters Ohr zurück. Diese Geste ließ Bilder aus der Vergangenheit vor seinem inneren Auge aufblitzen. Jonas sah sich selbst, wie er zärtlich die Konturen ihres Gesichts nachzeichnete. Er konnte ihre samtweiche Haut beinahe unter den Fingerspitzen fühlen, so als wäre es erst wenige Minuten her, dass er sie berührt hatte, und nicht mehr als dreizehn Jahre.

„… mir überhaupt zu?“ Stirnrunzelnd schaute sie ihn an.

Jonas zuckte zusammen. Er hatte sie die ganze Zeit nur angestarrt, ohne ein Wort von dem aufzunehmen, was sie sagte. Verdammt, er konnte sich ja nicht einmal mehr an seine Frage erinnern! Was stellte diese Frau bloß mit ihm an, dass sie ihn so die Kontrolle über sich verlieren ließ? Er wusste es nicht, und er wollte es auch gar nicht wissen. Denn eines stand fest: Agneta Holmquvist war nicht gut für ihn.

Sie war es nie gewesen.

Agneta hatte das Gefühl, sich auf sehr dünnem Eis zu bewegen. Überall um sie herum knirschte und krachte es, ganz gleich, wohin sie sich auch wandte. Und nur mit Mühe konnte sie dem Impuls widerstehen, einfach davonzulaufen. Doch diese Blöße wollte sie sich Jonas gegenüber nicht geben.

Natürlich hätte sie damit rechnen müssen, ihm hier in Sjöråhamn zu begegnen. Wenn nicht heute, dann doch irgendwann in den nächsten Tagen. Er wäre niemals einfach weggelaufen. Und warum sollte er auch? Ihm war damals schließlich nicht das Herz gebrochen worden so wie ihr.

Lass die Vergangenheit ruhen, Agneta. Du bist nicht mehr das unsichere, schüchterne kleine Mädchen von damals. Schau dich an, du hast es zu etwas gebracht.

Noch während sie das dachte, wurde ihr klar, dass sie sich nur selbst etwas vormachte. Was hatte sie in ihrem Leben denn schon erreicht? Tag für Tag ging sie im *Hotel Rosenträdgården* einem Job nach, der sie nicht ausfüllte. Ihr Mann wollte mit einer anderen Frau eine Familie gründen. Sicher würde er mit Grit in der schicken Stockholmer Penthousewohnung leben, die bis vor Kurzem Agnetas und sein Zuhause gewesen war, die ihm aber allein gehörte. Und sie, Agneta, würde nicht mehr sein als ein rasch verblassender Schatten, der einmal ein Bestandteil seines Lebens gewesen war.

Nichts hatte sie erreicht, rein gar nichts! Im Grunde genommen stand sie jetzt wieder genau an derselben Stelle wie vor dreizehn Jahren, als sie, eine Reisetasche und einen Berg unliebsamer Erinnerungen im Gepäck, Sjöråhamn den Rücken gekehrt hatte. Und damals wie heute war Jonas der letzte Mensch, mit dem sie reden wollte. Zugleich fühlte sie aber auch, sehr zu ihrem Ärger, ein leises Gefühl von Sehnsucht in sich aufsteigen.

Offenbar hatte er seine besondere Wirkung auf sie noch immer nicht verloren. Nicht einmal nach allem, was zwischen ihnen vorgefallen war. Was für eine Närrin musste man sein, sich nach so langer Zeit noch zu einem Mann hingezogen zu fühlen, der sich nur aus reinem Mitleid mit ihr abgegeben hatte?

Keine Frage, er sah noch immer sehr gut aus. Die Jahre schienen keine Spuren bei ihm hinterlassen zu haben. Allenfalls wirkte er heute – fast dreizehn Jahre nach ihrer letzten Begegnung – männlicher und damit noch attraktiver als mit Anfang zwanzig.

Sie hatte ihn wirklich geliebt. Umso schmerzhafter war es gewesen, die Wahrheit erkennen zu müssen: zu begreifen, dass seine Gefühle für sie denen, die sie ihm entgegenbrachte, nicht einmal ähnelten. Dass er nur aus falsch verstandenem Verantwortungsbewusstsein mit ihr zusammen gewesen war. Sie schüttelte den Kopf, um die Erinnerungen zu vertreiben.

Trotz all der Zeit, die seitdem verstrichen war, schmerzte der Gedanke an die Vergangenheit noch immer. Der Gedanke an Jonas.

Und nun stand er plötzlich wieder vor ihr. Nichts und niemand hatte sie auf diesen Augenblick vorbereiten können. Sie war hin- und hergerissen zwischen Wut und Sehnsucht. Ein Teil von ihr wollte ihn anschreien, ein anderer in seine Arme sinken. Es war so absurd, dass es ihr schon fast komisch vorkam. Doch darüber lachen konnte Agneta beim besten Willen nicht.

„Tut mir leid, ich war gerade nicht ganz bei der Sache“, riss Jonas sie aus den Gedanken. „Du sagst, du bist hier, um deinen Vater zu besuchen?“

„Ja, auch, aber …“ Sie räusperte sich angestrengt. „Um ehrlich zu sein, ich überlege, ob ich vielleicht längerfristig hierbleibe. Meine Ehe ist am Ende, und mein Vater hat mir angeboten, das *Himmelska Sockerdrömmar* zu übernehmen, daher …“

„Du willst bleiben? Hier in Sjöråhamn? Und den Laden deiner Tante übernehmen?“

„Nun, ich …“ Sein entsetzter Gesichtsausdruck irritierte sie. „Wäre das denn in deinen Augen so abwegig?“

Seine Miene verfinsterte sich. „Was bildest du dir eigentlich ein? Glaubst du wirklich, du kannst einfach zurückkommen, und alles ist vergeben und vergessen?“

Ohne ihr die Gelegenheit zu einer Entgegnung zu geben, wandte er sich ab und eilte mit steifen Schritten davon. Zornig schluckte Agneta die scharfe Bemerkung, die ihr auf der Zunge lag, hinunter und blickte ihm nach, bis er aus ihrem Blickfeld verschwunden war. Dann fluchte sie unterdrückt. Wie konnte er es wagen? Ausgerechnet er?

Seinetwegen hatte sie schon einmal alles zurückgelassen, was ihr lieb und teuer gewesen war. Doch dieses Mal nicht, nein! Sie würde ihre Wahl treffen, ohne sich von irgendjemandem beeinflussen zu lassen.

Und wenn dir meine Entscheidung nicht gefällt, Jonas Arvidsson, dann kannst du von mir aus dorthin gehen, wo der Pfeffer wächst!

Goldenes Sonnenlicht sickerte durch die Jalousie vor Agnetas Fenster und ließ die Staubpartikel, die schwerelos in der Luft schwebten, auf fast schon magische Weise schimmern. Draußen auf dem Fensterbrett trällerte ein Schwarzspecht aus voller Kehle sein Lied. Der Wind fuhr raschelnd durch die Krone der alten Eiche hinter dem Haus, untermalt vom sanften Rauschen der Brandung. Ein Lächeln auf den Lippen, lauschte Agneta dieser wunderbaren Symphonie der Natur. In Stockholm hatte sie um diese Zeit allenfalls Verkehrslärm gehört, der mühelos bis in die achte Etage des Apartmentgebäudes hinaufdrang, wo sie gemeinsam mit Kristoffer lebte.

Gelebt *hatte*, korrigierte sie sich. Denn wenn sie eines mit Sicherheit sagen konnte, dann, dass dieser Abschnitt ihres Lebens vorbei war.

Ein für alle Mal.

Seufzend setzte sie sich in ihrem alten Bett auf und streckte sich. Sie fühlte sich wunderbar entspannt und ausgeruht, was ihr angesichts des Chaos, das über sie hereingebrochen war, sehr ungewöhnlich erschien. Nicht einmal die Begegnung mit

Jonas am vergangenen Abend hatte ihren Schlaf stören können.

Na gut, ein- oder zweimal war er vielleicht in ihren Träumen aufgetaucht. Und womöglich hatte sie in ihrer Fantasie auch dem Drang nachgegeben, in seine starken Arme zu sinken und sich von ihm küssen zu lassen. Doch das waren nur Hirngespinste. Produkt ihrer völlig überreizten Nerven. In der Realität würde sie es natürlich niemals so weit kommen lassen.

Sie hatte ihre Erfahrung mit Jonas gemacht. Und sie verspürte kein gesteigertes Verlangen danach, sich noch einmal von ihm wehtun zu lassen. Einmal reichte ihr vollkommen. Außerdem musste sie jetzt erst einmal über die Sache mit Kristoffer hinwegkommen, obwohl sie, wenn sie ehrlich sein sollte, nicht das Gefühl hatte, dass es ihr sonderlich schwerfallen würde.

Sein Verrat hatte sie verletzt, ja. Sie war enttäuscht und wütend, aber der große Schmerz, der einem die Luft zum Atmen raubt und den Boden unter den Füßen fortreißt, blieb aus.

So war es damals gewesen, als Jonas ihr das Herz gebrochen hatte. Denn genau das hatte er getan. In bester Absicht, schon möglich – was es auch nicht leichter zu ertragen gemacht hatte.

Wieder rührten sich die Geister der Vergangenheit, doch Agneta hatte inzwischen reichlich Übung darin, sie zurückzuscheuchen. Sie stand auf, ging zum Fenster und öffnete die Jalousien. Die Aussicht, die sich ihr eröffnete, war einfach traumhaft. Die düsteren Wolken vom Vorabend hatten sich über Nacht aufgelöst, und die Sonne stand strahlend am makellos blauen Himmel. Das Fenster ging nach Nordosten hinaus, sodass Agneta sowohl das Meer als auch die Ortschaft sehen konnte.

Sjöråhamn befand sich in einer geschützten Bucht mit einem natürlichen Hafen, von dem aus die Fischerboote noch vor Sonnenaufgang ausliefen, um in den späten Nachmittagsstunden mit ihrem Fang zurückzukehren. Früher einmal war es ein reines Fischerdörfchen mit kaum mehr als einhundert Einwohnern gewesen, von denen die meisten über verschiedene Ecken miteinander verwandt gewesen waren. Doch mit der Eröffnung der Tortenfabrik vor den Toren der Stadt hatte der Ort ein sprunghaftes Wachstum erlebt. Seit Bestehen der Fabrik war das Dorf zu einer richtigen kleinen Ortschaft herangewachsen, mit einer eigenen Bank, einer Kirche, einem Wochenmarkt und einer eigenen Polizeistation, deren Beamte abgesehen von Falschparkdelikten jedoch kaum etwas zu tun hatten.

Ein jähes Gefühl von Zuneigung flammte in Agneta auf. Nicht zu einem einzelnen Menschen, sondern zu diesem Ort, an dem sie aufgewachsen war. Komisch, dass ihr erst jetzt – nach über dreizehn Jahren – auffiel, wie sehr sie Sjöråhamn vermisst hatte.

Sie öffnete das Fenster und sog die klare, würzige Luft tief in ihre Lungen. Stockholm war eine wirklich schöne Stadt, mit einem riesigen kulturellen Angebot und unzähligen Möglichkeiten zur Freizeitgestaltung. Doch bei Agneta hatte sich in all den Jahren nie das Gefühl von Heimat eingestellt, das Sjöråhamn nun nach nicht einmal vierundzwanzig Stunden in ihr weckte.

Vielleicht war es ein Fehler gewesen, einfach so von hier fortzugehen. Aber sie hatte damals einfach keine andere Möglichkeit gesehen. Der Gedanke, Jonas jeden Tag zu sehen … Das wäre einfach über ihre Kräfte gegangen.

Und heute? fragte sie sich selbst. Kannst du dir jetzt vorstellen, dich dem auszusetzen?

Sie horchte in sich hinein und stellte fest, dass die Antwort zu ihrer eigenen Überraschung Ja lautete. Viel zu lange hatte sie ihr Leben von anderen Menschen bestimmen lassen. Nun war es an der Zeit, dass sie ihr Schicksal selbst in die Hand nahm.

Sie hielt inne. Es verwunderte sie selbst, dass sie jetzt so oft an die Enttäuschung dachte, die Jonas ihr seinerzeit bereitet hatte. Das furchtbare Erlebnis mit Kristoffer, ihrem Ehemann, ging ihr hingegen nur noch ab und zu durch den Kopf. Dabei war es doch viel frischer. Wie das wohl kam?

Die Erkenntnis, dass ihre Vergangenheit mit Jonas sie wohl nie wirklich losgelassen hatte, traf Agneta wie ein Blitzschlag aus heiterem Himmel. Wie konnte es sein, dass sie sich nach mehr als dreizehn Jahren noch immer so stark zu ihm hingezogen fühlte wie am Tag ihrer ersten Begegnung? Und das, nachdem er sie damals so schlecht behandelt hatte! Im Gegensatz dazu war Kristoffer doch die meiste Zeit über freundlich und zuvorkommend zu ihr gewesen – jedenfalls, bis die Dinge angefangen hatten, sich so negativ zwischen ihnen zu entwickeln …

Aber war die Sache mit Kristoffer womöglich von Anfang an zum Scheitern verurteilt? fragte sie sich grübelnd. Weil ich nie wirklich über Jonas hinweggekommen bin?

Sie beschloss, dass es nichts brachte, jetzt weiter darüber nachzudenken. Ganz gleich, was in ihrer Ehe auch schiefgegangen sein mochte – nichts von all dem konnte eine Entschuldigung dafür sein, was ihr Ehemann ihr angetan hatte.

Um sich ein wenig abzulenken, beschloss sie, in den Ort zu gehen. Vom *Klippanhus* aus war es nur ein kurzer Fußmarsch bis nach Sjöråhamn. Agneta ging die *Fiskaregatan* entlang, die hinunter zum Hafen führte, und stellte fest, dass sich hier im Laufe der Jahre so gut wie nichts verändert hatte. Die Fassaden der Holzhäuser mit ihren Schindeldächern und Sprossenfenstern erstrahlten in den herrlichsten Eiscremefarben. Die Palette reichte von Pistaziengrün über Zitronengelb, hellem Mokkabraun bis hin zu leuchtendem Erdbeerrosa. Und natürlich durfte auch das klassische Falunrot, das so typisch war für Schweden wie das Blau-Gelb der Landesflagge, nicht fehlen.

In den Vorgärten blühten Pfingstrosen, Glockenblumen und Sonnenhut in üppiger Pracht, während hinter den Häusern frisch gewaschene Wäsche an langen Leinen im Wind flatterte. Fröhliches Kinderlachen und die Klänge eines leicht verstimmten Klaviers erfüllten die Luft. Möwen zogen am Himmel ihre Kreise und hielten nach den Fischerbooten Ausschau, bei deren Rückkehr in den Hafen auch immer ein paar Brocken für sie abfielen.

Lange hatte Agneta sich nicht mehr so entspannt und gelöst gefühlt. Es war, als wäre ein zentnerschweres Gewicht von ihren Schultern gefallen, dessen Existenz über die Jahre vollkommen in Vergessenheit geraten war.

„Agneta? Agneta Holmquvist, bist du das wirklich?"

Als sie ihren Namen hörte, blickte sie sich um. Im ersten Moment erkannte sie die etwas rundliche Frau nicht, an deren Rockzipfel zwei kleine Mädchen hingen. Erst auf den zweiten Blick wurde ihr klar, wen sie da vor sich hatte. „Ann-Kristin, bist du das etwa?"

Ein Strahlen ging über das Gesicht ihrer alten Schulfreundin. „Mensch, ist das aber eine Überraschung! Wie lange haben wir uns nicht gesehen? Zehn Jahre? Elf?"

„Ich war zur Beerdigung meiner Mutter kurz in Sjöråhamn", begann Agneta, verstummte jedoch, als die Erinnerungen an jenen traurigen Tag in ihr hochkamen.

Ann-Kristin schlug den Blick nieder. „Mein Gott, wie dumm von mir. Ich war damals gerade mit meinem Mattias auf Hochzeitsreise. Es tut mir so leid, dass ich nicht für dich da gewesen bin."

Tröstend legte Agneta ihr eine Hand auf die Schulter. „Du konntest ja nicht wissen, dass es passieren würde. Ganz davon abgesehen bedauere ich es mindestens ebenso sehr, dass ich es nicht zu deiner Hochzeit geschafft habe." Sie schenkte den beiden Kindern, die sich schüchtern an Ann-Kristins Beine klammerten, ein Lächeln. „Und wer seid ihr kleinen Mäuse?"

Die Mädchen kicherten leise, antworteten aber nicht.

„Das sind meine Jüngsten, Alice und Alva. Ihr älterer Bruder Elias geht jetzt schon zur Schule", erklärte Ann-Kristin lächelnd. Ihre blassblauen Augen leuchteten regelrecht, und eine leichte Röte überzog ihre Wangen.

Der offensichtliche Mutterstolz ihrer Freundin versetzte Agneta einen schmerzhaften Stich. Natürlich freute sie sich für sie. Aber immer, wenn sie glückliche Familien mit kleinen Kindern sah, kochte es wieder hoch. Dann wurde ihr klar, dass sie ein solches Glück niemals empfinden würde. Dieser Traum war wie eine Seifenblase zerplatzt, als sie vor siebzehn Jahren mit ihrem Fahrrad von einem viel zu schnell fahrenden Wagen von der Straße abgedrängt worden war.

Der Fahrer hatte Fahrerflucht begangen, aber immerhin den Anstand besessen, den Notarzt zu verständigen. Ansonsten hätte die Sache durchaus auch tödlich ausgehen können.

Mehr als sechs Monate hatte Agneta im Krankenhaus gelegen. Die Ärzte hatten wahre Wunder an ihr vollbracht. Kaum etwas erinnerte heute noch an jenen schrecklichen Unfall, den sie als Teenager gehabt hatte. Eine kleine Narbe unterhalb des Bauchnabels war als einzig sichtbares Überbleibsel verblieben. Das – und die Tatsache, dass sie aufgrund ihrer schweren Unterleibsverletzungen zu neunundneunzig Prozent niemals eigene Kinder bekommen konnte.

„Agneta? Ist alles in Ordnung?"

Die besorgte Stimme ihrer Freundin holte sie wieder in die Gegenwart zurück. Agneta blinzelte und zwang sich zu lächeln. „Ich gratuliere dir, Ann-Kristin. Du bist sicher eine ganz tolle Mutter. Wollt ihr noch mehr Nachwuchs, dein Mattias und du?"

„Wenn es nach mir geht, eine ganze Fußballmannschaft!", antwortete sie im verschwörerischen Tonfall. „Ich muss nur noch Mattias von meinen Plänen überzeugen. Apropos – ihr habt euch ja noch gar nicht kennengelernt. Warum kommst du nicht heute zum Abendessen zu uns? Ach bitte, Agneta, ich würde mich so freuen!"

„Vielleicht", erwiderte sie ausweichend. Sie wusste nicht, ob sie sich jetzt schon dazu bereit fühlte, sich der geballten Ladung Familienglück auszusetzen. Doch sie wollte Ann-Kristin auch nicht enttäuschen, als sie ihrem hoffnungsvollen Blick begegnete. „Ich bin erst gestern Abend in Sjöråhamn eingetroffen. Bisher hatte ich kaum Gelegenheit, mit meinem Vater zu sprechen, aber ich sehe mal, was ich tun kann, ja? Am besten du gibst mir deine Telefonnummer, dann sage ich dir im Laufe des Nachmittags Bescheid."

Nachdem sie die Nummern ausgetauscht hatten, wollte Agneta sich zum Gehen wenden.

„Ach, übrigens", sagte Ann-Kristin, woraufhin Agneta sich ihr wieder zuwandte. „Du solltest vielleicht wissen, dass Jonas immer noch hier in Sjöråhamn lebt."

Sie nickte. „Danke für die Warnung – sie kommt nur leider zu spät."

Überrascht riss ihre Freundin die Augen auf. „Du bist ihm bereits begegnet?" Sie seufzte leise. „Er sieht immer noch verteufelt gut aus, nicht wahr? Nicht wenige haben in den vergangenen Jahren versucht, ihn vor den Traualtar zu locken, aber gelungen ist es keiner. Manchmal scheint es mir, als wäre er noch immer nicht bereit, sich fest zu binden. Dabei ist er doch nun auch schon fünfunddreißig und …" Sie hob die Hand vor den Mund. „Was bin ich für ein elendes Plappermaul! Ich rede und rede, und du …"

Hastig winkte Agneta ab. „Schon gut, aber … ich muss jetzt wirklich weiter." Sie spürte, wie ihr Lächeln flackerte. „Es hat mich sehr gefreut, dich wiederzusehen. Also dann … *Hejdå!*"

„Hejdå." Ann-Kristin zögerte kurz, dann trat sie auf Agneta zu und umarmte sie zum Abschied. „Ruf mich an, ja? Wir haben uns so viel zu erzählen. Sagt *Adjö* zu Tante Agneta, Mädchen."

Die Kinder wisperten ein kaum hörbares *Hejdå*, dann liefen sie kichernd Hand in Hand zum Haus zurück.

Agneta ging weiter und erreichte schon bald den Hafen von Sjöråhamn. Da die Fischerboote alle schon am frühen Morgen ausgefahren waren, dümpelten nur eine Handvoll private Segeljollen und kleinere Motorboote im bleigrauen Wasser des Hafens. Einige ältere Männer saßen auf der Kaimauer und flickten eine Reuse. Einträchtig schweigend gingen sie ihrer Arbeit nach, jeder eine Pfeife im Mundwinkel, von der ein intensiver Duft nach der typisch schwedischen Tabaksorte *Borkum Riff* ausging.

Agneta ließ den Hafen hinter sich und bog in den *Kyrkovägen* ein, die Hauptstraße von Sjöråhamn, die an der Kirche entlangführte, einem hübschen falunroten Gebäude mit strahlend weiß getünchten Fenster- und Türrahmen, auf dessen Dach ein Glockenturm samt großer Uhr und Wetterhahn thronte. Hier, rund um den *Kyrktorget*, hatten sich die meisten kleinen Einzelhändler angesiedelt, darunter auch *Wikströms Blomsterparadis*, unter dessen tiefgrüner Markise sich kübelweise Blumen in farbenfroher Pracht präsentierten, und die kleine Backstube *Löfgrens Bageri*, durch deren sperrangelweit offen stehende Eingangstür der Duft von frisch gebackenen *kanelbullar*, schwedischen Zimtschnecken, auf die Straße wehte. Alles wirkte sehr hübsch, sehr aufgeräumt und anheimelnd, vom holprigen Kopfsteinpflaster über die im Stil alter Gaslaternen gehaltene Straßenbeleuchtung bis hin zu den ausladenden Kronen der Linden, die selbst im Hochsommer wohltuenden Schatten spendeten.

Nur ein einziges Geschäft, dessen Schaufenster von innen mit Zeitungspapier beklebt war und über dessen Eingangstür ein Schild mit der Aufschrift *Tillfälligt stängd* – Vorübergehend geschlossen – hing, störte die Idylle.

Agneta atmete tief durch. Bei dem Geschäft handelte es sich um das *Himmelska Sockerdrömmar*, die Zuckerbäckerei ihrer verstorbenen Tante.

Sie spürte, wie sich ihr Herz wehmütig zusammenzog. So viele Stunden hatte sie in der Backstube der Konditorei verbracht. Schon als kleines Mädchen, als sie kaum groß genug gewesen war, um über den Rand der Arbeitsplatte in der Backstube zu blicken. Später, mit etwa dreizehn oder vierzehn, war sie nach Schulschluss oft hergekommen, um gemeinsam mit Tante Mia köstliche neue Torten zu kreieren und herrlich süße Pralinen und Naschwaren zu zaubern. Wenn sie jetzt daran zurückdachte, war es die schönste Zeit ihres Lebens gewesen. Sie hatte einfach nur tun können, was sie am besten konnte und am meisten liebte. Ganz ohne jemanden im Rücken, der ihr irgendwelche Vorschriften machte oder sich ständig einmischte. Tante Mia hatte sie von Anfang an selbstständig arbeiten lassen, ihr allenfalls mit Tipps und Tricks zur Seite gestanden, wenn sie einmal nicht weitergewusst hatte.

Erst jetzt wurde ihr klar, wie sehr sie ihre Tante und das *Himmelska Sockerdrömmar* immer vermisst hatte. Leider konnte sie Mias Tod durch nichts in der Welt ungeschehen machen – doch was die Konditorei betraf, lagen die Dinge ein wenig anders.

War das Angebot ihres Vaters nicht genau das, wovon sie insgeheim schon seit Langem träumte? Ein eigener Laden, in dem sie all ihre kreativen Ideen umsetzen konnte, ohne sich immerzu vor jemandem rechtfertigen zu müssen? Warum zögerte sie also noch? Im Grunde ihres Herzens wusste sie doch längst, dass sie nicht vorhatte, nach Stockholm zurückzukehren. Einzig Kristoffer zuliebe war sie in die Großstadt gezogen. Um ihm zu gefallen, hatte sie angefangen, elegante Designerkleidung und teuren Schmuck zu tragen. Aber eigentlich brauchte sie all diesen Firlefanz überhaupt nicht. Glück war etwas, das man mit keinem Geld der Welt erkaufen konnte.

Doch was war mit Jonas? Konnte sie damit umgehen, ihm womöglich jeden Tag auf der Straße zu begegnen? Und seiner Familie – allen voran seiner Mutter? Agnetas Vater, der sie schon seit vielen Jahren kannte, hatte ihr den wenig schmeichelhaften Namen Gewitterhexe verliehen. Agneta fand, dass diese Bezeichnung absolut den Nagel auf den Kopf traf. Wo immer Berit Arvidsson auch auftauchte, schienen düstere Sturmwolken aufzuziehen. Niemand wusste das besser als Agneta selbst.

Mit einem Schaudern erinnerte sie sich an den einzigen Besuch von Jonas' Mutter im *Klippanhus* zurück. Als linkische, unerfahrene Achtzehnjährige war sie ein leichtes Opfer für die viel ältere Frau gewesen. Trotzdem hatte Berits offene Feindseligkeit ihr gegenüber letztlich nicht den Ausschlag für ihre Entscheidung gegeben, Sjöråhamn zu verlassen. Nein, Agneta wäre bereit gewesen, wie eine Löwin für ihr gemeinsames Glück mit Jonas zu kämpfen, hätte sie nach ihrem Gespräch mit Berit auch nur die kleinste Chance gesehen, dass die Dinge doch noch in Ordnung kommen würden. Ironischerweise war es ausgerechnet die Wahrheit gewesen, die all ihre Hoffnungen wie Seifenblasen hatte zerplatzen lassen.

Die Wahrheit über ein schmutziges kleines Geheimnis, über das die einflussreiche Familie Arvidsson einfach einen Mantel des Schweigens gehängt hatte.

Mit einem Kopfschütteln verscheuchte sie die Erinnerung. Das alles war lange her, und sie war nicht mehr die Agneta von damals. Heute würde sie sich nicht mehr so leicht in die Flucht schlagen lassen.

Sjöråhamn war ihre zweite Chance auf ein kleines bisschen Glück – und die wollte sie sich von nichts und niemandem nehmen lassen.

3. KAPITEL

Vergeblich hatte Jonas versucht, jeden Gedanken an Agneta zu verdrängen, indem er sich in Arbeit vergrub. Doch ganz gleich, wie sehr er sich auch bemühte, er konnte einfach nicht verhindern, dass ihr Bild immer wieder vor seinem geistigen Auge erschien.

Es war absurd.

Frustrierend.

Die Sache zwischen ihnen lag mehr als dreizehn Jahre zurück. Das war eine verdammt lange Zeit, vor allem, wenn man bedachte, wie jung sie damals gewesen waren. Wie konnte es sein, dass Agneta trotzdem noch immer solche Macht über ihn ausübte?

Doch es war nicht nur allein ihre Rückkehr nach Sjöråhamn, die ihm Kopfzerbrechen bereitete. Wenn sie sich tatsächlich dazu entschloss, die Zuckerbäckerei ihrer verstorbenen Tante zu übernehmen, würde er ihr in Zukunft wohl öfter im Ort über den Weg laufen. Dabei wunderte es ihn nicht einmal besonders, dass der alte Gustaf ihr dieses Angebot gemacht hatte.

Das *Himmelska Sockerdrömmar* stand seit dem Tod von Mia Holmquvist leer, ebenso wie die darüber liegende Wohnung. Vermutlich hatte Gustaf es nicht übers Herz gebracht, das Haus zu verkaufen. Jeder wusste, wie sehr er an seiner Schwester gehangen hatte. Da erschien es nur natürlich, dass er den Laden lieber seiner Tochter überlassen wollte als irgendeinem Fremden.

Und wenn Jonas ehrlich zu sich selbst war, dann konnte er sich das auch sehr gut vorstellen. Die Agneta, die er von früher kannte, passte zum *Himmelska Sockerdrömmar*. Er sah sie beinahe vor sich, wie sie die Auslagen der Zuckerbäckerei mit herrlichen Pralinen und köstlichem Gebäck dekorierte. Es erschien ihm ganz selbstverständlich. Richtig. Was jedoch nicht bedeutete, dass ihm der Gedanke, Agneta fortan jederzeit über den Weg laufen zu können, sonderlich gefiel. Nicht genug, dass sie ihn ständig an ein reichlich unrühmliches Kapitel seiner Vergangenheit erinnerte. Wie es schien, hatte sie auch den Zauber, den sie auf ihn ausübte, nicht verloren.

Jonas war nach der Arbeit nicht gleich nach Hause gefahren. So saß der Rest der Familie bereits bei Tisch, als er um kurz nach sieben das Esszimmer betrat. Seine Mutter bedachte ihn mit einem missbilligenden Blick, sagte jedoch nichts. Sie verstand es meisterlich, ihren Tadel auch ohne Worte auszudrücken.

„Stellt euch vor, wer wieder in der Stadt ist", verkündete er, nachdem er sich an seinen Platz – rechts neben seinem Bruder – gesetzt hatte. „Agneta Holmquvist."

Klirrend fiel das Silberbesteck seiner Mutter auf den Teller. Alle am Tisch hielten einen Augenblick lang den Atem an. Neben Jonas war auch sein älterer Bruder Frederik anwesend, der mit seiner Frau Josefin und seinen Zwillingstöchtern Lina und Klara in einem Stadthaus im nahe gelegenen Gävle lebte, von wo aus er den Vertrieb von *Arvidssons Tårtafabrik* leitete. Außerdem saßen Bengt Söderberg-Arvidsson, Berits zweiter Mann, und Per Leifsson, ihr Privatsekretär, mit bei Tisch. Während Jonas' Stiefvater nervös mit seinem Dessertlöffel spielte, taxierte Leifsson seine Arbeitgeberin aufmerksam.

„Was?" Berits Augen waren zu schmalen Schlitzen zusammengekniffen. „Ist sie nicht damals nach Stockholm gegangen? Endgültig?"

Jonas nickte ungerührt – von den Launen seiner Mutter ließ er sich schon lange nicht mehr beeindrucken. „Ja. Und jetzt ist sie wieder zurück." Er zuckte mit den Schultern, so als würde ihn das alles nicht berühren. Aber wem wollte er eigentlich etwas vormachen? Seiner Mutter oder sich selbst? „Ihr Vater hat ihr angeboten, die Konditorei ihrer Tante zu übernehmen. Ich glaube, dass sie bleiben wird."

„Und wie kommst du zu dieser Schlussfolgerung?", fragte seine Mutter gefährlich leise.

Diesen Tonfall kannte er nur zu gut. Als kleiner Junge hatte sie ihm damit eine Heidenangst eingejagt. Aber jetzt war er keine zwölf mehr, Berits Jähzorn konnte ihn nicht mehr schrecken. Ganz im Gegenteil – mitunter genoss er es sogar regelrecht, ihn hervorzulocken.

„Sie hat es mir selbst gesagt“, erwiderte Jonas mit einem mokanten Lächeln. „Agneta und ihr Mann haben sich wohl voneinander getrennt. Es sieht so aus, als sei sie nach Sjöråhamn gekommen, um hier noch einmal ganz von vorn anzufangen. Der alte Holmquvist scheint große Hoffnung zu haben, dass sie das *Himmelska Sockerdrömmar* übernimmt.“

„Niemals!“ Aufgebracht ließ Berit ihre rechte Hand auf den Tisch niedersausen. Teller, Gläser und Besteck klirrten vernehmlich. Davon abgesehen war es im Esszimmer jetzt mucksmäuschenstill. „Diese Frau wird sich nicht hier einnisten! Nicht, solange ich noch ein Wörtchen mitzureden habe!“

Jonas räusperte sich. „Und wie gedenkst du, das zu verhindern?“

„Lass das bitte meine Sorge sein“, entgegnete sie finster. „Jedenfalls werde ich nicht zulassen, dass Agneta Holmquvist all das kaputt macht, was wir Arvidssons im Lauf der Jahre aufgebaut haben.“

„Übertreibst du jetzt nicht ein klein wenig?“ Jonas runzelte die Stirn. Obwohl er selbst aus nachvollziehbaren Gründen nicht gerade begeistert war, dass Agneta bleiben zu wollen schien, fand er die Reaktion seiner Mutter sehr überspitzt. „Das *Himmelska Sockerdrömmar* ist eine kleine Zuckerbäckerei. Du kannst nicht im Ernst befürchten, dass Agneta in der Lage wäre, uns Konkurrenz zu machen.“

„Du hast ja keine Ahnung, Junge!“ Sie wirkte plötzlich sehr müde. „Du hast keine Ahnung ...“

„Nun, ich bin sicher, dass du schon einen Weg finden wirst, mit diesem kleinen Problem fertigzuwerden“, mischte Frederik sich ein, ehe Jonas nachhaken konnte. „So ist es am Ende doch immer, nicht wahr?“ Er hob sein Weinglas. „Auf dich, Mutter.“

„Auf Berit“, fielen Leifsson und Bengt mit ein und hoben ebenfalls die Gläser.

Mit einiger Verzögerung folgte auch Jonas ihrer Geste. Doch mit seinen Gedanken war er ganz woanders. Seine Mutter hielt vor dem Rest der Familie offensichtlich etwas zurück. Etwas, das mit Agneta zu tun hatte. Was das wohl sein konnte?

Er schüttelte den Kopf. Nun, er würde es schon noch herausfinden …

Etwas später am Abend standen Agneta und ihr Vater vor der Ladentür des *Himmelska Sockerdrömmar*. Gustaf hatte den Schlüssel bereits ins Schloss gesteckt. Bevor er ihn jedoch umdrehte, wandte er sich noch einmal an seine Tochter.

„Der Laden ist in keinem besonders guten Zustand“, warnte er sie. „Bitte lass dich davon nicht abschrecken. Das ist nichts, was sich mit ein bisschen Farbe, ein wenig handwerklichem Geschick und viel Enthusiasmus nicht wieder hinbekommen ließe.“

Seine Ankündigung verursachte Agneta ein flaues Gefühl im Magen. Sie hatte keine Ahnung, was sie erwartete. In ihrer Vorstellung sah die Zuckerbäckerei noch genauso aus wie zu Tante Mias Lebzeiten. Die Worte ihres Vaters ließen sie nun das Schlimmste befürchten. Um noch einen Rückzieher zu machen, war es jedoch ohnehin zu spät.

Sie atmete tief durch. „Na dann mal los.“

Mit einem leisen Quietschen drehte sich der Schlüssel, und die Tür schwang auf. Gustaf tastete nach dem Lichtschalter. Kurz darauf flammte eine einzelne nackte Glühbirne auf, die an einem Kabel mit Fassung von der Decke hing.

„Oh …“, entfuhr es Agneta.

Seufzend legte ihr Vater ihr eine Hand auf die Schulter. „Es ist sicher nicht ganz so, wie du es dir vorgestellt hast, *min solstråle*. Aber der Laden steht jetzt schon seit anderthalb Jahren leer, und ich habe einfach nicht die Zeit gefunden, mich um die Instandhaltung zu kümmern. Wenn du also lieber doch nicht … Ich meine, ich würde es verstehen. Ich …“

Agneta hob eine Hand und schüttelte den Kopf. „*Nej, pappa*, nicht …“ Sie trat über die Türschwelle und schaute sich staunend um. „Es ist ganz wunderbar.“

Gustafs Miene hellte sich auf. „Wirklich? Du findest nicht, dass es … na, etwas heruntergekommen ist?“

Lächelnd wandte Agneta sich zu ihm um. „Ein bisschen vielleicht – trotzdem …“

Ihr war, als hätte sie einen Zeitsprung in die Vergangenheit gemacht. Alles war noch so, wie sie es in Erinnerung hatte. Zwar überzog eine dicke Patina aus Staub die gläserne Theke, die Vitrinen und Regale, zudem war das Holz der Tür- und Fensterrahmen rissig, auch die geblümten Tapeten waren stockfleckig und unansehnlich geworden. Aber alles andere …

Sie konnte förmlich vor sich sehen, wie es aussehen würde, wenn sie erst einmal alles wieder hergerichtet hatten: geraffte, bonbonrosafarbene Gardinen vor den Fenstern, weiß getünchte Regale, in denen in raschelndes Zellophan verpackte Pralinen und Gläser mit Zuckerstangen standen. Kandierte Früchte und Schokoladen, erlesene Kostbarkeiten unter gläsernen Hauben präsentiert. Frisch gebackene Plätzchen, Ingwerstäbchen, Marzipankartoffeln und selbst hergestellter Karamell. Und das Herz von allem bildete die von innen beleuchtete Theke, in der Agnetas Torten gut gekühlt zur Schau gestellt würden.

Durch eine Tür hinter der Theke gelangte sie in einen schmalen Korridor. An der Wand stand ein Pappkarton, in dem sich Bücher stapelten. Agneta hockte sich hin und nahm ein paar heraus. Während sie die anderen auf ihren Knien balancierte, schlug sie das erste auf. Ein wehmütiges Lächeln umspielte ihre Lippen. Es war ein Rezeptbuch, was auch sonst? Sie deponierte es wieder in dem Karton und schaute sich das zweite an, ehe sie es ebenfalls zur Seite legte.

Seufzend fuhr sie sich über die Stirn, dabei glitt ihr der Bücherstapel von den Knien und fiel zu Boden. Eine dünne, mit sorgfältiger Handschrift versehene Kladde rutschte zwischen den Buchdeckeln heraus und landete zu Agnetas Füßen.

Neugierig hob sie sie auf. Es handelte sich eindeutig um Tante Mias Handschrift – Agneta hatte sie während ihrer Ausbildung tausendfach gesehen. Und der Titel, der oben auf dem weinroten Ledereinband prangte, ließ Agnetas Herz schneller klopfen.

Mina recepten – Meine Rezepte ...

„Hast du irgendetwas Interessantes entdeckt, *min solstråle*?", fragte ihr Vater, der bereits in die Backstube vorausgegangen war.

„Nur ein altes Buch", erwiderte Agneta und steckte die Kladde rasch in ihre Umhängetasche. Verwundert runzelte sie im nächsten Moment die Stirn. Warum zeigte sie ihrem Vater nicht den Schatz, den sie eben gefunden hatte? Nun, sie wusste es auch nicht. Sie würde es tun. Ganz bestimmt. Aber nicht jetzt. Sie wollte sich erst selbst damit beschäftigen.

Sie stand auf und betrat die Backstube, in der sie früher mit Tante Mia so viele Stunden verbracht hatte. Beim Anblick der Geräte verflüchtigte sich Agnetas Enthusiasmus jedoch sehr schnell. Die meisten waren schon zu Mias Zeiten nicht mehr modern gewesen. Die gut zwei Jahre, in denen niemand sie benutzt hatte, waren ihnen nicht gut bekommen. So gut wie nichts von dem, was hier stand, war mehr zu gebrauchen. Sie würde alles, was sie zum Betreiben der Zuckerbäckerei brauchte, neu anschaffen müssen – und sie wusste aus Erfahrung, wie kostspielig eine solche Erstausrüstung war.

Weitaus teurer, als sie es sich erlauben konnte.

Ihr Vater, der ihr in die Backstube gefolgt war, schaute sie so hoffnungsvoll an, dass es ihr im Herzen wehtat. Sie wollte ihn nicht enttäuschen, aber sie musste auch realistisch bleiben. So gern sie das *Himmelska Sockerdrömmar* auch wieder aufbauen wollte – sie konnte das notwendige Kapital unmöglich auftreiben. Kristoffer und sie hatten bei der Hochzeit einen Ehevertrag geschlossen, sodass jedem bei einer etwaigen Scheidung nur das zustand, was er mit in die Ehe gebracht hatte. Agneta war im Grunde ganz froh darüber. Sie wollte keine Almosen von Kristoffer annehmen und ihm womöglich dabei helfen, sein schlechtes Gewissen zu beruhigen.

„Es ist ein wunderschöner Traum", sagte sie mit einem traurigen Lächeln. „Aber trotzdem leider nichts weiter als das, *pappa*. Sosehr ich es mir auch wünschen mag, es ist unmöglich. Es würde ein Vermögen kosten, die Zuckerbäckerei wieder flottzumachen. Geld, das ich nicht besitze."

Zu ihrer Überraschung wirkte Gustaf alles andere als betrübt – ganz im Gegenteil. „Wenn das deine einzige Sorge ist …" Er zuckte mit den Schultern. „Wie du weißt, hat Mia nie eine eigene Familie gegründet. Und so ist mir nach ihrem Tod ihr ganzer Besitz zugefallen. Zwar war Mia nicht reich, aber …"

Als er die Summe nannte, die er auf einem gesonderten Sparbuch bei der Bank aufbewahrte, machte Agneta große Augen. „Das ist lieb gemeint", sagte sie, als sie sich vom ersten Schock erholt hatte. „Aber … Ich kann das nicht annehmen, *pappa*! Das ist einfach zu viel."

Energisch schüttelte ihr Vater den Kopf. „Die Entscheidung überlässt du dann doch wohl besser mir", entgegnete er in einem Ton, der keinerlei Widerspruch duldete. „Und wenn das Ersparte nicht reicht – was ich stark annehme –, wenden wir uns einfach an die Bank." Als Agneta protestieren wollte, hob Gustaf die Hand. „Keine Widerrede, *min solstråle*. Sag mir, was soll ein alter Mann wie ich mit so viel Geld anfangen? Ich wünsche mir nichts mehr, als dass meine Tochter zurück nach Sjöråhamn kommt und mir dabei hilft, das Lebenswerk meiner Schwester wieder aufzubauen. Was glaubst du, warum ich es bisher nicht über mich gebracht habe, den Laden zu verkaufen?" Fragend und hoffnungsvoll schaute er Agneta an. „Also, was sagst du?"

Agnetas Lippen formten sich zu einem glückseligen Lächeln. „Was ich sage?" Sie fiel ihrem Vater um den Hals. „Ja, *pappa*! Ich sage Ja, ja, JA!"

Das Haus der Arvidssons lag etwas oberhalb von Sjöråhamn auf einem kleinen Hügel. Es war sehr viel größer als alle anderen Gebäude in der Umgebung, die Kirche mit eingerechnet. Die ursprünglich rostrote Farbe hatte Berit vor ein paar Jahren durch einen eidottergelben Anstrich nach dem Vorbild von *Drottningholm Slott* – dem königlichen Palast auf Lovön – ersetzen lassen. Durch die beiden von Kuppeldächern gekrönten Türme, die das Haupthaus flankierten, wirkte es mehr wie ein Schloss als ein gewöhnliches Haus. Und das war auch der Effekt gewesen, den Aleksander Arvidsson, Begründer von *Arvidssons Tårtafabrik*, beim Erbauen damals hatte erreichen wollen.

Berit Arvidsson stand am Fenster ihres Arbeitszimmers im zweiten Obergeschoss und blickte hinaus in die wolkenlose Nacht. Sterne glitzerten am schwarzen Firmament, der fast volle Mond schien hell und klar. Sein silbriges Licht verlieh Sjöråhamn, das schlafend am Fuße des Hügels lag, etwas beinahe Magisches.

Es war schon spät – weit nach elf –, doch Berit konnte nicht schlafen. Sie gehörte zu den Menschen, die einfach keine Ruhe fanden, bis sie für ein Problem die passende Lösung gefunden hatten. Es lag in der Familie. Wie oft hatte sie ihren Vater und vor ihm ihren Großvater an exakt derselben Stelle stehen sehen, die Hände hinter dem Rücken verschränkt, die Stirn nachdenklich in Falten gelegt? Und nun war sie es, die ein Problem hatte, das schnellstens gelöst werden musste.

Denn die Rückkehr von Agneta Holmquvist war ein Thema, das sie lieber nicht auf die lange Bank schieben wollte.

Sie wandte sich vom Fenster ab und ging zu ihrem Schreibtisch zurück, einem wuchtigen Monstrum aus dunkler Eiche, das den großen Raum beherrschte. Davon abgesehen war die Einrichtung eher sparsam. Ein paar bis zur Decke reichende Bücherregale, ein ovaler Tisch, an dem Besprechungen abgehalten werden konnten, zwei Besucherstühle. Berit legte keinen besonderen Wert auf Komfort oder gar Gemütlichkeit.

Wichtig war ihr nur der Eindruck, den der Raum nach außen hin erweckte – und das war genau die richtige Mischung aus imponierend und einschüchternd.

Aus einer versteckt ins Holz eingelassenen Schublade, die selbst bei genauem Hinsehen unmöglich zu entdecken war, holte Berit ihr Telefonbuch hervor. Es war immer sinnvoll, die eigenen Kontakte zu schützen. Doch die Nummer, die sie nun trotz der vorgerückten Stunde wählte, hätte sie sich ebenso gut aus dem öffentlichen Fernmelderegister beschaffen können.

Es klingelte dreimal, viermal, dann meldete sich die verschlafene Männerstimme von Gustaf Holmquvist, Agnetas Vater. „*Hej*? Wer ist denn da?"

„Gustaf? Berit Arvidsson hier."

„Berit?" Er stöhnte. „Hast du mal auf die Uhr geschaut? Es ist mitten in der Nacht, Herrgott noch mal! Was gibt es so Wichtiges, dass es nicht bis morgen warten kann?"

„Die Konditorei deiner Schwester", erwiderte Berit ungerührt. „Das *Himmelska Sockerdrömmar*. Ich habe einen Interessenten dafür an der Hand."

Einen Moment lang herrschte Schweigen am anderen Ende der Leitung. „Und um mir das zu sagen, klingelst du mich aus dem Bett?" Gustaf gähnte unterdrückt. „Tut mir leid, aber du kommst zu spät, Berit. Ein Verkauf der Konditorei steht nicht mehr zur Debatte. Du kannst deinem Interessenten sagen, dass meine Tochter das Geschäft übernehmen wird. Also dann: *God natt!*"

Er legte auf, ehe Berit noch etwas sagen konnte. Wütend starrte sie das Telefon in ihrer Hand an. Agneta und ihr Vater wollten es also auf die harte Tour? Schön, dachte Berit, das können sie haben.

Ob Jonas es sich nun vorzustellen vermochte oder nicht – die Wiedereröffnung des *Himmelska Sockerdrömmar* durch Agneta konnte sich für *Arvidssons Tårtafabrik* zu einer ausgewachsenen Katastrophe entwickeln, wenn Berit es nicht schaffte, rechtzeitig entgegenzuwirken. Sie musste sich etwas einfallen lassen, und zwar schnell.

Agneta, immer wieder Agneta!

Berit schüttelte den Kopf. Nun, es war ihr schon einmal gelungen, dieses kleine Flittchen aus Sjöråhamn zu vertreiben. Und sie war zuversichtlich, dass sie es wieder schaffen würde.

Ganz einfach, weil es sein musste.

Etwa zur selben Zeit stand Agneta trotz der späten Stunde noch im leeren Ladenlokal des *Himmelska Sockerdrömmar* und schaute im Schein einer Kerze die Geschäftsbücher ihrer Tante durch, die sie in einem Regal im Hinterzimmer der Backstube gefunden hatte. Sie war viel zu aufgeregt, um an Schlaf auch nur zu denken.

Wie es schien, waren die Geschäfte bis zu Mias Tod vor anderthalb Jahren gut gelaufen. Sicher war ihre Tante mit den Umsätzen der Zuckerbäckerei nicht reich geworden. Doch es hatte genügt, um ihr ein nicht zu verachtendes Auskommen zu sichern und im Laufe der Zeit ein beträchtliches kleines Vermögen anzusparen.

Ein Lächeln huschte über Agnetas Lippen. Wenn sie die Augen schloss und tief in sich hineinhorchte, konnte sie beinahe Mias Stimme hören, wie sie geduldig über die verschiedenen Anwendungsmöglichkeiten von Zartbitterschokolade referierte. Sie sah ihre Tante vor sich, die Stirn in stiller Konzentration gerunzelt, während sie eine Torte mit zartroséfarbenem Zuckerguss bestrich. Sie war eine Perfektionistin gewesen. Und genau diesen Perfektionismus hatte sie auch an ihre Nichte weitergegeben.

Agneta nickte. Halbe Sachen waren nie etwas für sie gewesen. Wenn sie etwas anpackte, dann zu einhundert Prozent. Das war einer der Gründe, warum Birger Johanssen vom *Hotel Rosenträdgården* so viel Geduld mit ihr zeigte, obwohl das eigentlich nicht gerade seine Stärke war. Aber er wusste genau, dass er eine Mitarbeiterin wie Agneta so schnell nicht noch einmal finden würde. Jemanden, der eigenständig und selbstverantwortlich arbeitete und darüber dennoch nicht seine kreative Ader vergaß. Nur deshalb gab er ihr die Zeit, die sie benötigte, um ihre Entscheidung zu treffen.

Agneta hatte Mia so viel zu verdanken. Sehr viel mehr als jedem anderen Menschen, den sie kannte – abgesehen vielleicht von ihrem Vater. Und schon allein deshalb wollte sie unbedingt, dass das *Himmelska Sockerdrömmar* wieder ein Erfolg wurde.

Gleichzeitig fürchtete sie jedoch auch das Versagen. Was, wenn sie es nicht schaffte und es ihr nicht gelang, in die Fußstapfen ihrer Tante zu treten? Was, wenn sie kläglich scheiterte?

Der Gedanke machte ihr Angst. Das hier war mehr als nur ein spannendes Experiment. Mehr als nur der Versuch, sich selbst zu beweisen, dass sie absolut in der Lage war, auf eigenen Beinen zu stehen. Es war der Beginn eines neuen Lebensabschnitts. Sie stand kurz davor, den Schritt in die Selbstständigkeit zu machen. Etwas, das sie sich schon so lange wünschte, dass es ihr in Fleisch und Blut übergegangen war.

Ihr großer Traum.

Aber was würde passieren, wenn dieser Traum zerplatzte?

Kristoffer hatte sie immer vor den Gefahren gewarnt, die eine solche Entscheidung mit sich brachte. Dann hatte er immer ein Loblied darauf gesungen, wie gut es doch Angestellte hatten, die sich nicht Tag für Tag den Kopf darüber zerbrechen mussten, ob sie am Monatsende genug eingenommen hatten, um zumindest die laufenden Kosten zu decken. Seine entmutigenden Worte hatten ihre Wirkung nicht verfehlt.

Doch inzwischen, mit ein bisschen Abstand von Kristoffer, dachte sie anders darüber. Hatte er ihr wirklich aus Sorge um sie davon abgeraten, sich selbstständig zu machen? Oder nicht doch eher, weil es sich mit seinen Plänen nicht in Einklang bringen ließ?

Agneta jedenfalls war sicher, dass sie es schaffen konnte. Sie war gut in dem, was sie machte. Sehr gut sogar, was sie nicht zuletzt Tante Mia verdankte. Sie würde es nicht nur für sich tun, sondern auch für ihre Tante.

Und wenn es tatsächlich doch nicht funktionieren sollte, dann würde sich schon eine andere Möglichkeit finden. Wo sich eine Tür schließt, öffnet sich einem eine andere, hatte Tante Mia immer zu sagen gepflegt.

Agneta nickte, wie um sich selbst Mut zuzusprechen; dann straffte sie die Schultern und atmete tief durch. Um zu erfahren, was die Zukunft für sie bereithielt, musste sie sich ihr stellen. Denn eines hatte sie während der Ehe mit Kristoffer gelernt: Wenn sie sich zu sehr auf das konzentrierte, was jemand anderes wollte, und zu wenig auf das, was sie selbst wollte, würde sie auf Dauer nicht glücklich werden. Es war endlich an der Zeit, sich selbst zu verwirklichen.

Mit dem guten Gefühl, einen festen Entschluss gefasst zu haben, packte sie die Bücher zusammen und pustete die Kerze aus. Als sie ihre Tasche vom Boden aufnehmen wollte, bemerkte sie das kleine Büchlein, das halb herausragte.

Tante Mias Rezeptbuch.

Nach kurzem Zögern zündete Agneta die Kerze wieder an und legte das Buch vor sich auf den Tisch. Dann schlug sie es auf und begann, das erste Rezept zu lesen. Ein Vermerk zeigte, dass dieses Rezept offenbar schon vor sehr langer Zeit von Tante Mia niedergeschrieben wurde, nämlich im Juni 1957. Tante Mia war damals noch keine zwanzig gewesen.

Mit klopfendem Herzen strich Agneta über die Seite und fragte sich, wie das Leben ihrer Tante zu jener Zeit ausgesehen haben mochte. Was hatte sie gefühlt, was hatte sie erlebt – und warum hatte sie damals ausgerechnet dieses Rezept kreiert?

PRINSESSTÅRTA MIT HIMBEEREN

Zutaten

150 Gramm Zucker
65 Gramm Weizenmehl
80 Gramm Stärke
6 Eier
250 Milliliter Milch
450 Milliliter Schlagsahne
2 Tüten Sahnesteif
2 Teelöffel Backpulver
2 Teelöffel Vanillezucker
400 Gramm Marzipan
180 Gramm Puderzucker
Grüne Lebensmittelfarbe
Tiefgekühlte Himbeeren

Zubereitung

1. 4 Eier und 140 Gramm Zucker schaumig schlagen. Backpulver mit 60 Gramm Weizenmehl und Stärke vermischen und gesiebt mit der Eimasse verrühren. Springform fetten.

2. Vorheizen des Backofens (Umluft 175 °C/Ober-/Unterhitze 190 °C). Boden ca. 40 Minuten backen, danach aus der Form nehmen und auskühlen lassen. Anschließend in drei Böden teilen (jeweils ca. 1 Zentimeter dick).

3. Für die Cremefüllung 2 Eigelb mit Milch, restlichem Weizenmehl und Zucker in einem Topf erwärmen und unter Rühren so lange erhitzen, bis sie fest wird. Abkühlen und Vanillezucker unterschlagen. Schlagsahne mit Sahnesteif schlagen und mit der Creme mischen.

4. Creme und aufgetaute Himbeeren auf die Böden verteilen. Restliche Masse außen auf der Torte verteilen. Die Creme sollte so auf der Torte verteilt werden, dass in der Mitte ein Hügel entsteht. Torte kalt stellen.

5. Marzipan mit Puderzucker geschmeidig arbeiten. Mit Lebensmittelfarbe pastellgrün einfärben. Danach Marzipan dünn ausrollen und Torte damit überziehen.

4. KAPITEL

Sjöråhamn, Schweden – Juni 1957
Backstube von Arvidssons Konditorei

Sehr schön, Mia", sagte Ludvig Arvidsson nach einer endlos erscheinenden Minute, in der er, die Kuchengabel noch in der Hand, schweigend und mit nachdenklich gerunzelter Stirn dagestanden hatte. Jetzt hellte ein Lächeln seine Züge auf, und Mias Herz machte einen aufgeregten Hüpfer; ihn so zu sehen war ein seltenes Ereignis.

„*Tack*", bedankte sie sich. „*Tack så mycket.*"

Rasch schlug Mia die Lider nieder, damit nicht jeder das begeisterte Leuchten ihrer Augen und die aufgeregte Röte bemerkte, die spürbar ihre Wangen überzog. Ein Lob von ihrem Lehrherrn, dem Besitzer einer der größten und angesehensten Konditoreien von ganz Mittelschweden, war etwas, das man nicht alle Tage bekam. Sie konnte die neidischen Blicke der anderen Lehrlinge förmlich auf ihrem Rücken spüren.

Allen voran den von Berit, die nicht nur Mias beste Freundin, sondern außerdem auch Ludvig Arvidssons einzige Tochter war …

Als hätte der alte Mann ihre Gedanken gelesen, wandte er sich nun Berit zu. Mia bemerkte, dass ihre Freundin unter dem kritischen Blick ihres Vaters zu schrumpfen schien. So schüchtern, ja beinahe unterwürfig kannte sie sie nur in Ludvig Arvidssons Gegenwart. Denn für gewöhnlich war Berit alles andere als auf den Mund gefallen. Mit ihrer direkten, oft sehr undiplomatischen Art hatte sie sich unter den anderen Lehrlingen nicht nur Freunde gemacht. Jetzt stand einigen die Schadenfreude regelrecht ins Gesicht geschrieben.

Mia empfand nichts dergleichen. Es machte sie vielmehr traurig, dass die Beziehung zwischen Berit und ihrem Vater derart von Konflikten geprägt war. Warum tat sie sich so schwer mit Ludvig Arvidssons Art? Sie, Mia, hatte damit von Anfang an keine Schwierigkeiten gehabt.

Vermutlich lag es daran, dass Berit schlicht und einfach kein Talent zur Zuckerbäckerin mitbrachte. Selbst Mia, die ihre Freundin wirklich gernhatte, konnte die Augen nicht davor verschließen, dass sie selbst mit den einfachsten Aufgaben wie Teiganrühren und -formen hoffnungslos überfordert war. Als einziger Nachkomme von Ludvig Arvidsson hatte sie jedoch kaum eine andere Wahl, als in die Fußstapfen ihres Vaters zu treten, ob sie es nun konnte oder nicht.

Wie nicht anders zu erwarten gewesen war, ließ der alte Mann kein gutes Haar an dem *kladdkaka*, den Berit, wie Mia wusste, mit großer Mühe zubereitet hatte. Schließlich wurde es so schlimm, dass ihre Freundin ein heiseres Schluchzen ausstieß, auf dem Absatz herumwirbelte und aus der Backstube stürmte, wobei sie mit einem der Gesellen zusammenstieß, der um ein Haar ein Tablett mit Himbeer-Baisertörtchen fallen gelassen hätte.

Während die anderen lachten, unterdrückte Mia ein Seufzen. Arme Berit! Sie gab sich ja die allergrößte Mühe, aber es war nicht leicht, den Ansprüchen eines Ludvig Arvidsson zu genügen. Vor allem, wenn dieser Erwartungen an einen stellte, denen man einfach nicht gerecht werden konnte.

Ohne das Verhalten seiner Tochter auch nur eines Wortes zu würdigen, wandte der alte Mann sich den Kreationen der anderen Lehrlinge zu, die auf der Stelle verstummten. Mia widerstand dem Verlangen, sich heimlich davonzuschleichen, um nach Berit zu sehen. Aus Erfahrung wusste sie, dass ihre Freundin jetzt lieber allein sein wollte. Oder vielleicht nicht unbedingt allein, aber zumindest nicht in ihrer, Mias, Gesellschaft.

Sie konnte ja verstehen, dass Berit sich zurückgesetzt fühlte. Trotzdem wünschte sie sich, sie würde nicht mehr alles so persönlich nehmen. Was konnte Mia denn dafür, dass sie einfach die größere Begabung zum Tortenbacken hatte? Dafür verfügte Berit über andere Fähigkeiten – wenn auch leider über keine, die ihrem Vater bedeutsam zu sein schienen. So konnte sie unglaublich gut mit Zahlen umgehen, und ihr Verstand war messerscharf, vor allem wenn es darum ging, neue, bessere Abläufe zu entwickeln.

Im Grunde hasste Berit es, jeden Tag stundenlang in der Backstube zu stehen. Sie war nicht wie Mia, die in ihrer Arbeit aufging und für die die Zeit beim Backen wie im Fluge verging. Mia fragte sich, warum Ludvig Arvidsson das nicht erkannte. Oder wusste er es vielleicht längst und war einfach nicht bereit, sich mit den Gegebenheiten zu arrangieren?

Mia atmete auf. Was für ein Glück, dass ihre Eltern anders waren. Ihr Vater hatte sowohl ihrem älteren Bruder als auch ihr freie Hand bei der Berufswahl gelassen. Während sich Gustaf zunächst mit der Entscheidung schwergetan hatte, wusste Mia schon seit Jahren, was sie werden wollte.

Sie hatte sich nie etwas anderes gewünscht, als Zuckerbäckerin zu werden. Schon von Kindesbeinen an waren die Auslagen im Schaufenster der Konditorei Arvidsson für sie ein nicht enden wollender Quell der Freude gewesen. All diese wunderbaren Torten, die in den schönsten Farben erstrahlten ... Die kandierten Früchte, Pralinen und Schokoladensahnetrüffel ... Von da an war es ihr Traum gewesen, selbst einmal solche köstlichen Herrlichkeiten herzustellen und damit die Augen anderer Kinder zum Leuchten zu bringen. Und an diesem Traum hielt sie jetzt, mit siebzehn Jahren, noch immer unvermindert fest.

Nachdem Ludvig Arvidsson sie alle wieder zurück an ihre Arbeit entlassen hatte, stahl Mia sich nun doch still und leise davon. Sie fand Berit auf der Treppe zum Vorratsspeicher. Ihre Freundin saß einfach nur da, die Beine angezogen, die Arme um die Knie geschlungen, und starrte ins Leere.

„Warum kann er mich nicht einfach in Ruhe lassen?“, fragte sie schließlich, ohne Mia anzusehen. „Warum kann er mich nicht einfach so akzeptieren, wie ich bin?“

Seufzend fuhr Mia sich durchs Haar und fasste ihre dunklen Locken im Nacken zu einem Zopf zusammen. „Ach, Berit …“ Sie setzte sich neben sie auf die Treppe und legte Berit einen Arm um die Schulter. „Nimm es nicht so schwer. Ich bin sicher, tief in seinem Herzen ist dein alter Herr stolz auf dich. Er kann es eben nur nicht immer so zeigen.“

Berit stieß ein abfälliges Schnauben aus. „Mein Vater und stolz auf mich? Dass ich nicht lache!“ Sie schüttelte Mias Arm ab und warf ihr einen kühlen Blick zu. „Weißt du, manchmal denke ich, er würde mich mit Freuden gegen dich eintauschen, wenn er es nur könnte.“

„Sag doch so etwas nicht!“ Mia war schockiert. Doch wenn sie an den eigensinnigen Arvidsson dachte, fragte sie sich unvermittelt, ob Berits Gedanke tatsächlich so abwegig war.

In Ludvig Arvidssons Augen war Berit eine einzige Enttäuschung. Er war Zuckerbäcker mit Leib und Seele, und er erwartete von dem Menschen, der einmal seine Firma fortführen sollte, dass er ebenso empfand. Und weil seine einzige Tochter von sich aus kein Interesse an seiner Arbeit zeigte, versuchte er eben, sie dazu zu zwingen.

Mit dem Ergebnis, dass er damit alles nur noch schlimmer machte.

„Heute fängt doch der Jahrmarkt an“, sagte Mia, um ihre Freundin auf andere Gedanken zu bringen, und strich ihr über das kupferrote Haar. „Draußen auf der großen Wiese vor der Stadt. Was meinst du? Wollen wir zusammen hingehen?“

Einen Moment lang zögerte Berit. Sie schien nicht sicher zu sein, ob sie wirklich schon bereit war, ihrer Freundin erneut zu verzeihen, dass sie in der Gunst ihres Vaters höher stand. Doch dann erhellte ein zaghaftes Lächeln ihr Gesicht. „Weißt du, ob sie dort auch einen Zauberkünstler haben?“

„Den fantastischen Marinus“, erwiderte Mia still in sich hineinlachend. Sie wusste, wie verrückt Berit nach allem war, was mit Zauberei und Magie zu tun hatte. Dennoch überraschte es sie jedes Mal aufs Neue, wenn bei ihrer sonst so schwer für etwas zu begeisternden Freundin die Augen zu leuchten begannen. „Also, was ist? Kommst du mit oder muss ich alleine gehen?“

Der Duft von Zuckerwatte, frisch gebackenen *kanelbullar* und kandierten Äpfeln erfüllte die Luft. Aus einer kunstvoll mit allerlei Figuren und Schnitzereien verzierten Drehorgel ertönte eine fröhliche Walzermelodie. Einige Kinder hielten sich an den Händen und tanzten im Takt der Musik einen fröhlichen Ringelreihen.

Berit hatte den Eindruck, dass nahezu sämtliche Einwohner Sjöråhamns auf den Beinen waren und sich auf dem Festplatz vor den Toren der Ortschaft versammelt hatten. Dicht an dicht drängten sich die Menschen, schoben sich mehr zwischen den einzelnen Buden und Zelten entlang, als dass sie gingen. Es herrschte eine positive, ausgelassene Stimmung, wie man sie sonst nur vom großen Midsommarfest kannte, wenn Jung und Alt, Arm und Reich sich miteinander vergnügten, so als seien sie eine große Familie.

Mit großen, staunenden Augen blickte sie sich um, und für eine Weile gelang es ihr tatsächlich, die ständigen Reibereien mit ihrem Vater zu vergessen. Sie beschloss, den Moment zu genießen, solange er währte. Was, wie sie aus Erfahrung wusste, auch bloß kurz sein konnte.

„Schau“, rief Mia, die neben ihr ging, begeistert und deutete auf ein kleines, blau-gelb gestreiftes Zelt, das ein wenig abseits vom Hauptweg des Jahrmarkts lag. „Eine Wahrsagerin! Komm!“ Mia nahm sie bei der Hand und zog sie in die entsprechende Richtung. „Wir lassen uns die Zukunft voraussagen!“

Stirnrunzelnd folgte Berit ihrer Freundin. Sie liebte Zaubertricks und Illusionen. Das bedeutete aber noch lange nicht, dass sie auch für bare Münze nahm, was die Sinne ihr vorgaukelten. Und daran, dass es Menschen gab, die das Schicksal anderer in einer Glaskugel ablesen konnten, glaubte sie ganz bestimmt nicht. Mia war jedoch ihre beste Freundin. Ihre *einzige* Freundin. Und auch wenn es Berit manchmal nicht leichtfiel, so hatte sie sich doch daran gewöhnt, hin und wieder nachzugeben. Um des lieben Friedens willen.

Die Mädchen hatten sich gleich nach dem Abendessen auf dem Kirchplatz getroffen und waren gemeinsam zum Festplatz geschlendert. Jetzt war es fast acht Uhr, und es dämmerte bereits ganz leicht – ungewöhnlich für diese Jahreszeit. Im vergangenen Jahr hatte die Dämmerung viel später eingesetzt. Berit wäre viel lieber draußen geblieben, um sich die anderen Attraktionen und Darbietungen anzusehen, doch sie spürte Mias Begeisterung und sprang über ihren Schatten. Der Abend war noch jung, sie konnten sich auch später noch alles ansehen. Und wenn Mia solchen Spaß daran hatte ... Mit einem mulmigen Gefühl im Bauch trat sie durch ein paar schwere, purpurfarbene Vorhänge in das schummrige Innere des Zeltes.

Es war, als wären sie in eine andere, völlig fremde Welt eingetaucht. Ein schwerer, leicht süßlicher Duft lag in der Luft, der Berit im ersten Moment den Atem raubte. Ringsherum an den Wänden hingen Tücher und Vorhänge so drapiert, dass die eigentliche Form des Raumes kaum mehr zu erkennen war. Die sparsame Beleuchtung, bestehend aus einem Windlicht aus hauchdünnem Glas und einer dicken weißen Kerze, deren Wachs über die Oberfläche der Kommode gelaufen war, auf der sie stand, tat ihr Übriges, um die Konturen verschwimmen zu lassen. Dagegen dominierten kräftige Farben: Smaragdgrün, Rubinrot und ein sanftes, dunkles Blau, das an die Wellen der Ostsee an einem schönen Frühlingstag erinnerte.

Skeptisch schaute Berit sich weiter um, doch mit den meisten der zahllosen Dinge, die auf allen freien Flächen des Raumes herumstanden, konnte sie nichts anfangen. Als sie schließlich einen sehr alt aussehenden, wie poliert wirkenden Schädel entdeckte, der sie aus leeren Augenhöhlen anstarrte, überlief sie ein eisiger Schauer, und sie griff nach Mias Arm.

„Komm, lass uns gehen“, flüsterte sie. „Hier ist ja doch niemand.“

Sie wagte schon beinahe zu hoffen, dass sie Mira überzeugen konnte, als plötzlich einer der Vorhänge zur Seite geschoben wurde und eine überraschend junge, dunkelhaarige Frau hindurchtrat.

Sie hatte einen goldenen Teint, ihre Augen waren von einem ungewöhnlichen Grün, das von innen heraus zu strahlen schien. Aber das war vermutlich nur Einbildung. Dunkle Locken, die der Frau bis zu den Hüften reichten, umrahmten ein schmales Gesicht mit hohen Wangenknochen und sinnlichen Lippen.

Wie gebannt starrte Berit die Frau an. Sie musste zugeben, dass sie sich eine Wahrsagerin vollkommen anders vorgestellt hatte. Viel, viel älter, mit stechendem Blick und in schreiend bunte Gewänder gehüllt.

Ein spöttisches Lächeln umspielte die Mundwinkel der Fremden, als sie sie erblickte. „Ihr seid sicher hier, um euch von Madame Zarafina die Karten legen zu lassen, habe ich recht?"

In ihrer tiefen, kehligen Stimme schwang etwas Exotisches mit. Und sie sprach mit einem leichten Akzent, den Berit nicht recht zuordnen konnte. Vermutlich gehörte sie zu den Sinti und Roma, von denen ihr Vater immer abfällig als Zigeuner sprach.

„Seid ihr denn sicher, dass ihr mit der Wahrheit umgehen könnt? Die eigene Zukunft zu erfahren kann mitunter ein zweischneidiges Schwert sein!"

Damit sprach sie Berit aus der Seele. Nicht, dass sie an diesen ganzen Unfug glaubte. Trotzdem erschien es ihr besser, das Schicksal nicht herauszufordern. Doch Mias begeisterte Miene ließ keinen Zweifel daran, dass sie bleiben würden.

„Bitte, Madame Zarafina", sagte sie und nahm ungebeten auf einem der beiden Stühle Platz, die auf ihrer Seite des Tisches bereitstanden. „Ich muss unbedingt erfahren, wann ich endlich den Jungen meiner Träume finden werde. Können Sie mir helfen?"

Die Wahrsagerin lächelte wissend. „Lass uns die Karten befragen und sehen, ob wir es herausfinden." Mit einer knappen

Handbewegung forderte sie Berit dazu auf, sich ebenfalls zu setzen. Diese kam der Einladung nur widerstrebend nach, was Madame Zarafina offenbar nicht entging. „Möchtest du denn gar nicht wissen, was die Zukunft für dich bereithält?“

Als Berit energisch den Kopf schüttelte, lachte die Wahrsagerin hell auf. „Keine drängenden Fragen, die dich nachts nicht schlafen lassen? Keine Träume, die noch auf Erfüllung warten? Nun, wir werden sehen …“

Sie holte einen Stapel Karten unter dem Tisch hervor und legte sie vor sich auf den mit einer weinroten Samtdecke überzogenen Tisch; dann breitete sie sechs Karten verdeckt vor Mia aus, die den Vorgang mit großen, staunenden Augen verfolgte.

Bei der ersten Karte, die Madame Zarafina umdrehte, glitt ein hintergründiges Lächeln über ihr Gesicht. „Ah, das Rad des Schicksals“, sagte sie geheimnisvoll. „Veränderungen stehen dir bevor. Doch noch kann ich nicht sagen, ob diese positiv oder negativ sein werden. Lasst uns sehen …“ Sie drehte die zweite Karte um, auf der ein Paar in inniger Umarmung abgebildet war. „Die Liebenden.“

„Bedeutet das, ich werde bald jemanden finden?“ Unruhig rutschte Mia auf ihrem Stuhl hin und her. Ihr Blick war wie gebannt auf die Karten gerichtet.

„Was soll das denn sonst heißen?“, murmelte Berit misslaunig, die sich immer unbehaglicher zu fühlen begann. Kam es ihr nur so vor, oder war es unerträglich stickig in dem kleinen Zelt geworden? Ihre Kehle war wie zugeschnürt, sie hatte das Gefühl, kaum mehr atmen zu können. Alles, was sie wollte, war, diese Sache möglichst schnell hinter sich zu bringen und von hier zu verschwinden.

„Nicht unbedingt“, widersprach die Wahrsagerin. „Die Liebenden stehen für ganz verschiedene Dinge, wie Herzlichkeit, Treue und Fürsorge, aber auch für falsche Entscheidungen, Naivität und Untreue. Schauen wir, welchen Weg uns die nächste Karte weist.“

Mit der Ecke einer der anderen Karten hob Madame Zarafina die nächste an, bis diese kippte und ihre Vorderseite präsentierte. „Die Herrscherin", verkündete die Wahrsagerin stirnrunzelnd und biss sich nachdenklich auf die Unterlippe. „Das ist allerdings ungewöhnlich."

Mia war inzwischen so weit nach vorne gerutscht, dass ihr Stuhl nur noch auf zwei Beinen stand und jeden Moment umzukippen drohte. „Was ist?", fragte sie aufgeregt. „Was hat das zu bedeuten?"

Die Wahrsagerin wandte ihren Blick von den Karten ab und Mia zu, die Stirn noch immer gefurcht. „Das kann vieles heißen", erklärte sie ausweichend. „Die Kunst der Zukunftsdeutung ist keine exakte Wissenschaft, Liebes. Ich würde mir an deiner Stelle keine Gedanken deswegen machen." Sie lächelte, doch selbst Berit spürte, dass es gekünstelt war, denn es erreichte ihre Augen nicht. „Vielleicht sollten wir lieber etwas anderes versuchen. Ich könnte dir zum Beispiel aus der Hand lesen", schlug sie vor. „Oder auch einen Blick in meine Glaskugel werfen."

„Lass uns gehen", drängte Berit, doch Mia schüttelte den Kopf.

„Was bedeutet diese Karte, Madame Zarafina?"

Seufzend fuhr sich die Wahrsagerin durchs Haar, wobei die Goldmünzen an ihren langen Ohrringen klingend aneinanderstießen. „In Kombination mit den anderen Karten *könnte* sie bedeuten, dass du den Mann deiner Träume findest", antwortete sie. „Und ihn dann aufgrund von Zwietracht und Eifersucht wieder verlierst." Sie winkte ab. „Aber du solltest dem wirklich keine allzu große Bedeutung beimessen. Die Karten sind ebenso launisch wie das Schicksal selbst und …"

„Komm jetzt!" Berit griff nach Mias Arm und stand auf. „Diesen Unsinn höre ich mir nicht mehr länger an!"

Mia hatte gerade noch Zeit, der Wahrsagerin ein paar Kronen auf den Tisch zu werfen, da zerrte Berit sie auch schon aus dem Zelt. Sie bahnte sich einen Weg durch die Menge und blieb erst wieder stehen, als sie das Gedränge hinter sich gelassen hatten.

„Was war das denn?“, fragte Mia. Sie wirkte zu gleichen Teilen irritiert, besorgt und ärgerlich. „Ich wollte mir das gern zu Ende anhören. Warum hattest du es plötzlich so eilig?“

„Na hör mal, du glaubst diesen Unsinn doch nicht etwa, oder?“

Mia zuckte mit den Schultern. „Keine Ahnung, ich …“ Sie verstummte abrupt, und ihre Augen nahmen auf einmal einen verträumten Glanz an. „Wer ist denn das?“

Ganz von selbst folgte Berit dem Blick ihrer Freundin, und ihr Herz setzte einen Schlag lang aus, als sie *ihn* sah.

Der Fremde stand mit ein paar anderen Jungs aus dem Ort vor einer Ballwurfbude, umringt von einer Traube aufgeregt kichernder Mädchen, deren Aufmerksamkeit ausschließlich auf ihn gerichtet war.

Genau wie Mias Aufmerksamkeit. Und ihre.

Berit atmete tief durch. Ihr Herz klopfte jetzt so heftig, als wollte es jeden Moment zerspringen, ihr war heiß und kalt zugleich. Die Geräusche auf dem Festplatz verschmolzen zu einem dumpfen Raunen. Wie in Zeitlupe sah sie, dass der Junge seinen Kopf in den Nacken legte und lachte. Sie sah die beiden Grübchen auf seinen Wangen und das Blitzen in seinen graublauen Augen überdeutlich, während sich über den Rest der Welt ein nebliger Schleier gelegt zu haben schien.

Und dann blickte er plötzlich in ihre Richtung, und Berits Knie wurden weich. Er sagte etwas zu einem der Jungen, die neben ihm standen. Im nächsten Moment kam er direkt auf sie zu.

Mia griff nach Berits Hand und drückte sie so fest, dass es wehtat. Berit verzog das Gesicht, schaffte es aber, ein Aufstöhnen zu unterdrücken.

„*Hej*“, sagte er, als er sie erreichte.

Berit vergaß zu atmen. Seine Stimme klang genau so, wie sie es sich vorgestellt hatte, tief und ein bisschen rauchig, obwohl sie sich bis zu diesem Augenblick nicht darüber klar gewesen war, dass sie überhaupt eine Vorstellung davon besaß.

Sie öffnete gerade den Mund, um etwas zu erwidern, da kam Mia ihr zuvor.

„*Hej*“, sagte sie, und Berit registrierte sehr zu ihrem Missfallen, dass ihre Freundin ihm ihr strahlendstes Lächeln schenkte. „Ich glaube, wir kennen uns noch nicht, oder? Ich bin Mia. Mia Holmquvist.“

Der Blick, mit dem er Mia bedachte, versetzte Berit einen eifersüchtigen Stich. Es war, als hätte er nur Augen für Mia. So als wäre sie überhaupt nicht da.

„Ich heiße Emil“, erwiderte er mit einem Lächeln, das allein für Mia reserviert war. „Und ich fürchte, ich habe mich soeben unsterblich in dich verliebt.“

TEIL 2

5. KAPITEL

Gegenwart

Hej, schön, dass du kommen konntest!", begrüßte Ann-Kristin sie strahlend und öffnete Agneta die Tür. „Mattias ist schon ganz neugierig auf dich, so viel wie ich ihm über dich erzählt habe."

„Ich freue mich auch, endlich deinen Liebsten kennenzulernen", erwiderte Agneta. „Tut mir leid, dass ich es nicht früher geschafft habe, aber ich habe im Augenblick so viel mit dem *Himmelska Sockerdrömmar* um die Ohren ..."

Sie erwiderte die herzliche Umarmung ihrer alten Freundin und trat lächelnd ins Haus. Ann-Kristin und ihre Familie besaßen ein kleines, hellblau gestrichenes Eigenheim am Rande der *Stengatan*, mit weiß getünchten Fenster- und Türrahmen und einer hübschen Veranda. Es war genau so, wie ihre Freundin es sich immer gewünscht hatte. Agneta erinnerte sich noch gut daran, wie Ann-Kristin ihr früher in der Schule immer vorgeschwärmt hatte, wie das Haus, in dem sie später einmal leben wollte, aussehen sollte.

Offenbar waren all ihre Träume in Erfüllung gegangen.

Das war weit mehr, als Agneta von sich behaupten durfte – zumindest, was Herzensangelegenheiten betraf.

Doch was alles andere betraf, standen ihre Chancen im Augenblick vielleicht gar nicht so schlecht. Seit sie vor drei Tagen im Rezeptbuch ihrer verstorbenen Tante geblättert hatte, war einiges geschehen. Sie hatte Birger Johanssen angerufen und ihn darum gebeten, ihr acht Wochen unbezahlten Urlaub zu geben, damit sie in Ruhe eine Entscheidung treffen konnte. Natürlich war der *Chef de Cuisine* des *Hotel Rosenträdgården* nicht glücklich über ihren Wunsch gewesen und hatte sich auch nach ihren weiteren Plänen erkundigt. Musste er sich über kurz oder lang nach einem neuen *Maître Confiseur* umschauen, oder würde Agneta zurückkehren? Das war eine Frage, die sie auch heute – fünf Tage nach ihrer Ankunft in Sjöråhamn – noch nicht mit absoluter Sicherheit beantworten konnte. Daher war sie Johanssen dankbar, dass er ihr die Zeit einräumte, sich wirklich über alles klar zu werden.

Sie wollte nicht mehr zurück, so viel stand fest. Dennoch zögerte sie, die Sicherheit ihres alten Lebens vollständig aufzugeben und alle Brücken hinter sich abzubrechen. Doch sie musste auch realistisch sein – auf Dauer würde Johanssen sich sicher nicht von ihr vertrösten lassen. Sie kam nicht umhin, eine Entscheidung zu treffen – und zwar bald.

Der Duft von frisch gebratenen *Janssons frestelse*, dem typisch schwedischen Kartoffelauflauf mit Zwiebeln, Anchovis und Sahne, erfüllte die Luft und ließ einem das Wasser im Mund zusammenlaufen. Agneta seufzte verträumt. Es war ewig her, dass sie richtigen, selbst gemachten *Janssons frestelse* gegessen hatte. In Stockholm hatte sie ihn allerhöchstens in der Tiefkühltruhe im Supermarkt bekommen – und das war ganz eindeutig nicht dasselbe.

„Und überhaupt“, sagte sie abschließend, zog ihre Jacke aus und reichte sie Ann-Kristin. „Aber nie im Leben würde ich mir deine Kochkünste entgehen lassen.“

Plötzlich wirkte Ann-Kristin verlegen. „Hör mal, ich muss dir da noch etwas sagen.“ Sie hängte die Jacke an die Garderobe und nahm Agneta zur Seite, ehe sie das Wohnzimmer betraten. „Ich sollte dich vielleicht vorwarnen: Mattias hat einen Freund von sich eingeladen, der heute Abend ebenfalls mit uns essen wird.“

„Kein Problem.“ Agneta zuckte mit den Schultern. Sie war nie besonders schüchtern gewesen, und es machte ihr nichts aus, neue Leute kennenzulernen. Vielleicht handelte es sich ja auch um jemanden, den sie bereits von früher kannte. Die Wahrscheinlichkeit war in einem kleinen Ort wie Sjöråhamn relativ hoch.

„Du wirst vielleicht ein bisschen anders darüber denken, wenn du erfährst, um wen es sich handelt“, fuhr Ann-Kristin fort und atmete tief durch. „Du musst mir glauben, dass ich erst im allerletzten Moment davon erfahren habe. Mattias hat mir nichts davon gesagt. Und als er plötzlich vor der Tür stand, konnte ich ihn schlecht wieder hinauswerfen."

„Wen meinst du?", fragte Agneta. Eine düstere Ahnung stieg in ihr auf. „Von wem sprichst du?"

Sichtlich verlegen, blieb Ann-Kristin ihr eine Antwort schuldig – doch die war auch nicht mehr nötig, denn das tiefe Lachen, das in diesem Moment aus dem Wohnzimmer zu ihnen herüberhallte, hätte Agneta unter Hunderten anderer erkannt.

„Jonas?", stieß sie entgeistert hervor. Sie senkte den Blick und zwang sich, Ruhe zu bewahren, obwohl ihr unwillkürlich das Herz bis zum Hals schlug. Damit hatte sie nicht gerechnet, als sie vor einer Viertelstunde vom *Klippanhus* aufgebrochen war.

„Ach, Süße", sagte Ann-Kristin und nahm Agnetas Hände. „Nimm es nicht so schwer, *okej*? Er ist nur so ein Typ, mit dem du vor vielen Jahren mal gegangen bist. Und ihr lebt jetzt wieder in derselben Stadt. Es ist praktisch unvermeidlich, dass ihr euch immer wieder über den Weg lauft." Sie lächelte aufmunternd. „Warum fängst du nicht hier und heute damit an, dich daran zu gewöhnen?"

Agneta wünschte wirklich, dass das so einfach wäre. Und ihr war klar, dass es eigentlich auch so sein sollte. Immerhin lag die Sache mit Jonas nun schon mehr als dreizehn Jahre zurück. Doch immer, wenn sie an ihn dachte, kam es ihr vor, als wäre es erst gestern gewesen, dass sie miteinander durch dick und dünn gegangen waren. Es hatte Zeiten gegeben, in denen sie Jonas ihr Leben anvertraut hätte. Zeiten, in denen sie davon überzeugt gewesen war, dass er umgekehrt auch für sie durchs Feuer gegangen wäre. Doch die waren längst vorbei. Nichts auf der Welt konnte die Vergangenheit jemals wieder zurückbringen.

Und das wollte sie auch gar nicht – oder?

Sie schüttelte den unliebsamen Gedanken ab und zwang ein Lächeln auf ihre Lippen. „Vermutlich hast du recht", sagte sie zu Ann-Kristin, deren erleichterte Miene Bände sprach. „Was ist – wollen wir hier im Korridor Wurzeln schlagen, oder stellst du mich endlich deinem Göttergatten vor?"

Obwohl sie sich innerlich bereits darauf vorbereitet hatte, Jonas gegenüberzutreten, war es doch ein Schock für sie, als sie den Raum betrat und ihn auf der Couch sitzen sah. Einmal mehr verschlug es ihr kurz den Atem, als ihre Blicke sich begegneten. Agneta hasste sich dafür. Was war sie bloß für ein schwacher Mensch, dass sie sich immer noch zu ihm hingezogen fühlte?

Doch es schien tatsächlich nichts zu geben, was sie dagegen unternehmen konnte. Seine hellgrauen Augen ließen sie stets für einen Moment vergessen, was zwischen ihnen vorgefallen war. Dann war sie nur eine Frau und er ein Mann – sie spürte, wie wieder die Funken zwischen ihnen sprühten.

Einen Moment lang schien die Zeit einfach stillzustehen.

Agneta konnte im Nachhinein nicht sagen, wie lange sie einfach dagestanden und Jonas angestarrt hatte.

Er war es, der den Blickkontakt schließlich unterbrach und aufstand. „*Hej*, Agneta", sagte er, kam auf sie zu und umarmte sie, so wie man einen guten alten Freund begrüßte, den man lange nicht gesehen hatte.

Ihm so nah zu sein war irritierend.

Verwirrend.

Gefährlich.

Sie spürte die Wärme, die von seinem Körper ausging. Sein Duft, männlich und unverwechselbar, stieg ihr in die Nase und vernebelte ihr die Sinne. Jedoch nur für einen kurzen Augenblick, dann hatte sie sich wieder im Griff – einigermaßen.

„Jonas, was für eine nette Überraschung", log sie.

Er schenkte ihr ein Lächeln, das ihre Knie weich werden ließ. Jetzt hasste sie sich noch mehr dafür, dass sie noch immer so heftig auf ihn reagierte. Nach all der Zeit. Nach allem, was zwischen ihnen vorgefallen war.

Erst dann bemerkte sie den anderen Mann, der neben Jonas

stand. „Du bist also Agneta", sagte er nun und reichte ihr die Hand. „Ich bin Mattias und habe schon viel von dir gehört."

„Hoffentlich nur Positives", entgegnete sie mit einem nervösen kleinen Lachen.

Die Antwort hing vermutlich davon ab, mit wem er über sie geredet hatte. Agneta befürchtete, dass Mattias, da er mit Jonas befreundet zu sein schien, nicht nur von den Geschichten sprach, die seine Frau ihm erzählt hatte.

Sie spürte, wie sie errötete, und verfluchte sich dafür. *Fan!* Sie war eine erwachsene Frau – sie sollte die Reaktionen ihres Körpers wirklich besser im Griff haben und sich nicht wie ein törichter Teenager aufführen!

„Selbstverständlich." Mattias' blaue Augen funkelten amüsiert. „Ann-Kristin schwärmt in den höchsten Tönen von dir."

Agneta konnte verstehen, warum Ann-Kristin sich in Mattias verliebt hatte. Er war wirklich eine gute Partie. Er war nicht nur Arzt und sah gut aus, sondern hatte auch Sinn für Humor und ein umwerfendes Lächeln. Still beglückwünschte sie ihre Freundin zu ihrer Wahl. Wenn Mattias auch noch zuverlässig und treu war – wovon sie ausging, da sie Ann-Kristin kannte und wusste, wie viel Wert sie auf diese Charaktereigenschaften legte –, dann würde so manche Frau sie um diesen Mann beneiden.

Doch so recht konzentrieren konnte Agneta sich nicht auf ihn. Dazu war Jonas ihr noch immer zu nah.

Zum Glück schien Ann-Kristin zu spüren, dass ihre Freundin Hilfe brauchte, und übernahm das Kommando. „So, alle zusammen", sagte sie und klatschte auffordernd in die Hände. „Setzt euch schon mal an den Tisch – das Essen ist in ein paar Minuten fertig!"

Sie verschwand wieder in der Küche, während ihr Mann die Gäste ins Esszimmer führte, das direkt an beide Räume angrenzte. „Du möchtest bestimmt neben Jonas sitzen", sagte Mattias und wies ihr einen Platz zu – nicht ahnend, dass er Agneta damit keinen Gefallen tat. „Ann-Kristin hat mir erzählt, dass ihr euch von früher kennt – ihr habt euch sicher wahnsinnig viel zu erzählen."

„Wo sind denn eure Kinder?", entgegnete Agneta in der Hoffnung, schon bald von lautem Lachen und Geschrei abgelenkt zu werden.

Mattias lächelte verschmitzt. „Sie schlafen bei einer Freundin. Das bedeutet, Ann-Kristin und ich haben heute Nacht das ganze Haus für uns."

Ebenfalls lächelnd, machte Agneta gute Miene zum bösen Spiel, was ihr alles andere als leichtfiel. Mattias konnte ja nicht wissen, dass Jonas und sie nicht gerade eine unkomplizierte gemeinsame Vergangenheit hatten. Bemüht freundlich setzte Agneta sich neben Jonas an den Tisch, wobei sie darauf achtete, nicht zu dicht an ihn heranzurücken. Doch ihre Bemühungen wurden zunichtegemacht, als Jonas mit seinem Stuhl zu ihr herüberrutschte.

Unwillkürlich stieg ihr Hitze ins Gesicht, und sie verfluchte sich für diese verräterische Reaktion ihres Körpers.

Andererseits war es auch wirklich nur genau das: körperlich. Zumindest versuchte sie, sich das einzureden – was jedoch mehr schlecht als recht gelang.

„Wie geht es deiner Mutter?", fragte sie betont gleichmütig. Der Gedanke an Berit Arvidsson half ihr dabei, wieder zurück zur Realität und Gegenwart zu finden. Diese Frau war für Agneta der Inbegriff der Bösartigkeit. Niemals hatte sie einen Menschen kennengelernt, der so auf den eigenen Vorteil fixiert war wie Berit.

Lag es da nicht nahe, dass Jonas, als ihr Sohn, diese Charakterzüge von ihr geerbt hatte?

Der Gedanke war ihr ganz unvermittelt gekommen. Und auch wenn sie Abstand zu Jonas brauchte, schämte sie sich sofort für den Vergleich. So zu denken war nicht fair, dessen war sie sich bewusst. Denn niemand musste zum Ebenbild seiner Eltern werden. Zwar spielten Einfluss und Erziehung immer eine große Rolle, aber jeder hatte auch seinen freien Willen, eigene Ziele, Träume und Ideale. Man entwickelte eine eigene Persönlichkeit und lernte im besten Fall aus den Fehlern seiner Vorfahren. Im schlechtesten Fall übernahm man sie jedoch. Und wenn das auf Jonas zutraf, war es umso besser für ihren Seelenfrieden. Alles, was sie davon abhalten konnte, den größten Fehler ihres Lebens zu wiederholen, konnte ihr nur recht sein. Deshalb nahm sie die Frage weder zurück noch fügte sie etwas hinzu, um Jonas freundlich zu stimmen.

In diesem Moment kam Ann-Kristin mit einem Tablett voller herrlich duftender Köstlichkeiten zurück. Agneta unterdrückte ein erleichtertes Aufatmen. Sie wusste, dass ihre Freundin die Situation mit einem Blick richtig erfasste und alles tun würde, um es ihr so leicht wie irgend möglich zu machen. Trotzdem verfluchte Agneta die Laune des Schicksals, die sie und Jonas heute Abend zusammengeführt hatte. Sie wollte hier nicht mit ihm sitzen. Sie wollte sich dieser Tortur nicht aussetzen.

Aber Ann-Kristin hatte schon recht: Sie musste sich früher oder später damit abfinden, denn sie konnte Jonas nicht ewig aus dem Weg gehen.

Nach einem Moment des Schweigens antwortete Jonas: „Ich nehme an, dass es meiner Mutter gut geht." Es war offensichtlich, dass ihre Frage ihn irritiert hatte.

„Schlechten Menschen geht es immer gut", kommentierte Ann-Kristin trocken, woraufhin ihr Mann einen entsetzten Protestlaut ausstieß. Als Jonas jedoch lauthals zu lachen begann, entspannte er sich.

„Nichts für ungut, Mattias", sagte er, als er sich wieder beruhigt hatte. „Aber deine Frau hat in diesem Punkt leider vollkommen recht. Meine Mutter ist ein Drachen, und sie kennt kein Pardon, wenn es darum geht, ihre Interessen zu wahren." Er wandte seinen Blick Agneta zu. „Was das betrifft, macht sie übrigens keinen Unterschied zwischen Freund und Feind – oder Familie."

Sie hob eine Braue. „Ich bitte dich, Jonas! Als würde Berit je etwas tun, was der Familie schadet. Der gute Name steht doch für deine Mutter über allem. Versucht sie übrigens immer noch, euch einen Adelstitel zu erkaufen?"

Mattias' Augen wurden während des verbalen Schlagabtausches immer größer, doch darüber gingen sowohl Agneta als auch Jonas hinweg.

„Nachdem sich die Heirat mit meinem Stiefvater als Schlag ins Wasser erwiesen hat, hat Mutter diese Pläne anscheinend erst einmal auf Eis gelegt", erwiderte Jonas ungerührt. „Aber lass uns doch lieber über etwas anderes sprechen. Hast du dich inzwischen entschieden, ob du bleiben wirst?"

„Allerdings." Sie nickte und straffte die Schultern. „Ich habe mich entschieden, das Angebot meines Vaters anzunehmen. Hast du etwas dagegen einzuwenden?"

„Keineswegs", entgegnete er mit einem süffisanten Lächeln, das seine Worte Lügen strafte. „Wenn du Hilfe brauchst ..."

„... dann werde ich mich ganz gewiss *nicht* an dich oder deine Familie wenden." Agneta spürte, dass ihr Temperament mit ihr durchging. Zum Teufel, was machte sie hier eigentlich? Sie schüttelte den Kopf. „Tut mir leid", sagte sie und stand abrupt auf. „Mattias, es war sehr nett, dich endlich einmal persönlich kennenzulernen." Sie schüttelte ihrem verblüfften Gastgeber die Hand, ehe sie sich an Ann-Kristin wandte. „Du bist mir hoffentlich nicht böse, aber ... Ich kann das nicht. Wir holen das ein anderes Mal nach, ja?"

„Natürlich, warte, ich ..."

Agneta wartete nicht. Sie hatte das Gefühl, es keine Sekunde mehr in Jonas' Gegenwart auszuhalten. Ohne ein weiteres Wort zu verlieren, wandte sie sich ab, verließ das Esszimmer und nahm ihre Jacke vom Garderobenhaken.

Erst als sie das Haus verlassen und mehrere Hundert Meter Abstand zwischen sich und Jonas gebracht hatte, blieb sie stehen und atmete tief durch. Das Herz klopfte ihr bis zum Hals, und ihr Puls raste. Da hörte sie auch schon Schritte, die sich eilig näherten. Seufzend drehte sie sich um, in der Erwartung, gleich Ann-Kristin gegenüberzustehen.

Doch sie hatte sich getäuscht.

„Jonas“, stieß sie heiser hervor.

„Meinetwegen musst du nicht gehen.“ Er trat noch einen Schritt näher, blieb aber stehen, da sie unwillkürlich zurückwich. „Es tut mir leid, Agneta. Ich hatte keine Ahnung, dass du hier sein würdest, sonst hätte ich Mattias’ Einladung abgelehnt.“

„Was kümmert dich das?“, entgegnete sie kühl und verschränkte die Arme vor der Brust. „Du hast mir bei unserer letzten Begegnung ziemlich deutlich zu verstehen gegeben, was du davon hältst, dass ich in Sjöråhamn bleiben möchte. Warum solltest ausgerechnet du Rücksicht auf mich nehmen wollen?“

In einer entschuldigenden Geste breitete er die Arme aus. „Hör zu, es tut mir leid. Ich habe mich da kürzlich ziemlich danebenbenommen. Es war nicht richtig von mir, dich einfach so stehen zu lassen. Aber um ehrlich zu sein: Es war ein ziemlicher Schock, dir plötzlich wieder gegenüberzustehen.“

„Glaubst du etwa, für mich nicht?“

Ungläubig schaute Agneta ihn an. Er tat ja gerade so, als hätte sie ihm damals das Herz gebrochen und nicht umgekehrt. Dabei konnte davon nun wirklich nicht die Rede sein. Jonas hatte ihre Liebe auf einer Lüge aufgebaut – sie war nur diejenige, die die notwendigen Konsequenzen daraus gezogen hatte.

Da zeigte sich wieder die Ähnlichkeit mit seiner Mutter: Berit war in der Lage, die Realität ihren Bedürfnissen anzupassen, wie es ihr gerade gefiel. Offenbar hatte Jonas das gleiche Talent.

Doch die Art und Weise, wie er sie anblickte, ließ gleich wieder Zweifel in ihr aufkommen. Tat sie ihm nach all den Jahren Unrecht?

„Geh wieder hinein“, bat er sie. „Ich werde mir irgendeine Ausrede für Mattias einfallen lassen und dann verschwinden. Du hast Ann-Kristin so lange nicht gesehen – ich möchte nicht, dass du meinetwegen auf diesen Abend verzichtest.“

Agneta sah ihn verwundert an. War das der Jonas, der bei ihrem ersten Wiedersehen so unfreundlich zu ihr gewesen war? Jetzt schien er regelrecht darum besorgt zu sein, dass sie den Abend mit ihrer alten Freundin nicht genießen könnte. Das war erstaunlich, und Agneta konnte nicht verhindern, dass eine Woge der Zuneigung und Dankbarkeit über sie hinwegrollte.

Nein, das kann ich nicht zulassen, dachte sie dann. Wie kam es überhaupt, dass sie immer wieder auf sein Getue hereinfiel? Nach allem, was er ihr angetan hatte? Was hat dieser Mann nur an sich, dass er mich so mühelos um den Finger wickeln kann, fragte sie sich ärgerlich.

Sie schüttelte den Kopf. „Danke für das Angebot – aber das ist nicht nötig. Es ist besser, wenn ich jetzt nach Hause gehe. Richte Ann-Kristin und Mattias liebe Grüße von mir aus."

Mit diesen Worten wandte sie sich ab und wollte davongehen, wurde aber von Jonas zurückgehalten. Es war nur eine hauchzarte Berührung, zwei Finger, die ihren Oberarm streiften. Doch Agneta war, als würde ein Blitz durch ihren ganzen Körper fahren.

Scharf atmete sie ein.

„Was …?", fragte sie, ohne sich umzudrehen.

„Ich …" Er brach ab, und für einen Moment herrschte angespanntes Schweigen.

Agneta spürte, wie ihr Herz hämmerte.

Ba-Bumm … Ba-Bumm … Ba-Bumm …

Die Luft schien zu vibrieren. Und erst als Jonas schließlich weitersprach, ließ Agneta den Atem entweichen, den sie unbewusst die ganze Zeit über angehalten hatte.

„Du wirst es mir vermutlich nicht glauben, aber ich habe dich vermisst", sagte er. „Und da ich es beim letzten Mal versäumt habe, möchte ich es gern jetzt nachholen."

Irritiert runzelte sie die Stirn. „Nachholen? Was denn?"

„Dich willkommen zu heißen. Also: Herzlich willkommen zurück in Sjöråhamn."

Agneta wirbelte herum. Sie konnte nicht glauben, dass er das tatsächlich gerade gesagt hatte. Er hieß sie in Sjöråhamn willkommen? Ausgerechnet er? Der Hauptgrund, warum sie es hier nicht länger ausgehalten hatte?

Sie wollte es ihm an den Kopf werfen, ihn mit Vorwürfen überschütten – doch er hatte sich bereits abgewandt und ging zum Haus zurück.

Die Lippen aufeinandergepresst, steckte Agneta die Hände in die Hosentaschen und ballte sie zu Fäusten. Dann machte sie sich auf den Rückweg zum *Klippanhus*.

Am frühen Nachmittag des nächsten Tages begann Agneta, im *Himmelska Sockerdrömmar* auszumisten. All die Dinge, die nicht mehr zu gebrauchen waren – angeschlagenes Geschirr, rostige Töpfe und Schalen, ausgediente Elektrogeräte –, stapelte sie im Hinterhof, um sie dem Schrottsammler mitzugeben.

Es war eine anstrengende Arbeit, aber auch eine, die ihr den Kopf freimachte. Also genau das, was Agneta im Augenblick brauchen konnte, denn sie musste für ihren Geschmack viel zu oft an Jonas denken.

Es war seltsam, dass er immer noch diese ganz besondere Wirkung auf sie ausübte. Manchmal erschien es ihr beinahe, als wäre sie wieder achtzehn Jahre alt und niemals aus Sjöråhamn fortgegangen.

Seufzend zog sie sich das bunte Tuch, das sie zum Schutz gegen den Staub getragen hatte, vom Kopf und wischte sich damit über die Stirn. Als sie ein gekünsteltes Räuspern vernahm, drehte sie sich um.

Einen Moment lang war sie wie gelähmt, als sie die Person erblickte, die in der Hintertür des Ladens stand, doch sie fing sich rasch wieder.

„Berit", sagte sie und nickte knapp. Sie war sich der Tatsache, dass sie einen schmutzigen Overall und staubige Arbeitsschuhe trug, überdeutlich bewusst – und es half ihr nicht gerade dabei, zu ihrer gewohnten Selbstsicherheit zurückzufinden. „Ich muss schon sagen, es ist eine Überraschung, dich hier zu sehen. Bist du gekommen, um mir viel Erfolg mit dem

Laden zu wünschen?"

Die ältere Frau verzog kaum merklich das Gesicht. Ihr Blick war noch genauso stechend wie eh und je. Überhaupt wirkte sie kaum verändert. Nur ihr ehemals kupferrotes Haar war nun von so vielen weißen Strähnen durchsetzt, dass es beinahe farblos aussah.

„Hast du dir deine Entscheidung, das *Himmelska Sockerdrömmar* wieder aufzumachen, auch gründlich überlegt?"

Agneta runzelte die Stirn. Dass Berit ihr keinen reinen Höflichkeitsbesuch abstattete, war ihr von vornherein klar gewesen. Doch diese Frage überraschte sie.

„Warum? Machst du dir etwa Sorgen um mich? Wirklich nett von dir, aber unnötig. Ich weiß schon, was ich tue."

„Hast du denn keine Verpflichtungen zu Hause in Stockholm?" Berit hob eine Braue. „Was ist mit deiner Anstellung? Was ist mit deinem Mann?"

Agneta entging nicht, dass Berit Stockholm als ihr Zuhause bezeichnet hatte. Dass sie von Kristoffer wusste, wunderte sie auch nicht sonderlich. Berit Arvidsson war stets über alles und jeden informiert. Trotzdem fragte Agneta sich, worauf das alles hinauslaufen sollte.

„Danke der Nachfrage, aber mein Mann und ich, wir lassen uns demnächst scheiden. Zudem träume ich schon lange davon, mich mit einem eigenen Laden selbstständig zu machen. Warum also nicht in Sjöråhamn?"

„Weil du nicht hierher gehörst", entgegnete Berit heftig. Sie schüttelte den Kopf. „Ich sehe schon, es hat wenig Zweck, zu versuchen, vernünftig mit dir zu reden. Du bist genauso unbelehrbar wie dein Vater!"

„Was hat *pappa* damit zu tun?"

„Ich habe ihm im Namen eines guten Bekannten ein Angebot für das Haus unterbreitet. Er hat einfach abgelehnt, ohne es sich auch nur anzuhören. Vermutlich, weil du ihm diese Flausen mit dem *Himmelska Sockerdrömmar* in den Kopf gesetzt hast."

„Nur, dass es nicht meine Idee war." Agneta verschränkte die Arme vor der Brust. „Was soll das, Berit? Was willst du wirklich? Dir geht es doch nicht um meinen Vater oder gar um mich."

Wütend funkelte die ältere Frau sie an. Wieder einmal musste Agneta an den Namen denken, mit dem ihr Vater Berit titulierte – Gewitterhexe. Sie machte ihm alle Ehre.

„Ich will, dass du von dieser verrückten Idee Abstand nimmst und wieder dahin zurückgehst, wo du hergekommen bist! Dann kann dein Vater das Haus verkaufen, und alle sind glücklich und zufrieden."

Agneta hob eine Braue. „Warum ist es dir so wichtig, dass *pappa* verkauft? Du willst das *Himmelska Sockerdrömmar* für dich selbst, habe ich recht? Ich verstehe nur nicht, wieso!"

„Mach dich nicht lächerlich!", herrschte Berit sie an. „Ich bitte dich ein letztes Mal: Wirst du diese unsinnige Idee verwerfen und deinem Vater raten, das Haus zu verkaufen?"

„Nej", antwortete Agneta fest. „Ich werde nichts dergleichen tun."

„Das wirst du bereuen!" Berits Blick war so eisig, dass die Temperatur auf dem Hinterhof um mehrere Grad zu fallen schien. Das war natürlich nur Einbildung, trotzdem fröstelte Agneta. Und dennoch ließ sie sich nicht aus der Ruhe bringen. Sie wollte sich vor der älteren Frau nicht die Blöße geben, Schwäche zu zeigen.

„Ich glaube, darauf möchte ich es ankommen lassen", entgegnete sie, beinah überrascht darüber, wie fest, wie energisch ihre Stimme klang. Sie deutete in Richtung Ausgang. „Du findest den Weg allein?"

Berit funkelte sie wütend an, bevor sie sich steif abwandte und die Backstube verließ. Kurz darauf ertönte die kleine Klingel über der Eingangstür. Erleichtert atmete Agneta auf.

Für heute war sie Jonas' Mutter losgeworden, aber sie war sich ziemlich sicher, dass Berit ihre Drohung wahr machen und Agneta es schon bald bereuen würde, sich mit ihr angelegt zu haben. Doch davon ließ sie sich nicht einschüchtern. Vor dreizehn Jahren hatte Berit Arvidsson es geschafft, ihre Lebensplanung komplett auf den Kopf zu stellen. Ein weiteres Mal würde es ihr nicht gelingen.

„Also schön, Mutter, hier sind wir alle.“ Ungeduldig trommelte Jonas mit den Fingerspitzen auf der Tischplatte. „Könntest du uns endlich sagen, was dieser ganze Zirkus soll? Ich würde diese Sache gern schnell hinter mich bringen.“

Vier Tage waren verstrichen, seit er Agneta beim Abendessen bei Mattias und Ann-Kristin begegnet war. Und obwohl seine Mutter nichts davon wissen konnte, schien sie seit vier Tagen immer reizbarer und launischer zu werden. Seine Lust, eine volle Stunde mit ihr im Sitzungssaal über der Fertigungshalle der Tortenfabrik zu diskutieren, hielt sich deshalb in Grenzen. Davon abgesehen war er kein großer Freund von Meetings, in denen stundenlang über Statistiken und Geschäftsberichte palavert wurde. Da bevorzugte er ehrliche, harte Arbeit, bei der man sich auch mal die Finger schmutzig machte. Alles andere überließ er lieber seiner Mutter und seinem älteren Bruder Frederik, der bereits mit umgebundener Krawatte und einem Taschenrechner in der Hand auf die Welt gekommen zu sein schien.

Normalerweise drückte Jonas sich also gern vor diesen Besprechungen. Und Berit ließ ihn für gewöhnlich gewähren, vermutlich weil sie genau wusste, dass er ohnehin nichts Konstruktives zur Diskussion beitragen würde. Doch heute hatte sie keine Ausrede gelten lassen und ihn dazu verdonnert, um Punkt elf zu dieser sogenannten Teilhabersitzung zu erscheinen.

Um den Tisch herum saßen außer ihm noch Frederik, dessen Ehefrau Josefin, Berits zweiter Mann Bengt und ihr Privatsekretär Per Leifsson. Niemand schien so genau zu wissen, worum es heute gehen sollte. Jonas hatte sie alle gefragt, doch offenbar machte Berit ein großes Geheimnis daraus.

„Wie ihr alle wisst", begann sie nun endlich, „haben sich die Absatzzahlen von *Arvidssons Tårtafabrik* in den vergangenen anderthalb Jahren glücklicherweise merklich erholt. Es scheint fast, als sei das Tal, durch das wir gemeinsam gegangen sind, endlich durchschritten. Dank Frederiks unermüdlichem Einsatz haben wir es geschafft, neue Kooperationen auszuhandeln und uns im Segment der Tiefkühl-Spezialtorten auch weit über die Grenzen Schwedens hinaus einen Namen zu machen."

Frederik nickte, zeigte aber ansonsten nicht die geringste Regung. Ihm war so gut wie nie anzusehen, ob er sich über etwas ärgerte oder freute. Manchmal fragte Jonas sich, ob sein Bruder überhaupt etwas empfand. Er wirkte immer so kühl und reserviert, auch seiner Frau und den Kindern gegenüber. Und Jonas wusste aus sicherer Quelle, dass der äußere Anschein nicht trog.

Josefin rief Jonas hin und wieder heimlich an, wenn sie jemanden zum Reden brauchte. Danach entschuldigte sie sich jedes Mal überschwänglich dafür, ihn mit ihren Sorgen und Problemen belästigt zu haben. Dabei half Jonas gern. Es gab nicht viel, was er sonst für seine Schwägerin und seine kleinen Nichten tun konnte.

Frederik erinnerte ihn auf fatale Art und Weise an seinen Vater, einen gefühlskalten Mann, der seine Familie vernachlässigt und nur für die Arbeit gelebt hatte. Vermutlich lag es ihm einfach im Blut. Genau wie mir, schoss es Jonas durch den Kopf. Ein tückischer Gencode, der seine Träger zu rücksichtslosen Mistkerlen mutieren lässt, sobald sie in den Hafen der Ehe einlaufen.

Es war Grund genug für Jonas, sich von allem fernzuhalten, was nach zu enger Bindung aussah. Denn eine Beziehung führte früher oder später zu immer höheren Ansprüchen. Ehe man sichs versah, stand man vor dem Traualtar, und das erste Kind war unterwegs.

Ja, er hatte nur ein einziges Mal kurz davor gestanden, die

eigenen Prinzipien zu verraten. Das lag nun mehr als dreizehn Jahre zurück, und die Frau, die ihn davor bewahrt und ihn so sehr verletzt hatte wie niemand vor ihr, war niemand anderes als Agneta Holmquvist.

Vermutlich war es besser so. Er taugte ebenso wenig zum Vater wie alle anderen Männer seiner Familie. Fatalerweise gab es dafür sogar einen Beweis – und der war letztes Frühjahr elf Jahre alt geworden und lebte in einem Internat bei Göteborg.

„Was bezweckst du hiermit?“, fiel er seiner Mutter ins Wort, die noch immer dabei war, die Entwicklungen der vergangenen Monate zu beschreiben. „Wir wissen alle, dass Frederik und du die Firma hervorragend im Griff habt. Warum kommst du nicht endlich zum Punkt?“

Berit warf ihm einen finsteren Blick zu, der die meisten anderen Menschen vermutlich in Angst und Schrecken versetzt hätte. Doch Jonas kannte seine Mutter. Es musste einen triftigen Grund dafür geben, dass sie diese Sitzung einberufen hatte. Und er spürte, dass es etwas mit Agneta zu tun hatte. Nur was?

„Worauf ich hinauswill, Sohn, ist, dass wir trotz der durchaus positiven Erfolgsbilanz der letzten Zeit noch längst nicht über den Berg sind.“ Sie richtete ihre Worte an alle in der Runde, doch ihr Blick war allein auf Jonas gerichtet, dessen Anspannung von Minute zu Minute wuchs. Irgendetwas war hier im Gange, über das er nicht Bescheid wusste. Was führte seine Mutter im Schilde?

„Ihr alle solltet euch darüber im Klaren sein“, fuhr sie fort, „dass unser bisheriger Erfolg keineswegs bedeutet, dass wir unverwundbar sind. Und es geht hier nicht nur um uns – die Existenz ganzer Familien hängt von der Fabrik ab. Bitte vergesst das niemals.“ Es war jetzt so still im Raum, dass man eine Stecknadel hätte fallen hören können. „Jeder Einzelne von uns hat es in der Hand.“

Bildete er es sich nur ein, oder galten diese Worte allein ihm?

Irgendwann räusperte Frederik sich. „Nun, es wird das Beste sein, wenn wir jetzt alle wieder an unsere Arbeit zurückkehren", sagte er und wandte sich an Jonas. „Hast du einen Augenblick Zeit?"

Er antwortete mit einem Schulterzucken. „Natürlich, ich …"

„Was immer ihr zu besprechen habt, verschiebt es auf später", fiel Berit ihm ins Wort. „Jonas, ich brauche dich und Per noch ein paar Minuten."

Jonas hatte gerade aufstehen wollen und ließ sich nun wieder auf den Stuhl sinken. Stirnrunzelnd betrachtete er seine Mutter, die am Kopfende des Tisches stand und wartete, bis alle anderen gegangen waren.

„Du wunderst dich sicher, warum ich dich gebeten habe zu bleiben", eröffnete Berit das Gespräch.

Von einer Bitte konnte in seinen Augen zwar keine Rede sein, aber er nickte. „Um ehrlich zu sein, es ist nicht das Einzige, worüber ich mich heute wundere. Deine Rede vorhin – du hast die Zukunft der Firma in ziemlich düsteren Farben gezeichnet, und ich frage mich, was du damit bezweckst."

Berit lächelte, doch das Lächeln erreichte ihre eisblauen Augen nicht. „Weißt du, ich glaube manchmal, dass wir dich alle gewaltig unterschätzen. Du bist längst nicht so harmlos, wie es vielleicht den Eindruck macht."

„Danke für das Kompliment", entgegnete Jonas kühl. „Aber das ist doch sicher nicht der Grund, warum du mit mir sprechen wolltest, oder etwa doch?"

„Per", wandte sie sich an ihren Sekretär. „Würden Sie meinen Sohn über alle Details in Kenntnis setzen?"

„*Nej!*" Jonas sprang auf und schlug mit der flachen Hand auf den Tisch. „Ich will von *dir* hören, was hier gespielt wird – nicht von deinem Handlanger, Mutter!"

Fragend schaute Per Leifsson seine Chefin an. Jonas war nicht überrascht, Bewunderung aus dem Blick des Sekretärs herauszulesen. Obwohl sie über sechzig war, war Berit Arvidsson auf strenge Art und Weise noch immer sehr attraktiv. Ihre helle Haut war beinahe faltenfrei, ihr einst feuerrotes Haar von silbernen Strähnen durchsetzt. Nur die schmalen, stets ein wenig verkniffenen Lippen und der stechende Blick ihrer hellblauen Augen trübten ihre herbe Schönheit. Jonas konnte verstehen, dass es ihr nicht schwergefallen war, nach dem Tod seines Vaters einen neuen Ehemann zu finden. Der arme Bengt, den sie vor allem geheiratet hatte, weil sie sich davon für die Familie einen gesellschaftlichen Aufstieg versprochen hatte, war ihr hoffnungslos unterlegen. Es gab nichts, in dem er Jonas' Mutter auch nur ansatzweise das Wasser reichen konnte – sah man einmal von der Tatsache ab, dass er ein Herz hatte, wohingegen in Berits Brust lediglich ein Eisklotz zu schlagen schien. Oder irrte sich Jonas da?

Allein ihre seltsame Beziehung zu Leifsson ließ Zweifel aufkommen. Denn Jonas war nicht blind. Die Blicke, die kurzen, wie zufälligen Berührungen, wenn beide sich unbeobachtet glaubten … Manchmal fragte Jonas sich, ob seine Mutter wirklich mehr für ihren Sekretär empfand oder ob seine offenkundige Bewunderung ihr einfach nur schmeichelte.

Doch das war jetzt nicht von Bedeutung. Er brannte darauf zu erfahren, was seine Mutter vor dem Rest der Familie verbarg.

„Also schön." Berit nickte. „Setz dich wieder", sagte sie und trat ans Fenster, von dem aus man über das ganze Firmengelände blicken konnte.

„Danke, aber ich stehe lieber – also?"

Sie drehte sich um und bedachte ihn mit einem Blick, der manch anderen in die Knie gezwungen hätte – nicht so Jonas. Er kannte die Tricks, mit denen es seiner Mutter gelang, die Menschen in ihrer Umgebung zu manipulieren. Er hatte es zu oft erlebt, um sich davon noch beeindrucken zu lassen.

Darüber schien sich auch Berit nun klar zu werden, denn sie fuhr sich seufzend durch das silbrige Haar. „Du erinnerst dich sicher daran, dass die Firma vor einigen Jahren unmittelbar vor dem Ruin gestanden hat", begann sie und klang längst nicht so selbstsicher und dominant wie sonst, obwohl sie sich mit Sicherheit bemühte, ihre Unsicherheit zu überspielen. Das beunruhigte ihn nur umso mehr.

Als er nickte, fuhr sie fort: „Ich weiß nicht, ob dir klar ist, wie dicht wir damals davor gewesen sind, den Betrieb einstellen und alle Mitarbeiter nach Hause schicken zu müssen."

In der Tat war Jonas sich der Bedrohung nicht in ihrer vollen Tragweite bewusst gewesen. Umso mehr ärgerte es ihn, dass seine Mutter nie auch nur das geringste Interesse gezeigt hatte, sich die von ihm entwickelte Marketingstrategie wenigstens einmal anzusehen.

„Bei der Bank war bereits die Rede davon, die offenen Verbindlichkeiten einzutreiben – durch einen Verkauf der Firma an einen Investor womöglich, der alles, was unsere Familie sich im Laufe der vergangenen Jahre aufgebaut hatte, zerschlagen und die Einzelteile gewinnbringend an den Mann gebracht hätte." Ihre blauen Augen blickten in Jonas' Richtung, doch sie schienen geradewegs durch ihn hindurchzuschauen. „Ich konnte nicht zulassen, dass es dazu kommt", sagte sie. „Das konnte ich einfach nicht …"

Er erinnerte sich noch gut daran, was passiert war: Wie durch ein Wunder hatte Berit ein halbes Dutzend neuer Tortenkreationen aus dem Hut gezaubert, die alten Klassikern ein neues Gesicht verliehen. Ihr war es gelungen, die Bank davon zu überzeugen, noch eine Weile stillzuhalten und dem neuen Konzept eine Chance zu geben. Der Direktor und die Herren aus dem Bankvorstand sollten ihre Entscheidung niemals bereuen. Die neue Produktionslinie markierte einen Wendepunkt in der Erfolgsgeschichte der Firma.

Es war typisch für seine Mutter, dass sie genau im richtigen Moment ein Ass aus dem Ärmel schüttelte. Irritiert hatte ihn eigentlich nur die Tatsache, dass ausgerechnet Berit sich als kreatives Konditorgenie entpuppt haben sollte. Das passte überhaupt nicht zu ihr. Jonas vermutete schon länger, dass sie sich heimlich Unterstützung geholt hatte. Doch das war wohl kaum Grund genug, sich über den guten Ruf der Firma Gedanken zu machen. Denn ein solches Agreement war in der Geschäftswelt nichts Ungewöhnliches: Man bezahlte jemanden dafür, dass man seine Idee als die eigene verkaufen durfte. Das war sicher nicht besonders angesehen, wurde aber im Allgemeinen toleriert. Für einen Skandal, der *Arvidssons Tårtafabrik* erneut in eine Krise stürzen würde, reichte es auf keinen Fall.

Es sei denn, etwas anderes steckte dahinter.

Stirnrunzelnd musterte er seine Mutter. „Was ist passiert?", fragte er. „Und ich meine nicht die Version, die du ganz Schweden präsentiert hast. Ich will die *Wahrheit*, Mutter."

Berit blinzelte, ein Teil von ihr wirkte jedoch noch immer wie abwesend. „Sie war diejenige von uns beiden, die über echtes Talent verfügt hat. Ich habe versucht, meine Unzulänglichkeit durch noch strebsamere, noch härtere Arbeit zu kompensieren. Doch letztlich hat mir immer das gewisse Etwas gefehlt, das einen Handwerker zum Künstler werden lässt." Ihre eisblauen Augen wurden schmal. „Sie hatte es – und sosehr ich mich auch bemühte, ich konnte ihr niemals das Wasser reichen."

„Sie?" Jonas hob eine Braue. „Würdest du mir verraten, von wem du sprichst?"

Seine Mutter schaute ihn an, ihr Blick war jetzt wieder ganz klar. „Mia", sagte sie. „Ich dachte, das wäre offensichtlich."

Jonas brauchte einen Moment, um ihren Gedankengängen folgen zu können. „Mia Holmquvist?", fragte er dann. „Agnetas Tante?"

„Durch einen Zufall sind mir diese Rezepte nach Mias Unfall in die Hände gefallen. Sie waren einfach brillant. Ich wusste, dass ich, wenn ich ihre Ideen als meine verkaufte, die Firma retten könnte. Ich beschloss, zu handeln."

Entsetzt starrte Jonas sie an. „Du willst damit doch hoffentlich nicht sagen, dass du ihre Rezepte gestohlen hast?"

„Gestohlen ist ein ziemlich hartes Wort dafür. Ich ..."

„Du hast dir ungefragt ihre Ideen angeeignet und zu deinem Vorteil verwendet." Jonas konnte nicht glauben, dass seine Mutter tatsächlich so tief gesunken war. „Wie würdest du es wohl sonst nennen?"

Berit senkte den Blick. Doch er sah an ihrer Haltung, dass sie keineswegs bereit war, ihre Schuld im vollen Ausmaß einzugestehen.

„Unglaublich", stieß er fassungslos hervor. „Ich habe dir schon einiges zugetraut, Mutter, aber dieses Eingeständnis schlägt wirklich dem Fass den Boden aus. Was hast du dir dabei gedacht? Dir muss doch klar gewesen sein, dass diese Geschichte eines Tages wie ein Bumerang zu uns zurückkommen muss!"

Den Kopf noch immer gesenkt, blickte sie kurz zu ihm auf. „Um ehrlich zu sein, ich habe nicht lange darüber nachgedacht. Es schien mir damals der einzige Weg zu sein, die Firma zu retten. Und Mia lag im Koma, und die Diagnose der Ärzte gab keinen Anlass zur Hoffnung, dass sie jemals wieder aufwachen würde – was ja auch nicht geschehen ist."

„Zu deinem Glück", presste Jonas hervor. „Wir wären in ziemliche Erklärungsnot geraten, hätten die Dinge einen anderen Verlauf genommen."

Berit nickte. Sie schaute ihn jetzt direkt an, musterte ihn kühl. „Du hast dich offenbar entschieden, mich für das zu verurteilen, was ich damals getan habe. Schön, ganz wie du willst. Aber ich möchte dich doch daran erinnern, dass es hier um ein wenig mehr ging als nur um meinen persönlichen Ehrgeiz. Die Existenz ganzer Familien hing davon ab. Ich musste alles in meiner Macht Stehende unternehmen, um den Erhalt der Firma sicherzustellen."

Jonas stieß einen ihm fremden Laut aus, etwas zwischen Lachen und Schnauben. „Du willst mir doch nicht allen Ernstes erzählen, dass du auch nur einen Gedanken an unsere Mitarbeiter verschwendet hast. Entschuldige, Mutter, aber das kaufe ich dir nicht ab. Dir ging es einzig und allein um eine Familie." Er machte eine kurze demonstrative Pause. „Unsere." Seufzend fuhr er sich durchs Haar. „Aber wie auch immer, ich nehme an, du erzählst mir das alles hier nicht grundlos. Denn dass dein

Gewissen dich nach all den Jahren plötzlich quält, kannst du mir nicht erzählen. Warum also ausgerechnet jetzt, Mutter? Was erwartest du von mir?"

„Es geht um Agneta Holmquvist", erwiderte Berit. „Ich habe damals eine handgeschriebene Loseblattsammlung zwischen Mias Sachen gefunden. Mia hat ihre Rezepte allerdings immer in ein kleines Büchlein übertragen, wenn sie mit ihnen zufrieden war. Und das bedeutet, dass uns eine unmöglich zu kalkulierende Gefahr droht, sollte Agneta das *Himmelska Sockerdrömmar* tatsächlich wiedereröffnen."

„Du fürchtest, sie könnte das Rezeptbuch finden und eins und eins zusammenzählen?" Jonas schüttelte den Kopf. „Deshalb hast du dich so fürchterlich aufgeregt, als ich Agnetas Pläne erwähnt habe. Weil du plötzlich befürchten musst, dass dir jemand auf die Schliche kommt", stellte Jonas fest. In einer alles umfassenden Geste breitete er die Arme aus und meinte wirklich alles: den Raum, das Firmengelände, Sjöråhamn, ihren Ruf. „Ist dir eigentlich klar, dass all dies auf einer Lüge basiert?"

„Natürlich ist mir das klar", zischte seine Mutter. „Und ich bin nicht stolz auf das, was ich getan habe. Aber es war notwendig, und irgendjemand musste es tun."

Ihr Blick war hart wie Stahl, und Jonas erkannte entsetzt, dass sie keinerlei Unrechtsbewusstsein besaß. An Mia Holmquvists trauriges Schicksal dachte sie nicht. Ebenso wenig wie sie auch nur einen Gedanken daran verschwendete, was sie Agneta antat, wenn sie versuchte, sie aus Sjöråhamn zu vertreiben. Nein, Berit dachte nur an den Skandal, den es unzweifelhaft geben würde, wenn die Wahrheit ans Licht kam.

Und sie war offenbar bereit, alles zu tun, um das zu verhindern.

Jonas wusste, dass er kaum eine andere Wahl hatte, als sich in seine Rolle als Arvidsson zu fügen. Denn zumindest in einem Punkt hatte Berit recht: Zu viele Existenzen waren untrennbar an das Fortbestehen von *Arvidssons Tårtafabrik* geknüpft.

Er konnte nicht zulassen, dass ganze Familien ins Unglück gestürzt wurden. Auch nicht, wenn seine Mutter in der Vergangenheit einen schweren Fehler begangen hatte, der jetzt jene Existenzen sicherte.

Ihm blieb nichts anderes übrig, als sich zumindest anzuhören, was sie nun von ihm erwartete – und er verachtete sie dafür. „Es geht also um Agneta“, sagte er mit erzwungener Ruhe, während es tief in ihm brodelte. „Und was erwartest du von mir?“

Die Antwort, die er von seiner Mutter erhielt, ließ seine schlimmsten Befürchtungen wahr werden. Nein, sie übertraf sie sogar noch.

„Ich habe nicht vergessen, dass Agneta und du …“ Sie verzog das Gesicht, so als wäre ihr allein die Erinnerung zuwider. „Sieh zu, dass sie dir wieder vertraut. Du musst Mias Rezeptbuch finden und vernichten. Niemand darf je den Zusammenhang mit unseren neuen Tortenkreationen erkennen, hörst du? Niemand! Und ich könnte in Betracht ziehen, dir doch eine Chance in der Marketingabteilung der Firma zu geben, wenn du mir dabei hilfst, einen Skandal abzuwenden.“ Ihre Miene verfinsterte sich. „Besser wäre allerdings, du würdest uns Agneta Holmquvist ganz vom Hals schaffen – ein für alle Mal.“

6. KAPITEL

„Und Sie können gleich morgen mit der Arbeit anfangen?“, fragte Agneta mit klopfendem Herzen. Sie wusste nicht, wie stark Helge Jonssens Betrieb ausgelastet war. Womöglich hatte er schon viele Eilaufträge für Renovierungen und andere Handwerksarbeiten angenommen.

„Natürlich“, antwortete er und entlockte Agneta damit ein zufriedenes Lächeln. „Ich schicke Ihnen morgen früh zwei meiner Männer rüber, die gleich mit dem Abreißen der Tapeten und dem Entfernen der Bodenbeläge anfangen können. Wenn die Vorarbeit erst einmal erledigt ist, wird alles andere ganz fix gehen, Sie werden schon sehen. In spätestens vier Wochen funkelt die Zuckerbäckerei Ihrer Tante wieder wie ein Juwel.“

„Vier Wochen nur?“ Agneta war erstaunt. Sie hatte angenommen, dass die Renovierungsarbeiten sehr viel mehr Zeit in Anspruch nehmen würden. Und das wäre wohl auch der Fall, wenn du alles selbst machen müsstest, dachte sie. *Aber Jonssens Männer sind Profis und wissen genau, was sie tun.* Ebenso wie die Elektriker, die sie beauftragt hatte, sich die Geräte in der Backstube anzuschauen. Einige waren sicher noch in Ordnung, andere konnten durch kleinere Reparaturen so weit instand gesetzt werden, dass sie noch eine Weile zu gebrauchen waren. Vor allem benötigte Agneta jedoch eine Aufstellung der Geräte, die neu angeschafft werden mussten, damit sie die Kosten überschlagen konnte.

Anderen wäre das vielleicht zu viel gewesen. Doch seit Agneta ihren Entschluss gefasst hatte, fühlte sie sich von einer vibrierenden Energie erfüllt, wie sie es schon seit sehr langer Zeit nicht mehr erlebt hatte. Sie stürzte sich mit Feuereifer in die Arbeit, auch wenn ihre fachlichen Fähigkeiten noch nicht gefragt waren. Denn davon, in der Backstube ihrer Tante wieder Torten und Kuchen zu zaubern, war sie noch weit entfernt. Wenn aber alles so lief, wie sie es sich vorstellte, würde sich das in absehbarer Zeit ändern. Und das war gut so.

Sie sehnte sich danach, endlich wieder zu backen.

Die Backstube war ihr Terrain, dort fühlte sie sich wie ein Fisch im Wasser. Nichts und niemand würde sie davon abhalten, ihren Traum zu verwirklichen. Schon bald würde sie als Inhaberin hinter dem *Himmelska Sockerdrömmar* stehen.

Wobei sie sich nicht vorstellte, hinter der Theke zu stehen. Dafür musste sie noch jemanden finden.

Nachdem sie sich bei Helge Jonssen bedankt hatte, beendete sie das Gespräch und legte ihr Smartphone auf die Ladentheke. Gerade als sie sich wieder der Arbeit widmen wollte, begann das Telefon zu vibrieren.

Seufzend nahm sie es von der Theke. Da sie davon ausging, dass Helge Jonssen wegen einiger Nachfragen gleich noch mal anrief, nahm sie das Gespräch an, ohne zuvor einen Blick aufs Display zu werfen.

Was sich kurz darauf als Fehler erwies.

„Agneta?", erklang eine ihr nur zu gut bekannte Stimme am anderen Ende der Leitung.

Es überlief sie eiskalt, und ihre Kehle war mit einem Mal wie zugeschnürt. „Was willst du, Kristoffer?", brachte sie mühsam hervor.

Eigentlich musste die Frage anders lauten. „Wer gibt dir das Recht, wieder in mein Leben einzudringen, nach allem, was geschehen ist?", hätte sie am liebsten gefragt. „Wie kannst du es wagen? Reicht es nicht, dass du meine gesamte Existenz infrage gestellt hast? Musst du mir jetzt alles noch schwerer machen?" Doch sie sprach nichts davon aus. Was hätte das schon gebracht, wem hätte es genützt?

„Ich wollte mit dir sprechen", erwiderte ihr künftiger Exmann. „Ich habe gehört, dass du wieder bei deinem Vater bist. Geht es dir gut?"

Einen Moment lang war Agneta tatsächlich sprachlos. Hatte er diese Frage gerade wirklich gestellt?

„Als ob dich das interessieren würde", gab sie kühl zurück – sie war froh, dass es ihr gelang, mit fester Stimme zu sprechen, obwohl ein leichtes Zittern ihren ganzen Körper erfasst hatte. Es war kein Zittern vor Schmerz oder Verzweiflung. Sie fühlte weder Trauer noch Kummer. Nein, sie war wütend. Wütend und enttäuscht. „Was immer du mit mir besprechen willst – du kannst es mir gern über meinen Anwalt mitteilen. Ich für meinen Teil habe nicht vor, auch nur ein weiteres Wort mit dir zu wechseln, Kristoffer. *Adjö!*"

Mit diesen Worten beendete sie das Gespräch. Ihre Finger bebten immer noch, als sie das Telefon ausschaltete und auf die Theke zurücklegte. Ruhig, ganz ruhig, sagte sie sich und fuhr sich mit beiden Händen durchs Haar.

Doch es dauerte, ehe sie wieder in der Lage war, einen klaren Gedanken zu fassen. Dann aber spürte sie ein Gefühl von Stolz in sich aufkeimen. Sie hatte Kristoffer gegenüber ihren Standpunkt vertreten, ohne einzuknicken. Vielleicht zum allerersten Mal.

Aber das war nicht alles. Nein, da war noch etwas anderes. Ihr wich endlich eine Last von den Schultern, die sie unbemerkt die ganze Zeit mit sich herumgetragen hatte.

Sie fühlte so etwas wie Erleichterung.

Sicher, es mochte noch eine ganze Weile dauern, bis sie vollständig über den Verrat an ihr hinweg war. Doch der erste Schritt war bereits getan. Mehr als das sogar. Sie wusste jetzt, dass sie ihn nicht mehr brauchte. Sie hatte ihn nie gebraucht.

Und jetzt – endlich – war sie bereit, den nächsten Schritt in eine Zukunft ohne Kristoffer zu gehen.

Als Berit Arvidsson allein in ihrem Arbeitszimmer hinter dem Schreibtisch saß, war sie in Gedanken noch immer bei ihrem Gespräch mit Jonas. Es war, gelinde ausgedrückt, nicht so verlaufen, wie sie es sich erhofft hatte.

Natürlich war ihr klar gewesen, dass sie von ihrem jüngsten Sohn keine Begeisterungsstürme erwarten durfte. Jonas hatte schon immer einen äußerst lästigen Gerechtigkeitssinn gezeigt, mit dem er sich schon mehr als einmal selbst ein Bein gestellt hatte. Hätte sie eine Wahl gehabt, hätte sie lieber Frederik um Hilfe gebeten.

Ihr älterer Sohn hatte dieselbe pragmatische Grundeinstellung wie sein Vater. Das war eine der wenigen Eigenschaften gewesen, die sie an Carl-Henrik wirklich geschätzt, ja sogar begrüßt hatte. Davon abgesehen war die Ehe mit ihm nicht unbedingt das gewesen, was man eine Erfüllung nennen konnte.

Doch sie hatte Carl-Henrik ja auch nicht aus Liebe geheiratet. Er war einfach die naheliegendste Wahl gewesen, weil er der einzige Erbe eines der schärfsten Konkurrenten von *Arvidssons Tårtafabrik* gewesen war. Ihre Ehe war damit eine Verbindung gewesen, die die Firma vorangebracht hatte und die Familie in die höheren Kreise der Gesellschaft hatte emporsteigen lassen.

Leider hatte sie mit ihrer zweiten Heirat nicht ganz dasselbe Fingerspitzengefühl bewiesen.

Schnell verscheuchte sie den Gedanken an Bengt, der mehr ein tägliches Ärgernis denn einen Nutzen für sie darstellte. Sie sollte sich lieber darauf konzentrieren, Jonas bei der Stange zu halten. Der Junge hatte schon immer einen starken eigenen Willen gehabt. Während Frederik im Allgemeinen tat, was man von ihm erwartete, musste Jonas stets mit dem Kopf durch die Wand – ganz gleich, welche Konsequenzen sein Handeln für ihn auch haben mochte.

Die Liaison mit Agneta Holmquvist war wohl das beste Beispiel dafür. Das Mädchen gehörte ganz eindeutig nicht in ihre Kreise. Sie war die Tochter eines Arbeiters und einer Schneiderin. Und ihre Tante ... Über Mia mochte Berit gar nicht erst nachdenken. Diese Frau hatte ihr einmal zu oft das Leben schwer gemacht. Berit war nicht sonderlich traurig darüber, dass Mia nicht noch einmal die Gelegenheit dazu erhalten würde. Obgleich sie sich manchmal wünschte, die Dinge hätten einen etwas anderen Verlauf genommen ...

Berit ertappte sich dabei, wie sie auf ihre Hände starrte, und runzelte die Stirn. Schließlich schüttelte sie den Kopf. Sie konnte sich später immer noch Zeit nehmen, um alte Sünden zu bereuen. Jetzt galt es, möglichen Schaden von der Firma und der Familie abzuwenden. Und bedauerlicherweise schien Jonas die einzige Person zu sein, die ihr dabei helfen würde.

Er und dieses Mädchen waren früher einmal beste Freunde gewesen. Später sogar mehr als das. Und obwohl sie sich nicht unbedingt in Freundschaft getrennt hatten, war Jonas noch immer die beste Chance, Agneta so zu beeinflussen, wie es gut für *Arvidssons Tårtafabrik* war.

Sie selbst war in der Hinsicht ja zu ihrem großen Ärger kläglich gescheitert.

Die Frage war nur, ob sie Jonas in diesem Zusammenhang wirklich voll und ganz vertrauen konnte. Immerhin wusste sie, dass er sich um ihretwillen ganz sicher nicht in eine Intrige hätte verstricken lassen. Ja, er tat es nicht einmal für sich selbst, obwohl sie ihm in Aussicht gestellt hatte, ihm mit seinem albernen Marketingkonzept freie Hand zu lassen. Ihr war klar, dass allein seine Sorge um die Mitarbeiter von *Arvidssons Tårtafabrik* den Ausschlag gegeben hatte. Nur deswegen zog er überhaupt in Erwägung, ihr zu helfen – und nicht etwa aus Loyalität ihr oder der Familie gegenüber.

Aber wie weit würde Jonas bereit sein zu gehen?

Nicht weit genug, fürchtete Berit. Zumindest nicht so weit, wie es notwendig werden könnte. Es wäre riskant, sich allein auf ihn zu verlassen. Jonas hatte sich in der Vergangenheit schon öfter als Enttäuschung erwiesen. Wenn es hart auf hart kam, hatte er weder die unnachgiebige Rücksichtslosigkeit seines Vaters noch die Fähigkeit seines Bruders, die moralischen Grundsätze den Gegebenheiten anzupassen. In stillen Stunden empfand Berit manchmal beinahe so etwas wie ungläubige Bewunderung darüber, dass Jonas trotz all ihrer Bemühungen widerstanden hatte. Vergeblich hatte sie versucht, einen echten Arvidsson aus ihm zu machen. Er war wie eine Pflanze in der Wüste, die trotz Wassermangel und glühender Hitze tapfer durchhielt – aus reinem Trotz, wie es schien. Und unbegreiflicherweise erfüllte genau diese Tatsache sie mit größerem Stolz, als sie ihn in Bezug auf seinen älteren Bruder jemals empfunden hatte.

Frederik war ihr stets ein nützliches Werkzeug gewesen, Jonas hingegen …

Sie schob den Gedanken beiseite. Jetzt sentimental zu werden würde ihr nicht weiterhelfen. Jonas war widersinnig, vollkommen irrational – und im Augenblick vor allem eines: störend.

Nachdem sie das Geheimfach ihres Schreibtisches geöffnet hatte, nahm sie zum zweiten Mal innerhalb weniger Tage ihr Adressbuch zur Hand. Die erste Nummer, die sie wählte, gehörte zum Anschluss eines sehr alten, sehr hoch geschätzten Bekannten von ihr.

„Johan", sagte sie ohne lange Vorrede, sobald sich am anderen Ende der Leitung eine tiefe Männerstimme meldete. „Berit hier, hör zu. Du musst mir einen Gefallen tun …"

„Das ist hoffentlich nicht Ihr Ernst!" Fassungslos starrte Agneta die Frau hinter dem Schalter des Bürgeramtes von Sjöråhamn an. Seit Kristoffers unerwartetem Anruf waren anderthalb Wochen ins Land gegangen, und es hatte sich einiges ereignet – sowohl Positives als auch Negatives.

Das zweite gemeinsame Abendessen mit Ann-Kristin und ihrer Familie, dieses Mal ohne Jonas' Anwesenheit, gehörte eindeutig zu den angenehmen Erfahrungen. Ebenso wie die Tatsache, dass einige der alten Küchengeräte aus dem *Himmelska Sockerdrömmar* wider Erwarten doch noch zu reparieren gewesen waren.

Doch leider verlief nicht alles, was die Konditorei betraf, so reibungslos und unkompliziert. Inzwischen erschien es Agneta nur konsequent, dass nun auch noch Schwierigkeiten mit den Behörden auftraten. Das änderte jedoch nichts daran, dass sie sich fürchterlich darüber aufregte. Überdeutlich spürte sie, wie sie von allen Seiten angestarrt wurde. Ja, es wunderte sie nicht einmal. Für die braven Bürger einer mittelschwedischen Provinzstadt war ihr Auftritt vermutlich die Sensation des Tages.

Es sollte sie nicht kümmern. Nur leider ließ es sie nicht kalt. Ihre Zukunft stand hier auf dem Spiel.

Kurz schloss sie die Augen, biss sich auf die Unterlippe und ermahnte sich zur Ruhe, auch wenn ein Teil von ihr die Frau am liebsten packen und schütteln wollte. Doch das widersprach nicht nur jeglichen gesellschaftlichen Konventionen, nein, es würde sie auch keinen Schritt weiterbringen.

„Also schön", sagte sie schließlich. „Fangen wir noch einmal von vorn an: Als ich vorgestern hier gewesen bin, haben Sie mir doch erklärt, dass es völlig ausreicht, eine beglaubigte Kopie meines Ausbildungszeugnisses einzureichen, um die Genehmigung zur Eröffnung eines Gewerbes in Sjöråhamn zu bekommen."

Die Frau hinter dem Schalter nickte. „Das ist richtig."

„Und warum bestehen Sie jetzt plötzlich darauf, das Original zu sehen? Ich habe Ihnen doch erklärt, dass es mir gar nicht mehr vorliegt."

„Anweisung von oben", entgegnete die Frau ungerührt.

Agneta atmete tief durch. „Aber Sie können doch nicht einfach von einem Tag auf den anderen Ihre Anforderungen ändern", protestierte sie, worauf ihr Gegenüber mit einem gleichmütigen Schulterzucken reagierte.

„Wenden Sie sich doch einfach an Ihren früheren Ausbildungsbetrieb. Wenn Sie eine Bestätigung einreichen, der zufolge Sie Ihre Ausbildung dort absolviert haben, darf ich ausnahmsweise auch die Zeugniskopie akzeptieren."

Zunehmend frustriert fuhr Agneta sich übers Haar. Mia war ihre Ausbilderin gewesen – und die lebte bedauerlicherweise nicht mehr. Aber … Agneta runzelte die Stirn. Womöglich befand sich in den Geschäftsunterlagen, die Mia hinterlassen hatte, eine weitere Ausfertigung des benötigten Ausbildungszeugnisses. Allerdings – so überragend Mias Fähigkeiten als Konditorin auch gewesen waren, auf Ablagesysteme und betriebswirtschaftliche Organisation hatte sie nie viel Wert gelegt.

Ihre Papiere waren ein einziges Chaos. Es konnte Monate dauern, bis Agneta sich durch alles durchgewühlt hatte.

Zeit, die sie schlichtweg nicht hatte.

„Und wenn es mir nicht möglich ist, eine solche Bescheinigung vorzulegen?“

„Dann kann ich bedauerlicherweise nichts für Sie tun“, erwiderte die Angestellte schnippisch.

Das brachte das Fass endgültig zum Überlaufen. „Ich verlange, auf der Stelle Ihren Vorgesetzten zu sprechen!“, konterte Agneta in unmissverständlichem Tonfall.

Die Züge der Frau verhärteten sich. „Der hat anderes zu tun, als sich mit solchen Lappalien zu beschäftigen“, erklärte sie kühl. „Ich habe Ihnen bereits erklärt, dass die Dokumente, die Sie eingereicht haben, nicht ausreichend sind. Beschaffen Sie die geforderten Unterlagen, und ich werde Ihren Antrag gern bearbeiten. Wenn Sie jetzt die Güte besäßen, mich weiterarbeiten zu lassen“, sie nickte in Richtung Warteraum, in dem ein gutes halbes Dutzend Leute darauf warteten, vorgelassen zu werden, „ich habe nicht den ganzen Tag Zeit.“

Nur mit Mühe schluckte Agneta den giftigen Kommentar herunter, der ihr auf der Zunge lag. Mit ihrem aufbrausenden Temperament hatte sie heute bereits genug Schaden angerichtet. Sie wollte es nicht noch schlimmer machen, als es ohnehin schon war.

Doch wie sollte sie ruhig bleiben, wenn im Augenblick einfach nichts so lief, wie sie es sich vorgestellt hatte? An jeder Ecke tauchten neue Schwierigkeiten auf, die es zu bewältigen galt. Es ging ja nicht nur um dieses verflixte Zeugnis, das vor Jahren bei einem Brand in ihrer Wohnung in Stockholm vernichtet worden war.

Sie hatte es sich in den Kopf gesetzt, das *Himmelska Sockerdrömmar* möglichst genauso herzurichten, wie es ihr in Erinnerung geblieben war. Mia hatte ein untrügliches Gespür für Schönheit und Ebenmaß gehabt. Es gab keinen Grund, etwas zu verändern, das bereits perfekt war. Zudem glaubte sie kaum, dass ihre potenziellen Kunden eine hypermoderne Café-Konditorei, wie Agneta sie aus Stockholm kannte, zu schätzen wissen würden.

Doch hier fingen die Probleme bereits an. Nachdem Helge Jonssens Männer nach zwei Tagen plötzlich nicht mehr aufgetaucht waren und der Chef des Handwerksunternehmens sich am Telefon hatte verleugnen lassen, hatte Agneta sich auf die Suche nach Ersatz gemacht. Aber in der ganzen näheren Umgebung schien kein einziger Handwerker am Auftrag für die Renovierung der Zuckerbäckerei interessiert zu sein. Zunächst hatte Agneta sich darüber gewundert. Immerhin ging es hier um eine größere Summe Geld – für die meisten mittelständischen Betriebe sollte ein solcher Auftrag wie gerufen kommen.

Die vergangenen anderthalb Wochen hatten sie jedoch eines Besseren belehrt.

Es war nicht nur schier unmöglich, Handwerker für die Renovierung der Konditorei zu finden – dasselbe galt auch für die Sanierung der darüber liegenden Wohnung, in der Mia bis zu ihrem Tod gelebt hatte. Sie gehörte ebenso zu Gustafs Erbe wie die Zuckerbäckerei, und er hatte Agneta angeboten, dort einzuziehen. Im Moment sah es allerdings so aus, als würde das niemals geschehen.

Ganz ähnliche Komplikationen gab es bei der Akquise der Lieferanten: Agneta hatte die alten Geschäftspartner ihrer Tante bereits kontaktiert, kurz nachdem ihr klar geworden war, dass sie das Angebot ihres Vaters annehmen wollte. Leider mit niederschmetterndem Ergebnis.

Das war für sie wirklich überraschend gekommen. Sie hatte die abstrusesten Ausflüchte gehört. Warum? War ihr Geld weniger wert als das anderer Kunden? Und dann – als sie kurz davor gewesen war, die Beherrschung zu verlieren – hatte sie ihre Irritation in einem der Telefonate einfach angesprochen. Ihr Gesprächspartner war nach kurzem Zögern endlich mit der Wahrheit herausgerückt. Oder zumindest mit einem Teil davon. Den Rest konnte Agneta sich leicht denken.

„Einer meiner größten Kunden droht mir damit, abzuspringen, wenn ich mit Ihnen zusammenarbeite", hatte er gesagt.

Er hatte zwar keinen Namen genannt, aber das war auch nicht nötig gewesen. Es gab nur eine Person, die sowohl ausreichenden Einfluss als auch die Stirn besaß, so etwas zu tun. Dieselbe Person, die sicher auch mit dem Leiter des Bürgeramtes befreundet war und von der die meisten Menschen im weiteren Umkreis auf Gedeih und Verderb abhängig waren: Berit Arvidsson.

Wütend sog Agneta die Luft ein. Diese Frau schien wie ein düsterer Schatten über ihr zu schweben. Jedenfalls immer, wenn sie sich in Sjöråhamn aufhielt. Sofern es also etwas Positives gab, das Agneta mit ihrer Zeit in Stockholm verband, dann war es die räumliche Entfernung zu Jonas' Mutter.

Jonas ...

Wie immer, wenn sie an ihn dachte, verspürte sie ein eigentümliches Ziehen im Bauch. Ein seltsam hohles Gefühl, einhergehend mit leichtem Schwindel.

Unwillig runzelte sie die Stirn. Was war bloß mit ihr los? Dank Jonas hatte sie in der Vergangenheit schon genug Schwierigkeiten gehabt. Es gab nicht den geringsten Anlass, ihm auch nur eine Träne nachzuweinen. Seinetwegen war sie überhaupt erst in diese missliche Situation geraten.

Nein, hör auf, sagte sie sich. *Das ist nicht fair. Es ist nicht Jonas' Schuld, dass du dich ausgerechnet mit einem Heuchler wie Kristoffer eingelassen hast. Das liegt ganz allein in deiner Verantwortung.*

Und trotzdem verspürte sie noch immer eine vermutlich vollkommen irrationale Wut auf Jonas – irrational vor allem, weil das Ganze nun schon mehr als dreizehn Jahre zurücklag. Sollte sie nicht langsam in der Lage sein, die Vergangenheit ruhen zu lassen? Ach, bis vor Kurzem hatte sie ja noch geglaubt, darüber hinweg zu sein. Doch die Gefühle, die allein der Gedanke an Jonas jetzt in ihr auslöste, bewiesen genau das Gegenteil. Agneta war weit davon entfernt, über *irgendetwas* hinweg zu sein. Vielleicht war am Ende ihre Ehe mit Kristoffer schon deshalb von Anfang an zum Scheitern verurteilt gewesen.

Die Vorstellung deprimierte sie. Doch sosehr sie sich auch darum bemühte, es gelang ihr nicht, sie vollständig abzuschütteln. Ebenso wenig wie den Gedanken an Jonas, der sie seit ihrer Rückkehr nach Sjöråhamn immer wieder befiel.

Fan! Es war zum Verzweifeln. Sie wollte doch nur ein neues Leben anfangen, hier in Sjöråhamn, wo sie geboren und aufgewachsen war. Warum konnten die schmerzhaften Erinnerungen nicht endlich verblassen?

Darüber grübelte sie immer noch nach, als sie durch die Eingangspforte des Bürgeramtes ins Freie trat – und prompt mit einem Passanten zusammenstieß.

„Passen Sie doch auf, wo Sie hinlaufen!", schimpfte Agneta mit einem Anflug von schlechtem Gewissen, da sie schließlich in Wahrheit diejenige gewesen war, die nicht richtig aufgepasst hatte.

Doch ihr Schuldbewusstsein verflog in der Sekunde, in der sie erkannte, mit wem sie zusammengeprallt war.

„Du hast mir gerade noch gefehlt", stieß sie mit einem gereizten Seufzen hervor.

Jonas quittierte ihre Bemerkung, indem er eine Braue hob. „Dir auch ein freundliches *Hej*, Agneta", entgegnete er ironisch.

Sie runzelte die Stirn. Wenn sie eines im Moment absolut nicht gebrauchen konnte, dann waren es herablassende Kommentare – schon gar nicht von ihm. „Spar dir deinen Sarkasmus", wies sie ihn kühl zurecht. „Und dann geh mir aus dem Weg. Im Gegensatz zu manchen Leuten, die den ganzen Tag nichts anderes zu tun haben, als ihren Mitmenschen Steine in den Weg zu legen, habe ich meine Zeit nicht gestohlen."

Als sie sich an ihm vorbeidrängen wollte, ergriff er ihre Hand und hielt sie fest.

Wütend funkelte Agneta ihn an. „Lass mich los", zischte sie. „Auf der Stelle, Jonas!"

Doch er dachte offenbar gar nicht daran, ihrer Forderung nachzukommen. „Wie meinst du das?“ Fragend sah er sie an. „Das mit den Leuten, die ihren Mitmenschen Steine in den Weg legen?“

Der Blick seiner hellen grauen Augen hielt sie gefangen. Agneta hatte ganz vergessen, welch fesselnde Wirkung sein Blick auf sie hatte.

Ihr Herz fing an, schneller zu schlagen, und sie spürte, wie der Puls in ihrer Halsschlagader pochte. Leider kannte sie das nur allzu gut. So ging es ihr immer, wenn sie sich wirklich über etwas aufregte – aber es hatte auch andere Situationen gegeben, in denen sie auf diese Weise empfunden hatte. Situationen, an die sie jetzt, in Jonas' Gegenwart, lieber nicht denken wollte.

Vor allem, da sie nicht wenige davon in seinen Armen erlebt hatte.

Sie blinzelte energisch, um sich wieder ins Hier und Jetzt zurückzuholen. Dann entzog sie Jonas ihre Hand, ehe die Berührung noch weitere unbequeme Gedanken in ihr heraufbeschwören konnte.

„Du hast mich schon verstanden“, entgegnete sie und begegnete seinem Blick herausfordernd. Er sollte nicht denken, dass er noch immer irgendeine Form von Macht über sie ausübte – selbst wenn es so war. Sie gab es nur ungern zu, doch da war noch immer etwas, das sie lieber nicht in Worte zu fassen versuchte. Dann hätte sie sich nämlich damit auseinandersetzen müssen. Und das konnte Agneta jetzt nicht.

Vermutlich wusste er es aber auch so. Zumindest ließ sein seltsamer Blick das vermuten. „Wenn ich es täte, würde ich nicht fragen“, erwiderte er. „Also, erklärst du mir, worauf genau du anspielst, oder muss ich selbst dahinterkommen?“

Einen Augenblick lang war sie voller Zweifel. Vielleicht tat sie ihm Unrecht?

Im nächsten Moment war ihre Überzeugung wieder fest. Agneta war sicher, dass sie die meisten der Schwierigkeiten, mit denen sie sich in jüngster Vergangenheit herumschlagen durfte,

Berit Arvidsson zu verdanken hatte. Und Jonas war immerhin Berits Sohn. Es war höchst unwahrscheinlich, dass er nichts von ihren Intrigen wusste.

Doch wenn er dieses Spiel unbedingt spielen wollte – bitte sehr. „Ich rede von deiner Mutter, Jonas“, sagte sie und verschränkte die Arme vor der Brust. „Willst du ernsthaft behaupten, dass dir das nicht klar ist?“

Sie standen sich so gegenüber, dass sie halb den Eingang des Bürgeramtes blockierten. Agneta kümmerte sich aber nicht weiter um die Leute, die sich an ihnen vorbeidrängten und ihnen neugierige Blicke zuwarfen. Ihre Aufmerksamkeit galt Jonas, dessen aufreizende Gelassenheit sie zunehmend wütend machte.

Obwohl – ganz so gelassen wirkte er plötzlich gar nicht mehr. Täuschte sie sich, oder zeichnete sich tatsächlich Überraschung in seinen grauen Augen ab? Er schaute sie an, den Mund leicht geöffnet, und fuhr sich mit der Hand durch die dichten schwarzen Locken. Agneta spürte, wie sie unwillkürlich auf diese Geste reagierte, und biss sich auf die Unterlippe. Der scharfe Schmerz brachte jedoch nicht die erhoffte Wirkung.

„Was genau hat Mutter getan?“, fragte er und weckte Agnetas Zweifel damit wieder. Entweder wusste er wirklich nicht, wovon sie sprach, oder er war ein sehr viel besserer Schauspieler, als sie es ihm zugetraut hatte.

Als hätte er ihre Gedanken gelesen, fuhr er fort: „Ich weiß es wirklich nicht, Agneta. Aber ich würde es gern erfahren. Vielleicht kann ich irgendetwas für dich tun.“

Er klang vernünftig. Sehr vernünftig sogar. Doch Agneta konnte bei ihm nicht auf Vernunft zählen. Außerdem wollte sie nicht aufhören, wütend auf ihn zu sein. Wenn sie schon unbedingt etwas für ihn empfinden musste, dann Zorn. Denn das war sicherer als alles andere, was ihr sonst bei seinem Anblick in den Sinn kam.

„Ich will und brauche deine Hilfe nicht“, presste sie ungehalten hervor. Ihr war klar, dass sie absolut unangemessen reagierte, aber es ging nicht anders. Sie durfte jetzt nicht schwach werden. Nicht bei ihm. Er hatte ihr schon einmal das Herz gebrochen. Der Schmerz war schlimmer gewesen als alles, was Agneta vorher oder sogar nachher erlebt hatte. Sehr viel schlimmer noch, als herauszufinden, dass Kristoffer sich hinter ihrem Rücken regelmäßig mit seiner Sekretärin vergnügt hatte.

Mit ihr hatte er weniger Spaß gehabt ... vermutlich weil sie Kristoffer wirklich niemals von ganzem Herzen geliebt hatte. Aber was wusste sie schon? Vor dreizehn Jahren hatte sie Jonas ihr Herz geschenkt. War das wahre Liebe gewesen? So hatte es sich jedenfalls nicht angefühlt, als er es ihr gebrochen hatte. Aber was war das überhaupt: wahre Liebe? Existierte so etwas außerhalb von Romanen und kitschigen Kinofilmen?

„Du kannst unbesorgt sein", entgegnete er.

Seine Miene hatte sich angesichts ihrer schneidenden Worte verfinstert. Was sehr viel besser war als seine aufgesetzte Freundlichkeit und das geheuchelte Verständnis, wie Agneta fand.

„Ich werde mich dir sicherlich nicht aufdrängen. Solltest du es dir jedoch anders überlegen, kannst du dich jederzeit an mich wenden."

„Damit würde ich an deiner Stelle nicht rechnen", konterte sie, ohne nachzudenken. Dieses Mal war sie diejenige, die Jonas ohne ein Wort des Abschieds stehen ließ.

Leider konnte sie sich in einem nichts vormachen: Es war vielmehr ein Davonlaufen als alles andere.

7. KAPITEL

Obwohl ihre Rückkehr nach Sjöråhamn nun schon ein paar Wochen zurücklag, war Agneta immer wieder erstaunt darüber, wie wenig sich verändert hatte. Einige Häuser waren in anderen Farben gestrichen als zuvor, und in den Vorgärten blühten andere Pflanzen, doch davon abgesehen schien die Zeit hier stehen geblieben zu sein. Agneta empfand einen Anflug von Nostalgie, aber auch Wehmut, wenn sie wieder etwas „neues Altes" entdeckte.

Heute war es die kleine Fischbude unten am Hafen, die ihr und ihren Freunden früher einmal als Treffpunkt gedient hatte. Vielleicht hatte sie diesen Ort deshalb bisher gemieden. Weil er sie an die guten alten Zeiten erinnerte.

Die Zeiten mit Jonas.

Doch nach ihrer Begegnung vorhin vor dem Bürgeramt konnte sie den Versuch, nicht an ihn zu denken, getrost aufgeben. Das bedeutete jedoch nicht, dass sie es sich gestatten würde, über ihn nachzugrübeln. Ablenkung war da die beste Methode.

Der Duft von frisch gebratenem Dorsch erfüllte die Luft, und Agneta spürte, wie ihr das Wasser im Mund zusammenlief. Sie murmelte ein „*Tack*", als der alte Mann hinter dem Tresen – es war noch derselbe wie früher, doch sie hatte seinen Namen vergessen – ihr das Fischbrötchen reichte. Nachdem sie bezahlt hatte, ging sie hinüber zu einem der Stehtische, von denen aus man den Hafen überblicken konnte. Das Papier, in das das Brötchen eingewickelt war, hatte einen fettigen Schimmer angenommen, was es in Agnetas Augen, für sie selbst überraschend, noch appetitlicher machte. Fettige Speisen hatten während ihrer Ehe nur höchst selten auf dem Speiseplan gestanden, da Kristoffer streng auf seine Linie achtete. Im Laufe der Zeit hatten seine Vorlieben einfach auf sie abgefärbt.

Sie hob den Fisch gerade an die Lippen, als jemand an ihren Tisch trat.

Es war Ann-Kristin. Sie lächelte. „Wie ich sehe, haben sich deine Vorlieben im Laufe der Jahre nicht sonderlich verändert", kommentierte sie mit einem kurzen Blick auf das Fischbrötchen in Agnetas Hand.

Agneta erwiderte ihr Lächeln warmherzig. „Kaum zu glauben, nicht wahr? Ich habe in so manchem Stockholmer Sternerestaurant gegessen, kann dir allerdings versichern, dass es nirgends ein so gutes Fischbrötchen gibt wie hier."

Darüber mussten sie beide lachen.

Es war ein schönes Gefühl. Ungewohnt, aber schön. In Stockholm hatte sie nicht viele Freunde gehabt. Kurz fühlte sie sich versucht, die Arbeit als Erklärung dafür vorzuschieben. Doch obwohl sie beruflich tatsächlich stark eingespannt gewesen war, hatte ihr Mangel an Sozialkontakten in Wahrheit an etwas anderem gelegen. Oder besser an jemand anderem: Kristoffer.

Er hatte keinen großen Wert auf private Kontakte gelegt. Dinner mit Geschäftspartnern, ein Glas Wein mit Kollegen in einer Bar in der Nähe seiner Arbeitsstelle, aber keine wirklichen sozialen Bindungen. „Wir haben einander, das reicht doch wohl", hatte er immer gesagt. Und irgendwann hatte Agneta angefangen, selbst daran zu glauben.

Umso schöner war es nun, gemeinsam mit jemandem zu lachen. Seine Freude zu teilen. Einen Moment lang die Sorgen vergessen zu können, die einen belasteten. Und davon gab es leider einige.

„Wie läuft es denn bei dir?", fragte Ann-Kristin, der der Umschwung von Agnetas Stimmung offensichtlich nicht entgangen war. „Wie geht es mit der Wiedereröffnung vom *Himmelska Sockerdrömmar* voran?"

„Gute Frage." Agneta senkte den Blick. „Ehrlich gesagt, so gut wie überhaupt nicht. Ob es jemals zu einer Wiedereröffnung kommen wird, steht unter den gegebenen Umständen in den Sternen", entgegnete sie bitter.

„Wie bitte?" Ihre alte Freundin sah sie erstaunt an. „Aber

warum denn das?"

„Ach", sie zuckte mit den Schultern und seufzte resignierend. „Nichts will so recht laufen, wie ich es mir vorgestellt habe. Die Ämter machen mir Schwierigkeiten, ich werde von A nach B und wieder zurück geschickt. Und mit der Renovierung geht es auch nicht wirklich voran, weil *pappa* und ich alles allein machen müssen. Kannst du dir vorstellen, dass ich keine Firma in der näheren Umgebung finde, die bereit ist, meinen Auftrag anzunehmen?" Sie lächelte humorlos. „Wer weiß, vielleicht ist es ein Wink des Schicksals. Vielleicht bin ich einfach nicht dazu bestimmt, das *Himmelska Sockerdrömmar* zu führen."

Nur, dass das Schicksal in meinem Fall einen Namen hat, fügte sie in Gedanken bitter hinzu. Berit Arvidsson ...

„Ich könnte mir niemanden vorstellen, der dazu besser geeignet wäre als du", entgegnete Ann-Kristin mit einer Überzeugung, die Agneta überraschte. „Also, sag schon: Wie kann ich helfen?"

„Danke für das Angebot. Das ist wirklich lieb gemeint." Dieses Mal kam Agnetas Lächeln von Herzen. Trotzdem schüttelte sie den Kopf. „Aber ich kann es nicht annehmen, Ann-Kristin. Du hast drei Kinder und einen Ehemann, die dich auf Trab halten. Es wäre nicht fair, dich zusätzlich noch mit meinen Problemen zu belasten."

„Was mich belastet und was nicht, lass doch bitte meine Sorge sein", widersprach Ann-Kristin und winkte ab. „Allerdings bin ich, was handwerkliche Dinge betrifft, absolut ungeschickt. Daher dachte ich eher daran, dir auf etwas andere Art und Weise unter die Arme zu greifen." Sie lächelte verschmitzt. „Wie es der Zufall will, besitzt Mattias' Bruder nämlich eine kleine Baufirma. Es wäre doch gelacht, wenn ich ihn nicht dazu überreden könnte, dir ein paar seiner Männer abzustellen."

Agneta konnte es nicht fassen. „Ist das wirklich dein Ernst?" Sie nahm Ann-Kristins Hände und drückte sie. „Du hast ja keine Ahnung, was das für mich bedeutet. *Tack! Tack så mycket!*"

Hellrote Flecken leuchteten auf den Wangen ihrer Freundin, genau wie früher, wenn sie verlegen oder aufgeregt gewesen war. „Ach was, das ist doch ganz selbstverständlich. Wozu hat man schließlich Freunde?"

Wenig später verabschiedeten sie sich voneinander, da Ann-Kristin zum Kindergarten musste, um ihre beiden kleinen Mädchen abzuholen. Sie verabredeten sich jedoch für den kommenden Tag, um alles Weitere zu besprechen.

Während sie Ann-Kristin nachsah, schwebte Agneta wie auf Wolken. Das Angebot ihrer Freundin war vollkommen überraschend für sie gekommen – und zudem genau zur rechten Zeit. Denn Agneta hatte bereits ans Aufgeben gedacht. Ohne jegliche Unterstützung im Ort konnte das Geschäft niemals Erfolg haben. Dann hätte es für sie keinen Sinn, länger in Sjöråhamn zu bleiben. Jetzt hatte sie zumindest einen Hoffnungsschimmer, wenn es auch nur ein einziger war.

Heißhungrig verschlang Agneta ihr inzwischen stark abgekühltes, aber dennoch unbeschreiblich köstliches Fischbrötchen und machte sich anschließend beschwingt auf den Weg zum *Himmelska Sockerdrömmar*. Sie verspürte auf einmal den unwiderstehlichen Drang, sich in die Arbeit zu stürzen. Handwerklich war sie zwar – wenn man einmal vom Tortenbacken absah – nicht sonderlich geschickt, aber es würde schon reichen, um ein paar vergilbte Tapeten und eine modrige Holzvertäfelung abzureißen.

Sie schloss gerade die Tür des Ladenlokals auf, als sie Schritte hinter sich vernahm. Hastig drehte sie sich um und stand plötzlich Gunnar Löfgren, dem Inhaber von *Löfgrens Bageri* gegenüber. „Wie ich hörte, willst du die Konditorei deiner Tante wieder aufmachen", sagte er.

Agneta befürchtete schon, er wolle versuchen, sie von ihrem Entschluss abzubringen. Immerhin betrieb er nur ein paar Häuser weiter seine kleine Backstube, sodass das *Himmelska Sockerdrömmar* wahrscheinlich eine unwillkommene Konkurrenz für ihn darstellte.

Doch zu ihrer Erleichterung lächelte der ältere Mann überaus freundlich. „Meine Frau und ich freuen uns sehr, dich als neue Nachbarin begrüßen zu dürfen. Sag uns einfach Bescheid, wenn du irgendwelche Hilfe brauchst. Deine Tante war eine gute Freundin von uns. Es ist ein Jammer, dass ihr Laden so lange leer gestanden hat."

„*Många, många tack!*" Strahlend sah Agneta ihn an. „Vielen Dank!" Damit hatte sie nicht gerechnet.

Und es bestärkte sie in ihrem Glauben, das Richtige zu tun.

Die kommenden vier Stunden verbrachte sie damit, ein – so erschien es ihr zumindest – heilloses Chaos im Laden anzurichten. Doch immerhin waren so gut wie alle Tapeten von den Wänden, ebenso wie ein Teil der alten Holzvertäfelung. Als ihr der Schweiß von der Stirn tropfte, klopfte sie sich den Staub aus den Sachen und streckte die steifen Glieder. Ganz offensichtlich hatte ihre Zeit in Stockholm sie weichlich werden lassen. Früher hatte ihr harte Arbeit längst nicht so viel ausgemacht. Aber seitdem sind dreizehn Jahre vergangen, erinnerte sie sich selbst. Du bist eben nicht mehr die Jüngste, Agneta Holmquvist. Besser, du findest dich damit ab.

Es dämmerte bereits, als Agneta aus dem Laden trat, die Tür abschloss und sich auf den Heimweg machte. Jeder einzelne Muskel in ihrem Leib schmerzte. Zugleich fühlte sie sich so aufgekratzt und voller Energie wie schon seit sehr langer Zeit nicht mehr. Den ganzen Nachmittag über hatte sie kein einziges Mal an Kristoffer gedacht, und das wertete sie als gutes Zeichen. Dass sich Jonas hingegen gleich mehrmals in ihre Gedanken geschlichen hatte, verdrängte sie lieber.

Obwohl die Sache zwischen ihnen schon eine kleine Ewigkeit zurücklag, hatte er noch immer diese unfehlbare Wirkung auf sie. Agneta hasste es, sich das einzugestehen. Aber sie würde lernen müssen, damit zu leben.

Als sie knapp zwanzig Minuten später das *Klippanhus* erreichte und einen dunkelgrauen Wagen in der Einfahrt stehen sah, dachte sie sich zunächst nichts dabei.

„*Pappa*, ich bin zu Hause!", rief sie, nachdem sie eingetreten war, zog ihre Jacke aus und hängte sie an die Garderobe in der Diele.

Sie stockte, als sie den dunklen Mantel erblickte, der neben dem ihres Vaters auf einem Bügel hing. Dieser Duft, der von dem Kleidungsstück ausging – ein Hauch von Sandelholz und Vanille –, rief unwillkommene Erinnerungen in ihr hervor.

Stirnrunzelnd strich sie mit den Fingerspitzen über den weichen Stoff. Es konnte doch nicht sein, dass Jonas ...?

„Agneta?", erklang die Stimme ihres Vaters aus der Küche. „Du hast Besuch, *min solstråle*."

Agnetas Herz schlug einen Purzelbaum, und in ihrem Magen breitete sich ein unangenehm kribbelndes Gefühl aus. Oh nein, dachte sie, alles, nur bitte das nicht!

Doch es war tatsächlich Jonas, der im nächsten Moment in den Korridor trat, umgeben vom Licht des schwindenden Tages, das durch das Küchenfenster hinter ihm fiel. Fast sah es so aus, als würde er von innen heraus erstrahlen. Agneta, die spürte, wie ihre Knie weich wurden, streckte die Hand nach der Wand aus, um sich abzustützen. Ruhig und tief atmen, sagte sie sich. Ein ... und aus ... ein ... und aus ...

„*Hej*, Agneta", sagte Jonas, und beim rauchigen Klang seiner Stimme rieselten ihr wohlige Schauer den Rücken hinunter. „Ich hoffe, ich komme nicht ungelegen."

Soweit es Agneta betraf, gab es keinen Zeitpunkt, zu dem sein Besuch ihr gelegen gekommen wäre. Ihr Herz flatterte wie ein Vogel, der aus seinem Käfig zu entkommen versuchte. Kurz schloss sie die Augen und wünschte sich weit, weit fort. Doch sie wusste auch, dass diese Taktik nicht funktionieren würde. Also fuhr sie sich seufzend durchs Haar und schlug die Lider wieder auf. „Was kann ich für dich tun?"

Er öffnete den Mund, um etwas zu sagen, als sich Gustaf Holmquvist an ihm vorbeidrängte und seine Jacke vom Garderobenhaken nahm.

„Wo willst du hin?", fragte Agneta überrascht.

„Eine dringende Verabredung", erklärte er mit einem breiten Lächeln auf den Lippen, das Agneta sehr verdächtig erschien. Zumal er nicht erwähnte, mit wem er sich so eilig treffen musste. „Ihr kommt ja bestimmt ohne mich zurecht, oder? Bleib doch zum Essen, Jonas. Es gibt Eintopf. Die Kasserolle steht im Ofen, und es ist genug für alle da."

Zu überrumpelt, um zu reagieren, konnte Agneta ihrem Vater nur noch nachschauen, als er das Haus verließ. Langsam wandte sie sich wieder zu Jonas um und sah das amüsierte Lächeln, das seine Mundwinkel umspielte.

„Ich nehme die Einladung gern an", sagte er und lächelte jetzt richtig. „Natürlich nur, wenn du nichts dagegen hast, Agneta."

Am liebsten hätte sie ihn kurzerhand vor die Tür gesetzt. Aber das hätte bedeutet, sich – und was noch schlimmer war, damit auch ihm – einzugestehen, dass sie nicht in der Lage war, mit ihm umzugehen.

Was sie tatsächlich nicht war.

Auch nach all den Jahren nicht.

Doch wenn sie in Sjöråhamn bleiben wollte, war das etwas, das sie lernen musste. Sie konnte schließlich nicht von Jonas verlangen, ihretwegen von hier wegzugehen. Erneut seufzte sie und fuhr sich durchs Haar. Sagten die Leute nicht immer, dass man sich seinen Dämonen stellen sollte, und nannten das dann Konfrontationstherapie? Nun, in ihrem Fall war die einmalige Gelegenheit gekommen.

„Gehen wir in die Küche", bot sie an und war stolz auf den sachlichen Klang, den sie ihrer Stimme verlieh. „Nimm dir einen Teller, ich kümmere mich um den Eintopf. Du weißt ja, wo alles steht."

Das stimmte. Sie waren früher beste Freunde gewesen. In gewisser Weise hatte er ihr sogar nähergestanden als Ann-Kristin. Er war in ihrem Elternhaus ein und aus gegangen, so als wäre er selbst ein Mitglied der Familie. Was er in gewisser Weise auch gewesen war – bis sie den Fehler begangen hatte, ihn eines Tages mit anderen Augen zu sehen. Und dann, nach dem Unfall …

Sie kniff die Augen zusammen, um die Erinnerung zu verdrängen, die in ihr noch immer sehr lebendig war. Ein klares Bild von den Geschehnissen des Unfalls hatte sie zwar nicht mehr, aber an die Gefühle erinnerte sie sich dafür umso besser. Im Krankenhaus hatte man ihr erklärt, das sei völlig normal. Die wenigsten Menschen könnten sich eine Situation, bei der sie schwere Verletzungen davongetragen hatten, ins Gedächtnis rufen. Gleichzeitig hätte Agneta auch gern den Schmerz, die Angst und die Verzweiflung vergessen. Doch wie sollte sie? Immerhin hatte die Nachricht über die langfristigen Unfallfolgen ihr Leben nachhaltig verändert.

In mehr als einer Weise.

Das Klappern von Geschirr ließ sie zusammenzucken. Jonas nahm Teller aus dem Schrank über der Anrichte und holte Agneta wieder zurück in die Gegenwart. Sie atmete tief durch, bevor sie die Backofentür öffnete und die schwere Kasserolle herausheben wollte.

„Warte, lass dir helfen." Jonas war sofort bei ihr und hatte ihr, ehe sie auch nur protestieren konnte, den gusseisernen Schmortopf abgenommen.

Sie zuckte zurück, als seine Finger ihre Hand streiften. Nicht, weil ihr die Berührung irgendwie unangenehm war, sondern weil sie Erinnerungen wachrief – und die brennende Sehnsucht nach mehr.

Erschrocken über die eigenen Gedanken, zuckte Agneta zusammen. Was tat sie hier eigentlich? Hatte sie den Verstand verloren? Das hier war Jonas! Der Mann, der ihr das Herz herausgerissen und zum Frühstück verspeist hatte. Und das alles unter dem Deckmäntelchen der Mildtätigkeit. Sie konnte sich das unmöglich noch einmal antun!

„Ich komme schon zurecht", schoss sie zurück, ohne selbst genau zu wissen, auf was sich diese Aussage eigentlich bezog. Seine Hilfe mit der Kasserolle? Das Angebot, ihr bei den

Schwierigkeiten mit seiner Mutter zu helfen? Oder ging es am Ende um etwas ganz anderes? Etwas, über das sie lieber nicht zu intensiv nachdenken wollte?

Ohne auf ihre Worte zu reagieren, stellte Jonas die Kasserolle auf dem Herd ab.

Dankbar dafür, dass das Aufwärmen des Eintopfes ihr eine Atempause verschaffte, schloss Agneta die Augen. Kurz nur und erst als sie Jonas den Rücken zuwandte und sicher sein konnte, dass er es nicht sah. Bereits im nächsten Moment wusste sie nichts mit sich anzufangen und hantierte umständlich am Herd herum.

Schließlich wandte sie sich resigniert um. Jonas hatte ungefragt am Küchentisch Platz genommen. Ihr fiel auf, dass er den Stuhl gewählt hatte, auf dem er schon früher immer gesessen hatte, wenn er zum Abendessen geblieben war, was nicht gerade selten vorgekommen war. Im Gegensatz dazu konnte Agneta sich nur an wenige Situationen erinnern, bei denen sie zu Gast im Haus seiner Eltern gewesen war, das von den meisten Bewohnern Sjöråhamns *Arvidssons Slott* genannt wurde. Was einerseits daran gelegen hatte, dass Jonas' Mutter es nicht gerade schätzte, wenn ihr jüngster Sohn mit einem Mädchen aus einfachen Verhältnissen Umgang pflegte. Andererseits war Agneta auch gar nicht sonderlich erpicht darauf gewesen, *Arvidssons Slott* zu betreten. Das Haus war riesig und sicher auch sehr luxuriös ausgestattet, aber auch kalt und unpersönlich. Vermutlich hatte Berit Arvidsson einen Innenarchitekten mit der Einrichtung beauftragt, sodass es mehr wie ein Museum oder eine Möbelausstellung wirkte als ein behagliches Zuhause.

Seine Mutter und sein Vater waren auch nicht unbedingt ein leuchtendes Beispiel gewesen, was elterliche Liebe und Zuneigung anging. Agneta schauderte heute noch bei dem Gedanken daran, wie kühl und förmlich im Hause Arvidsson miteinander umgegangen wurde. Sie hatte Jonas nie darum beneidet, dass er in einem wohlhabenden Elternhaus aufgewachsen war. Nicht unter diesen Umständen.

Sie setzte sich nun ebenfalls, und für eine kurze Weile herrschte Schweigen. Abgesehen vom leisen Knacken der aufheizenden Herdplatte und dem Wind, der um das *Klippanhus* strich, war es vollkommen still.

„Ich möchte mich bei dir entschuldigen“, sagte Jonas schließlich in die Stille. „Dafür, wie ich mich heute Vormittag dir gegenüber verhalten habe. Und auch dafür, dass meine Mutter dir Schwierigkeiten bei der Wiedereröffnung des *Himmelska Sockerdrömmar* macht.“

Agneta winkte ab. „Du bist nicht für die Handlungen deiner Mutter verantwortlich“, entgegnete sie. „Wenn hier jemandem etwas leidtun sollte, dann mir. Ich habe dich schließlich angeraunzt und bin dann einfach weggegangen.“

„Und?“, fragte er.

Sie blinzelte irritiert. „Was, und?“

Ein unterdrücktes Lächeln ließ seine Mundwinkel zucken. „Tut es dir leid?“

Im ersten Moment war sie irritiert, dann lächelte sie. „Ich weiß nicht genau. Ein bisschen vielleicht.“

„Na ich würde sagen, das ist doch schon einmal eine erfreuliche Entwicklung“, erwiderte er, und sie sah den Schalk in seinen hellgrauen Augen. „Alles andere wäre auch des Guten ein wenig zu viel gewesen.“

Agneta spürte, wie ihr Herz wieder anfing, schneller zu schlagen. Sie wollte es nicht, versuchte, es zu unterdrücken. Doch gegen die Wirkung, die Jonas auf sie ausübte, war sie schlichtweg machtlos.

Hastig stand sie auf und ging zum Herd zurück. Der Eintopf war noch viel zu kalt, als dass ein Umrühren bereits notwendig gewesen wäre. Doch darum ging es Agneta auch nicht, als sie nach dem Kochlöffel griff. Sie brauchte etwas, um ihre zittrigen Hände zu beschäftigen.

„Dein Vater war schon immer der beste Koch, den ich kenne.“

Agneta zuckte zusammen, als Jonas’ Stimme unmittelbar

hinter ihr erklang. Wann war er aufgestanden? Und warum hatte sie das Rücken des Stuhls und seine Schritte nicht gehört?

Weil du mit deinen Gedanken ganz woanders bist, Agneta Holmquvist, schalt sie sich selbst. Und nun hör endlich auf mit dem Unsinn und reiß dich zusammen!

Das war jedoch so gut wie unmöglich angesichts der Tatsache, dass Jonas ihr direkt gegenüberstand, als sie sich nun zu ihm umwandte. Er war ihr so nah, dass sie die Wärme seines Körpers spürte. Sein unverwechselbarer Duft stieg ihr zu Kopf. Plötzlich wurden ihr die Knie so weich, dass sie sich mit beiden Händen auf die Küchenarbeitsplatte stützen musste, um sich auf den Beinen zu halten.

Der Blick seiner grauen Augen hielt sie gefangen, sie konnte nichts anderes tun als dastehen und ihn anschauen. Es war, als wäre die Zeit einfach stehen geblieben. Nein, viel mehr als das: als hätte sie sich zurückgedreht. Agneta fühlte sich wieder wie mit achtzehn, unsterblich verliebt.

Sie atmete tief durch, um den Gedanken zu verscheuchen. Das war absurd! Es war dreizehn Jahre her, und Jonas und sie waren nicht unbedingt im Guten auseinandergegangen. Im Grunde sollte er nicht einmal hier sein!

Und doch brachte sie es nicht über sich, den Blick von ihm abzuwenden. Sich von diesen sanften grauen Augen zu lösen, die bis tief in ihre Seele zu blicken schienen.

Das Herz schlug ihr bis zum Hals, und ihre Kehle war wie zugeschnürt. Nervös nestelte sie mit den Fingern am Kragen ihres Pullovers herum. Aber der war es nicht, der ihr die Luft zum Atmen nahm. Nein, das hatte sie ganz allein Jonas zu verdanken. Ihm und der Tatsache, dass sie offenbar auch nach mehr als einem Jahrzehnt nichts dazugelernt hatte. Noch immer genügte sein Blick, um sie die Kontrolle über sich verlieren zu lassen.

Mit einem Schritt überbrückte er auch das letzte bisschen Abstand, das noch zwischen ihnen gewesen war. Agneta hob die Hände und drückte sie gegen seine Brust – um ihn zurückzuhalten. Aber in dem Moment, in dem sie ihn berührte und die klar definierten Muskeln unter dem grauen Kaschmirpullover spürte, dessen Farbe genau der seiner Iris entsprach, waren all ihre guten Vorsätze vergessen.

Oh Gott …

Ihre Lider flatterten, als er ihr Gesicht umfasste und mit Zeigefinger und Daumen die Konturen ihrer Gesichtszüge nachzeichnete. Wohlige Schauer durchrieselten ihren Körper, und sie spürte, wie sich tief in ihrem Inneren etwas rührte.

Dann beugte er sich plötzlich zu ihr und verschloss ihre Lippen mit seinem Mund.

Die Intensität der eigenen Empfindungen traf Agneta wie ein kleiner Schock. Sie konnte nicht mehr klar denken, nicht mehr atmen, nur noch fühlen.

Nach kurzem Zögern erwiderte sie seinen Kuss leidenschaftlich. Vertiefte ihn sogar noch. Ihre Hände gruben sich in Jonas' dunkle Locken und zogen ihn, falls das überhaupt möglich war, noch dichter an sich heran. Jeder Zentimeter zwischen ihnen erschien ihr plötzlich zu viel. Sie wollte Jonas so nah sein wie noch keinem anderen zuvor. Sie wollte …

Fan också, nej!

Die Erkenntnis, was sie zu tun im Begriff stand, durchfuhr sie wie ein Blitz. Unwirsch wand sie sich aus Jonas' Umarmung und drehte sich von ihm weg. Mit dem Rücken zu ihm blieb sie schließlich stehen, die Hände schwer auf die Arbeitsplatte gestützt. Ihr Atem ging stoßweise. Ein klares Anzeichen dafür, dass sie beinahe die Beherrschung verloren hätte.

Nein, korrigierte sie sich sofort, nicht *beinahe* – du *hast* die Beherrschung verloren. *Was, um Himmels willen, ist bloß in dich gefahren, dich von Jonas küssen zu lassen?*

Er war schließlich noch immer derselbe Jonas wie früher. Ihre erste große Liebe. Vielleicht sogar die einzige. Denn nach der Katastrophe mit ihm hatte sie stets darauf geachtet, ihr Herz nicht zu sehr zu involvieren, wenn es um Männer ging. Sie war instinktiv all jenen aus dem Weg gegangen, die ihr hätten gefährlich werden können, und hatte stattdessen nach einem zuverlässigen und verantwortungsbewussten Mann gesucht.

Wohin sie das geführt hatte, war nicht zu übersehen. Ihr ach so zuverlässiger und verantwortungsbewusster Mann hatte hinter ihrem Rücken eine Affäre mit seiner Sekretärin angefangen, die nun ein Kind von ihm erwartete.

Und ich stehe wieder allein da …

Nun, vielleicht war es ihr Schicksal. Vielleicht gehörte die Veranlagung fürs Glücklichsein einfach nicht zu den Bestandteilen ihres Genpools, wer wusste das schon?

„Ich sollte jetzt besser gehen." Jonas klang gefasst, wenn seine Stimme auch ein wenig belegt zu sein schien. Offenbar bereitete es ihm sehr viel weniger Mühe, seine Gefühle in den Griff zu bekommen, als ihr.

Seufzend fuhr sie sich durchs Haar. „Ja", sagte sie, ohne sich umzudrehen. „Das wird wohl das Beste sein."

Sie hörte, wie er näher kam, und hielt inne. Unwillkürlich erwartete sie eine weitere Berührung von ihm, erhoffte sie sich sogar.

Doch nichts geschah.

Stattdessen wandte er sich mit einem gemurmelten „*God natt*" um, und kurz darauf hörte sie seine Schritte im Korridor, ein leises Klicken, dann war die Haustür ins Schloss gefallen.

Jonas fühlte sich wie betäubt, als die Tür des *Klippanhus* hinter ihm zufiel. Minutenlang blieb er regungslos auf der Veranda in der Dunkelheit stehen und versuchte, den Aufruhr, der in seinem Inneren herrschte, zu bekämpfen – erfolglos.

Fan!

Mit steifen Schritten eilte er zu seinem Wagen, stieg ein und steckte den Schlüssel ins Zündschloss, drehte ihn jedoch nicht um. Stattdessen presste er sich die Handballen fest auf die Augen, bis farbige Sterne vor seinen Netzhäuten explodierten.

Reiß dich zusammen, Jonas Arvidsson. Reiß dich in Herrgottsnamen zusammen!

Er war zu Agneta gefahren, weil … Er stockte. Jetzt, da er darüber nachdachte, wusste er es selbst nicht so genau. Weil er verhindern wollte, dass sie hinter das schmutzige kleine Geheimnis seiner Mutter kam? Nein. Das war vielleicht der Grund, den er Berit gegenüber nennen würde. Vielleicht steckte auch ein winziges Körnchen Wahrheit darin. Schließlich wollte er nicht, dass die Hälfte der Einwohner von Sjöråhamn aufgrund eines Fehlers, den seine Mutter begangen hatte, ihre Existenz verloren. Und natürlich lockte ihn auch die Aussicht, dass Berit endlich einem seiner Marketingkonzepte eine Chance geben würde. Doch weder das eine noch das andere war der ausschlaggebende Punkt gewesen.

Und was dann? Er war nicht sicher, ob er das wirklich ergründen wollte. Fest stand nur, dass er sie seit ihrer Begegnung an diesem Morgen einfach nicht aus dem Kopf bekommen hatte.

Wegen unserer Auseinandersetzung, versuchte er sich einzureden. Doch er wusste, dass es eine viel einfachere Erklärung gab. Nur, dass er diese lieber nicht wahrhaben wollte.

Er schloss die Augen und konzentrierte sich darauf, normal und nicht zu schnell zu atmen. Langsam zählte er beim Einatmen bis fünf und wiederholte dieselbe Prozedur beim Ausatmen. Es war eine Entspannungsübung, die er vor Jahren von einer flüchtigen Bekanntschaft gelernt hatte. Jonas erinnerte sich nicht mehr an den Namen der Frau, auch nicht an ihr Aussehen. Dennoch war sie eine der wenigen unter seinen zahllosen unbedeutenden Affären gewesen, die in seinem Leben überhaupt einen bleibenden Eindruck hinterlassen hatten.

Es wirkte, wie fast immer, sehr schnell. Jonas spürte, wie sein Puls sich normalisierte, und die Anspannung seines Körpers löste sich. Er griff nach dem Zündschlüssel, um den Motor seines Saab anzulassen, als der Rufton seines Mobiltelefons ertönte.

Mit einem Seufzen holte er es aus seiner Hosentasche und warf einen Blick auf das beleuchtete Display, das den Innenraum des Wagens in seinen bläulich-weißen Schein tauchte.

Henrietta.

Erneut seufzte er tief auf, als er sich daran erinnerte, dass er heute Abend mit ihr verabredet gewesen wäre. Wohl wissend, dass Henrietta sich so leicht nicht entmutigen lassen würde, drückte er den Anruf weg.

Sekunden später verkündeten ein aufsteigender Dreiklang und eine kurze Vibration des Geräts, dass eine Textnachricht auf seinem Telefon eingegangen war. Jonas spielte kurz mit dem Gedanken, auch diese zu ignorieren, entschied sich aber dagegen und rief sie auf.

Die Nachricht bestand nur aus drei Worten: *Ruf mich an*. Der Absender war Henrietta.

Keine Fragen. Keine Vorwürfe. Nur diese Aufforderung.

Jonas legte das Handy aufs Armaturenbrett und fuhr sich durchs Haar. Er verspürte absolut kein Verlangen danach, jetzt mit Henrietta zu sprechen … Hatte er das überhaupt je?

Das zwischen ihnen war nichts Ernstes. Henrietta Mårtensson war die Tochter von Leif Mårtensson, dem Direktor der hiesigen Niederlassung von *Skandinaviska Banken*. Sie hatte lange Zeit im Ausland verbracht, zuerst ein Internat in England besucht und dann in Stockholm Kunst studiert, ehe sie schließlich auf Wunsch ihres Vaters nach Sjöråhamn zurückgekehrt war. Nicht ganz freiwillig, wie Jonas wusste. Henrietta bezeichnete sich selbst als Künstlerin, und in gewissem Sinne war sie das auch. Zumindest wenn man die Fähigkeit, keinen Finger rühren zu müssen und ein bequemes Leben auf Kosten anderer zu führen, als Kunst bezeichnen wollte.

Hin und wieder brachte sie ein Bild oder eine Skulptur oder sonst etwas zustande. Jonas hatte auf den ersten Blick erkannt, wie uninspiriert und seelenlos ihre Werke waren. Deshalb wunderte es ihn nicht, dass es Leif Mårtensson bislang nicht gelungen war, Henrietta eine Ausstellung in einer Galerie zu verschaffen.

Er hatte sie bei einer von Berits sterbenslangweiligen Cocktailpartys kennengelernt und war auf den ersten Blick fasziniert gewesen. Denn sie war eine auf ungewöhnliche Art und Weise attraktive junge Frau. Ihr extrem kurz geschnittenes rotblondes Haar mit dem asymmetrischen Pony, der strenge Schnitt des grell pinkfarbenen Kleids mit dem schmalen Bleistiftrock, ihre kühlen Augen, die so grünblau wie das Wasser eines Hotelswimmingpools waren ...

Sie waren bereits in der ersten Nacht miteinander ins Bett gegangen. In ihr Bett, genauer gesagt. Jonas nahm nie eine seiner Affären mit zu sich nach Hause. Nicht etwa, weil er vermeiden wollte, dass seine Familie etwas mitbekam. Er war ein erwachsener Mann. Und dass er das Gartenhaus unmittelbar hinter seinem Elternhaus bewohnte, bedeutete nicht, dass er sich veranlasst sah, sich irgendwie in seinen persönlichen Freiheiten einschränken zu lassen.

Nein. Der Grund war, dass er bisher nie das Bedürfnis verspürt hatte, einen anderen Menschen so weit in seine Privatsphäre vordringen zu lassen. Das Gartenhaus war schon immer sein Rückzugsort gewesen. Seine Mutter hatte das bungalowartige Gebäude einst als Gästehaus erbauen lassen, doch die meiste Zeit über war es vor allem als eine Art Abstellkammer für überschüssige Möbel und andere nicht benötigte Dinge genutzt worden.

Nach dem Abschluss seines Studiums hatte er Berit vor die Wahl gestellt: Entweder sie erklärte sich bereit, das Gartenhaus für ihn umbauen zu lassen, oder er suchte sich irgendwo in der Stadt eine eigene Wohnung. Zähneknirschend war seine Mutter schließlich auf seine Forderung eingegangen. Natürlich hatte sie nicht gewollt, dass einer ihrer Söhne wie ein ganz gewöhnlicher Arbeiter irgendwo zur Miete wohnte.

Obwohl Henrietta und er sich nun schon seit mittlerweile fast einem Jahr regelmäßig trafen, hatte er sie nur ein einziges Mal in das Gartenhaus gelassen. Tagsüber und nur ganz kurz, weil er etwas vergessen hatte, das er dringend gebraucht hatte.

Der bekannte Dreiklang seines Telefons riss ihn aus den Gedanken. Die automatisch eingeschaltete Displaybeleuchtung wirkte beinahe blendend in der Dunkelheit um ihn herum.

Mit einem unterdrückten Fluch nahm er das Telefon zur Hand und öffnete die neu eingegangene Nachricht. Derselbe Absender – natürlich.

Genauso kurz: *Was soll das?*

Jonas drückte auf den Antworten-Knopf. Eine SMS musste reichen. Er konnte jetzt nicht mit Henrietta sprechen. Jetzt nicht. Auch wenn er es sehr bald würde tun müssen. Denn ihm war jetzt klar, dass er so nicht weitermachen wollte.

Mit einem Anflug von schlechtem Gewissen dachte er daran, wie er Agneta vorhin geküsst hatte. Doch die negative Empfindung wurde überlagert von etwas anderem, ungleich Stärkerem.

Verlangen.

Sehnsucht.

Mir ist etwas dazwischengekommen, schrieb er. *Werde in den nächsten Tagen sehr beschäftigt sein. Melde mich, sobald ich kann. Jonas.*

Es war nicht einmal gelogen, trotzdem zögerte er kurz, ehe er die Nachricht sendete. Dann schaltete er das Telefon aus, sodass er sich mit keinen unbequemen Rückfragen befassen musste, ließ den Motor an und machte sich auf den Heimweg.

„Du siehst wunderschön aus, *min solstråle*", sagte Gustaf Holmquvist mit stolzem Lächeln. Er stand hinter Agneta, die ihre Reflexion kritisch im Spiegel des Elternschlafzimmers betrachtete. „Jeder Mann, der dir nicht sofort zu Füßen liegt, muss blind sein."

Agneta lächelte. „*Tack så mycket, pappa* – allerdings ist es mir lieber, wenn der Bankberater hinter seinem Schreibtisch sitzen bleibt. Ich glaube nicht, dass ich mich sonderlich wohlfühlen würde, mit jemandem über einen Kredit zu sprechen, der vor mir auf dem Boden kauert."

Ihr Vater lachte leise in sich hinein. „Ich bin sicher, dass sich auch für dieses Problem eine Lösung finden wird."

Anderthalb Wochen waren seit Jonas' Besuch im *Klippanhus* vergangen. Anderthalb Wochen, in denen Agneta nicht unproduktiv gewesen war. Ganz im Gegenteil.

Wie versprochen hatte Ann-Kristin mit ihrem Schwager gesprochen, und am nächsten Morgen waren zwei Männer im *Himmelska Sockerdrömmar* erschienen, die Agneta seitdem bei den schweren Arbeiten zur Hand gingen. Zwar ging es immer noch eher schleppend voran, aber zumindest waren erste Fortschritte zu erkennen.

Für das Problem mit dem fehlenden Original des Ausbildungszeugnisses hatte sie glücklicherweise eine Lösung gefunden, sodass sie nun eine offizielle Genehmigung zur Eröffnung eines Gewerbes in Sjöråhamn in Händen hatte. Agneta war ins Bezirksamt nach Gävle gefahren. Die dort für Sjöråhamn zuständige Sachbearbeiterin hatte die beglaubigte Kopie ihres Zeugnisses ohne jede Beanstandung akzeptiert. Von ihrem Vater wusste sie, dass Berit am selben Tag im Beisein aller Arbeiter einen regelrechten Tobsuchtsanfall bekommen hatte.

Die vergangenen Abende hatte Agneta damit verbracht, zusammen mit Gustaf ein Konzept für die Wiedereröffnung der Zuckerbäckerei zu erarbeiten. So schlug sie zwei Fliegen mit einer Klappe. Denn auf diese Weise brachte sie nicht nur Struktur in ihre Gedanken darüber, wie es mit dem *Himmelska Sockerdrömmar* weitergehen sollte, nein. Die Arbeit lenkte sie auch davon ab, ständig über Jonas nachzugrübeln.

Über ihn oder über den unseligen Kuss …

Um das Bild zu vertreiben, das unwillkürlich vor ihrem inneren Auge aufgetaucht war, schüttelte sie den Kopf. Jonas, wie er seine Hände in ihrem Haar vergraben hatte, wie er sie geküsst und …

Aufhören!

Sie holte tief Luft und zwang sich, eine geschäftsmäßige Miene aufzusetzen. Zum Glück schien ihr Vater nichts von ihrem inneren Aufruhr bemerkt zu haben. Und wenn doch, dann vermutete er wahrscheinlich, dass sie wegen des Banktermins nervös war.

Kurz schloss sie die Augen und ermahnte sich, sich auf das Wesentliche zu konzentrieren. Nach stundenlangem Rechnen waren ihr Vater und sie zu dem Schluss gekommen, dass Tante Mias Erbe realistisch gesehen nicht ausreichte, um alle notwendigen Umbauten und Neuanschaffungen zu finanzieren. Daher hatte Agneta für den heutigen Vormittag einen Termin mit der Bank ausgemacht.

Obwohl sie annahm, dass das Gespräch mit dem Berater reine Formsache sein würde, fühlte sie sich kribbelig und unruhig. Und das, obwohl ihr kein triftiger Grund einfiel, warum man die Finanzierung ablehnen sollte.

Dennoch blieb ein Rest von Unsicherheit, der sich auch nicht abschütteln ließ, als sie ein paar Minuten später in den Wagen ihres Vaters stieg und in Richtung Ort aufbrach.

Das Gebäude der Bank war eines der größten und eindrucksvollsten von ganz Sjöråhamn, *Arvidssons Slott* einmal ausgenommen. Hohe Fenster durchbrachen die nüchterne Fassade aus hellgrauem Stein. Eine breite Treppe führte hinauf zu einer Pforte, die von zwei mächtigen Pfeilern flankiert wurde, die einen Portikus stützten.

„Ich habe um elf Uhr einen Termin bei meinem Bankberater", erklärte sie dem jungen Mann, der hinter dem Empfangstresen saß. „Mein Name ist Agneta Holmquvist."

Der junge Mann nickte und führte sie durch eine zweiflügelige Tür in einen eindrucksvollen Büroraum. Das Zimmer war jedenfalls sehr viel eindrucksvoller eingerichtet, als Agneta sich das Büro eines einfachen Bankberaters vorgestellt hatte.

Vor dem wuchtigen Schreibtisch aus massivem Eichenholz standen zwei bequem aussehende Besucherstühle. Nervös spielten Agnetas Finger mit der Tasche, in der sie ihre Unterlagen aufbewahrte. Sie war normalerweise nicht so leicht aus der Ruhe zu bringen, doch die Atmosphäre war einschüchternd. Was vermutlich genau der Effekt war, der mit dem dunklen Holz und den schweren Vorhängen erreicht werden sollte. Seine schiere Größe ließ den Raum schon mehr wie einen Audienzsaal als wie ein Büro wirken, und man kam sich als Besucher automatisch klein und nichtig vor. Mit jeder Sekunde, die verstrich, wuchs Agnetas Anspannung.

So war sie beinahe erleichtert, als die Tür geöffnet wurde und ein älterer Mann im eleganten Maßanzug zu ihr in den Raum trat. Er schenkte Agneta ein professionelles Lächeln und streckte ihr die Hand entgegen. „Leif Mårtensson“, sagte er. „Ich hoffe, Sie verzeihen die Verzögerung.“ Er deutete auf die Besucherstühle. „Aber bitte, nehmen Sie doch Platz. Was kann ich für Sie tun?“

Agneta holte tief Luft. „Ich habe um diesen Termin gebeten, um mit Ihnen über die Finanzierung der Umbauarbeiten am *Himmelska Sockerdrömmar* zu sprechen.“ Sie holte ihre Mappe aus der Tasche, schlug sie auf der ersten Seite auf und schob sie über den Tisch zu Mårtensson herüber. „Ich habe hier einige …“

„Das wird nicht nötig sein“, unterbrach Mårtensson sie.

Agneta blinzelte irritiert. „Wie bitte?“

„Es tut mir wirklich leid für Sie, aber es wird keine Finanzierung geben.“ Der bedauernde Gesichtsausdruck des Bankiers wirkte so falsch wie nur irgendetwas. „Zumindest nicht durch unser Institut.“

Ihr war, als hätte ihr jemand den Boden unter den Füßen weggezogen. Mit allem hatte sie gerechnet, aber nicht mit einer kategorischen Absage, noch ehe sie überhaupt die Gelegenheit bekommen hatte, ihr Konzept vorzustellen.

„Aber warum? Ich …“ Sie verstummte abrupt, als ihr plötzlich ein Verdacht kam.

Berit! Aber natürlich – sie musste dahinterstecken!

Mårtensson zuckte nicht einmal mit der Wimper, als sie ihn darauf ansprach. „Ich werde die Hintergründe meiner Entscheidung nicht mit Ihnen diskutieren.“

„Na schön“, entgegnete Agneta, die nicht bereit war, sich so einfach abspeisen zu lassen. „Sie wollen mir also nicht helfen. Fein. Dann will ich jetzt mit Ihrem Vorgesetzten sprechen."

Mårtenssons Mundwinkel zuckten amüsiert. „Nun, selbst dann werden Sie mit mir vorliebnehmen müssen", erklärte er. „Ich bin der Direktor dieser Bank."

Agneta konnte es nicht fassen. Hatte sich die ganze Welt gegen sie verschworen?

Sie warf einen letzten wütenden Blick auf Mårtensson, stand auf und stürmte aus dem Raum. Es war ihr vollkommen gleichgültig, was für einen Eindruck sie damit hinterließ. Wie es schien, waren die Würfel ohnehin längst gefallen.

Berit Arvidsson hatte wirklich ganze Arbeit geleistet!

Agneta war absolut sicher, dass Jonas' Mutter hinter alldem steckte. Nur sie hatte genügend Einfluss, um so etwas in die Wege zu leiten. Und das Schlimmste war, dass sie nichts tun konnte, um Berit daran zu hindern, ihr weiterhin Steine in den Weg zu legen. In Sjöråhamn und Umgebung war diese Frau so etwas wie eine Königin. In einem Radius von mehr als fünfzig Kilometern waren zu viele Menschen auf irgendeine Art und Weise von *Arvidssons Tårtafabrik* abhängig. Viele als Angestellte, andere als Zulieferer oder über den Vertrieb.

Da wollte niemand riskieren, sich mit der großen Berit Arvidsson anzulegen. Es sich mit ihr zu verscherzen konnte den wirtschaftlichen und gesellschaftlichen Ruin bedeuten. Agnetas Vater war einer der wenigen Menschen, die es wagten, ihr die Meinung zu sagen – was nicht bedeutete, dass er irgendeinen Einfluss auf sie hatte. Jonas' Mutter tat, was sie wollte. Und offensichtlich hatte sie sich entschieden, um jeden Preis zu verhindern, dass Agneta erneut in Sjöråhamn Fuß fasste.

Nur warum? Aus reiner Boshaftigkeit? Und weil sie das Ladenlokal des *Himmelska Sockerdrömmar* unbedingt für sich haben wollte?

Nein, es musste mehr dahinterstecken. Nur was?

Agneta war noch immer wütend, als sie durch die große Eingangspforte der Bank ins Freie trat. Doch in ihre Wut hatte sich schon etwas anderes gemischt. Etwas, das sie daran zweifeln ließ, ob sie wirklich das Richtige tat.

Hoffnungslosigkeit.

Was konnte sie schon gegen Berit ausrichten, wenn sie kein anderes Ziel verfolgte, als ihr das Leben schwer zu machen? Agneta gab sich keinen Illusionen hin. Berit saß am längeren Hebel. Es war wie ein Kampf gegen Windmühlen – am Ende konnte sie nur verlieren.

Aber deshalb aufgeben? Und dann? Sollte sie nach Stockholm zurückkehren?

Sie dachte an ihren sicheren Job im *Hotel Rosenträdgården*. Birger Johanssen hatte ihr acht Wochen unbezahlten Urlaub eingeräumt, um ihre Angelegenheiten zu regeln. Inzwischen war ein Monat verstrichen, und ihr Vorgesetzter hatte schon mehrfach nachgefragt, ob sie bereits eine Entscheidung getroffen hatte. Sie würde sich festlegen und ihm sagen müssen, wie es weitergehen sollte. Und zwar sehr bald.

Ihr Herz sagte, dass es für sie kein Zurück mehr gab. Stockholm war Vergangenheit, das *Himmelska Sockerdrömmar* ihre Zukunft. Doch die Stimme der Vernunft behauptete etwas ganz anderes.

Was, wenn sie vollends an Berit Arvidsson scheiterte? Wenn der große Traum von der Selbstständigkeit platzte?

Dann stand sie ohne Job und ohne Rücklagen da. Und schlimmer noch: Ihr Vater würde nicht nur das Erbe seiner Schwester verlieren, sondern alles, was er sich im Laufe der Jahre angespart hatte. Wollte sie das wirklich riskieren? Nur um sich selbst etwas zu beweisen? Denn insgeheim befürchtete sie, dass es nicht zuletzt auch darum ging. Nach ihrer Heirat mit Kristoffer hatte sie all ihre persönlichen Bedürfnisse und Wünsche stets hintangestellt und sich nur nach ihm gerichtet. War es nicht ganz natürlich, dass sie nun zeigen wollte, dass mehr in ihr steckte? Dass sie in der Lage war, auf eigenen Beinen zu stehen und sich etwas aufzubauen?

Doch, beantwortete sie sich die Frage selbst. Es war sogar

vollkommen natürlich. Aber war es deshalb auch vernünftig?

In Gedanken versunken überquerte sie die Straße und stieg in ihren Wagen. Ohne etwas zu sehen, steckte sie den Schlüssel ins Zündschloss, ließ den Motor jedoch noch nicht an.

Wie sollte es weitergehen? War es der Versuch, sich selbst zu verwirklichen, wirklich wert, ein solches Risiko einzugehen?

Sie barg das Gesicht in den Händen, atmete tief durch und bemühte sich, etwas Ordnung in das Chaos zu bringen, das in ihrem Kopf herrschte.

Als unvermittelt jemand an die Seitenscheibe klopfte, zuckte Agneta erschrocken zusammen. Neben dem Wagen hockte ein Unbekannter. Er lächelte, doch das Lächeln erreichte seine Augen nicht. Irgendetwas an diesem Mann war ihr auf Anhieb unsympathisch, ohne dass sie genau sagen konnte, woran es lag.

Trotzdem ließ sie das Fenster herunter. „Ja, bitte?"

„Agneta Holmquvist?"

Erstaunt hob sie eine Braue. „Wer will das wissen?"

„Wie unhöflich von mir", sagte er und streckte ihr durchs Fenster die Hand entgegen. „Mein Name ist Per Leifsson. Freut mich sehr, Ihre Bekanntschaft zu machen."

Der Name Leifsson kam Agneta entfernt bekannt vor, aber sie konnte ihn nicht recht zuordnen. Umgekehrt schien er jedoch genau zu wissen, wen er vor sich hatte. Sie fragte sich, warum.

„Nun, was kann ich für Sie tun?", erkundigte sie sich, ohne auf seine Höflichkeitsfloskel einzugehen. „Ich nehme an, dass Sie mich nicht ohne Grund angesprochen haben, oder etwa doch?"

„*Nej*", entgegnete Leifsson immer noch lächelnd. „Ich bin hier, um Ihnen ein Angebot zu machen, das Sie unmöglich ausschlagen können."

Agneta runzelte die Stirn. „Dürfte ich erfahren, wovon Sie sprechen?"

„Von der Zuckerbäckerei Ihrer verstorbenen Tante", erwiderte er. „Ich möchte Ihnen ein Kaufangebot für das *Him-*

melska Sockerdrömmar machen."

Einen Moment lang konnte Agneta ihn nur ungläubig anstarren. Ein Kaufangebot für das *Himmelska Sockerdrömmar*? Wie kam dieser Mann auf den Gedanken, dass die Zuckerbäckerei zum Verkauf stand?

Da dämmerte es ihr plötzlich. Es war kein Zufall, dass Leifsson ausgerechnet jetzt auftauchte. Er hatte von ihrem Termin bei der Bank gewusst. Und vermutlich war er auch bereits über den Gesprächsverlauf informiert gewesen. Was wiederum bedeutete, dass nur eine Person ihn geschickt haben konnte: Berit Arvidsson.

„Richten Sie Ihrer Chefin bitte aus, dass Sie sich schon selbst mit mir in Verbindung setzen muss, wenn sie etwas von mir will." Heißer Zorn pulsierte durch Agnetas Adern. „Oder bessern noch: Ich sage es ihr selbst."

Mit diesen Worten drehte sie den Schlüssel im Zündschloss herum und gab Gas.

8. KAPITEL

Arvidssons Tårtafabrik lag etwas außerhalb von Sjöråhamn in einem ehemaligen Sägewerk, dessen Produktion bereits zu Anfang des vergangenen Jahrhunderts stillgelegt worden war. Als die Großkonditorei Arvidsson zu groß geworden war, um weiterhin in einem Gebäude in der Stadt Platz zu finden, hatte Ludvig Arvidsson das Sägewerk gekauft und aufwendig umbauen lassen. Der ursprüngliche Verwendungszweck der Anlage war heute so gut wie nicht mehr erkennbar. Doch da die Fassade zum großen Teil erhalten geblieben war, sah sie auch nicht wie eine Fabrik aus.

Sie bestand aus zwei parallel angeordneten, lang gestreckten Holzgebäuden, beide in sattem Falunrot gestrichen. Darin befanden sich, wie Agneta wusste, die Produktion sowie das Lager und die Kühlanlage. In einem kleineren Steinhaus, das ein wenig abseits stand, waren die Büros der Verkaufs- und Marketingabteilung untergebracht.

Mit quietschenden Reifen kam Agnetas Wagen vor der Eingangstür des Verwaltungsgebäudes zum Stehen. Sie stieg aus und warf die Fahrertür so energisch zu, dass der Knall über den gesamten Hof hallte. Dann eilte sie mit ausgreifenden Schritten die Vortreppe hinauf und stürmte durch die Eingangstür.

Von ihrem Vater wusste sie, wo Berit Arvidsson ihr Büro hatte. Daher hielt sie sich nicht damit auf, sich bei der jungen Frau am Empfang anzumelden. Sie spürte deren überraschte Blicke in ihrem Rücken, als sie einfach an ihr vorbeimarschierte und dann, immer zwei Stufen auf einmal nehmend, nach oben ins erste Stockwerk eilte.

Offenbar hatte die Empfangsdame schnell geschaltet und ihre Ankunft angekündigt. Denn im Vorzimmer von Jonas' Mutter wurde Agneta schon erwartet.

Und zwar von Berit Arvidsson höchstpersönlich.

Sie stand neben einem verwaisten Schreibtisch. Der Gesichtsausdruck gelassen, die Haltung aufrecht, Agneta kannte sie nicht anders. Sie konnte sich auch nicht vorstellen, dass diese Frau sich jemals wirklich entspannte.

„Agneta Holmquvist", sagte sie vollkommen ungerührt. „Wie nett, dass du mich besuchen kommst. Kann ich dir vielleicht einen Tee anbieten? Oder lieber einen Kaffee?"

„Für mich nichts", entgegnete Agneta kühl. „Nur eine Antwort: Warum tust du das?"

Berit hob eine Braue – ganz die personifizierte Unschuld. „Warum tue ich was?"

„Ich denke, das weißt du ganz genau. Aber wenn es dir Freude macht, dich ahnungslos zu stellen – bitte sehr." Sie verschränkte die Arme vor der Brust. „Du setzt alle Hebel in Bewegung, um mir bei der Wiedereröffnung des *Himmelska Sockerdrömmar* Steine in den Weg zu legen, Berit. Warum? Wohl kaum, weil du die Konkurrenz fürchtest. Nein, dahinter steckt etwas anderes. Ist es wegen Jonas? Fürchtest du, dass sich zwischen uns wieder etwas entwickeln könnte?"

„Diese drei Paletten hier", Jonas deutete nacheinander auf die mit Plastikfolie umwickelten Stapel, „können Sie gleich wieder einladen. Ich werde mich mit Ihrem Chef in Verbindung setzen und die ganze Angelegenheit klären."

Unter gemurmeltem Protest machten sich die beiden Fahrer an die Arbeit. Jonas nickte ihnen noch einmal zu, strich mit einem Kugelschreiber eine Position auf dem Lieferschein durch, trennte seine Kopie vom Formular ab und legte das Original auf den Fahrersitz des Lkw. Seinen Durchschlag knickte er in der Mitte und steckte ihn in die hintere Hosentasche, ehe er sich auf den Weg zurück in die Verwaltung machte. Erst als er sicher war, dass er sich außerhalb Sicht- und Hörweite befand, verbarg er seinen Ärger nicht mehr.

Fan! Um ein Haar wäre ihm ein grober Schnitzer unterlaufen. Und das alles nur, weil es ihm in letzter Zeit einfach nicht mehr gelang, sich auf seine Arbeit zu konzentrieren.

In letzter Zeit? Im Grunde ließ sich das noch ein bisschen enger definieren. Denn diese Probleme tauchten erst auf, seit Agneta wieder in Sjöråhamn war. Manchmal kam es ihm schon so vor, als wäre sie niemals fort gewesen. Dass ihn immer noch so intensive Gefühle überfielen, wenn es um sie ging, machte es schwer zu glauben, dass die Sache zwischen ihnen bereits mehr als dreizehn Jahre zurücklag.

Eine kleine Ewigkeit.

Und doch schaffte sie es noch immer mühelos, ihn vollkommen die Kontrolle verlieren zu lassen. Gott allein wusste, wie sie das anstellte! Weder vor noch nach ihr war ihm je eine Frau so unter die Haut gegangen.

Weil du es nicht zugelassen hast, sagte er sich. Aber das traf nur zum Teil zu. Es stimmte, dass für ihn eine engere Bindung nicht infrage kam. Es reichte, dass sein Bruder dem Beispiel ihres Vaters gefolgt war. Brauchte die Welt wirklich noch einen Mann, der nur seine Arbeit im Kopf hatte und sich einen Dreck um das Glück seiner Frau oder seiner Kinder scherte? Jonas war definitiv nicht dieser Ansicht – und schon allein deshalb erschien ihm der bloße Gedanke, eine Familie zu gründen, vollkommen absurd.

Es war schlimm genug, dass es bereits einen Menschen gab, der unter ihm zu leiden hatte.

Seine Tochter. Liv.

Dass er von ihrer Existenz erfahren hatte, lag mehr als zwei Jahre zurück. Die ersten zehn Jahre ihres Lebens hatte Liv in der Obhut ihrer Mutter Elin verbracht. Mit dieser war Jonas zu Beginn seines Studiums ein paar Wochen lang zusammen gewesen. Dass die stürmische Affäre unverhoffte Früchte getragen hatte, war ihm erst mitgeteilt worden, als Elin die Diagnose „Krebs im Endstadium" erhalten hatte.

Für Jonas war es ein Schock gewesen. Sowohl die Vorstellung, dass einem scheinbar gesunden und kräftigen Menschen wie Elin nur noch wenige Monate zu leben blieben, als auch die Tatsache, dass er plötzlich Vater einer zehnjährigen Tochter sein sollte, waren ihm vollkommen unvorstellbar erschienen.

Ihm war nicht viel Zeit geblieben, um sich mit den neuen Gegebenheiten zu arrangieren. Knapp zwei Monate später, nachdem die Formalitäten wie der obligatorische Vaterschaftstest und die behördlichen Anforderungen erledigt gewesen waren, war Liv bei ihm im Gartenhaus eingezogen.

Natürlich hatte das Mädchen nicht verstehen können, warum seine Mutter es fortgeschickt hatte. Elin hatte verhindern wollen, dass ihre Tochter ihr langsames Sterben miterlebte. Doch wie sollte ein Kind von gerade einmal zehn Jahren diese Entscheidung begreifen?

Eines stand fest: Er, Jonas, war ihr dabei keine besonders große Hilfe gewesen. Die einzigen Kinder, mit denen er jemals zu tun gehabt hatte, waren seine sechsjährigen Nichten Lina und Klara gewesen. Doch die beiden kamen ihm zumeist mehr wie kleine Erwachsene vor, nicht wie richtige Kinder. Jedenfalls hatte ihn nichts darauf vorbereiten können, was es bedeutete, plötzlich ein zickiges, rebellisches und unnahbares Mädchen im Haus zu haben.

Als Elin nach etwa drei Monaten gestorben war, hatte sich die Situation zwischen Liv und ihm noch weiter verschlechtert. So sehr, bis er keinen anderen Ausweg mehr gesehen hatte, als für seine Tochter einen Platz in einem angesehenen Internat nahe Göteborg zu beantragen.

Das war nun anderthalb Jahre her, und er erhielt nur sehr sporadisch Nachricht von Liv. Zumeist in Form eines Schreibens des Internatsdirektors, wenn sie wieder einmal gegen irgendwelche Schulregeln verstoßen hatte. Weder rief Liv an noch schrieb sie. Sie ging auch nicht auf Jonas' zaghafte Versuche ein, in Kontakt zu bleiben. Im Gegenteil, sie behandelte Jonas wie Luft – und vermutlich hatte er es auch nicht besser verdient.

Er eignete sich einfach nicht zum Vater. Deshalb hatte er sich geschworen, keine eigene Familie zu gründen. Wirklich irritierend daran war nur, dass dieser Entschluss schon sehr früh in ihm herangereift war. Lange bevor aus Agneta und ihm ein Paar geworden war.

Lange bevor du ihr einen Heiratsantrag gemacht hast …

Um die Erinnerung an diesen schwarzen Tag in seinem Leben zu verscheuchen, schüttelte er den Kopf. Wie gern würde er es vergessen. Die Demütigung. Den Schmerz.

Seufzend fuhr er sich mit der Hand durchs Haar und betrat das Verwaltungsgebäude. Sein Büro befand sich im ersten Stockwerk, von dem seiner Mutter nur durch das seines Bruders getrennt. Als er den oberen Treppenabsatz erreichte, stutzte er.

Aus dem Vorzimmer seiner Mutter drangen aufgeregte Stimmen – eine davon identifizierte er eindeutig als Berits, doch die andere … Er runzelte die Stirn. Nein, das war wohl kaum möglich – oder?

Er trat näher. Die Tür war nur angelehnt, sodass er jedes Wort verstehen konnte, das im Zimmer gesprochen wurde.

„Lassen wir doch die Spielchen", hörte er Agneta sagen. Sie klang aufgebracht. Nein, korrigierte er sich sofort, nicht aufgebracht – wütend. „Du weißt genauso gut wie ich, dass ich recht habe. Der Bankdirektor, ich bitte dich! Wer außer dir hätte genug Einfluss, um einen solchen Mann in seine Intrigen einzuspannen?"

Berit lachte. Nur weil er sie sehr gut kannte, hörte Jonas ihre Anspannung heraus. Agneta merkte davon sicher nichts. „Mach dich nicht lächerlich", entgegnete sie. „Nenn mir einen einzigen Grund – einen nur –, warum ich einen solchen Aufwand betreiben sollte, um dich aus der Stadt zu vertreiben."

„Ich kenne deine Gründe nicht, aber eines weiß ich dafür ganz genau: Wenn du annimmst, dass ich mich durch deine kleinen Intrigen aus Sjöråhamn vertreiben lasse, dann hast du dich geschnitten. Du wirst das *Himmelska Sockerdrömmar* nicht in die Finger bekommen, Berit. Nicht, solange ich noch ein Wörtchen mitzureden habe!"

Jonas runzelte die Stirn. Dass Agneta sich in die Höhle des

Löwen gewagt hatte, beeindruckte ihn mehr, als er sich eingestehen wollte. Agneta bot seiner Mutter die Stirn. Das hatten sich bislang nur sehr wenige getraut. Er selbst zählte dazu, doch das war nicht dasselbe. Er gehörte zur Familie. Und auch wenn Berit ihn sicherlich als eine Art schwarzes Schaf betrachtete, so hatte er doch eine gewisse Narrenfreiheit, die für keinen Außenstehenden galt.

Und so wie Agneta in diesem Augenblick, hatte er noch niemanden mit Berit sprechen hören. Sie war entweder sehr mutig oder einfach nur vollkommen verrückt.

Auf der anderen Seite: Was hatte sie schon zu verlieren? Nach allem, was er gerade gehört hatte, war Berit längst dabei, Agnetas Pläne hier in Sjöråhamn zu torpedieren.

Und im Gegensatz zu Agneta kannte er die Antwort auf die Frage nach dem Warum: Seine Mutter wollte um jeden Preis verhindern, dass die Wahrheit über ihren kleinen Betrug ans Licht kam. Zwar hatte sie ihn um Hilfe gebeten. Aber er hätte wissen müssen, dass sie sich niemals allein darauf verlassen würde.

Berit Arvidsson überließ so gut wie nichts dem Zufall. Und es ging hier nicht um irgendein Geschäft, sondern um die Existenz der Firma.

Wenn die Wahrheit herauskam, würde es einen gewaltigen Skandal geben. Jonas gab sich nicht der Illusion hin, dass sich *Arvidssons Tårtafabrik* davon jemals wieder erholen würde. Doch das bedeutete nicht, dass er das Verhalten seiner Mutter guthieß.

Der Zweck rechtfertigte nicht in jedem Fall die Mittel. Und in diesem speziellen Fall sogar ganz sicher nicht.

„Es tut mir leid, aber ich weiß nicht, wovon du redest", behauptete Berit. Es war so offensichtlich eine Lüge, dass es schon fast spöttisch klang. „Leider erlaubt es mir mein Terminkalender nicht, unsere Plauderei noch länger fortzusetzen. Richte deinem Vater bitte Grüße von mir aus."

Es versetzte Jonas immer wieder in Erstaunen, wie kaltblütig seine Mutter sein konnte. Schnell trat er zurück, als er hastige Schritte hörte, die sich der Tür näherten. Es war keine Sekunde zu früh, denn im nächsten Augenblick wurde sie aufgestoßen, und Agneta rannte, ohne ihn zu bemerken oder sich noch einmal umzublicken, die Treppe hinunter.

Er zögerte kurz; dann stieß er einen unterdrückten Fluch aus und folgte ihr. Sie stand bereits bei ihrem Wagen, als er sie erreichte. Ein heftiges Gefühl, das er selbst nicht recht in Worte zu fassen vermochte, ergriff von ihm Besitz. Er sah, wie heftig ihr die Hände zitterten. Ob vor Verzweiflung, vor Aufregung oder vor Zorn, konnte er nicht erkennen.

„Agneta ..."

Sie zuckte merklich zusammen, als er von hinten eine Hand auf ihre Schulter legte. „Was willst du von mir?", fragte sie, ohne sich umzudrehen. Ihre Stimme bebte. „Hat deine Mutter dich geschickt, um mir den Rest zu geben?"

Unwillkürlich erinnerte er sich daran, dass er eingewilligt hatte, Berit bei der Vertuschung ihres schmutzigen Geheimnisses zu helfen. Ihn überkam ein schlechtes Gewissen. Aber nicht so, sagte er sich hart. Nicht auf diese Weise!

„Das hier hat nichts mit meiner Mutter zu tun, Agneta. Du musst mir glauben, dass ich keine Ahnung hatte, was sie ..."

„Sei still", zischte sie und schaffte es nun endlich, die Tür aufzubekommen. „Lass mich in Ruhe!" Nachdem sie in den Wagen gestiegen war, schlug sie laut die Tür zu und ließ den Motor an.

Dann raste sie mit quietschenden Reifen davon.

„Was soll das, Mutter?"

Berit blickte nicht einmal auf, als Jonas ihr Arbeitszimmer betrat. Sie wusste genau, dass ihn das nur noch wütender machte – offensichtlich legte sie es genau darauf an.

„Was soll was?", fragte sie scheinbar arglos.

„Ich habe deinen Streit mit Agneta vorhin zufällig mitbekommen."

„Zufällig?“ Nun blickte sie doch auf. Ein humorloses Lächeln umspielte ihren Mund. „Du meinst, du hast an der Tür gelauscht wie ein ungezogener kleiner Junge, ja?“

„Mach dich nicht lächerlich“, entgegnete Jonas zornig. „Es war kaum zu vermeiden, euren Wortwechsel mit anzuhören – ihr wart nicht eben leise.“

Sie zuckte mit den Schultern und wandte sich wieder der Akte zu, in der sie gelesen hatte. „Und?“

„Stimmt es, dass du den Bankdirektor gegen sie aufgebracht hast?“

„Es war nicht nötig, *irgendjemanden* gegen sie aufzubringen. Leif Mårtensson war mir noch einen Gefallen schuldig, das ist alles.“

„Dann gibst du es also zu?“

„Dass ich meine Kontakte nutze, um *Arvidssons Tårtafabrik* zu schützen? Ja, natürlich. Warum überrascht dich das? Ich dachte, ich hätte meinen Standpunkt bei unserem Gespräch neulich klar zum Ausdruck gebracht: Wir müssen alles in unserer Macht Stehende tun, um zu verhindern, dass Agneta Holmquvist zufällig über die Wahrheit stolpert. Denn wenn das geschieht …“

„Ist die Firma keinen Pfifferling mehr wert“, fiel Jonas ihr ins Wort. „Vielen Dank, das war mir bereits klar. Du kannst mir glauben, dass mir ebenso daran liegt wie dir, die Firma zu retten. Aber nicht auf diese Weise. Nicht so!“

Seufzend lehnte sie sich in ihrem Bürostuhl zurück. „Ich wusste gleich, dass es besser gewesen wäre, deinen Bruder mit dieser Aufgabe zu betrauen.“

„So ein Pech für dich, dass Frederik nicht mit Agneta befreundet gewesen ist, Mutter“, entgegnete Jonas kühl. „Ich bin sicher, dass er dich nur zu gern bei jeder deiner kleinen Intrigen unterstützt hätte.“

Berit bedachte ihn mit einem schneidenden Blick, der seine Wirkung jedoch verfehlte. Manchmal war es eben auch hilfreich, in einem Elternhaus wie dem seinen aufgewachsen zu sein. Es war nicht mehr so leicht, ihn einzuschüchtern. Nicht einmal für seine Mutter, die diesen Trick sonst auf unvergleichliche Weise beherrschte.

„Du musst dich wohl oder übel entscheiden, Junge", sagte sie. Ihr neutraler Tonfall täuschte nicht über das aufgebrachte Funkeln in ihren eisblauen Augen hinweg. „Manche Dinge sind zu wichtig, als dass man sie einfach nur aussitzen könnte."

Jonas schüttelte den Kopf. „Ich erwarte nicht, dass du die Situation aussitzt, wie du es so schön formuliert hast. Aber – *fan!* – so funktioniert das nicht! Du kannst nicht einfach das Wohl der Firma über das von Agneta stellen."

„Nicht das Wohl der Firma, nein", konterte Berit sofort. „Das Wohl unserer Angestellten und ihrer Familien. Das sehr wohl."

„Du bist also der Ansicht, dass das Wohl vieler wichtiger ist als das Wohl eines Einzelnen?"

Berit hob lediglich eine Braue.

Angespannt fuhr Jonas sich durchs Haar. Ihm war klar, dass die Lage mehr als angespannt war. Und in gewisser Weise konnte er seine Mutter ja sogar verstehen. Er wusste ja, was auf dem Spiel stand. Und ihm wurde bewusst, dass er selbst bisher nicht viel in der Angelegenheit unternommen hatte. Er schluckte schwer.

Im Grunde genommen hatte er überhaupt nichts getan. Er war seinem Ziel nicht einen Schritt näher gekommen. Er hatte nicht einmal versucht, an das Rezeptbuch von Agnetas Tante zu gelangen.

Es lag an Agneta. Daran, wie er sich fühlte, wenn sie ihm gegenüberstand. Ihr zu nahe zu kommen glich einem gefährlichen Spiel mit dem Feuer. Einem Feuer, an dem er sich schon einmal die Finger verbrannt hatte.

„Wenn du nicht willst, dass ich ihr das Leben schwer mache", sagte Berit, so als hätte sie seine Gedanken gelesen, „dann solltest du endlich tun, worum ich dich gebeten habe. Finde und vernichte sämtliche Beweise, die *Arvidssons Tårtafabrik* mit den Rezepten von Mia Holmquvist in Verbindung bringen.“ Sie lächelte, es war ihr typisches kaltes, herablassendes Lächeln. „Ich nehme an, dass du die Option, sie ein für alle Mal loszuwerden, verworfen hast, richtig?“

Heiße Wut kochte in Jonas hoch. Manchmal konnte seine Mutter ein echtes Biest sein. Nein, korrigierte er sich. Nicht nur manchmal. Sie war noch nie davor zurückgeschreckt, Salz in offene Wunden zu streuen. Nicht einmal, wenn es um die eigenen Söhne ging.

„Also schön“, entgegnete er. „Ich werde mich um die Sache kümmern – auf meine Weise.“ Er bedachte Berit mit einem eisigen Blick. „Du hältst dich ab sofort zurück, verstanden? Das ist jetzt meine Angelegenheit.“

Er wartete nur so lange, bis seine Mutter langsam genickt hatte. Dann wandte er sich um und stürmte wütend aus dem Zimmer.

Berit zuckte nicht einmal zusammen, als die Tür hinter Jonas mit einem lauten Knall ins Schloss fiel. Sie kannte ihren jüngsten Sohn gut genug, um zu wissen, dass er tun würde, was er gesagt hatte.

In vielerlei Hinsicht war Jonas auf geradezu lästige Art und Weise ehrenhaft. Und manchmal fragte sie sich, woher der Junge das wohl hatte. Von ihr ganz sicher nicht – und sein Vater war auch nicht gerade ein Muster an Rechtschaffenheit gewesen. Die Arvidssons waren seit jeher Opportunisten, denen es vorrangig darum ging, die Familie nach vorn zu bringen. Jonas' älterer Bruder Frederik war das perfekte Beispiel hierfür. Er folgte jeder ihrer Anweisungen, ohne diese jemals infrage zu stellen. Das hatte es bei Jonas nie gegeben. Nicht einmal, als er noch ein kleiner Junge gewesen war.

Und auch nicht später, als die Liaison mit Agneta Holmquvist angefangen hatte.

Agneta Holmquvist.

Diese Frau war wirklich ein Ärgernis – heute ebenso wie damals. Doch sie würde es noch bereuen, sich mit Berit Arvidsson angelegt zu haben, so viel stand fest. Sollte sie doch ruhig versuchen, in Sjöråhamn Fuß zu fassen – es würde ihr nicht gelingen.

Nicht, wenn ich es verhindern kann …

„Jetzt einmal der Reihe nach, *min solstråle*", sagte Gustaf und reichte seiner Tochter, die ihm gegenüber am Küchentisch saß, eine Tasse Tee, ehe er selbst Platz nahm. „Was genau ist denn nun eigentlich passiert?"

Agneta atmete tief durch. Als sie vor etwas mehr als einer halben Stunde nach Hause zurückgekehrt war, hatte sie sich viel zu aufgelöst gefühlt, um ihm eine zusammenhängende Erklärung zu geben. Jetzt, nachdem sie Gelegenheit gehabt hatte, ein wenig durchzuatmen, fühlte sie sich ein bisschen besser.

Besser – aber nicht weniger wütend.

„Es ist genau so, wie ich die ganze Zeit befürchtet habe", sagte sie und nippte vorsichtig an dem heißen Tee. Er war genau so, wie sie ihn gern hatte – Darjeeling mit zwei Stückchen Zucker. Sie spürte, wie sich eine behagliche Wärme in ihr ausbreitete, und die innere Anspannung, die von ihr Besitz ergriffen hatte, ließ ein wenig nach. „Berit Arvidsson steckt hinter allem."

„Hinter allem – was?" Gustaf hob eine Braue. „Was meinst du, *min solstråle*?"

Seufzend stellte Agneta ihre Tasse ab. „Hinter *allem*", entgegnete sie schließlich. „Als ich vorhin in der Bank gewesen bin, hat man mir glasklar zu verstehen gegeben, dass man an einer Zusammenarbeit mit mir nicht interessiert ist. Draußen hat mich dann ein Kerl namens Leifsson abgefangen, der mir ein Kaufangebot für das *Himmelska Sockerdrömmar* unterbreiten wollte."

Ihr Vater wirkte nicht besonders überrascht. „Leifsson ist Berits persönlicher Assistent – ein kriecherischer Speichellecker, wenn du mich fragst."

„Dachte ich's mir doch!" Wütend schüttelte Agneta den

Kopf. „Kannst du dir das vorstellen? Sie hat noch nicht einmal den Anstand, so zu tun, als wasche sie ihre Hände in Unschuld. Diese Frau ist die dreisteste Person, die ich je in meinem Leben kennengelernt habe."

„Das ist so ziemlich die beste Beschreibung von Berit Arvidsson, die mir bis heute zu Ohren gekommen ist." Ihr Vater lächelte aufmunternd. „Aber sie ist nicht nur dreist, sondern auch unglaublich stur und eigensinnig – und verfügt leider über einigen Einfluss in der Region."

„Willst du mir etwa raten, die Flinte ins Korn zu werfen?" Überrascht schaute Agneta ihren Vater an, dann runzelte sie die Stirn. „*Nej, pappa*", sagte sie dann. „Aufgeben kommt für mich nicht infrage. Jetzt erst recht nicht mehr. Die Gewitterhexe braucht nicht zu glauben, dass ich mich so leicht von ihr einschüchtern lasse. Du hättest sie sehen sollen, als ich sie vorhin zur Rede gestellt habe. Ich ..."

Ihr Vater, der gerade an seinem Tee genippt hatte, verschluckte sich beinahe. Hustend und keuchend starrte er seine Tochter an, sein Blick war ungläubig. „Du hast – was?"

Leicht verlegen lächelte Agneta und hob die Schultern. „Nach meinem Gespräch mit dem Bankdirektor und dem Überfall durch diesen Leifsson war ich so außer mir, dass ich, ohne lange nachzudenken, zur Tortenfabrik gefahren bin. Du hältst mich vielleicht für verrückt, aber es hat gutgetan, meiner Wut ein bisschen Luft zu machen. Auch wenn es sicher nicht viel gebracht hat. Zumindest nichts Positives."

Verblüfft schüttelte Gustaf den Kopf. „Das war vermutlich das Dümmste und Unüberlegteste, was du je getan hast", entgegnete er. „Und ziemlich sicher auch das Mutigste und Beeindruckendste." Er pfiff durch die Zähne. „Ich habe schon ausgewachsene Männer unter Berit Arvidssons stechendem Blick zu stotternden Idioten werden sehen."

Nun konnte Agneta das Grinsen nicht mehr unterdrücken. „Soweit ich weiß, hast du dich selbst auch schon oft genug mit ihr angelegt. Und davon abgesehen: Ich fand es sehr befreiend, ihr endlich einmal die Meinung zu sagen." Sie seufzte. „Allerdings wage ich zu bezweifeln, dass ich uns mit dieser Aktion einen Gefallen getan habe."

Ihr Vater nickte langsam. „Berit ist nicht unbedingt dafür bekannt, dass sie leicht verzeiht. Wir sollten uns daher darauf gefasst machen, dass sie alles tun wird, um dir das Leben möglichst schwer zu machen."

„Das wäre ja nichts Neues." Agneta atmete tief durch. „Was denkst du, sollte ich tun?"

„Das hängt ganz davon ab, wie du dich entschieden hast, *min solstråle*", erwiderte Gustaf. Da sie fragend eine Braue hob, fuhr er fort: „Du hast immer noch deinen Job in Stockholm, Liebes. Noch ist es nicht zu spät, dich umzuentscheiden."

Entsetzt schaute Agneta ihn an. „Du meinst, ich soll aufgeben?"

Er schüttelte den Kopf. „*Nej*, ich hoffe sogar sehr, dass du es nicht tust. Aber dies hier ist nicht meine Entscheidung, Agneta. Es geht hier um dich. Um *deine* Zukunft. Du solltest dir wirklich absolut sicher sein, dass du das hier willst. Und dir sollte klar sein, dass es nicht einfach werden wird."

Agneta horchte tief in sich hinein. Wollte sie eigentlich doch zurück nach Stockholm und ihren alten Job im *Hotel Rosenträdgården* wieder aufnehmen? Ihr blieb nicht mehr viel Zeit, eine endgültige Entscheidung zu treffen. Birger Johanssen hatte sie in den vergangenen Wochen immer wieder sporadisch angerufen. Sie konnte den Moment der Wahrheit wirklich nicht mehr lange hinauszögern. Die Kollegen konnten ihre Aufgaben unmöglich auf Dauer übernehmen. Entweder sie kehrte zurück – und zwar bald –, oder jemand anderes würde die Stelle bekommen.

Die Antwort zu finden fiel ihr nicht schwer. Stockholm war ebenso ein Teil ihrer Vergangenheit wie Kristoffer. Aber nicht untrennbar mit Kristoffer verbunden. Stockholm war für sie eben genau das: Vergangenheit.

Ihre Zukunft, das sah sie so deutlich vor sich, als wäre es in

Stein gemeißelt, lag hier in Sjöråhamn. Im *Himmelska Sockerdrömmar*. Und der Teufel sollte sie holen, wenn sie sich das von irgendjemandem kaputt machen ließ.

„Ich bleibe“, sagte sie. „Das heißt, unter der Bedingung, dass du nach wie vor bereit bist, das hier mit mir gemeinsam durchzuziehen.“

Ihr Vater lachte leise auf. „Ob ich dazu bereit bin? Mein Kind, ich glaube, ich bin mir in meinem ganzen Leben noch nie einer Sache so sicher gewesen.“ Er schlug mit der flachen Hand auf die Tischplatte, dass ihre Teetassen klirrten. „Zeigen wir es Berit Arvidsson!“

Agneta lachte zwar, war allerdings noch nicht ganz überzeugt. „Überleg es dir gut, *pappa*. Du arbeitest immerhin für sie. Wie ich Berit einschätze, wird sie nicht davor zurückschrecken, dir in der Fabrik das Leben schwer zu machen, um mich zum Einlenken zu bewegen.“

„Nun“, entgegnete er, seine Miene eine Maske der Entschlossenheit. „Dann soll sie es nur versuchen. Ich habe mit Berit schon die Schulbank gedrückt. Sie ist eine rechthaberische und herrische Frau – aber mir jagt sie keine Angst ein. Dazu kenne ich sie einfach zu gut.“

Agneta nickte. „Bleibt nur noch die Frage, wie wir die Umbauarbeiten ohne Unterstützung der Bank finanzieren wollen.“

„Ich könnte eine Hypothek auf das *Klippanhus* aufnehmen“, schlug ihr Vater vor. „Das kann die Bank nicht ablehnen!“

Entsetzt schüttelte sie den Kopf. „Kommt überhaupt nicht infrage, *pappa*! Das *Klippanhus* ist unser Zuhause. Auf keinen Fall lasse ich zu, dass du riskierst, es zu verlieren.“

„Und was schlägst du dann vor? Du weißt, dass Mias Erbe und unsere Ersparnisse allein nicht reichen werden.“

Nachdenklich runzelte Agneta die Stirn. Dann kam ihr plötzlich eine Idee. Ohne zu zögern, stand sie auf und verließ die Küche.

„Wo gehst du hin?“, rief ihr Vater ihr hinterher.

Sie drehte sich zu ihm um. Ein geheimnisvolles Lächeln umspielte ihre Mundwinkel. „Telefonieren."

„Wann können Sie anfangen? Morgen schon? Wunderbar! Ja, das passt mir sehr gut ... Ja, *tack*! *Tack så mycket!*"

Mit einem erleichterten Seufzen legte Agneta den Telefonhörer zurück auf die Gabel. Zwei Tage hatte es gedauert. Achtundvierzig Stunden, in denen so viel passiert war, dass sie Mühe hatte, es zu realisieren.

Sie hatte nicht nur endlich mit Birger reinen Tisch gemacht und ihren Job im *Rosenträdgården* gekündigt. Wie sich herausgestellt hatte, war ihr auch der zündende Gedanke gekommen. Dass sie nicht eher daran gedacht hatte, die Lebensversicherung aufzulösen, die sie auf Kristoffers Anraten hin kurz nach ihrem Kennenlernen abgeschlossen hatte!

Zwar wurden ihr aufgrund der vorzeitigen Kündigung einige Gebühren abgezogen, aber die verbleibende Summe war immer noch mehr als ausreichend, um die Renovierung des *Himmelska Sockerdrömmar* fortsetzen zu können.

Blieb nur noch das Problem, dass Berit Arvidsson offenbar allen verfügbaren Handwerkern in der Region nahegelegt hatte, keine Aufträge von Agneta oder ihrem Vater anzunehmen. Schließlich war sogar Ann-Kristins Schwager eingeknickt und hatte ihr erklärt, dass er seine Arbeiter nicht mehr zu ihr in den Laden schicken konnte. Agneta hatte ihren Suchradius erweitert. Und es hatte sich herausgestellt, dass auch der Einfluss von Jonas' Mutter seine Grenzen hatte. So war es Agneta schließlich gelungen, eine Firma an der Küste aufzutun, die bereit war, ihre Arbeiter nach Sjöråhamn zu schicken – vorausgesetzt, dass sie auch für Kost und Logis aufkam.

Agneta kümmerte es nicht. Es ging endlich voran, das war alles, was zählte. Nach der langen Phase der Stagnation, die Berit ihnen aufgezwungen hatte, kam endlich wieder Bewegung in die Sache. Es war ein berauschendes, herrliches Gefühl.

„Stell dir vor", berichtete sie ihrem Vater aufgeregt, als sie in die Küche zurückkehrte, wo er gerade das Abendessen vorbereitete. „Die Männer werden schon morgen früh aufbrechen. Mit ein bisschen Glück können Sie schon am selben Tag mit der Arbeit beginnen."

Gustaf strahlte. „Das ist ja wunderbar!" Seine Augen funkelten. „Berit wird sicher nicht erfreut sein, davon zu hören. Nach all der Mühe, die sie sich gemacht hat, um dir Steine in den Weg zu legen …"

„*Uns*", betonte Agneta und ließ sich auf ihren Stammplatz am Küchentisch fallen. „Das *Himmelska Sockerdrömmar* ist unser gemeinsames Projekt, *pappa*. Ohne deine Unterstützung und dein gutes Zureden hätte ich es niemals so weit gebracht."

Ihr Vater drehte den Herd herunter und setzte sich zu seiner Tochter an den Tisch. Er schüttelte den Kopf. „Doch, das hättest du sehr wohl. Ich kenne dich, *min solstråle*. Wenn du etwas willst, gibst du so lange keine Ruhe, bis du es bekommen hast."

Agneta lächelte. Er hatte recht – wenn sie sich etwas in den Kopf gesetzt hatte, war es nicht so leicht, sie wieder davon abzubringen. Bislang gab es in ihrem Leben nur einen einzigen Wunsch, der sich auch durch pure Dickköpfigkeit nicht erfüllen ließ.

Die Sehnsucht, eine eigene Familie zu gründen.

Kinder zu haben.

Unwillkürlich musste sie an Kristoffer denken. War es nicht bezeichnend, dass sie keine Sekunde darüber nachgedacht hatte, um ihre Ehe zu kämpfen? Es war ihr nicht einmal sonderlich schwergefallen, ihren Nochehemann aus ihren Gedanken zu streichen. Bedeutete das nicht, dass ihre Beziehung im Grunde schon längst in einer Sackgasse gelandet war – lange bevor er die Affäre mit seiner Sekretärin angefangen hatte?

Agneta war schockiert gewesen, ja. In ihrem Stolz verletzt. Aber hatte Kristoffers Verrat ihr das Herz gebrochen? *Nej*, keinesfalls. Sie erinnerte sich noch lebhaft daran, wie es sich anfühlte, wenn der Mensch, den man liebte, einem bei lebendigem

Leib das Herz herausriss.

Jonas war in dieser Hinsicht ein wirklich guter Lehrmeister gewesen.

Jonas …

Agneta musste in letzter Zeit sehr viel häufiger an ihn denken, als gut für sie war. Bei ihrem letzten Zusammentreffen war sie nicht gerade nett zu ihm gewesen. Er hatte behauptet, nichts von den Intrigen seiner Mutter gewusst zu haben – und ein Teil von ihr wollte ihm nur zu bereitwillig glauben. Ihr Herz sagte ihr, dass er nicht der Typ für solche heimtückischen Spielchen war. Seine Mutter sicherlich, vermutlich auch sein Bruder – aber nicht Jonas. Das war einfach nicht sein Stil. Aber seit wann, fragte sie sich, kann ich mich auf das Urteil meines Herzens verlassen? Vor allem in Bezug auf ihn?

„Du denkst an Jonas, habe ich recht?"

Die Worte ihres Vaters ließen sie aufschrecken. Sie blinzelte überrascht. „An Jonas? Wie kommst du denn darauf?"

„Ich erkenne es an der Art, wie deine Augen glänzen", erwiderte er, und nichts in seiner Miene ließ darauf schließen, dass er scherzte. „Du hattest schon immer diesen besonderen Blick, wenn du an ihn denkst, Agneta."

Sie winkte ab. „Unsinn. Jonas und ich sind uns bisher nur einige wenige Male über den Weg gelaufen, seit ich nach Sjöråhamn zurückgekehrt bin."

Innerlich schalt sie sich eine Lügnerin. Sie hatten sich geküsst. Und es war großartig gewesen. Atemberaubend. Wunderbar. Aber es durfte sich niemals – niemals! – wiederholen.

Ihr Vater durchschaute sie scheinbar mühelos. „Du hast ihn nie wirklich vergessen können, oder?" Als sie nicht antwortete, lächelte er. „Das muss dir nicht unangenehm sein, *min solstråle*. Ich denke auch heute noch oft an deine Mutter, weißt du? Ihr wird immer ein Teil meines Herzens gehören, ganz gleich, was auch geschieht. So ist es einfach, wenn man jemanden wirklich liebt."

„Mutter und du, das war etwas ganz anderes", behauptete

Agneta. Aber stimmte es eigentlich?

Sie versuchte, ihre Gefühle zu analysieren, was nicht so leicht war. Es stimmte, dass sie immer noch oft an ihn denken musste. Viel häufiger, als es vermutlich für einen Exfreund, von dem man sich vor mehr als dreizehn Jahren getrennt hatte, üblich war.

Hatte sie nicht stets unbewusst alle potenziellen Partner mit Jonas verglichen? Auch Kristoffer, der nie in der Lage gewesen war, diesem Vergleich standzuhalten.

Wenn sie ihre Ehe von dieser Seite betrachtete, sah sie sich selbst in keinem so guten Licht mehr. Dann war es kein Bund der Liebe, sondern vielmehr eine Trotzreaktion gewesen. Hatte sie Kristoffer geheiratet, um sich zu beweisen, dass sie Jonas nicht brauchte? Dass sie auch mit einem anderen Mann glücklich werden konnte?

Nun, das Ergebnis zeigte deutlich, wie erfolgreich sie damit gewesen war. Ihre Ehe lag in Trümmern, Kristoffer freute sich auf ein Kind mit einer anderen Frau, sie selbst war wieder allein – und fühlte zum ersten Mal seit langer Zeit wieder so etwas wie Platz zum Atmen.

Seufzend fuhr sie sich mit der Hand durchs Haar. „Ich weiß nicht, vielleicht hast du recht“, lenkte sie ein. „Aber selbst wenn es so ist – was ändert das schon? Das zwischen Jonas und mir ist damals schon schiefgegangen. Ich kann mir nicht vorstellen, dass es dieses Mal besser funktionieren würde.“

„Ihr habt euch verändert“, wandte Gustaf ein. „*Gud*, vor dreizehn Jahren seid ihr ja beide noch halbe Kinder gewesen. Ihr habt euch verändert, seid erwachsen geworden.“

Agneta unterdrückte ein Seufzen. Ihr Vater wusste ja nicht, was wirklich zwischen Jonas und ihr vorgefallen war. Warum sie damals hatte fortgehen müssen.

Ausgerechnet Berit hatte ihr die Augen geöffnet. Eines Tages, kurz nachdem Jonas ihr einen Antrag gemacht hatte, war seine Mutter unangemeldet im *Klippanhus* erschienen. Sie hatte Agneta allein angetroffen und gar nicht erst darauf gewartet, hereingebeten zu werden, sondern sich einfach ins Haus gedrängt.

Danach war sie sehr schnell zur Sache gekommen.

„Ich weiß, dass Jonas dich gebeten hat, seine Frau zu werden“, hatte sie gesagt. „Und mir ist klar, dass du deswegen jetzt vermutlich im siebten Himmel schwebst. Aber du dummes Ding hast ja auch keine Ahnung, aus welchen Gründen er sich seine Zukunft verbauen will, um eine wie dich zu heiraten.“

Agneta erinnerte sich noch gut daran, wie sie sich in dem Moment gefühlt hatte. Überrumpelt. Eingeschüchtert. Verunsichert. Sie war gerade achtzehn Jahre alt gewesen und nicht im Geringsten darauf vorbereitet, sich mit einer Frau wie Berit Arvidsson zu messen. Dennoch wäre sie wohl nicht bereit gewesen, Jonas einfach kampflos aufzugeben. Hätte sie auch nur die geringste Chance gesehen, dass es funktionieren konnte. Dass Jonas wirklich und wahrhaftig etwas für sie empfand …

Berits Eröffnung hatte jegliche Hoffnung in ihr zerstört.

„Er ist überhaupt nur aus einem einzigen Grund mit dir zusammen: Weil er sich schuldig fühlt.“

„Schuldig?“, hatte Agneta nachgefragt. „Warum sollte er sich schuldig fühlen?“

Sie sah die gehässige Miene der älteren Frau noch immer förmlich vor sich. „Weil er die Person kennt, die den Unfall verursacht hat, bei dem du damals so schwer verletzt worden bist. Sehr gut sogar. Denn diese Person war niemand anderes als Carl-Henrik Arvidsson-Brömmer – Jonas’ Vater.“

Agnetas erster Impuls war es gewesen, zur Polizei zu gehen. Doch Berit hatte ihr klar und deutlich zu verstehen gegeben, dass sie, wenn es darauf ankam, alles leugnen würde. Ohne Beweise hätte Agneta so gut wie keine Chance gehabt. Und inzwischen war Carl-Henrik Arvidsson-Brömmer tot.

Hastig schob Agneta die Erinnerung an damals beiseite und wandte sich wieder ihrem Vater zu. „*Nej*“, sagte sie. „Das zwischen Jonas und mir würde nicht funktionieren, davon bin ich überzeugt.“

Lächelnd schüttelte Gustaf den Kopf. „Versteh mich nicht falsch: Es liegt mir fern, dich mit Jonas verkuppeln zu wollen. Du musst selbst entscheiden, was richtig und was falsch für dich ist. Aber du sollst wissen, dass ich dich unterstützen werde, ganz gleich, wie diese Entscheidung auch aussehen wird." Lächelnd ergriff er die Hand seiner Tochter und drückte sie sanft. „Und wenn du einfach mal jemanden zum Reden brauchst – ich bin jederzeit für dich da."

„Das weiß ich doch, *pappa*." Sie erwiderte sein Lächeln und blinzelte gegen die aufsteigenden Tränen an. „Ich hab dich lieb."

„Und ich dich, *min solstråle*." Mit einem Seufzen erhob er sich und wandte sich wieder dem Eintopf zu, der in seinem Topf auf dem Herd vor sich hin blubberte. „Und jetzt hol schon mal die Suppenteller aus dem Schrank und deck den Tisch – das Abendessen ist jeden Moment fertig."

Für gewöhnlich gehörte Henrietta Mårtensson nicht zu der Sorte von Frauen, die zu Eifersucht neigen. Was sicherlich zum Großteil daran lag, dass sie es selbst mit der Treue auch nicht so genau nahm. Das Konzept „Beziehung" war ihr von jeher ein wenig suspekt gewesen. Ihrer Meinung nach waren Männer und Frauen nicht dafür geschaffen, sich dauerhaft nur einem einzigen Partner zu widmen.

Als noch irritierender empfand sie allerdings das Konzept „Liebe".

Überall wurde davon geredet. Es gab Liebesfilme, Liebesromane, Liebeslieder, Liebesgedichte, Liebesbeweise … Die Liste ließ sich endlos fortsetzen. Aber bisher hatte niemand Henrietta erklären können, was es mit diesem mysteriösen, aus fünf Buchstaben bestehenden Wort wirklich auf sich hatte.

Liebe …

Seufzend schüttelte sie den Kopf und zwang sich, ihre Aufmerksamkeit wieder der Straße zuzuwenden. Zwar kannte sie Sjöråhamn und Umgebung inzwischen wieder wie ihre

Westentasche – durch die Jahre in Stockholm waren einige Erinnerungen verblasst gewesen, dann aber rasch wieder zurückgekehrt, aber bei den Hinterwäldlern, die hier lebten, war es trotzdem besser, die Augen offen zu halten. Sie hatte wirklich keine Lust, so zu enden wie Agneta Holmquvist, die als Teenager von irgendeinem verantwortungslosen Autofahrer mit ihrem Fahrrad von der Straße abgedrängt und schwer verletzt worden war.

Beim Gedanken an Agneta trommelte sie nervös mit den Fingern auf dem Lenkrad ihres Sportwagens. Nicht etwa, weil sie so etwas wie Mitgefühl für die andere Frau empfand. *Nej*, solche Dinge waren ihr fremd. Ihr Denken kreiste in der Regel nur um eine einzige Person: sich selbst. Andere Menschen hatten in ihrem Universum nur periphere Bedeutung. Und zumeist auch nur dann, wenn Henrietta sie in irgendeiner Form brauchte.

Dies war einer der Gründe, warum ihr Vater sich langsam, aber sicher aus dem Fokus entfernte, während Jonas zunehmend präsenter wurde. Seit er Entschlossenheit zeigte, ihr aufgrund ihrer sogenannten Verschwendungssucht wirklich den Geldhahn zuzudrehen, hatte sie sich nach Alternativen umgesehen.

Jonas entstammte einer wohlhabenden und einflussreichen Familie. Und er interessierte sich, wie sie wusste, nicht für Geld. Wenn sie weiterhin das Leben führen wollte, an das sie gewöhnt war – und etwas anderes kam für Henrietta nicht infrage –, war er für sie die optimale Lösung.

Das Problem war nur, dass Jonas sich in letzter Zeit sehr rarmachte. In den vergangenen Wochen hatten sie lediglich sporadisch miteinander telefoniert, und seit einigen Tagen kommunizierten sie nur noch über Kurznachrichten miteinander.

Irgendetwas stimmte nicht, das spürte Henrietta überdeutlich. Und wenn das, was sie gestern Abend von einer guten Bekannten gehört hatte, zutraf, dann wusste sie auch, woran es lag.

Oder vielmehr an wem.

Nachdem sie den Ortskern erreicht hatte, parkte sie ihren Wagen am Straßenrand und blockierte dabei lächelnd eine Einfahrt. Schon von Weitem bemerkte Henrietta die Veränderung. Hinter dem mit Zeitungspapier beklebten Schaufenster des *Himmelska Sockerdrömmar* brannte Licht. Man konnte deutlich die Umrisse einer Person erkennen, die sich im Ladenlokal bewegte.

Henrietta fluchte leise. Es stimmte also tatsächlich. Agneta Holmquvist war zurück in Sjöråhamn, und sie wollte die Zuckerbäckerei ihrer verstorbenen Tante wiedereröffnen.

Sie kannte Agneta nur flüchtig, doch das, was sie über sie wusste, reichte. Agneta war eine Weile mit Jonas zusammen gewesen. Doch obwohl das lange her war und er nie über sie redete, hatte Henrietta immer gespürt, dass er noch immer etwas für Agneta empfand.

Nicht, dass Henrietta eifersüchtig war. Nein, was sie empfand, war ein Gefühl von latenter Bedrohung.

All ihre Pläne für die Zukunft basierten auf der Annahme, dass Jonas sie früher oder später bitten würde, seine Frau zu werden. Nicht, weil er sich danach sehnte, eine Familie zu gründen. Nein, sie kannte ihn zu gut, um das anzunehmen. Ganz im Gegenteil. Manchmal kam es ihr so vor, als würde ihn allein der Gedanke, Kinder in die Welt zu setzen, erschrecken. Jonas würde sie heiraten wollen, um seine gesellschaftliche Rolle zu erfüllen und nicht als ewiger Junggeselle einen schlechten Ruf zu bekommen.

Es wäre die ideale Verbindung. Henrietta hatte nie Kinder gewollt. Schließlich gab es weiß Gott angenehmere Wege, sich die Figur zu ruinieren. Ihr ging es in erster Linie darum, sich das angenehme Leben zu erhalten, das sie gewohnt war. Und genau deshalb passten Jonas und sie auch so optimal zusammen: Sie verlangten beide nichts, was ihnen der andere nicht freiwillig zu geben bereit war.

Die Rückkehr von Agneta Holmquvist verkomplizierte die

Situation jedoch erheblich. Denn Henrietta konnte nicht sicher sein, dass Jonas diese Frau tatsächlich nicht mehr liebte.

Sie würde sich also etwas einfallen lassen müssen, wenn sie nicht Gefahr laufen wollte, dass Agneta all ihre schönen Pläne ruinierte.

Ein Lächeln zeichnete sich auf Henriettas Lippen ab. Sie wusste noch nicht, was sie unternehmen sollte, aber eines stand fest: Sie würde einen Weg finden, Agneta Holmquvist loszuwerden. Daran konnte überhaupt kein Zweifel bestehen.

Sie war zu weit gekommen, um sich von diesem Flittchen alles kaputt machen zu lassen.

9. KAPITEL

Das Glöckchen über der Eingangstür bimmelte, als Agnetas Vater drei Tage nach ihrem Gespräch über Jonas das *Himmelska Sockerdrömmar* betrat. Fragend schaute er seine Tochter an und blickte auf die Uhr. „Es ist schon nach elf Uhr", rief er, ohne sie vorher zu begrüßen. „Sollten die Handwerker nicht längst mit der Arbeit begonnen haben?"

Agneta, die eine viel zu weite Latzhose mit hochgekrempelten Hosenbeinen und ein mit Farbe verschmiertes T-Shirt trug, wischte sich den Schweiß von der Stirn. „Welche Handwerker?" Ein bitteres Lächeln umspielte ihre Mundwinkel. „Der Chef hat vorhin angerufen und mir mitgeteilt, dass er seine Leute leider nicht mehr zu mir schicken kann. Er braucht sie für einen Großauftrag, den er kurzfristig hereinbekommen hat."

„Berit", sagte ihr Vater ärgerlich. „Dahinter kann doch nur wieder Berit stecken." Er schüttelte den Kopf. „So kann das doch nicht weitergehen. Ich rede mit ihr."

„*Nej*", rief Agneta ihm nach, als er gerade zur Tür hinauswollte. „Bitte warte, *pappa*." Seufzend legte sie den Kleisterpinsel beiseite und trat auf ihren Vater zu. „Was soll das denn bringen? Berit gehört nicht zu den Menschen, die sich von irgendjemandem hineinreden lassen, das weißt du so gut wie ich. Sie wird nicht auf dich hören, und du bringst dich nur in Schwierigkeiten, wenn du es versuchst. Vergiss nicht, dass du ganz nebenbei auch noch für sie arbeitest."

Gustaf verschränkte die Arme vor der Brust. Sein Gesichtsausdruck war finster, dennoch nickte er schließlich. „Du hast ja recht, *min solstråle*. Aber es muss mir ja trotzdem nicht gefallen, was Berit mit dir macht. Ich finde ihr Verhalten einfach unmöglich. Es ist hinterhältig und gemein."

„Eben typisch Berit Arvidsson", entgegnete Agneta mit einem schiefen Grinsen, das ihren Vater zum Lachen brachte.

„Ja, da hast du wohl recht." Er zögerte. „Soll ich bei der Arbeit anrufen und mich krankmelden? Du kannst hier sicher jede helfende Hand brauchen, die du bekommen kannst."

Agneta schüttelte den Kopf. „Bloß nicht. Ich will nicht, dass du meinetwegen Ärger bekommst. Geh du zur Arbeit, ich komme hier schon allein klar. Wir dürfen Berit keinen Grund geben, dir zu kündigen."

Ihr Vater wirkte nicht restlos überzeugt, nickte jedoch. „Also schön, aber übertreib es nicht, hörst du? Und mach dir keine Sorgen, wir werden schon eine Lösung für das Handwerker-Problem finden."

Agneta lächelte, dabei war ihr nicht nach Lächeln zumute. Sie tat es für Gustaf, damit der nicht sah, wie sehr der erneute Rückschlag sie traf.

Als er zur Tür hinaus war, barg sie das Gesicht in den Händen und schluchzte leise.

Wie sollte es jetzt bloß weitergehen?

Natürlich konnten ihr Vater und sie einen Teil der Renovierungsarbeiten selbst erledigen, auch wenn es dann nur sehr schleppend vorangehen würde. Aber es gab auch ein paar wirklich dringende Arbeiten, die nur von Fachleuten erledigt werden konnten. Oder zumindest Menschen, die sich damit auskannten …

Lass den Kopf nicht hängen, Kindchen. Du wirst dich doch von Berit Arvidsson nicht kleinkriegen lassen, oder?

Agneta blinzelte. Kurz war ihr gewesen, als hätte sie die Stimme von Tante Mia vernommen. Doch das war natürlich Unsinn. Obwohl – manchmal kam es ihr vor, als wäre ihre Tante noch immer hier. Als wäre ein Teil von ihr im *Himmelska Sockerdrömmar* verblieben, das, so lange Agneta zurückdenken konnte, Mias Lebensinhalt gewesen war.

Sie strich sich das Haar aus dem Gesicht und straffte die Schultern. Nein, so leicht würde sie sich nicht geschlagen geben. Sie hatte schon mehr als einen Rückschlag hingenommen und war wieder aufgestanden. Das würde sie auch jetzt tun.

Einmal mehr fragte sie sich, warum die ältere Frau es so vehement darauf anlegte, ihr Knüppel zwischen die Beine zu werfen. Das *Himmelska Sockerdrömmar* konnte für die Tortenfabrik niemals eine ernsthafte Konkurrenz darstellen, selbst wenn es sich noch so sehr regionaler Beliebtheit erfreute. Die beiden Unternehmen waren völlig unterschiedlich ausgerichtet, verkaufte der große Betrieb der Arvidssons doch seine Produkte an Supermärkte im ganzen Land.

Das konnte es also nicht sein. Aber was dann? Fürchtete Berit, dass sich zwischen Agneta und Jonas wieder etwas entwickeln könnte?

Nun, diese Sorge war erst recht unbegründet. Berit konnte ja nicht wissen, dass sie sich jetzt geküsst hatten ... Und damals waren sie kaum mehr als Kinder gewesen. Im Grunde war es absurd, dass diese alte Geschichte Agneta überhaupt noch so umtrieb.

Doch eines wusste sie sicher: Sosehr sie sich auch nach wie vor körperlich zu Jonas hingezogen fühlen mochte – sie würde den Teufel tun, sich noch einmal auf ihn einzulassen. Es reichte, dass er ihr einmal das Herz gebrochen hatte. Sie brauchte diese Erfahrung nun wirklich kein zweites Mal.

Dumm nur, dass Berit etwas anderes zu glauben schien. Wieder einmal hatte sie dank Jonas nichts als Ärger.

Sie beschloss, all die aufgestaute Energie für etwas Positives zu verwenden, und nahm erneut den Kleisterpinsel zur Hand. Agneta hatte in ihrem ganzen Leben noch nie selbst tapeziert, aber das konnte ja unmöglich so schwer sein ...

Konzentriert rollte sie eine Tapetenbahn auf dem Tapeziertisch aus, den sie in der Mitte des Verkaufsraumes aufgestellt hatte. Dann machte sie sich daran, die Rückseite des mit einem zarten Blütenmuster bedruckten Papiers mit Kleister zu bestreichen. Als sie fertig war, nickte sie zufrieden.

So, und nun an die Wand mit dir!

Das gestaltete sich jedoch weitaus schwieriger, als sie geglaubt hatte. Die alte, wacklige Leiter, die sie im hintersten

Winkel der Abstellkammer gefunden hatte, war einfach nicht hoch genug. Ganz gleich, wie sehr sie sich auch streckte, sie konnte den Deckenansatz nicht erreichen.

Frustriert stöhnend kletterte sie wieder hinunter und legte die eingekleisterte Tapete fein säuberlich zurück auf den Tapeziertisch.

Nachdenklich biss sie sich auf die Unterlippe. Und nun? Vielleicht würde es reichen, wenn sie die Leiter in einem etwas steileren Winkel an die Wand lehnte.

Agneta probierte es aus und nickte zufrieden. Ja, das müsste funktionieren. Allerdings stellte sie kurz darauf fest, dass es ein reichlich schwieriges Unterfangen war, mit der Tapete in der Hand eine fast senkrecht in die Höhe ragende Leiter hochzuklettern.

Sie biss die Zähne zusammen und arbeitete sich, Sprosse für Sprosse, langsam vorwärts. So langsam, dass ihr die Knie vor Anstrengung zu zittern begannen, während ihr die Arme immer schwerer wurden.

Und dann merkte sie plötzlich, wie die Leiter zu schwanken begann. Ganz wenig nur, jedoch genug, dass Agneta ein flaues Gefühl im Magen bekam. Sie verlagerte ihr Gewicht, nur ein kleines bisschen – doch es reichte nicht, um die Katastrophe zu verhindern.

Die Leiter kippte.

Ganz langsam zunächst, aber unaufhaltsam. Agneta atmete scharf ein, ließ die Tapete fallen und ruderte verzweifelt mit den Armen. Doch es war zu spät. Sie spürte, wie sie das Gleichgewicht verlor. Es schien sie förmlich nach hinten zu ziehen.

Die Zeit schien stillzustehen, während ihre Gedanken wild durcheinanderrasten. Sie dachte an Mia. Daran, wie sie gestorben war. Blühte ihr nun dasselbe Schicksal? Wer würde sie finden? Ihr Vater, wenn er nach der Arbeit nach Hause kam und sie nicht im *Klippanhus* antraf?

All das spielte sich innerhalb von Bruchteilen einer Sekunde in ihr ab. Es ging so schnell, dass sie nicht einmal Angst hatte, zumindest nicht um sich. Es war ihr Vater, um den sie sich Sorgen machte.

Außer ihr hatte er niemanden mehr auf der Welt. Ihre Mutter war viel zu früh gestorben, ebenso wie Tante Mia. Wenn ihr nun etwas zustieß – wer sollte sich dann um *pappa* kümmern? Wer wäre für ihn da, wenn sie selbst es nicht sein konnte?

Die Leiter kippte weiter und weiter nach hinten. Agneta fiel. Ein Schrei entrang sich ihrer Kehle, als sie die Leiter losließ und versuchte, sich mit einem halbwegs kontrollierten Sprung in Sicherheit zu bringen. Sie kniff die Augen zusammen, wartete auf den Aufprall und den Schmerz, der unweigerlich folgen musste.

Doch anstatt mit den harten Dielen zu kollidieren, prallte sie gegen etwas Weiches, während die Leiter polternd auf dem Boden aufschlug. Im nächsten Moment spürte sie, wie starke Arme sie umfingen und aufrecht hielten. Sie schlug die Augen auf.

„Um Himmels willen, Agneta!“

Allein seine Stimme hätte sie unter Millionen wiedererkannt. Ein Schauer durchlief sie, der nichts damit zu tun hatte, dass sie sich beinahe schwer verletzt hätte. Nein, es war die Tatsache, dass *er* sie hielt, die diesen Effekt hervorrief.

Er.

„Jonas!“ Abrupt schüttelte sie seine Arme ab. Mit dem Ergebnis, dass die Knie unter ihr nachgaben und sie um ein Haar zu Boden gefallen wäre – hätte er sie nicht sofort wieder an sich gezogen.

Ein paar Sekunden, die ihr wie eine kleine Ewigkeit erschienen, standen sie einfach nur da. Agneta mit dem Rücken an ihn gepresst, seine Arme um ihre Taille geschlungen. Sie spürte seinen warmen Atem in ihrem Nacken. Spürte das stoßweise Heben und Senken seiner Brust an ihrem Rücken. Das heftige Hämmern seines Herzens.

Es raubte ihr schier den Atem und ließ ihre Sinne schwinden – ebenso wie die Hitze, die von ihm ausging und die sie einzuhüllen schien wie ein Umhang.

„Grundgütiger!“, stieß er plötzlich hervor und löste sich vorsichtig von ihr – sicher, damit er schnell reagieren konnte, falls sie gleich wieder in sich zusammensank. „Das hätte übel ins Auge gehen können, Agneta! Was treibst du hier eigentlich? Du renovierst das *Himmelska Sockerdrömmar* doch wohl nicht etwa ohne Hilfe, oder?“

Sie blinzelte irritiert und runzelte die Stirn. Warum klang er so wütend? Und überhaupt – was gab ihm das Recht, sie zurechtzuweisen? Nur weil er zufällig zur richtigen Zeit am richtigen Ort gewesen war, bedeutete das noch lange nicht, dass sie ihm Rechenschaft ablegen musste.

Ausgerechnet ihm!

Hastig wich sie ein paar Schritte zurück, bis sie mit der Hüfte gegen den Tresen der Kuchentheke stieß und sich schwer dagegenlehnen konnte. Agneta war dankbar für die Stütze, denn ihre Knie waren noch immer weich. Sie verschränkte die Arme vor der Brust. So konnte sie das heftige Zittern ihrer Finger verbergen.

„Mir bleibt kaum etwas anderes übrig“, entgegnete sie eisig – merkte jedoch selbst, wie dünn und schwach ihre Stimme klang. „Gratuliere Berit von mir, wenn du sie das nächste Mal siehst. Sie hat es wieder einmal geschafft.“

Irritiert hob er eine Braue. „Geschafft? Wovon redest du eigentlich? Was hat meine Mutter mit deinem Beinahe-Unfall zu tun? Ich habe von der Tür aus gesehen, wie die Leiter ins Kippen geraten ist. Wäre Berit hier gewesen, hätte ich sie ganz sicher nicht übersehen.“

„Es geht doch nicht um die verdammte Leiter!“ Agneta holte tief Luft. Ihr Atem ging noch immer zu schnell, aber mit ein wenig Glück würde Jonas es nicht bemerken. „Du weißt es wirklich nicht?“ Sie schloss die Augen und massierte sich mit dem Zeigefinger die empfindliche Stelle zwischen den Augenbrauen. „Ehe du fragst: Nein, ich habe keine Beweise für das, was ich behaupte. Gäbe es welche, würde ich ganz sicher Mittel und Wege finden, Berit zur Rechenschaft zu ziehen, aber …"

„Worauf willst du eigentlich hinaus?" Jonas schüttelte den Kopf.

„Die Handwerker haben mich schon wieder im Stich gelassen", erklärte sie mit einem knappen Schulterzucken. „Angeblich ist ein wichtiger Großauftrag dazwischengekommen – aber ich denke, wir beide wissen, wer in Wahrheit dahintersteckt, oder nicht? Es ist jetzt bereits das dritte Mal …!"

„Du denkst, meine Mutter hat ihre Finger im Spiel?"

„Wer sonst?"

Sie spürte, wie ihr Tränen in die Augen stiegen, doch sie blinzelte dagegen an. Das alles wurde ihr langsam zu viel. Die Nachwirkungen des Beinahe-Unfalls schlugen nun unerbittlich zu. Agneta konnte nicht anders, als die Hände vors Gesicht zu schlagen und ein Aufschluchzen zu ersticken.

Sofort war Jonas bei ihr und zog sie erneut in seine Arme.

Agneta wusste, dass es ein Fehler war, ihn so nah an sich herankommen zu lassen. Sie wusste es – und doch gab es nichts, was sie dagegen hätte tun können.

Seine Wärme zu spüren ließ die eisige Kälte abebben, die von ihr Besitz ergriffen hatte. Es fühlte sich unbeschreiblich gut an, so von ihm gehalten zu werden.

Sie klammerte sich fest an ihn, wie an einen rettenden Anker. Ihre Finger gruben sich fest in seine Schultern. So fest, dass es schmerzen musste. Doch er beschwerte sich nicht.

Beruhigend streichelte er ihr mit der flachen Hand den Rücken, so wie man es mit einem kleinen Kind machte. Die andere Hand lag auf ihrem Hinterkopf. Mit dem Daumen strich er in kreisenden Bewegungen über eine Stelle knapp oberhalb ihres Nackens. Eine Stelle, die Agneta schon beinahe vergessen hatte und die nur Jonas kannte. Nicht einmal Kristoffer hatte herausgefunden, wie empfindsam sie dort war. Und es erstaunte Agneta fast ein bisschen, dass es auch nach all den Jahren noch immer funktionierte.

Die Anspannung schien einfach aus ihr hinauszufließen.

Das sanfte Streicheln ließ allen Schmerz, alle Sorgen und alle Ängste für einen Moment verschwinden. Ohne es zu wollen, ohne überhaupt darüber nachzudenken, ließ Agneta sich fallen, schloss die Augen und gab sich ganz dem Gefühl von Ruhe und Frieden hin, das sie erfüllte.

Zum ersten Mal seit Tagen hatte Agneta das Gefühl, wieder frei atmen zu können. Und sie unterdrückte nur mit großer Anstrengung ein bedauerndes Seufzen, als Jonas den Körperkontakt unterbrach und einen Schritt von ihr zurücktrat.

„Besser?"

Sie spürte seinen forschenden Blick auf sich und hob die Lider. Der besorgte Ausdruck seiner hellgrauen Augen ließ sie wünschen, sie hätte es nicht getan.

Sie liebte seine Augen. Hatte sie schon immer geliebt. Und in diesem Moment wurde ihr vielleicht zum ersten Mal überhaupt klar, dass sie wohl niemals damit aufhören würde. Ganz gleich, was auch zwischen ihnen vorgefallen sein mochte. Ganz gleich, wie tief er sie auch verletzt hatte.

Es kostete sie alle Kraft, den Blick abzuwenden. Sie nickte. „*Tack*", flüsterte sie heiser. „Danke, dass du für mich da gewesen bist und dafür, dass du … dass du mich gerettet hast. Du hast recht, es war dumm von mir, mich so in Gefahr zu bringen. Ich …" Sie breitete die Arme aus und schüttelte den Kopf. „*Tack så mycket.*"

Er legte ihr einen Finger unters Kinn und hob ihr Gesicht an, sodass sie gezwungen war, ihm erneut in die Augen zu sehen.

Jonas lächelte. Wenn es etwas gab, nach dem sie genauso süchtig gewesen war wie nach seinen Augen, dann war es sein Lächeln.

Oh Gott …

Erneut wurden ihr die Knie weich, und sie klammerte sich verzweifelt an der Theke fest, um nicht zu Boden zu sinken.

Dabei hasste sie sich dafür, dass sie sich nicht besser unter Kontrolle hatte. Hasste *ihn* dafür, dass er all ihre Verteidigungslinien so mühelos durchbrach. Sie war eine erwachsene Frau!

Wie lange sollte das noch so weitergehen?

„Geht es dir wirklich gut?“ Sein Lächeln verblasste ein wenig, und in seinen Augen blitzte wieder Besorgnis auf.

Besorgnis? Nach der Aktion mit der Leiter hielt er sie wohl für nicht ganz zurechnungsfähig. Ach, wenn sie ehrlich war, war sie sich bezüglich ihres derzeitigen Geisteszustands selbst nicht ganz sicher.

„Alles in Ordnung“, erwiderte sie fest, und als er skeptisch die Stirn runzelte, nickte sie zur Bestätigung. „Wirklich, es geht mir gut, Jonas. Und was meine Schwierigkeiten mit deiner Mutter betrifft – es tut mir leid, dass ich dich deswegen angefahren habe. Es könnte sein, dass ich im Augenblick ein wenig dünnhäutig bin, was dieses Thema betrifft. Ich werde schon eine Lösung finden, aber das soll nicht deine Sorge sein.“ Sie lächelte entschuldigend.

Er winkte ab. „Ich werde mit ihr reden“, versprach er. „Kann ich dir vielleicht sonst noch irgendwie helfen?“

Hastig schüttelte sie den Kopf. Sie wollte Jonas keinesfalls noch einen Gefallen schuldig bleiben. Immerhin hatte er ihr gerade das Leben gerettet, wofür sie ihm mehr als dankbar sein musste.

Fest sah sie ihn an. „Deine Mutter ist mein Problem, nicht deines. Wenn ich mit dem *Himmelska Sockerdrömmar* auf eigenen Beinen stehen will, werde ich mich daran gewöhnen müssen, dass nicht immer alles wie gewünscht abläuft.“

Jonas runzelte die Stirn. „Das bedeutet aber nicht, dass du dich von ihr schikanieren lassen musst – nicht, solange ich noch ein Wörtchen mitzureden habe.“

„Warum tust du das?“ Fragend hob sie das Kinn. „Warum willst du dich für mich einsetzen?“

„Wer weiß? Vielleicht um meiner Mutter vor Augen zu führen, dass der Zweck eben doch nicht immer die Mittel heiligt.“ Ein grimmiges Lächeln umspielte seine Lippen, dann wurde seine Miene wieder weich. „Vielleicht tue ich es aber auch um der guten alten Zeiten willen.“

Die guten alten Zeiten? Agneta unterdrückte ein empörtes Schnauben. Das konnte unmöglich sein Ernst sein. Ja, damals, bevor sie die Wahrheit über seine Beweggründe herausgefunden hatte, hatten sie glückliche Zeiten erlebt. Doch die Erkenntnis, dass alles nur auf einer Lüge basiert hatte, nahm allem, was gut und schön gewesen war, auch im Nachhinein den Glanz.

Oder redete sie sich das nur ein?

Jonas war seit dem Kindergarten ihr bester Freund gewesen. Ihm hatte sie alles anvertrauen können – jedes Geheimnis, jede Sorge und jedes Problem. War es nicht ungerecht, all dem seine Bedeutung abzusprechen, nur weil er sich damals, im festen Glauben, das Richtige zu tun, falsch verhalten hatte?

Sie erinnerte sich noch so gut an die langen gemeinsamen Sommernachmittage am Strand, dass sie den Sand unter den Fußsohlen und die warmen Sonnenstrahlen auf der Haut zu spüren glaubte.

Mit ihren Fahrrädern waren sie jeden Mittag vom *Klippanhus* aus aufgebrochen. Der Wind hatte mit ihrem Haar gespielt und ihre Wangen gerötet. Als sie sich jetzt über die Lippen fuhr, glaubte sie noch einen Hauch von Salz und Tang zu schmecken – das Bouquet der See. Wie glücklich waren sie damals gewesen! Wie unbeschwert und ohne Sorgen.

Der Gedanke daran war süß und zugleich schmerzlich, denn natürlich wusste sie, dass die Unbeschwertheit ihrer Kindheit und frühen Jugend niemals wiederkommen würde. Spätestens seit jenem Tag, an dem Jonas sie zum ersten Mal geküsst hatte, gehörten die Leichtigkeit und die Unschuld ihrer Freundschaft der Vergangenheit an. Es war ein Ende gewesen und zugleich ein neuer Anfang. Ihre geheimste Sehnsucht war in Erfüllung gegangen – die einzige, über die sie mit Jonas nie zu sprechen gewagt hatte.

Hätte sie damals allerdings schon geahnt, wie sich die Dinge entwickeln würden …

„Also – fangen wir an, oder wollen wir weiter herumstehen, bis wir Wurzeln schlagen?“

Agneta blinzelte irritiert. „Wie?“

„Du glaubst doch nicht ernsthaft“, entgegnete Jonas, „dass ich nach dem, was hier gerade beinahe passiert wäre, einfach wieder verschwinde. Und versuch bitte nicht, mir zu erzählen, dass du wunderbar allein zurechtkommst. Du warst noch nie eine sonderlich gute Lügnerin.“

Agneta fühlte sich hin- und hergerissen. Natürlich hatte Jonas recht. Sie hatte jede Hilfe bitter nötig. Und sie war ihm auch wirklich dankbar dafür, dass er vorhin so schnell und beherzt reagiert hatte ... Nur, Himmel, musste es von allen Einwohnern Sjöråhamns unbedingt Jonas Arvidsson sein, den eine grausame Laune des Schicksals über ihre Schwelle geführt hatte?

Es half ja nichts – sie sah ihm an, dass er sich nicht davon abbringen lassen würde, ihr zu helfen. Da war dieses Funkeln in seinen grauen Augen, das sie noch gut von früher kannte. Wenn Jonas in einer Stimmung wie jetzt war, würde nichts und niemand ihn davon abhalten, seinen Kopf durchzusetzen. Oder es zumindest zu versuchen.

Und sie war nicht in der Verfassung, sich schon wieder mit einem Mitglied der Familie Arvidsson anzulegen.

„Also schön“, erwiderte sie daher mit einem unterdrückten Seufzen. „Ich habe gerade mit dem Tapezieren angefangen.“ Mit einem warnenden Blick machte sie ihm klar, dass jeglicher Kommentar zu ihren handwerklichen Fähigkeiten unerwünscht war. „Hast du schon mal tapeziert?“

Sie rechnete fest damit, eine abschlägige Antwort zu bekommen. Die Arvidssons waren schließlich nicht gerade dafür bekannt, sich selbst die Finger schmutzig zu machen. Vermutlich beauftragte Berit für alle Arbeiten, die auf *Arvidssons Slott* anfielen, einen Handwerksbetrieb aus der Region. Und für die alltäglichen kleineren Reparaturen beschäftigte die Familie, soweit Agneta wusste, einen eigenen Hausmeister.

Vermutlich hat Jonas in seinem ganzen Leben nicht einmal eigenhändig einen Nagel in die Wand geschlagen, dachte sie –

bevor sie sich daran erinnerte, dass sie selbst kaum mehr vorzuweisen hatte. Die Wohnung in Stockholm war sogar von einem Innenarchitekten eingerichtet worden, den Kristoffer beauftragt hatte. Vermutlich hatte sie sich dort deshalb nie richtig wohlgefühlt.

Und so schämte sie sich fast ein wenig, als Jonas sagte: „Natürlich! Als ich ins Gartenhaus gezogen bin, habe ich die Arbeiter bei den Tapezier- und Parkettverlegearbeiten unterstützt. Wenn jemand aus meinem Bekanntenkreis in ein neues Haus zieht, bin ich meistens fest als Hilfskraft eingeplant. Mein Terminkalender für das nächste halbe Jahr ist bereits prall gefüllt." Er schenkte ihr ein strahlendes Lächeln, das ihr Herz schneller schlagen ließ. „Du darfst dich also geschmeichelt fühlen, weil ich für dich so kurzfristig noch etwas einrichten kann."

Agneta fühlte sich kribbelig. Die Vorstellung, mit Jonas zusammen auf engstem Raum zu arbeiten, war beängstigend und aufregend zugleich. Schon jetzt fiel es ihr schwer, den Blick von ihm zu wenden. Auch wenn sie es noch so gern wollte, es ließ sich unmöglich leugnen, dass sie sich auch nach all den Jahren noch immer zu ihm hingezogen fühlte.

Und es wird Zeit, dass du dich von dieser seltsamen Faszination, die er auf dich ausübt, endlich befreist!

Sie atmete tief durch und nickte. „Also gut, fangen wir an."

„Aber nicht ohne vernünftiges Handwerkszeug", entgegnete er und wandte sich zur Tür. Bevor er jedoch hinausging, drehte er sich noch einmal um. Dieses Mal blitzten seine hellgrauen Augen schalkhaft. „Ich bin in ein paar Minuten wieder zurück, gib dich also besser nicht der Illusion hin, dass du mich losgeworden bist."

„Du …!" Agneta griff nach dem erstbesten Gegenstand, der ihr in die Finger geriet – ein ungeöffnetes Päckchen Tapetenkleister – und warf ihn ihm hinterher.

Jonas hatte den Laden bereits verlassen, als das Päckchen gegen die Wand prallte, aufplatzte und seinen Inhalt im Vorraum verstreute.

Niemals hätte Agneta es für möglich gehalten, dass man an einem einzigen Tag so viel erreichen konnte.

Jonas hatte sein Versprechen wahr gemacht und war mit einer großen Trittleiter und einer mit Moosgummi überzogenen Rolle ins *Himmelska Sockerdrömmar* zurückgekehrt. Deren Sinn und Zweck erschloss sich Agneta erst, als Jonas, nachdem er eine Tapetenbahn fein säuberlich an die Wand gebracht hatte, damit die Luftbläschen herausarbeitete, die sich zwischen Wand und Papier gebildet hatten.

Obwohl sie natürlich half, wo sie konnte, erledigte doch Jonas die meiste Arbeit. Agneta begnügte sich schließlich damit, die Tapeten entsprechend seinen Anweisungen einzukleistern und anzureichen. Auf diese Weise hatten sie am frühen Nachmittag gut die Hälfte des Verkaufsraumes fertig tapeziert.

Man bekam bereits einen ersten Eindruck davon, wie es aussehen würde, wenn die Renovierung erst einmal abgeschlossen war. Es war ein merkwürdiges Gefühl für Agneta, hier zu stehen – in Mias altem Laden, der langsam wieder zu neuem Leben erwachte – und zu wissen, dass sie ihre Tante niemals wiedersehen würde. Nicht, dass sie daran zweifelte, das Richtige zu tun. Ihre Entscheidung, das *Himmelska Sockerdrömmar* wiederzueröffnen, hätte Mia ganz sicher gefallen. Trotzdem ergriff sie stets eine gewisse Wehmut, wenn sie an sie dachte.

Ohne ihre Tante hätte sie die Begeisterung für die Zuckerbäckerei vielleicht nie entdeckt. Für Agneta hatte sich nie die Frage gestellt, was sie beruflich einmal machen wollte. Es wurde wirklich Zeit, dass sie wieder backen und verzieren konnte.

„So“, unterbrach Jonas ihre Gedankengänge und kletterte von der Leiter. „Leider habe ich heute noch ein paar andere Verpflichtungen, denen ich nachkommen muss.“ Er bedachte sie mit einem forschenden Blick. „Kann ich es wagen, dich hier allein zu lassen? Ich meine, du stellst nicht wieder irgendwelchen Unsinn an, oder?“

Agneta wusste nicht, ob sie ärgerlich oder gerührt sein sollte. Sie verschränkte die Arme vor der Brust. „Ich bin kein kleines

Kind, Jonas. Und du bist nicht für mich verantwortlich."

Darauf murmelte er etwas Unverständliches, von dem Agneta annahm, dass es besser war, es nicht zu verstehen.

„Also schön, aber wir sollten besprechen, wie es weitergehen soll. Du kannst die Renovierung unmöglich aus eigener Kraft stemmen, Agneta. Nicht, dass ich anzweifle, dass du es auch allein versuchen würdest. Du warst schon immer einer der sturköpfigsten Menschen, die ich kenne."

„Vielen Dank für die Blumen", konterte Agneta, doch davon ließ sich Jonas nicht beirren.

„Am besten wird es sein, du kommst heute Abend zu mir", sagte er. „Ich koche uns eine Kleinigkeit, und beim Essen besprechen wir dann alles Weitere."

Agneta fragte sich, warum er glaubte, ihr alles aus der Hand nehmen zu müssen. „Ich wüsste nicht, was es zwischen uns zu besprechen gibt", entgegnete sie ärgerlich. „Du hast mir geholfen, und dafür bin ich dir sehr dankbar. Und ob es mir nun gefällt oder nicht, ich schulde dir etwas. Das bedeutet allerdings nicht, dass ich deine Hilfe weiterhin in Anspruch nehmen muss."

Seine Lippen verzogen sich zu einem süffisanten Grinsen. „Wie du schon sagst: Du schuldest mir etwas. Und ich kenne dich gut genug, um zu wissen, dass du alles tun wirst, um diese Verpflichtung abzuschütteln – stimmt's oder hab ich recht?"

Zähneknirschend gestand Agneta sich ein, dass es sich genauso verhielt. Sie wollte sich nicht mit ihm treffen – schon gar nicht in seinen vier Wänden. Sie wollte nicht, dass er für sie kochte oder irgendetwas anderes potenziell Nettes für sie tat.

Fan! Er war Jonas Arvidsson, der Mistkerl, der ihr vor dreizehn Jahren das Herz gebrochen hatte. Vielleicht würde sie irgendwann lernen, damit zurechtzukommen, dass sie jetzt wieder in ein und demselben Ort wohnten. Eines Tages konnte sie ihm bestimmt auf der Straße begegnen, ohne dass ihr Herz gleich anfing, Purzelbäume zu schlagen. Doch das war im Moment nur sehr schwer vorstellbar.

Trotzdem ließ er ihr keine Wahl. Er hatte sie mit geübtem Blick durchschaut. Wenn es etwas gab, das ihr noch mehr zu schaffen machte als die Aussicht, einen ganzen Abend in seiner Gesellschaft zu verbringen, dann war es die Vorstellung, ihm einen Gefallen schuldig zu bleiben. Schließlich nickte sie langsam.

„Sei bitte so gegen sieben Uhr bei mir", sagte er. Ihr offensichtliches Unbehagen überging er einfach – es schien ihn überhaupt nicht zu kümmern. „Du erinnerst dich noch an das alte Gartenhaus?"

Ob sie sich erinnerte? Sollte das ein schlechter Scherz sein? Das Gartenhaus war der Ort, an dem Jonas und sie zum ersten Mal … Hastig schob sie den Gedanken beiseite. Er war einfach zu irritierend.

„Du wirst doch kommen?", hakte Jonas nach.

„Ja, ja", entgegnete sie unwillig. Dann schüttelte sie den Kopf. „Sagtest du nicht, du musst gehen?"

Ein feines Lächeln umspielte seine Mundwinkel. „Bis heute Abend also", erwiderte er, ohne auf ihre Worte einzugehen, nickte ihr noch einmal zu und verließ das *Himmelska Sockerdrömmar*.

Agneta verspürte den übermächtigen Drang, ihm nachzulaufen und ihm zu erklären, dass sie es sich anders überlegt hatte. Dass sie nicht zu ihm kommen, nicht mit ihm essen und nichts mit ihm besprechen wollte. Doch ihr Stolz hielt sie zurück. Jonas hatte recht, sie konnte es nicht ertragen, ihm etwas schuldig zu bleiben. Also würde sie gute Miene zum bösen Spiel machen und hoffen, dass der Abend rasch vorübergehen würde. Ein paar Stunden in seiner Gesellschaft konnten doch so schlimm nicht sein – oder?

Warum wurde sie das Gefühl nicht los, dass sie sich selbst etwas einredete?

Sie musste dringend etwas tun, um sich auf andere Gedanken zu bringen. Das Rezeptbuch ihrer Tante fiel ihr ein, das jetzt auf einem Ehrenplatz im Regal in ihrem ehemaligen Kinderzimmer stand.

Backen, ja, das war jetzt genau das Richtige! Das musste sie ohnehin endlich einmal wieder tun, ehe sie noch vollkommen aus der Übung geriet.

Voller Tatendrang schnappte sie sich ihre Handtasche, verließ die Zuckerbäckerei und schloss die Tür hinter sich ab.

Etwas später stand Agneta, Mias Rezeptbuch in der Hand, stirnrunzelnd vor der Obst- und Gemüseauslage von *Olssons Snabbköp*, des einzigen Gemischtwarenladens im Ort. Hier hatte sich so gut wie nichts verändert. Die schmalen Gänge waren noch immer auf beiden Seiten von Regalen gesäumt, die sich unter der Last der unterschiedlichsten Waren bogen. Es gab ein Kühlregal und eine Tiefkühltheke, außerdem frische Produkte von Bauern aus der direkten Umgebung. Agneta kannte keinen Laden in Stockholm, in dem sie so gut und gleichzeitig günstig hätte einkaufen können.

Einige Zutaten wie Butter, Eier und Mehl für die Torte, die sie heute backen wollte, lagen bereits in ihrem Einkaufskorb. Eine Position auf der Liste im Rezeptbuch ihrer Tante ließ sie jedoch stutzen: Erdbeerpüree für eine Mandeltorte. Das war schon ungewöhnlich …

Allerdings konnte Agneta sich durchaus vorstellen, dass die Kombination gut funktionierte. Und vor allem vertraute sie auf den untrüglich guten Geschmack ihrer Tante. Warum sollte sie es also nicht wenigstens einmal versuchen?

„Sieh an, die kleine Holmquvist ist wieder in der Stadt", wurde sie von Karin Olsson begrüßt, der rundlichen Frau des Krämers, die schon hier bedient hatte, als Agneta noch ein junges Mädchen gewesen war. Sie lächelte. „Obwohl – so klein bist du ja nun nicht mehr, was? Ich hab natürlich längst gehört, dass du zurück bist. Was kann ich für dich tun?"

„Ich hätte gern ein Pfund frische Walderdbeeren", erwiderte Agneta. „Ich möchte ein Rezept für Mandeltorte nachbacken.

Wie es scheint, braucht man Erdbeerpüree für die Füllung – eher ungewöhnlich, findest du nicht?"

Karin zuckte mit den Schultern. „Noch vor ein paar Jahren hätte ich dir recht gegeben, aber inzwischen ist das gar nicht mehr so befremdlich." Als Agneta sie verständnislos anschaute, deutete sie in Richtung Tiefkühltruhe. „Schau doch mal da rein."

Das Sortiment an Tiefkühltorten bestand fast ausschließlich aus Produkten der *Arvidssons Tårtafabrik*. Eine davon fiel Agneta sofort ins Auge. *Mandeltårta mit köstlicher Erdbeerfüllung*, stand auf der Pappumhüllung geschrieben. Und: *Wir geben Klassikern ein neues Gesicht.*

Agneta schüttelte den Kopf. War es nicht ein erstaunlicher Zufall, dass jemand aus Berits Kreativteam auf dieselbe Idee gekommen war wie Mia? Dass es sich bei der Tiefkühltorte um das Rezept ihrer Tante handelte, war vollkommen ausgeschlossen – das Verhältnis zwischen Berit und Mia war seit jeher sehr angespannt gewesen.

Nachdenklich legte Agneta die Torte zurück ins Eisfach und schloss den Deckel der Truhe. Dann kehrte sie zu Karin zurück, die die gewünschten Erdbeeren inzwischen für sie gewogen und eingepackt hatte.

„Darf es sonst noch etwas sein?"

Agneta schüttelte den Kopf. Nachdem sie ihre Einkäufe bezahlt hatte, verließ sie gedankenverloren den Laden. Doch sie war kaum auf den Bürgersteig hinausgetreten, da kehrte sie schon wieder um.

„Ganz Gustafs Tochter", empfing Karin sie schmunzelnd. „Dein Vater vergisst bei seiner ersten Runde auch immer die Hälfte. Also: Was brauchst du noch?"

„Ich möchte gern eine von diesen Torten probieren", erwiderte Agneta und nahm eine *mandeltårta* aus dem Tiefkühlfach.

Karin hob eine Braue. Vermutlich wunderte sie sich über die Wahl, sagte aber nichts.

Kurz darauf verließ Agneta mit einer weiteren Einkaufstüte das Geschäft. Was genau sie mit der Tiefkühltorte wollte, wusste sie selbst nicht so genau. Sie war einfach nur ihrem Bauchgefühl gefolgt.

Wohin dieses sie schließlich führte, würde sich schon noch zeigen.

MANDELTÅRTA MIT ERDBEERFÜLLUNG

Zutaten

480 Gramm Zucker
200 Gramm Butter
50 Gramm Stärke
8 Eier
200 Gramm frisch geriebene Mandeln
80 Gramm Mandeln in Blättchen
1 Glas Erdbeermarmelade oder -püree

Zubereitung

1. Vorheizen des Backofens (Umluft 180 °C/Ober-/Unterhitze 200 °C). Eigelbe von Eiweißen trennen. Vier Eiweiß schaumig schlagen, nach und nach mit 100 Gramm der geriebenen Mandeln und 100 Gramm Zucker vermischen. Springform einfetten und mit Teig befüllen. Backzeit im Ofen ca. 20 Minuten.

2. Die restlichen Eiweiße, die geriebenen Mandeln und 100 Gramm Zucker zu einem zweiten Boden verarbeiten. Tortenböden dann auskühlen lassen. Mandelblättchen in einer Pfanne rösten, bis sie goldgelb sind.

3. Butter langsam schmelzen (Achtung: Nicht zu heiß werden lassen!). Übrigen Zucker, die Stärke und die Eigelbe mit der Butter schaumig rühren. Ins Wasserbad geben und mit Schneebesen rühren, bis eine Creme entsteht.

4. Einen Tortenboden mit Creme bestreichen, den anderen mit der Erdbeermarmelade oder Erdbeerpüree. Mit der

übrigen Creme die Torte seitlich und oben bestreichen. Mit Mandelblättchen bestreuen.

10. KAPITEL

Sjöråhamn, Schweden, Juni 1957
Gemeindehaus

Richard Karlsson, der Bürgermeister von Sjöråhamn, hatte zur Feier seines sechzigsten Geburtstags den ganzen Ort eingeladen. Alle waren mit Kind und Kegel gekommen, sodass das Gemeindehaus förmlich aus allen Nähten platzte und die Festgesellschaft nach draußen auf den Kirchhof ausgewichen war.

Zum Glück meinte Petrus es gut mit ihnen, und das Wetter war mild und trocken. Fröhliche Musik, Gelächter und Gesprächsfetzen erfüllten die Luft. Drinnen wie draußen herrschte eine heitere, ausgelassene Stimmung. Nur Berit, die auf einer Bank im Schatten einer mächtigen Eiche saß, durch deren Blattwerk sie die ersten Sterne am Himmel schimmern sehen konnte, war alles andere als zum Feiern zumute.

„… auch studieren?"

Sie blinzelte, als ihr klar wurde, dass ihr Begleiter sie etwas gefragt hatte.

Gespannt sah Frider Mattsson sie an. Er war der Sohn des Eisenwarenhändlers und hatte sie früher schon, als sie noch gemeinsam zur Schule gegangen waren, stets mit begehrlichen Blicken verfolgt. Inzwischen bereute Berit, dass sie seine Einladung, gemeinsam mit ihr zum Fest zu gehen, angenommen hatte. Frider war ein netter Junge, aber auch nicht mehr als das. Nett und leider auch tödlich langweilig. Ebenso wie all die anderen Jungs von Sjöråhamn. Alle – abgesehen von Emil.

Beim Gedanken an ihn entfuhr Berit ein leises, sehnsüchtiges Seufzen. Seit sie Emil vor etwas mehr als zweieinhalb Wochen auf dem Jahrmarkt zum ersten Mal gesehen hatte, war es um sie geschehen. Immerzu musste sie an ihn denken. Abends, wenn sie in ihrem Bett lag und die Augen schloss, sah sie sein Gesicht vor sich. Dieses Lächeln, bei dem die Sonne aufzugehen schien. Die niedlichen Grübchen auf den Wangen. Diese faszinierenden graublauen Augen …

„… Eindruck, du hörst mir überhaupt nicht zu."

Wieder ertappte Berit sich dabei, dass ihre Gedanken abgeschweift waren. Ärgerlich runzelte sie die Stirn. Was war bloß los mit ihr?

„Hör zu", wandte sie sich an Frider. Der strahlte sie so verliebt an, dass sie beinahe Skrupel bekam – aber nur beinahe. „Das hier war eine dumme Idee, Frider. Du weißt ebenso gut wie ich, dass aus uns nichts werden kann. Ich hätte deine Einladung gar nicht erst annehmen sollen. *Förlåt.*"

Mit diesen Worten stand sie auf, glättete den Rock ihres smaragdgrünen Taftkleids und kehrte, ohne sich noch einmal umzublicken, in den Gemeindesaal zurück.

Suchend hielt sie Ausschau nach Mia. Ihre Freundin war in Begleitung ihres Bruders Gustaf zur Feier gekommen. Sie hatte darauf gewartet, dass Emil sie fragen würde, doch der zeigte sich nach seinem forschen Vorstoß an jenem Abend auf dem Jahrmarkt überraschend zurückhaltend. Schließlich waren alle übrigen akzeptablen Begleiter bereits anderweitig vergeben gewesen, sodass Mia am Ende ihren Bruder gefragt hatte. Sie ahnte ja nicht, dass Emil zuvor ihretwegen bei Berit gewesen war. Er hatte sie gefragt, ob sie glaubte, dass Mia mit ihm zum Fest gehen würde, wenn er sie darum bat.

Berit hatte die Chance erkannt und Nein gesagt; dann hatte sie ihm erklärt, dass Mias Vater sie nur in Begleitung ihres Bruders zu Festlichkeiten gehen ließ. Natürlich war das gelogen. Mias Eltern waren alles andere als streng und ließen ihre Kinder innerhalb gewisser Grenzen eigene Entscheidungen treffen.

Doch sie hatte einfach nicht anders gekonnt. Als Emil vor der Konditorei auf sie zugekommen war – auf *sie*, nicht auf Mia! –, hatte ihr Herz einen Moment lang ausgesetzt. War ihm endlich klar geworden, dass sie die Richtige für ihn war? Die Wahrheit hatte sie zutiefst enttäuscht. Nein, Emil interessierte sich nicht im Geringsten für sie. Immerzu hieß es nur Mia, Mia,

Mia. Berit war es inzwischen so was von leid, dass …

Sie schrie erschrocken auf, als jemand von hinten ihre Schulter umfasste. Aber es war nur Mia, die mit roten Wangen und zerzaustem Haar hinter ihr hervortrat.

„Ach, hier steckst du!“, stieß sie ein wenig atemlos hervor. „Und ich dachte schon, Frider und du hättet euch irgendwo ein ruhiges Plätzchen gesucht, um …“

„Unfug“, fiel Berit ihrer Freundin ungehalten ins Wort. Glaubte Mia denn wirklich, Frider und sie …? Allein der Gedanke war vollkommen absurd!

Beschwichtigend hob Mia die Hände. „Schon gut, schon gut, ich wollte dir nicht zu nahe treten“, sagte sie grinsend. Dann beugte sie sich zu Berit herüber und flüsterte ihr ins Ohr: „Ein paar von uns feiern im Schuppen vom alten Sonsby eine eigene Party. Emil ist auch dabei. Wir haben sogar eine Platte von Elvis Presley. *Heartbreak Hotel* …“

Wie die meisten ihrer Altersgenossen war Mia ganz verrückt nach Rock 'n' Roll – die neumodische Musikrichtung aus Amerika, die bei den meisten Erwachsenen als anstößig und unmoralisch verpönt war. Berit für ihren Teil konnte nicht viel damit anfangen. Obwohl sie mit ihren Eltern sonst nicht viel gemein hatte, bevorzugte sie doch deren Musikgeschmack. Um aber nicht noch stärker als Außenseiter zu gelten, rang sie sich ein, wie sie hoffte, begeistertes Strahlen ab.

Allzu schwer fiel es ihr nicht angesichts der Tatsache, dass Emil ebenfalls dort sein würde.

Der Schuppen von Sten Sonsby lag etwas außerhalb des Ortes, wo der ältere Mann auch seine Reparaturgarage für Landmaschinen betrieb. Sein Sohn Arne war ein eher wortkarger Junge. Doch da es ihm immer wieder gelang, seinem alten Herrn die Schlüssel zu stibitzen und die Feierwütigen von Sjöråhamn somit stets ein abgeschiedenes Plätzchen hatten, wo sie ihre Musik hören konnten, ohne dass jemand sich daran störte, gehörte er genauso zur Clique wie die beliebten Jugendlichen des Ortes.

Berit gehörte im Grunde genommen nicht dazu. Sie wurde nur um Mias willen toleriert und ansonsten weitestgehend ignoriert. Aber das machte ihr nichts. Auch sie gab sich nur Mia zuliebe mit den anderen ab.

Wegen ihr – und wegen Emil …

Sie nahmen ihre Fahrräder, denn zu Fuß hätten sie eine kleine Ewigkeit bis zum Schuppen hinaus gebraucht. Schon von Weitem hörten sie Musik durch die Nacht hallen. Was für ein Katzenjammer, dachte Berit und unterdrückte ein Seufzen, während Mia neben ihr vor Vorfreude lachte.

„Ich kann es gar nicht erwarten, endlich zu tanzen“, rief sie.

Berit hob eine Braue. „Du hast doch schon getanzt.“

„Einen Walzer“, erwiderte Mia geringschätzig. „Mit Gustaf.“

„Na und?“ Sie zuckte mit den Schultern. „Tanzen ist tanzen.“

Ein geheimnisvolles Lächeln umspielte die Mundwinkel ihrer Freundin. „Du hast ja gar keine Ahnung, wovon du sprichst …“ Sie richtete den Blick gen Himmel und stieß ein Seufzen aus. „Ach, warum hat Emil mich nicht gefragt, ob ich ihn zum Fest begleite? Ich merke doch, dass er mich mag. Eine Frau spürt so etwas!“

„Nur, dass du keine Frau bist, sondern ein alberner Backfisch“, entgegnete Berit kühl.

Sie wusste, es war ihr Glück, dass Mia nicht sonderlich empfindlich war oder allzu leicht einschnappte. Sonst hätte ihre Freundschaft nicht so viele Jahre überdauert. Und Diplomatie war nie ihre Stärke gewesen. Allerdings ging es in diesem Fall um sehr viel mehr. Nämlich um den Jungen, in den Berit sich auf den ersten Blick und Hals über Kopf verliebt hatte. Den sie vor sich sah, wenn sie die Augen schloss, und an den sie immerzu denken musste.

Natürlich stimmte es: Selbst ein Blinder hätte gemerkt, dass Emil an Mia überaus interessiert war – wohingegen er mit ihr, Berit, nur dann sprach, wenn er sich Rat in Bezug auf ihre

Freundin erhoffte. Wusste er denn wirklich nicht, was er ihr bedeutete? Wie konnte das möglich sein, da sie doch jedes Mal weiche Knie bekam, wenn sie ihn sah?

„Ich glaube, wenn er heute Abend versucht, mich zu küssen“, schwärmte Mia und riss Berit damit aus den Gedanken, „ich würde es geschehen lassen.“

Vor Schreck verriss Berit den Lenker und landete um ein Haar mit ihrem Fahrrad in den Brennnesseln, die am Wegesrand wucherten. Es gelang ihr gerade noch, den Sturz zu verhindern. „Was sagst du da?“

„Ich sagte, wenn Emil heute versuchen würde, mich zu …“

„Ja, ja, das habe ich verstanden, aber … Wie kannst du nur, Mia? Ich meine, du kennst Emil doch kaum und …“

Im Sternenglanz sah Berit, wie sich ein seliges Lächeln auf dem Gesicht ihrer Freundin formte. „Ich mag ihn noch nicht lange kennen, das stimmt“, lenkte Mia ein. „Aber ich weiß, dass er der Richtige für mich ist. Er muss es einfach sein!“

Mia hatte mit einer solchen Inbrunst gesprochen, dass Berit ihr lieber nicht widersprach. Ihre Freundin durfte auf keinen Fall Verdacht schöpfen. Wenn sie herausfand, dass sie genauso in Emil verliebt war … Nein, darüber wollte Berit nicht einmal nachdenken.

Sie erreichten den Schuppen und stellten ihre Fahrräder ab. Als Mia das Tor öffnete, schlugen ihnen ohrenbetäubende Musik, Hitze und Zigarettenqualm entgegen, was Berit für einen Moment schier den Atem raubte.

Mia wurde sofort begeistert in Empfang genommen, während Berit nur eindringlich gemustert wurde. Sie war daran gewöhnt, deshalb machte es ihr nichts aus. Zumindest versuchte sie sich das selbst einzureden. Die Eltern der meisten Jugendlichen hier arbeiteten für ihren Vater. Sie war eine Arvidsson und daher schon von Natur aus allen hier überlegen. Was allerdings nicht bedeutete, dass es ihr auch gefallen musste, ignoriert zu werden.

Emil stand mit ein paar anderen Jungs etwas abseits der

Tanzfläche gleich neben dem Plattenspieler. Als Berit ihn erblickte, setzte ihr Herz einen Schlag lang aus, nur um dann umso heftiger zu pochen.

Wie angewurzelt stand sie da und konnte ihn nur anstarren. Wie gut er aussah! Ganz anders als all die anderen Jungs, die Berit kannte. Aber das war kein Wunder, schließlich stammte seine Familie, wie sie inzwischen wusste, aus Göteborg. Er war also ein echter Städter. Wie merkwürdig musste es für ihn sein, nun plötzlich in einem Kaff wie Sjöråhamn zu leben.

Er blickte zu ihr herüber, und Berits Knie wurden weich. Dabei ahnte sie, dass sein Blick nicht ihr galt, sondern Mia, die gleich neben ihr stand. Sie brauchte ihre Freundin nicht anzuschauen, um sich ihren dümmlich verliebten Gesichtsausdruck vorzustellen. Wie ätzende Säure kochte Eifersucht in Berit hoch und schnürte ihr die Kehle zu.

Emil winkte. Seine Lippen formten ein *Hej*, das im ohrenbetäubenden Lärm, den Mia und die anderen Musik nannten, unterging. Dann kam er auf sie zu. Nein, korrigierte sie sich sofort. Er kam nicht auf sie beide zu, sondern auf Mia und …

Aber was war das? Anstatt Mia zum Tanz aufzufordern, so wie sie es erwartet hatte, nickte er ihrer Freundin nur kurz zu, um sich dann ihr, Berit, zuzuwenden.

Träumte oder wachte sie? Das Herz klopfte ihr bis zum Hals, als Emil ihr ein Lächeln schenkte und ihre Hand nahm. „Hast du Lust zu tanzen?"

Berit konnte es nicht glauben. Waren ihre heimlichen Gebete, die sie Nacht für Nacht gen Himmel sandte, erhört worden? Hatte Emil endlich erkannt, dass sie viel besser zu ihm passte als Mia? Die Vorstellung erschien ihr beinahe zu schön, um wahr zu sein.

Sie spürte den irritierten Blick ihrer Freundin im Rücken, während sie Emil auf die Tanzfläche folgte. Gerade, als er die Arme um sie legte, verklangen die letzten Takte des *Banana Boat Song* von Harry Belafonte, und ein neues, langsames Stück begann, das Berit nicht kannte.

Schmetterlinge flatterten in ihrem Bauch. Sie war froh, sich an Emil festhalten zu können, denn sie wusste nicht, ob ihre Beine sie noch aus eigener Kraft trugen. Die Welt um sie herum verschwamm in einem Nebel der Bedeutungslosigkeit. Sie war eingehüllt von Emils Wärme. Seine Nähe, sein Duft nach Tabak, Pomade und noch etwas anderem, das sie nicht benennen konnte, machte sie ganz schwindelig. Langsam begann er sie im Takt der Musik zu wiegen.

„Du siehst hübsch aus heute Abend", flüsterte er, und Berit spürte, wie ihr das Blut ins Gesicht schoss. So etwas hatte noch niemand zu ihr gesagt. Zumindest niemand, der wirklich zählte.

„*Tack*", murmelte sie, kaum in der Lage, einen vollständigen Satz zu formulieren. Ihr war, als würde sie auf Wolken schweben.

Doch Emils nächste Worte ließen sie hart auf dem Boden der Realität aufprallen.

„Du bist doch Mias beste Freundin, nicht wahr? Ich ..." Er stockte kurz, dann fluchte er leise. „Ich bin eigentlich nicht auf den Mund gefallen, aber – verflucht! – wenn es um ein Mädchen geht, das ich mag ... Meinst du, du könntest mir vielleicht helfen, ihr Herz zu erobern? Ich meine, du kennst sie viel besser als ich und ..."

Berit hörte ihm längst nicht mehr zu. Das Blut, das eben noch heiß durch ihre Adern pulsiert war, schien plötzlich zu Eis gefroren zu sein. Ihr erster Impuls war es, sich loszureißen und davonzulaufen. Wie konnte Emil ihr das bloß antun? Wusste er denn nicht, was er ihr bedeutete?

Dann wurde ihr klar, dass sie genau das nicht tun durfte. Denn es würde ihre wahren Gefühle verraten. Und sie wollte sich selbst auf keinen Fall vor Emil und Mia derartig demütigen.

„Du willst wissen, ob sie dich auch mag", entgegnete sie mit brüchig klingender Stimme, überrascht darüber, dass sie überhaupt einen Ton hervorbrachte.

Emil schien nicht zu bemerken, wie aufgewühlt sie war. Er nickte. „Bitte, Berit, wenn du mir ein paar Tipps geben könntest, werde ich dir ewig dankbar dafür sein."

Berits Gedanken rasten. Was sollte sie tun? Emil sagen, dass sie ihm nicht helfen konnte? Dann würde er sicher nachfragen oder, was noch viel schlimmer war, sich selbst die Wahrheit zusammenreimen. Nein, das kam also nicht infrage. Was aber dann?

Und dann kam ihr plötzlich eine Idee. Es war nicht ihre Schuld, dass Emil sich Hilfe suchend an sie wandte. Warum sollte sie nicht versuchen, die Situation zu ihren Gunsten zu nutzen?

„Also schön", sagte sie und zwang ein Lächeln auf ihre Lippen, während das Herz in ihrer Brust sich kalt wie Granit anfühlte. „Du willst einen Tipp? Dann hör gut zu: Zeig ihr nicht zu deutlich, was du von ihr hältst. Mia mag Jungs, die ein bisschen unnahbar sind. Wenn du also gleich mit der Tür ins Haus fällst, hast du schon verloren."

Emil nickte. Sein betroffener Gesichtsausdruck machte deutlich, dass er damit nicht gerechnet hatte. „Und was noch?"

„Sei nicht allzu nett zu ihr. Und versuch um Himmels willen bloß nicht, sie zu küssen!"

Entgeistert starrte Emil sie an. „Was?"

Berit klopfte das Herz bis zum Hals. Sie hatte sich weit, sehr weit vorgewagt. Wenn Mia auch nur ein Wort von dem erfuhr, was sie zu Emil gesagt hatte, wäre ihre Freundschaft auf der Stelle Geschichte.

Aber war sie das im Grunde nicht schon längst? Schon seit jenem Augenblick auf dem Jahrmarkt, in dem sie beide Emil zum ersten Mal gesehen hatten? Denn wie konnten sie weiterhin Freundinnen sein, wo sie doch beide denselben Jungen liebten?

Der Gedanke erfüllte Berit mit neuem Mut. Sie musste so vorgehen. Ihr blieb gar keine andere Wahl. Und sagte man nicht: Im Krieg und in der Liebe ist alles erlaubt?

Berit atmete tief durch, bevor sie sich vorbeugte und so nah an Emils Ohr weitersprach, dass nur er sie hören konnte: „Also, bei Mia ist es so, dass …"

„Ich versteh das nicht!" Seufzend schüttelte Mia den Kopf. „Ich meine, warum verhält Emil sich mir gegenüber plötzlich so abweisend? Er ist praktisch wie ausgewechselt."

Berit, die gerade dabei war, den Teig für eine *prinsesstårta* anzurühren, wandte ihrer Freundin den Rücken zu, um das zufriedene Lächeln zu verbergen, das ihre Lippen umspielte.

Anderthalb Wochen lag die Feier zum sechzigsten Geburtstag von Bürgermeister Karlsson jetzt zurück – und Berits Plan ging voll auf. Emil verhielt sich genau so, wie Berit es ihm geraten hatte. Doch anstatt mit dieser Strategie bei Mia zu punkten, erreichte er das genaue Gegenteil und verunsicherte sie mit seinem Verhalten nur.

Es lief also alles so, wie Berit es sich erhofft hatte. Und während in den vergangenen Tagen beide – sowohl Emil als auch Mia – sich immer wieder Rat suchend an sie gewandt hatten, musste sie höllisch aufpassen, um sämtliche losen Fäden in der Hand zu behalten. Ein Fehler, und ihre ganze Intrige würde aufgedeckt werden. Es war ein gefährliches Spiel mit dem Feuer, auf das sie sich da eingelassen hatte.

„Was soll das werden, wenn es fertig ist, Berit?"

Als die donnernde Stimme ihres Vaters durch die Backstube hallte, zuckte Berit erschrocken zusammen. Erst jetzt bemerkte sie, dass der Teig für ihre *prinsesstårta* beinahe flüssig war, weil sie in Gedanken viel zu viel Milch in die große Rührschüssel gegeben hatte.

Brennende Röte überzog ihre Wangen. Sie wagte es nicht, ihren Vater anzusehen. Wenn Ludvig Arvidsson etwas auf den Tod verabscheute, dann waren es Unachtsamkeit und die sinnlose Vergeudung von Lebensmitteln. Und Berit hatte sich gleich beider Vergehen schuldig gemacht.

Mit gesenktem Blick stand sie da und ließ die wütende Tirade ihres Vaters über sich ergehen, die auf sie herniederprasselte.

„Warum kannst du nicht so fleißig und strebsam sein wie Mia?“, schimpfte Ludvig Arvidsson. „Wenn du so weitermachst, wird aus dir nie etwas. Du …“

Seine Worte trafen Berit wie brennende Pfeile mitten ins Herz. So lange, bis sie es irgendwann einfach nicht mehr aushielt. „Wenn du Mia so viel lieber magst als mich“, schrie sie wütend, wischte sich mit dem Handrücken die Tränen aus den Augen und blitzte ihren alten Herrn herausfordernd an, „warum adoptierst du sie dann nicht einfach?“

Einen Moment lang herrschte Stille in der Backstube, so durchdringend, dass man eine Stecknadel hätte fallen hören können. Dann holte Ludvig Arvidsson mit der rechten Hand aus und versetzte Berit eine schallende Ohrfeige.

Der Schmerz des Schlages war nichts im Gegensatz zu der schlimmen Demütigung, die Berit für einen Moment die Luft zum Atmen raubte.

Entsetzt starrte sie ihren Vater an. Er hatte sich ihr gegenüber nie besonders freundlich oder gar zärtlich verhalten, doch Schläge gehörten nicht zur Erziehung im Hause Arvidsson. Es war das erste Mal, dass Ludvig Arvidsson die Hand gegen sie erhoben hatte.

„Das war für dein freches Mundwerk, junge Dame“, knurrte er. „Das wird dich lehren, deinem Vater gegenüber mehr Respekt zu zeigen.“

Sie schaute Mia an, die bleich und mit weit aufgerissenen Augen dastand. Es war offensichtlich, dass das Verhalten ihres Lehrmeisters sie schockierte, aber Mia sagte nichts.

So, wie sie noch nie etwas gesagt hatte, um Berit gegenüber ihrem Vater zu verteidigen. Und Mia wollte ihre beste Freundin sein?

Berit wirbelte auf dem Absatz herum und stürmte aus der Backstube. Tränen brannten in ihren Augen. Es waren keine Tränen der Trauer oder der Erniedrigung, sondern Tränen der Wut.

Das alles war nur Mias Schuld! Ihr übertriebener Eifer, ihre Begeisterung, das hatte doch erst dazu geführt, dass Ludvig Arvidsson sie ständig miteinander verglich. Dabei wusste sie doch genau, dass Berit nicht gegen sie ankommen konnte.

Vielleicht, schoss es Berit durch den Kopf, war es auch genau das, was Mia erreichen wollte: Sie verdrängen und ihre Stelle einnehmen.

Doch dazu durfte es nicht kommen. Niemals.

Berit würde Mittel und Wege finden, zu verhindern, dass Mia sich weiter bei ihrem Vater einschmeichelte. Und sie würde außerdem verhindern, dass aus Emil und ihr ein Paar wurde. Wenn sie selbst Emil nicht haben konnte, das schwor sie sich, sollte auch niemand sonst ihn bekommen.

Vor allem nicht Mia Holmquvist.

11. KAPITEL

Gegenwart

Die Sonne stand bereits recht tief am Himmel, und ihre Strahlen schienen fast waagerecht durch das lichte Birkenwäldchen, der das Arvidsson'sche Gartenhaus umgab. Die schlanken, schwarz-weißen Stämme der Bäume schienen von innen heraus zu strahlen. Es war ein wunderschöner und zugleich seltsam verstörender Anblick.

So wie das Wissen, Agneta gleich wiederzusehen, sowohl wunderbar als auch verstörend war.

Jonas stand am Küchenfenster, das Messer, mit dem er Zwiebeln in kleine Würfel geschnitten hatte, noch immer in der Hand, und musste für einen Außenstehenden wie gebannt von dem Naturschauspiel wirken. Doch in Wahrheit waren seine Gedanken ganz woanders. Oder besser, bei jemand anderem.

Agneta …

Jonas murmelte einen ungehaltenen Fluch und zwang sich, sich wieder auf die Zubereitung des Abendessens zu konzentrieren. Wegen der ewigen Träumerei hing er bereits weit hinter seinem Zeitplan zurück. Und das alles nur wegen Agneta. Weil sie ihm einfach nicht aus dem Kopf ging, sosehr er sich auch bemühte.

Im Grunde war es eine verrückte Idee gewesen, sie zu sich einzuladen. Das Gartenhaus war stets sein Rückzugsort gewesen. Hier duldete er niemanden, das galt für die Bediensteten ebenso wie für seine Familie – und für die Frauen, mit denen er sich getroffen hatte, ehe Henrietta und er ein Paar geworden waren. Und nicht einmal sie war ihm im Gartenhaus je wirklich willkommen gewesen. Wie kam es, dass er ausgerechnet Agneta hier haben wollte?

Überhaupt war sein ganzes Verhalten widersinnig. Seine Mutter erwartete von ihm, dass er Agneta davon abhielt, das schmutzige kleine Geheimnis aufzudecken, von dem das Fortbestehen von *Arvidssons Tårtafabrik* abhing. Indem er Agneta zum Essen einlud, würde er damit ganz sicher nicht vorankommen.

Nicht, dass er sich verpflichtet fühlte, seine Mutter in dieser Hinsicht um ihrer selbst willen zu unterstützen. Nein, ganz im Gegenteil! Wenn es nur um Berit gegangen wäre, hätte er ihr, ohne mit der Wimper zu zucken, seine Hilfe verwehrt. Niemand hatte sie dazu gezwungen, sich das geistige Eigentum von Mia Holmquvist anzueignen und es als die eigene Idee zu verkaufen. Diese Suppe hatte sie sich selbst eingebrockt, es war nur fair, dass sie sie auch selbst auslöffeln musste.

Doch leider war auch die gesamte Belegschaft der Fabrik von der Angelegenheit betroffen. Wenn es zum Skandal kam, würden nicht wenige Menschen in Sjöråhamn ihre Arbeit verlieren. Die Existenzen ganzer Familien standen auf dem Spiel. Wie konnte er sich anmaßen, diese aus reiner Selbstsucht zu riskieren?

Er musste also einen Weg finden, das Geheimnis seiner Mutter zu wahren, das war er den Mitarbeitern von *Arvidssons Tårtafabrik* schuldig. Nur wie ein gemeinsames Abendessen mit Agneta ihm dabei helfen sollte, wusste er selbst nicht so genau.

War es ein Fehler gewesen, sie zu sich einzuladen? Warum hatte er es überhaupt getan? Es war doch sonst nicht seine Art, einer spontanen Laune nachzugeben.

Jonas legte das Messer auf das Schneidebrett und raufte sich das Haar. Seit Agneta nach Sjöråhamn zurückgekehrt war, kannte er sich selbst nicht wieder. Er hätte es nicht für möglich gehalten, dass sie nach mehr als dreizehn Jahren noch immer so eine starke Wirkung auf ihn hatte. Doch jedes Mal, wenn sie ihm gegenüberstand, konnte er nur an eines denken: sie in seine Arme zu ziehen und bis zur Besinnungslosigkeit zu küssen.

Das Bild, das vor seinem inneren Auge aufblitzte, war so real, so lebensecht, dass er einen Moment brauchte, um wieder in die Realität zurückzukehren, als die Türklingel erklang.

Jonas warf einen raschen Blick auf die Uhr und unterdrückte

einen Fluch. Wer mochte das sein? Agneta wohl kaum. Er wusste noch von früher, dass sie großen Wert auf Pünktlichkeit legte. Aber es war erst halb sieben, er erwartete sie also frühestens in einer halben Stunde. Sie würde doch nicht …

Mit einem Seufzen zog er sich die Kochschürze über den Kopf und ging zur Tür.

„Du bist ganz schön früh dran", sagte er, während er öffnete. „Ich habe …" Er verstummte, als er die Person erkannte, die da auf seiner Schwelle stand. „Was, zum Teufel …"

„Ich freue mich auch, dich zu sehen, Jonas", sagte das junge Mädchen mit dem grell pink gefärbten Haar, das ihm in alle Richtungen wild vom Kopf abstand, und verschränkte mit einem herausfordernden Grinsen die Arme vor der Brust. „Oder ist es dir lieber, wenn ich *pappa* zu dir sage?"

Agneta hatte die Torte streng nach dem Rezept ihrer Tante zubereitet. In der Zeit, die sie dafür benötigte, war das Tiefkühlprodukt aus dem Hause *Arvidssons Tårtafabrik* ebenfalls aufgetaut.

Anschließend hatte sie von beiden probiert und auch ihrem Vater je ein Stück zum Vergleich vorgesetzt. Das Ergebnis war erstaunlich: Es ließ sich kaum ein Unterschied feststellen. Es schien fast so, als wäre dic industriell gefertigte Torte genau nach demselben Rezept hergestellt worden wie Agnetas handgemachte.

„Hm …", seufzte Gustaf genießerisch, nachdem er von jedem Stück gekostet hatte. „Das ist eine von den neuen Sorten aus der Fabrik, stimmt's? Ich weiß noch, wie überrascht wir alle waren, als Berit plötzlich mit der Idee für diese ungewöhnliche Kombination dahergekommen ist." Er grinste schief. „Da hat die Gewitterhexe ausnahmsweise einmal voll ins Schwarze getroffen."

„Das war Berits Idee?" Agneta hob eine Braue.

Ihre Tante hatte nicht oft von Jonas' Mutter gesprochen, aber an eine Äußerung erinnerte sie sich noch genau.

„Kaufmännisch kann kaum jemand Berit Arvidsson das Wasser reichen", hatte sie gesagt. „Nur, was die Zuckerbäckerei betrifft, hat sie wirklich zwei linke Hände."

Wie konnte es sein, dass eine Frau, die keinerlei Talent für kreatives Backen hatte, ausgerechnet auf dieselbe Rezeptidee gekommen war wie Tante Mia?

Agneta schob den Gedanken vorerst beiseite, da ihr keine plausible Antwort einfallen wollte. Stattdessen grübelte sie darüber nach, ob sie Jonas' Einladung tatsächlich nachkommen oder lieber absagen sollte. Schließlich war es ihr Stolz, der den Ausschlag gab. Jonas war ihr heute eine unschätzbare Hilfe gewesen, dafür schuldete sie ihm etwas. Davon abgesehen hatten ihre Eltern sie dazu erzogen, einmal getroffene Verabredungen auch einzuhalten. Ihr blieb also nichts anderes übrig, als sich in ihr Schicksal zu fügen.

Trotzdem war ihr alles andere als wohl zumute, als sie gegen halb sieben – viel zu früh – vor dem Gartenhaus vorfuhr. Nervös fuhr sie sich durchs Haar und betrachtete ihr Gesicht im Rückspiegel. Sie war nur leicht geschminkt. Ein wenig Lidschatten und Wimperntusche, ein Hauch von Lippenstift, mehr nicht. Das cremefarbene Designerkostüm von Chanel, das sie zuerst hatte anziehen wollen, hing wieder im Kleiderschrank. Stattdessen trug Agneta ein Paar Bluejeans und eine einfache karierte Bluse. Die sündhaft teuren Pumps hatte sie gegen ein paar bequeme Sneakers getauscht.

Seltsamerweise fühlte sie sich in diesem Outfit sehr viel wohler als in den Sachen, die sie früher in Stockholm mit solcher Selbstverständlichkeit getragen hatte.

Früher …

Merkwürdig, aber obwohl die Trennung von Kristoffer kaum mehr als zwei Monate zurücklag, kam es ihr bereits wie eine kleine Ewigkeit vor. So, als wären ihr zukünftiger Exmann und sie schon längst getrennte Menschen gewesen, als sie noch zusammen in der großen Penthousewohnung in Södermalm gelebt hatten. Und vermutlich verhielt es sich auch so. Wenn sie jetzt darüber nachdachte, hatten Kristoffer und sie vermutlich nie besonders gut zueinandergepasst.

Der Gedanke, dass sie sich ihre glückliche Ehe all die Jahre nur eingeredet hatte, war ziemlich deprimierend. Doch im Grunde hatte ein Teil von ihr schon immer damit gerechnet, dass Kristoffer sie eines Tages verlassen würde. Was wollte er auch mit ihr – einer halben Frau – anfangen?

Für den Bruchteil einer Sekunde kam alles wieder hoch. Die Erinnerungen daran, wie sie nach ihrem Unfall im Krankenhaus aufgewacht war. Die Diagnose der Ärzte. Ihre Verzweiflung über die Nachricht, dass sie aufgrund ihrer Verletzungen wohl niemals eigene Kinder zur Welt bringen konnte …

Hastig verdrängte sie die Erinnerung, ehe die Kälte, die sie stets mit sich brachte, von ihr Besitz ergreifen konnte. Sie hatte einen Abend mit Jonas durchzustehen – dazu brauchte sie all ihre Kräfte, nicht für den Kampf mit den Geistern der Vergangenheit, gegen die sie ohnehin nichts auszurichten vermochte.

Als sie aus dem Wagen stieg, fiel ihr Blick unwillkürlich auf *Arvidssons Slott*. Die eidottergelbe Fassade schimmerte durch die Kronen der Birken, die zahllosen Fenster leuchteten purpurn im Schein der sinkenden Sonne. Agneta wusste, dass das Gebäude *Drottningholm Slott* nachempfunden war. Der märchenhafte Zauber, den das Königinnenschloss umgab, ging *Arvidssons Slott* jedoch vollkommen ab. Es wirkte kalt und unnahbar, wie eine Schneekönigin.

Rasch wandte sie den Blick ab und unterdrückte ein Frösteln.

Wie anders war doch das von Efeu umrankte Gartenhaus. Mit seiner frischen, lindgrünen Farbe und den weiß getünchten Fenster- und Türrahmen fügte es sich harmonisch in seine Umgebung. Kein Wunder, dass Jonas es vorzog, hier zu leben. Er hatte Agneta vor langer Zeit einmal gestanden, dass ihm im Haus seiner Eltern oft die Luft zum Atmen fehlte. Das Gartenhaus schien der perfekte Kompromiss zu sein.

Als sie vor der Tür stand, erkannte sie zu ihrer Überraschung, dass diese lediglich angelehnt war. Stirnrunzelnd drückte Agneta sie einen Spalt weiter auf und trat in den schwach beleuchteten Korridor.

„Hallo?“

Aus einem der angrenzenden Räume drangen Stimmen an ihr Ohr. Die eine gehörte mit ziemlicher Sicherheit zu Jonas, die andere – eine weibliche – kannte Agneta nicht.

Sie zögerte. Handelte es sich womöglich um Henrietta Mårtensson? Agneta wusste von ihrem Vater, dass zwischen Jonas und der Tochter des Bankdirektors etwas lief. Ob es sich nur um eine lockere Affäre oder etwas Ernstes handelte, darüber konnte sie nur spekulieren. Und eigentlich wollte sie es auch gar nicht so genau wissen. Was ging es sie auch an? Das zwischen Jonas und ihr war schließlich schon seit einer kleinen Ewigkeit vorüber.

Trotzdem verspürte sie kein Verlangen danach, unverhofft in einen Beziehungsstreit zu geraten. Denn das, was sie hörte, klang nicht nach einem freundlichen Gespräch.

Sie wollte sich gerade zurückziehen, als eine Tür aufgerissen wurde und ein junges Mädchen in abgerissenen Jeans, schwarzen Doc Martens und einem T-Shirt mit dem Logo einer finnischen Rockband beinahe in sie hineinrannte.

Ohne Agneta zu beachten, drehte das Mädchen sich um und bedachte Jonas, der nun auftauchte, mit einem wütenden Blick. „Ich geh nicht wieder da hin! Auf gar keinen Fall – und wenn du hundertmal mein Vater bist!“

Damit wirbelte das Mädchen auf dem Absatz herum und stürmte an Agneta vorbei durch die noch immer offen stehende Haustür ins Freie.

Verdutzt stand Agneta da und starrte Jonas an, der sich kreidebleich an den Türrahmen lehnte.

„Agneta, ich …“ Er fuhr sich mit der Hand durchs Haar und brachte es damit noch mehr in Unordnung, als es ohnehin bereits der Fall war. „Ich kann das alles erklären.“

Sie hob eine Braue. „Du bist mir keine Rechenschaft schuldig“, erwiderte sie, obwohl sie innerlich darauf brannte, zu erfahren, was hier eigentlich gespielt wurde. Wer war dieses Mädchen? Und warum hatte es Jonas als seinen Vater bezeichnet? Bedeutete das etwa …?

„Ich habe eine Tochter“, sagte er und beantwortete damit ihre unausgesprochene Frage. „Sie lebt nicht hier bei mir, aber … *Fan!*“

Agneta trat auf ihn zu und legte ihm eine Hand auf den Arm. „Immer mit der Ruhe.“ Sie wunderte sich selbst darüber, wie gelassen sie sich angesichts der völlig neuen Situation verhielt, die sich ihr soeben eröffnet hatte. „Ihr habt euch gestritten – was ist passiert?“

„Liv … Meine Tochter geht auf ein Internat in der Nähe von Göteborg. Es ist ein angesehenes, alt eingesessenes Institut mit hervorragendem Ruf, der weit über die Landesgrenzen hinausreicht, aber …“

„Sie ist trotzdem von dort abgehauen“, vollendete Agneta seinen Satz. Dann schüttelte sie den Kopf. „Darüber habt ihr euch also in die Haare bekommen, stimmt’s?“

Jonas seufzte. „Wir kommen insgesamt nicht besonders gut miteinander aus. Ihr Verhalten mir gegenüber ist einfach unmöglich. Das war einer der Gründe, warum ich mich entschieden habe, sie auf die *Västaberg Privatskola* zu geben. Doch wie mir scheint, hat sie sich eher zu ihrem Nachteil entwickelt. Hast du ihre Haare gesehen?“

Nur mit Mühe unterdrückte Agneta ein Grinsen. Sie erinnerte sich noch gut daran, dass Jonas’ Frisur – mit vierzehn hatte er seine Haare wachsen lassen, bis sie ihm auf die Schultern gereicht hatten, und sie dann zwei Jahre später fast vollständig abrasiert – ein häufiger Stein des Anstoßes im Hause Arvidsson gewesen war. Aber jetzt war vermutlich nicht der richtige Zeitpunkt, um ihn an seine Jugendsünden zu erinnern.

„Wie alt ist sie eigentlich?“

„Elf“, erwiderte Jonas säuerlich. „Wenn sie sich ihr Gesicht nicht mit Tonnen von Schminke beschmieren würde, könnte man das vielleicht auch erkennen."

„Was ist mit ihrer Mutter?", fragte Agneta, ohne auf seine Worte einzugehen.

„Elin und ich waren Kommilitonen an der Uni. Liv ist die Folge einer feuchtfröhlichen Studentenparty, von der ich erst neun Jahre später erfuhr – nämlich an dem Tag, an dem ihre Mutter mir verkündet hat, dass ich in Zukunft für meine Tochter sorgen müsse."

Überrascht hob Agneta eine Braue. „Sie hat sie einfach so bei dir gelassen? Ohne Grund?"

Jonas' Miene verfinsterte sich. „*Nej*, natürlich nicht. Elin litt an Krebs. Endstadium. Sie hat sich um Liv gekümmert, solange es ihr möglich war – danach hat sie den Stab an mich weitergegeben." Er raufte sich das Haar. „Ich wünschte nur, sie hätte mir Gelegenheit gegeben, mich auf meine neue Aufgabe vorzubereiten."

„Nun, das Leben verläuft leider nicht immer so geradlinig, wie wir uns das manchmal wünschen." Agneta fühlte eine Welle des Mitgefühls in sich aufsteigen. Sowohl für Liv und ihre Mutter als auch für Jonas. Es schien ihm sehr zu schaffen zu machen, dass das Verhältnis zwischen ihm und seiner Tochter so angespannt war.

„Da hast du leider recht", entgegnete er seufzend. „Ich schätze, ich gehe ihr jetzt wohl lieber nach."

„Brauchst du Hilfe?"

Er zögerte kurz, bevor er schief grinste und die Schultern hob. „Vermutlich – aber es wird wohl besser sein, wenn ich diese Sache selbst in die Hand nehme. Ich hoffe, es macht dir nichts aus. Wir holen unser Abendessen irgendwann in den nächsten Tagen nach, *okej*?"

Agneta nickte. Dass sie ein wenig enttäuscht über die Entwicklung war, die der Abend genommen hatte, überraschte sie selbst. Sollte sie nicht froh sein über diese Gelegenheit, einer lästigen Verpflichtung zu entrinnen? Doch sie war neugierig auf dieses Mädchen, auf Jonas' Tochter. Und, das konnte sie nicht leugnen, auch darauf, zu sehen, wie er sich als Vater schlug.

Die Tatsache, dass er die Kleine offenbar in eine Privatschule abgeschoben hatte, sprach Agnetas Meinung nach nicht gerade für ihn. Aber was wollte man von jemandem erwarten, der unter der Fuchtel von Berit Arvidsson aufgewachsen war? Ein solches Schicksal konnte ja an niemandem spurlos vorübergehen. Und Jonas war früher schon nicht besonders gut darin gewesen, seine Gefühle zu zeigen. Manches Mal kam er ihr vor wie der sprichwörtliche Elefant im Porzellanladen. Immer versuchte er, das Richtige zu tun – jedoch zumeist mit den falschen Mitteln.

Sie selbst war dafür das beste Beispiel.

Um ein Haar hätte Jonas sie damals aus Pflichtgefühl geheiratet. Weil er erfahren hatte, dass es sich bei dem Mann, der den Unfall verursacht hatte, bei dem Agneta schwer verletzt worden war, um niemand anderes als seinen Vater gehandelt hatte …

„Agneta?"

Blinzelnd kehrte sie wieder in die Realität zurück. Jonas' besorgter Blick ruhte auf ihr. „Geh nur", sagte sie. „Kümmere dich um deine Tochter."

Er wirkte nicht beruhigt, nickte aber. „Ich rufe dich an."

Sie zwang sich zu lächeln. „Ist gut."

Insgeheim nahm sie sich vor, von nun an jeden seiner Versuche, mit ihr in Kontakt zu treten, zu ignorieren. Es war dumm gewesen, ihn überhaupt wieder so nah an sich heranzulassen. Dumm und gefährlich.

Sie blickte Jonas nach, bis er aus ihrem Sichtfeld verschwunden war; dann ging sie zu ihrem Wagen zurück. Von nun an wollte sie sich wieder auf die Dinge konzentrieren, die wirklich wichtig waren.

Und zuallererst auf das *Himmelska Sockerdrömmar*.

Jonas fand seine Tochter im Pavillon neben dem Gartenteich, der auch ihm selbst früher oft als Versteck gedient hatte, wenn es im Hause Arvidsson schlechte Stimmung gegeben hatte – was, wenn er darüber nachdachte, fast immer der Fall gewesen war.

Sie saß seitlich zusammengekauert auf dem alten Rattan-Schaukelstuhl, das Gesicht in der Armbeuge vergraben, und weinte bitterlich. Bei dem Anblick zog sich Jonas' Herz schmerzhaft zusammen. Liv und er kamen nicht besonders gut miteinander aus. Er fand einfach keinen Zugang zu dem Mädchen, dessen Lebensaufgabe darin zu bestehen schien, ihn auf die Palme zu bringen. Doch das bedeutete nicht, dass Liv ihm gleichgültig war.

Ganz und gar nicht.

Er wollte, dass sie glücklich war. Und erfahrungsgemäß standen die Chancen hierfür am besten, wenn sie sich so weit wie irgend möglich von ihm fernhielt. Hatte er noch letzte Zweifel gehegt, ehe Elin ihn mit seiner damals neunjährigen Tochter konfrontiert hatte, so wusste er eines jetzt ganz genau: Er war ein ganz schrecklicher Vater, der seinem Vater und seinem Bruders in nichts nachstand. Und das war ein weiterer Grund, warum er Liv auf der *Västaberg Privatskola* gut aufgehoben wähnte. Jeder Versuch, sie selbst zu erziehen, konnte nur in einer Katastrophe enden.

Unsicher, wie er sich verhalten sollte, trat er auf das Mädchen im Schaukelstuhl zu. Er hob die Hand, um – was? Sie seiner Tochter tröstend auf die Schulter zu legen? Ihr übers Haar zu streichen? Er wusste es selbst nicht. Und deshalb tat er lieber überhaupt nichts und ließ den Arm wieder sinken.

Das leise Rascheln seines Hemdes musste ihn verraten haben, denn Liv zuckte zusammen und richtete sich kerzengerade auf. Mit einer Hand wischte sie sich die Tränen aus dem Gesicht. Dann drehte sie sich um und schaute Jonas herausfordernd an. „Läufst du mir jetzt etwa nach?"

Obwohl er sich vorgenommen hatte, geduldig zu bleiben,

wurde Jonas sofort ärgerlich. Er verschränkte die Arme hinter dem Rücken. „Nun, ich schätze, das ist wohl mein Job", erwiderte er scheinbar gelassen. „Jedenfalls jetzt, da du dich entschlossen zu haben scheinst, die *Västaberg Privatskola* zu verlassen. Wie zum Teufel bist du überhaupt hergekommen?"

Liv antwortete ihm nicht. Stattdessen versteifte sie sich, als sie den Namen des Internats vernahm. „Ich geh da nicht wieder hin", rief sie. „Und wenn du mich an den Haaren hinschleifst!"

„Vielleicht sollte ich das tatsächlich in Erwägung ziehen", murmelte Jonas. „Wie stellst du dir das überhaupt vor? Wo willst du leben? Hier bei mir kannst du jedenfalls nicht bleiben."

„Ach, und warum nicht?" Liv beäugte ihn misstrauisch. „Du bist immerhin mein Vater. Es ist ziemlich normal, dass Kinder bei ihren Eltern aufwachsen."

„Nur, dass wir beide nicht gerade dem klassischen Familienbild entsprechen." Aufseufzend fuhr Jonas sich durchs Haar. „Hör zu, Kleines, ich …"

„Nenn mich nicht so!" Seine Tochter funkelte ihn wütend an. „Ich bin kein Baby mehr, verstanden? Und wenn du mich hier nicht haben willst, dann such ich mir halt was anderes. Aber eines schwör ich dir: Auf die *Västaberg* kriegst du mich nicht mehr zurück!"

Ihre Halsstarrigkeit machte Jonas immer wütender. Was bildete sich dieses Kind eigentlich ein? Liv war elf. Sie konnte doch nicht ernsthaft annehmen, dass sie damit alt genug war, um eigene Entscheidungen zu treffen oder auf eigenen Beinen zu stehen!

Er hatte sich nicht darum gerissen, Vater zu werden. Aber es war nun einmal geschehen, und jetzt trug er die Verantwortung für Liv.

Tief atmete Jonas durch. Wenn er ihr schon kein guter Vater sein konnte, dann aber doch zumindest ein verantwortungsvoller.

„Wir unterhalten uns morgen in Ruhe darüber", sagte er

und reichte Liv die Hand, um ihr aufzuhelfen. „Komm, wir gehen ins Haus. Heute Nacht schläfst du erst mal bei mir. Ich rufe gleich im Internat an und sage Bescheid, ehe die noch einen Suchtrupp nach dir aussenden!"

Sie zog es vor, seine versöhnliche Geste zu ignorieren. Mit einem eisigen Blick stand sie auf, stapfte an ihm vorbei und lief zum Haus zurück. Ohne ihn zu fragen, quartierte sie sich einfach in dem Raum ein, den sie bewohnt hatte, bevor sie aufs Internat gegangen war. Als Jonas ihr folgen wollte, knallte sie ihm die Tür vor der Nase zu.

Damit führte sie ihm nur einmal mehr vor Augen, dass es nur eine Lösung gab: Liv musste zurück auf die *Västaberg Privatskola*. Hier bei ihm konnte sie jedenfalls unmöglich bleiben.

„Es ist mir gleichgültig, was das Mädchen will, Junge", sagte Berit am nächsten Morgen und bedachte ihren Sohn mit einem kühlen Blick. „Bei dir im Gartenhaus kann es jedenfalls nicht bleiben."

Jonas fragte sich, wie seine Mutter so schnell von Livs Auftauchen hatte erfahren können. Fest stand nur, dass sie es wusste – und dass sie fuchsteufelswild darüber war. Er erkannte es an der Art, wie sie die Lippen zusammenkniff, nachdem sie einen Satz beendet hatte. Außerdem war das Pulsieren ihrer Halsschlagader deutlich zu erkennen. Ein sicheres Zeichen dafür, dass sie ihr Temperament nur mühsam im Zaum hielt.

Ebenso mühsam unterdrückte Jonas nun ein Seufzen. Wie ein dummer Schuljunge hatte er sich von ihr zu sich zitieren lassen, um sich jetzt eine Strafpredigt abzuholen. Diese Situation war ihm aus der Vergangenheit nur allzu bekannt. Aber er war kein kleiner Junge mehr, und es ging hier um sein Leben. Die Zeiten, in denen seine Mutter sich das Recht hatte herausnehmen dürfen, über ihn zu bestimmen, waren längst vorüber.

„Dieses *Mädchen*", entgegnete er daher, „ist genauso deine Enkelin, wie Lina oder Klara es sind. Sie hat übrigens einen Namen – Liv –, und ich würde mich freuen, wenn du ihn in

Zukunft benutzen könntest. Außerdem hast du mir, was das Gartenhaus betrifft, völlig freie Hand gelassen. Sollte ich also entscheiden, dass meine Tochter zukünftig unter meinem Dach lebt, so wirst du das wohl oder übel akzeptieren müssen, Mutter."

Er ließ bewusst unerwähnt, dass er keineswegs vorhatte, seine Tochter auf Dauer bei sich einziehen zu lassen. So angespannt, wie die Atmosphäre zwischen ihnen war, erschien ihm allein die Vorstellung absurd. Liv hatte sich inzwischen zumindest so weit beruhigt, dass sie ihn nicht mehr andauernd angiftete, sondern mit missbilligendem Schweigen strafte.

Abrupt sprang Berit auf und ließ die Hand auf die Platte ihres wuchtigen Schreibtisches sausen. „*Nej!*", stieß sie wütend hervor. „Dieses Kind ist ein Bastard!" Zornig funkelte sie Jonas an, der ihren Blick ungerührt erwiderte. Wenn er im Laufe seines Lebens in etwas Übung bekommen hatte, dann darin, mit den Wutausbrüchen seiner Mutter umzugehen. „Sie ist eine Schande für unsere ganze Familie. Denk doch mal nach, Junge! Du hast nicht einmal von ihrer Existenz gewusst, bevor ihre Mutter, diese Schlange, sie dir plötzlich untergeschoben hat!"

Obwohl Jonas für Elin keine tieferen Gefühle gehegt hatte, so verdiente sie es dennoch nicht, dass seine Mutter so hart über sie urteilte. „Elin ist tot", entgegnete er kühl. „Willst du es ihr wirklich verübeln, dass sie sich zum Wohle ihres Kindes an mich gewandt hat? Davon abgesehen würde ich es begrüßen, wenn du aufhörst, so über Liv zu sprechen. Du kennst sie doch überhaupt nicht und ..."

„Und du?", fiel Berit ihm ins Wort. Sie lachte gehässig auf. „Mach dir doch nichts vor. Du hast sie auf eine Privatschule abgeschoben, weil du nicht mit ihr zurechtkommst. Und jetzt willst du dich mir gegenüber als Übervater aufspielen? Dass ich nicht lache!"

Unwillig gestand Jonas sich ein, dass sie nicht ganz unrecht hatte. Er war nicht mit Liv zurechtgekommen, er hatte sie auf ein Internat geschickt und bis heute keine halbwegs normale

Vater-Tochter-Beziehung aufbauen können. In der vergangenen Nacht hatte er sich oft gefragt, ob das ein Fehler gewesen war, und stundenlang grübelnd in seinem Bett gelegen. Denn eines stand nun vollkommen außer Frage: Mit seiner Entscheidung hatte er nicht das Beste für Liv erreicht. Aber was sollte er tun? Wie sollte es weitergehen? Bisher wusste er nur eines mit Sicherheit: dass er seiner Mutter nicht erlauben würde, sich in sein Privatleben einzumischen.

„Liv bleibt so lange, wie ich es für richtig halte“, erklärte er fest. „Du wirst dich damit abfinden müssen.“

„Ach ja? Das werden wir ja sehen“, sagte sie ruhig. „Das werden wir ja sehen …“

Das seltsame Lächeln, das Berits Lippen umspielte, machte Jonas stutzig. Er ahnte, dass sie etwas im Schilde führte. Nur was, das konnte er unmöglich einschätzen. Allerdings war er ziemlich sicher, dass er es schon bald herausfinden würde.

In der folgenden Nacht schlich eine dunkle Gestalt durch die Gassen von Sjöråhamn. Es war bereits weit nach Mitternacht, und alles schlief. Abgesehen vom Wind, der raschelnd durch die Kronen der Bäume fuhr, und dem gelegentlichen Bellen eines Hundes war es mucksmäuschenstill.

Es war die beste Zeit, um etwas zu tun, das niemand sonst merken durfte. Um ganz sicherzugehen, hielt die Gestalt sich im Schatten der Häuser, sodass nicht einmal jemand, der gerade zufällig aus dem Fenster blickte, sie sehen könnte.

Als sie ihr Ziel erreichte, zog sie den schwarzen Rucksack, den sie bei sich hatte, von den Schultern und stellte ihn auf dem Boden ab. Dabei klimperte es leise. Blech, das gegen Blech schlug.

Das Geräusch erschien in der Stille der Nacht ohrenbetäubend laut. Kurz wartete die Gestalt und ließ ihren Blick die Straße auf- und abschweifen. Doch die Fenster blieben dunkel, nichts rührte sich. Es konnte weitergehen.

Versuchsweise drückte sie die Klinke der Ladentür herunter, vor der sie stand. Nichts. Das war auch nicht anders zu erwarten gewesen.

Die Gestalt holte ein schwarzes Etui aus ihrer Hosentasche, öffnete es und nahm ein kleines Werkzeug daraus hervor. Es dauerte weniger als eine Minute, bis die Tür mit einem leisen Quietschen aufschwang.

Die Gestalt stieß einen leisen Pfiff aus, hob den Rucksack auf, betrat den Laden und zog die Tür hinter sich zu.

„Oh Gott, *nej*! Das darf nicht wahr sein!“ Die Thermoskanne, die Agneta in der Hand gehalten hatte, entglitt ihren Fingern und fiel zu Boden. Der Deckel platzte auf, und der noch dampfend heiße Kaffee ergoss sich über den buchefarbenen Dielenboden.

Den *ehemals* buchefarbenen Dielenboden.

„Was ist denn los, *min solstråle*? Ist …“ Ihr Vater, der jetzt hinter ihr das *Himmelska Sockerdrömmar* betrat, blieb wie angewurzelt stehen, als er das Chaos erblickte. „Du meine Güte, was …?“

Das Ladenlokal, das Agneta erst vor ein paar Tagen mit Jonas’ Unterstützung tapeziert hatte, glich einem Schlachtfeld. Sämtliche Wände waren mit schrillen Graffiti in Neongelb und Grün beschmiert worden, auf dem Boden schienen ganze Farbeimer ausgeleert worden zu sein.

Doch etwas anderes traf Agneta noch viel mehr: Sie hatte die alten Möbel, mit denen die Zuckerbäckerei schon zu Mias Zeiten eingerichtet gewesen war, in der Mitte des Raumes zusammengestellt und sorgfältig mit Tüchern abgedeckt, um sie später wieder zu verwenden. Nun war davon nur noch ein Trümmerhaufen übrig. Jemand hatte seine ganze Wut an der Einrichtung des *Himmelska Sockerdrömmar* ausgelassen.

Tränen schossen Agneta in die Augen. Sie schlug sich die Hand vor den Mund, um nicht laut aufzuschluchzen.

Der Anblick war einfach niederschmetternd. In einer einzigen Nacht hatten die Randalierer alles zerstört, was sie mühevoll über Wochen voller harter Arbeit aufgebaut hatte.

Mutlosigkeit erfasste sie. Mutlosigkeit und Resignation.

Für wen nahm sie das alles hier eigentlich auf sich? All die Schwierigkeiten, mit denen sie sich herumschlagen musste. Die ewigen Rückschläge. Nichts lief wie geplant. Ständig ereigneten sich irgendwelche neuen Katastrophen.

Sie hatte es satt, sich ständig neue Rettungsaktionen einfallen zu lassen. So satt!

Vielleicht war es doch ein Fehler gewesen, die sichere Arbeitsstelle in Stockholm für einen Traum aufzugeben. Einen Traum, dessen Realisierung Agneta Tag für Tag in unerreichbarere Ferne zu rücken schien.

„Berit! Das geht zu weit", hörte sie ihren Vater wie aus weiter Ferne sagen. „Komm, wir gehen zur Polizei!"

Sie spürte, wie er sie am Arm ergriff, um sie aus dem Ladenlokal zu führen, doch sie streifte seine Hand ab. „*Nej, pappa*", sagte sie und schüttelte den Kopf. „Wir wissen doch beide, dass das keinen Sinn hat. Der Polizeichef wird es kaum wagen, sich mit Berit anzulegen. Nicht, solange wir ihm keine Beweise dafür vorlegen können, dass sie für dieses Chaos verantwortlich ist." Sie lächelte bitter. „Wir können wohl davon ausgehen, dass sie sich nicht selbst die Hände schmutzig gemacht hat. Das hier ist ... nicht ganz ihr Stil."

„Das ist mir egal", entgegnete Gustaf aufgebracht. Agneta konnte sich nicht erinnern, ihren Vater schon einmal so wütend gesehen zu haben. „Damit darf sie nicht einfach ungestraft davonkommen. Berit Arvidsson mag eine einflussreiche Frau sein, aber deshalb steht sie noch lange nicht über dem Gesetz. Sie kann sich nicht alles erlauben."

Agneta sah ein, dass er recht hatte. Sie musste etwas unternehmen, ganz gleich, wie die Chancen standen, dass jemand für die Zerstörung der Ladeneinrichtung zur Rechenschaft gezogen wurde. Wenn sie aufgab und den Kopf in den Sand steckte, dann hatte Berit ihr Ziel erreicht. Und das konnte und wollte Agneta nicht zulassen.

Allerdings konnte Anton Björklund, mit dem sie früher zur Schule gegangen war und der nun bei der hiesigen Polizei arbeitete, ihr später keine großen Hoffnungen machen, nachdem er sich im *Himmelska Sockerdrömmar* umgesehen hatte.

„Es dürfte schwierig werden, den Täter zu ermitteln, der für diese Schmierereien verantwortlich ist." Bedauernd zuckte Anton mit den Schultern. Alles, was er gefunden hatte, war eine Sprühdose mit grellgelber Farbe – eindeutig eines der Tatwerkzeuge.

„Was gibt es da groß zu ermitteln?", fragte Gustaf. „Es ist doch ganz offensichtlich, wer das hier angezettelt hat!"

Anton stieß einen tiefen Seufzer aus. „Wenn du damit wieder auf Berit Arvidsson anspielst …"

Gustaf stemmte die Hände in die Seiten. „Von *Anspielen* kann überhaupt nicht die Rede sein. Hast du mir vorhin nicht zugehört? Sie hat ganz klar zu verstehen gegeben, dass sie alles tun will, um Agneta wieder aus Sjöråhamn zu vertreiben. Und wenn Berit *alles* sagt, dann meint sie auch wirklich *alles. Fan!*"

Beschwichtigend hob Agneta die Arme. „Bitte, *pappa*, Anton kann doch nichts dafür. Er muss sich an seine Vorschriften halten, und außerdem hat er ja recht: Es gibt im ganzen Laden nicht den geringsten Hinweis darauf, dass Berit in die Sache verwickelt ist. Was soll die Polizei unternehmen? Sie einfach mal so verhaften?"

„Warum nicht?", entgegnete Gustaf, und seine Mundwinkel zuckten. „Es täte ihr vielleicht ganz gut, mal eine Nacht hinter Gittern zu verbringen. Dann würde sie womöglich endlich begreifen, dass auch sie sich nicht alles erlauben kann."

Darüber musste auch Anton schmunzeln. „Die Vorstellung ist zugegebenermaßen sehr verlockend, aber *nej*, ich habe keinerlei Handhabe gegen Berit. Besorg mir ein paar hieb- und stichfeste Beweise, und ich werde deinem Vorschlag mit größtem Vergnügen nachkommen."

„Ich nehme dich beim Wort", entgegnete Gustaf warnend.

„Tu das ruhig." Anton hielt die Farbdose hoch. „Wer weiß,

vielleicht bringt uns das hier ja doch weiter. Es ist ja nicht so, als wäre Sjöråhamn das Eldorado für Graffitikünstler. Ich höre mich mal um. Vielleicht kann uns jemand einen Tipp geben."

„*Tack*, Anton." Agneta führte ihn zur Tür. „Wirklich, vielen Dank für alles. Ich weiß deine Bemühungen zu schätzen."

„Na hör mal, das ist schließlich mein Job. Und dein Vater hat ganz recht: Berit Arvidsson mag eine einflussreiche Persönlichkeit sein, aber deshalb steht sie nicht über dem Gesetz. Wenn ich ihr nachweisen kann, dass sie in diese Sache hier verwickelt ist, dann werden auch ihre guten Beziehungen zum Polizeidirektor sie nicht vor der Strafverfolgung bewahren. So viel kann ich dir versprechen, Agneta."

„Und was nun?", fragte Agneta, nachdem Anton gegangen war. Mutlos ließ sie ihren Blick durch das *Himmelska Sockerdrömmar* schweifen. Alle Fortschritte, die sie sich so mühsam erarbeitet hatten, waren dahin. Agneta musste noch einmal ganz von vorn anfangen.

Aber hatte sie wirklich die Kraft dazu?

„Wenn du es dir nun doch anders überlegt hast, *min solstråle* … Ich möchte nur, dass du weißt, ich würde es verstehen. Vielleicht war es von Anfang an eine dumme Idee, den Laden deiner Tante wieder flottmachen zu wollen. Ich …"

Energisch schüttelte Agneta den Kopf. „Nein, es war kein Fehler", sagte sie – und sie fühlte, dass es die Wahrheit war. Das *Himmelska Sockerdrömmar* hatte schon immer einen besonderen Platz in ihrem Herzen besetzt. Sie würde nicht zulassen, dass der Laden Berit in die Hände fiel, die Gott weiß was damit anstellen würde. „Wir dürfen nicht aufgeben, denn genau das ist es doch, was Berit sich erhofft. Sie will, dass wir das Handtuch werfen – ich weiß bloß immer noch nicht, warum. Was sollte Berit für ein Interesse am *Himmelska Sockerdrömmar* haben?"

Ihr Vater zuckte ratlos mit den Schultern. „Glaub mir, darüber habe ich mir schon nächtelang das Hirn zermartert, aber ich bin zu keinem Ergebnis gekommen. Manchmal frage ich mich, ob sie nicht einfach …"

Er verstummte, doch Agneta konnte sich schon denken, was er sagen wollte. „Du vermutest, dass es mit mir zu tun hat? Mit mir und mit Jonas." Sie lächelte bitter. „Daran habe ich auch schon gedacht. Ich weiß ja, dass ihr Jonas' Freundschaft zu mir seit jeher ein Dorn im Auge war. Und als wir dann zusammengekommen sind …"

„Begeistert war sie sicherlich nicht, das kann ich dir sagen. Einer ihrer Söhne und die Tochter eines einfachen Arbeiters." Gustaf lachte leise. „Das passt absolut nicht in Berit Arvidssons Weltbild. Sie war schon immer von dem Gedanken besessen, dass ihre Familie etwas Besonderes sei. Gerüchten zufolge hat sie ihren zweiten Mann nur geheiratet, weil sie sich einen gesellschaftlichen Aufstieg für ihre Familie erhofft hat. Aber wenn das stimmt, dann ist der Schuss gewaltig nach hinten losgegangen."

„Warum?", fragte Agneta. „Was ist mit ihm?"

„Bengt Söderberg-Arvidsson stammt aus einer angesehenen Familie, die angeblich sogar über tausend Ecken mit dem Königshaus verwandt ist. Dummerweise hat Berit, als sie mit ihm vor den Standesbeamten getreten ist, nicht gewusst, dass Bengt das schwarze Schaf der Familie ist. Durch die Heirat hat sie ihre Chancen darauf, in die höchsten gesellschaftlichen Kreise Schwedens aufzusteigen, eher behindert als gefördert. Denn Bengt gilt dort als Persona non grata, er ist unerwünscht."

Agneta lächelte. Berit musste getobt haben, als sie davon erfahren hatte. Ihr armer Ehemann war nicht zu beneiden.

„Du willst also wirklich weitermachen?", fragte ihr Vater vorsichtig nach.

„Ja", antwortete Agneta. „Ich werde mir weder von Berit Arvidsson noch von sonst wem meinen Traum kaputt machen lassen. Wir bringen das irgendwie wieder in Ordnung."

„Braves Mädchen." In Gustafs Augen schimmerten Tränen. „Ich habe doch gewusst, dass du dich nicht so einfach unterkriegen lässt." Er wischte sich mit dem Handrücken über die

Augen. „Und jetzt komm, lass uns anfangen, das Chaos zu beseitigen, sonst wird dein alter Herr am Ende noch ganz rührselig."

„Rührselig?", entgegnete Agneta mit einem schelmischen Grinsen. „Du? Aber nie im Leben!"

„Also, das ist doch ..." Gustafs gespielte Empörung währte nur kurz, ehe er in Agnetas Lachen mit einfiel.

„Ob es mir hier gefällt?" Ungläubig starrte Liv auf das Display ihres Smartphones. Sie saß am Ufer des Gartenteichs, auf dessen spiegelglatter Oberfläche Enten ihre Kreise zogen. Das Wasser war von einem trüben Grün, überzogen mit Entengrütze, hier und da durchbrochen vom leuchtenden Gelb und Violett einer Seerosenblüte. Ein leichter Wind fuhr raschelnd durch das Schilfrohr, das am Ufer wuchs, und in den Kronen der Bäume ringsum zwitscherten die Vögel.

Doch Liv hatte an diesem Tag kein Auge für die Schönheit ihrer Umgebung. Die Frage ihrer besten Freundin Emma konnte unmöglich ernst gemeint sein. Schließlich wusste Emma doch, warum Liv es im Internat nicht länger ausgehalten hatte.

Heimweh nach ihrem Vater war garantiert nicht der Grund.

Wobei – konnte man einen Mann, mit dem man in seinem ganzen Leben insgesamt vielleicht ein halbes Jahr zusammen verbracht hatte, überhaupt als Vater bezeichnen? War er nicht bloß so etwas wie ihr Erzeuger?

Ja, Erzeuger, das Wort gefiel ihr. Sie nahm sich vor, es Jonas gegenüber demnächst zu benutzen. Das war zwar nicht besonders nett, aber – hey! – warum sollte sie nett zu jemandem sein, der sie wie ein überflüssiges Möbelstück behandelte?

Ihre Mutter war nie so mit ihr umgegangen ... Liv hatte gesehen, wie ihr Sarg in ein tiefes Erdloch abgesenkt worden war. Jonas hatte auf der Beerdigung die ganze Zeit nur steif neben ihr gestanden, so als wüsste er nicht, was er mit ihr anfangen sollte.

Hastig schluckte sie das Schluchzen herunter, das ihre Kehle hinaufgestiegen war. Sie musste sich zusammenreißen. Denn sie wusste, wenn sie die Traurigkeit einmal zuließ, dann würde sie so schnell nicht verschwinden.

Mit flinken Fingern tippte sie eine Antwort an ihre Freundin: *Ob es mir gefällt? Ich HASSE es! Aber wo soll ich sonst hin????*

Nachdem sie das Smartphone auf lautlos geschaltet hatte, steckte sie es in ihre Jackentasche. Ja, wo sollte sie sonst hin? So etwas wie ein Zuhause, wie sie es von früher kannte, gab es nicht mehr. Es war vor zwei Jahren zusammen mit ihrer Mutter gestorben. Jetzt gab es nur noch das Internat und Jonas. Und aufs Internat wollte Liv auf gar keinen Fall zurück. Nicht einmal Emma zuliebe. Nicht, nachdem …

Nein, darüber wollte sie jetzt nicht nachdenken. Nicht jetzt und auch später nicht. Am liebsten wollte sie das alles einfach nur vergessen.

Mikael vergessen.

Nur war das leichter gesagt als getan.

Als das Telefon in ihrer Jacke vibrierte, holte sie es wieder hervor.

„Er fragt immer wieder nach dir", stand da, und Livs Herz machte einen aufgeregten Hüpfer. Doch als sie weiterlas, löste sich ihr Enthusiasmus rasch wieder auf. „Ich glaube, Lucas steht echt auf dich. Er hat sogar …"

Liv verzog das Gesicht und steckte das Handy weg, ohne die Nachricht zu Ende gelesen zu haben. Wen interessierte Lucas Håkansson? Er war auch nur einer dieser dummen Jungs, wohingegen Mikael …

Sie seufzte. Sie versuchte ja, nicht immerzu an ihn zu denken, aber das war gar nicht so einfach.

Das war das Schlimmste daran, wenn man auf der ganzen Welt keinen Menschen mehr hatte: Sie hatte niemanden, mit dem sie über ihre Sorgen und Probleme reden konnte. Klar, sie hatte Emma. Aber wie sollte die ihr helfen?

Mit Jonas konnte sie unmöglich sprechen. Generell schon

nicht – und ganz bestimmt nicht über Mikael. Er würde sie vermutlich auslachen und sie dann schnurstracks in den nächsten Zug zurück zur *Västaberg Privatskola* setzen.

Während sie sich die Aussichtslosigkeit ihrer Lage klarmachte, kroch eine unangenehme Kälte in Livs Körper. Es war einer jener Momente, in denen sie ihre Mutter so sehr vermisste, dass sie kaum noch atmen konnte. Ihre Mutter war immer für sie da gewesen. Hatte ihr zugehört. Ihre Probleme ernst genommen. Sie hatte sie lieb gehabt.

Für Jonas hingegen war sie nur ein Klotz am Bein. Etwas, mit dem er sich herumschlagen musste, weil er vor vielen Jahren einmal einen dummen Fehler gemacht hatte.

Ein Fehler, der einen Namen trug: Liv Blom-Arvidsson.

Vermutlich konnte sie froh sein, dass er sie überhaupt adoptiert hatte. Sonst wäre sie als Waise in irgendeinem Heim oder einer Pflegefamilie gelandet.

Aber war ein Vater, der ihr auch nach zwei Jahren noch immer fremd war und der sie abschob, damit er sich nicht mit ihr befassen musste, wirklich besser?

Seufzend fuhr sie sich durchs Haar, das sie ausnahmsweise einmal nicht mit tonnenweise Gel gestylt hatte. Das war auch gar nicht nötig. In einem Kaff wie Sjöråhamn reichte schon die Farbe ihres Haares aus, um die Leute zu schocken. Da hatte Liv sich auf dem Internat mehr Mühe geben müssen.

Sie öffnete ihren schwarzen Rucksack, den sie immer und überall mit sich herumtrug, und holte eine angebrochene Schachtel Zigaretten und ein Feuerzeug hervor. Beides lag zwischen ein paar Farbsprühdosen in Livs Lieblingsfarben Pink und Lila.

Vor etwas mehr als einem Jahr hatte Lucas sie zum ersten Mal zum Sprühen mitgenommen. Zusammen waren sie mitten in der Nacht aus dem Internat abgehauen und mit ihren Rädern zu einer nahe gelegenen Brücke gefahren. Um ein Haar wären sie von der Polizei erwischt worden, als Lucas gerade sein Kürzel „Skywalker“ an die Betonwand gesprüht hatte.

Der Adrenalinkick hatte Liv total umgehauen. Beim nächsten Mal musste sie es unbedingt selbst probieren – und hatte festgestellt, dass sie wirklich Talent zum Sprühen hatte. Von da an war sie eine Weile regelrecht süchtig danach gewesen, immer auf der Jagd nach dem nächsten Kick.

Bis zu dem Tag, an dem sie tatsächlich erwischt worden war.

Damals war sie beinahe von der Schule geflogen. Nur Mikaels Fürsprache hatte sie zu verdanken, dass der Rektor seine Drohung nicht wahr gemacht hatte.

Wieder Mikael.

Er hatte so viel für sie getan. Liv konnte gar nicht mehr zählen, wie oft er ihr den Hals gerettet hatte.

Eine Weile war er für sie fast so etwas wie der Vater gewesen, den sie nie gehabt hatte. Mit ihm konnte sie über alles reden, er hörte ihr zu und behandelte sie nicht wie ein kleines Kind. Wahrscheinlich hatte sie sich deshalb auch in ihn verliebt.

In ihren Lehrer.

Einen verheirateten Mann.

Er war schon über dreißig, im Grunde also steinalt. Und trotzdem. Noch nie war sich Liv einer Sache so sicher gewesen. Umso größer war jedoch jetzt ihre Enttäuschung, nachdem sie sich vor ein paar Tagen endlich getraut hatte, ihm ihre Liebe zu gestehen. Die Erinnerung an seine Reaktion reichte aus, um ihr Herz in einen Klumpen Eis zu verwandeln.

Nej, sie konnte nicht wieder zurück zur *Västaberg Privatskola*.

Mit zittrigen Fingern fischte sie eine Zigarette aus dem Päckchen und nahm den Filter zwischen ihre Lippen; dann entzündete sie das Feuerzeug. Einen Moment lang schaute sie einfach nur in die Flamme, ehe sie den Rauch inhalierte.

Niemals.

Agneta wusste selbst nicht so genau, warum sie sich das alte Rezeptbuch ihrer Tante ausgerechnet an diesem Abend wieder vornahm. Vielleicht lag es an dem tröstlichen Gefühl, etwas in der Hand zu halten, das einst Mia gehört hatte. Es war, als würde es sie ihr ein Stück weit näher bringen.

Als sie auf die Seite mit der Mandeltorte blätterte, fiel ihr die Tiefkühltorte von *Arvidssons Tårtafabrik* wieder ein, der genau dieses Rezept zugrunde zu liegen schien. Agneta hatte noch immer keine plausible Erklärung dafür gefunden. Ein bloßer Zufall? Eher unwahrscheinlich. Aber was dann?

Einem spontanen Impuls folgend, setzte sie sich an ihren Laptop, der seit Wochen unbeachtet auf dem Schreibtisch gegenüber ihrem Bett stand. Sie schaltete das Gerät ein und stellte eine Internetverbindung her. Dann rief sie die Webseite der Tortenfabrik auf. Sofort erschien der Slogan „Wir geben Klassikern ein neues Gesicht" auf dem Bildschirm, gefolgt von zahlreichen sehr professionell aussehenden Fotografien fertiger Torten. Über den Menüpunkt „Produkte" gelangte Agneta zu einer Sortimentsliste, in der alle Torten und Kuchen aufgeführt wurden, die von *Arvidssons Tårtafabrik* produziert und an Händler ausgeliefert wurden. Wählte man eine Torte aus, erhielt man weitere Detailinformationen darüber.

Agneta interessierte sich nicht für die Produkte, die unter der Kategorie „Traditionelle Klassiker" aufgeführt wurden. Es waren die „Modernen Klassiker", die sie interessierten.

Stirnrunzelnd überflog sie die Liste, bevor sie wahllos eine Torte aussuchte und sich die Detailbeschreibung anzeigen ließ. Es handelte sich um eine *prinsesstårta* mit Orangen-Maracuja-Füllung – eine eher ungewöhnliche, aber durchaus interessant klingende Kombination, wie Agneta fand.

Sie blätterte Mias Rezeptbuch durch und stieß ein triumphierendes Schnauben aus, als sie fand, wonach sie gesucht hatte: *prinsesstårta* mit Orangen-Maracuja-Füllung.

Sie wiederholte den Test noch drei Mal, ehe sie wirklich sicher war. Doch danach stand für sie eindeutig fest: Die Torten aus dem neuen Sortiment von *Arvidssons Tårtafabrik* waren nach den Rezepten ihrer Tante angefertigt worden.

Aber wieso hatte Mia ihre Ideen an Berit verkauft? Immerhin hatten die beiden Frauen schon so lange Agneta zurückdenken konnte miteinander in Streit gelegen. Es sah Mia überhaupt nicht ähnlich, dass sie plötzlich mit Berit zusammengearbeitet haben sollte!

Agneta beschloss, ihren Vater danach zu fragen. Er hatte seiner Schwester sehr nahegestanden. Wenn jemand wusste, was geschehen war, dann er.

12. KAPITEL

Es dauerte nicht so lange, wie Agneta befürchtet hatte, um das *Himmelska Sockerdrömmar* wieder in einen einigermaßen akzeptablen Zustand zu bringen. Doch das Ganze kostete sie Zeit, die sie nicht hatte. Und so langsam, wie Gustaf und sie vorankamen, würde es noch Monate dauern, bis sie die Zuckerbäckerei wiedereröffnen konnte – ohne weitere unvorhersehbare Zwischenfälle.

Mit jedem Tag, der verstrich, schmolzen ihre Ersparnisse weiter zusammen. Natürlich wollte sie sich von dem Rückschlag nach dem Gespräch mit dem Bankdirektor der Skandinaviska Bank nicht entmutigen lassen. Es gab andere Institute, die ihrem Geschäftskonzept – hoffentlich! – mehr als nur einen flüchtigen Blick widmeten. Doch auch ein Darlehen musste früher oder später zurückgezahlt werden. Und im Augenblick konnte Agneta nicht abschätzen, wann sie mit der Zuckerbäckerei zum ersten Mal schwarze Zahlen schreiben würde. Sie wusste ja nicht einmal, ob es jemals dazu kommen würde.

Fünf Tage waren seit dem Einbruch ins *Himmelska Sockerdrömmar* vergangen. Eine Spur vom Täter gab es laut Anton, der sie bezüglich des Ermittlungsstandes stets auf dem Laufenden hielt, bislang nicht. Agneta rechnete nicht damit, dass der Schuldige gefasst wurde – ebenso wenig wie sie daran glaubte, dass Berit für ihre Schandtaten und Intrigen jemals zur Rechenschaft gezogen würde.

Es ärgerte sie natürlich, doch die Vernunft sagte ihr, dass das unnütz war. Berit Arvidsson war nicht so dumm, sich selbst die Finger schmutzig zu machen. Dafür hatte sie ihre Handlanger.

Unglücklicherweise konnte Agneta nicht von sich behaupten, Helfer zu beauftragen. Abgesehen von ihrem Vater, der ihr half, wann immer er konnte, musste sie alle Arbeit allein erledigen. Zwar hatte Jonas sie nach der geplatzten Verabredung wie versprochen ein paar Mal angerufen, aber sie war nicht ans Telefon gegangen. Heute Morgen war dann schließlich eine Textnachricht auf ihrem Handy eingegangen.

Wenn du Hilfe brauchst, weißt du, wo du mich findest. Jonas.

Sie hatte die Nachricht sofort löschen wollen, dann aber gezögert und sie schließlich gespeichert. Warum, konnte sie sich nicht erklären – und sie wollte es auch gar nicht so genau wissen.

Statt darüber nachzugrübeln, stürzte sie sich in die Arbeit. Auf Händen und Knien hockte sie auf dem Boden und entfernte mit einem Putzmittel die letzten Farbreste von den Dielen. Da der Reiniger ziemlich scharf war, verunstalteten jetzt matte Flecken das Parkett, was bedeutete, dass sie am Ende alles noch einmal gründlich aufarbeiten lassen musste. Doch für den Augenblick war sie mit dem Ergebnis recht zufrieden.

Sie wollte sich gerade dem nächsten Punkt auf ihrer Liste zuwenden – dem Abreißen und Erneuern der beschmierten Tapeten –, als das Glöckchen über der Ladeneingangstür erklang.

Ihr Vater hatte Frühschicht, er konnte es nicht sein. Halb hoffte, halb fürchtete Agneta, dass es Jonas war. Als sie sich umblickte, stand jedoch ein ihr gänzlich unbekannter Mann vor ihr.

Sie erhob sich rasch. Der Fremde war ein gutes Stück größer als sie und stämmig. Sein dunkles, kurz geschnittenes Haar war ein wenig zerzaust, was vermutlich daran lag, dass er sich gerade erst die Mütze, die er jetzt in den Händen hielt und nervös knetete, vom Kopf gezogen hatte.

„Ja, bitte? Was kann ich für Sie tun?“, fragte Agneta.

„*Hej!* Gehört Ihnen dieser Laden?“

Sie nickte. „Meinem Vater und mir. Warum fragen Sie?“

„Ich bin auf der Durchreise und auf der Suche nach einem Job, um mir die Weiterfahrt zu finanzieren. Der Besitzer der Werkstatt hat mir gesagt, dass Sie Ihren Laden renovieren, und ich wollte fragen, ob Sie vielleicht Hilfe gebrauchen können.

Ich habe früher schon auf Baustellen gearbeitet und kenne mich mit den meisten Arbeiten ganz gut aus."

Ungläubig sah Agneta ihn an. Sollte die Pechsträhne, die sie nun schon so lange verfolgte, endlich zu Ende sein?

„Sie schickt der Himmel!", entgegnete sie freudestrahlend. „Wann können Sie anfangen?"

Er zuckte mit den Schultern. „Wie wäre es mit sofort?"

„Ich würde sagen, Sie sind eingestellt", entgegnete sie und streckte ihm die Hand entgegen. „Agneta Holmquvist. Freut mich, Sie kennenzulernen."

Er schlug ein, seine blauen Augen blitzten wach. „Mats", sagte er lächelnd. „Mats Stevensson." Fragend blickte er sich um. „Womit soll ich anfangen?"

„So, das dürfte es jetzt gewesen sein." Jonas drückte auf einen Knopf, der seitlich auf der Rückseite des Kühltransporters angebracht war, und mit einem hydraulischen Summen klappte sich die Ladebühne ein. Anschließend reichte er dem Fahrer des Lasters ein Klemmbrett mit Lieferscheinen. „Wenn es wieder Probleme mit der Tiefkühlung gibt, ruf gleich an, ja?"

Der Fahrer nickte und stieg ins Fahrerhaus. Gerade, als er den Motor des Lasters anließ, klingelte Jonas' Handy.

Hastig holte er es aus der Hosentasche. Es mochte albern sein, aber ein Teil von ihm wartete noch immer darauf, dass Agneta sich meldete. Dabei hatte sie ihm durch fast eine ganze Woche eisernes Schweigen mehr als deutlich zu verstehen gegeben, dass sie an keinem weiteren Kontakt interessiert war.

Trotzdem konnte er nicht aufhören zu hoffen. Und dabei dachte er weder an die eigenen Pläne noch an die seiner Mutter.

Schon lange nicht mehr.

Natürlich wollte er nach wie vor den Ruin von *Arvidssons Tårtafabrik* verhindern. Und er hoffte auch nach wie vor, dass Berit ein Einsehen haben und ihm in der Marketingabteilung der Firma eine Chance geben würde. Doch wenn er in Agnetas blaue Augen blickte und die goldenen Sprenkel darin sah, vergaß er alles andere.

Er genoss es einfach, mit ihr zusammen zu sein. Mit ihr zu reden. Zu lachen.

Dabei sollte er es doch wirklich besser wissen. Das letzte Mal, als er sich auf sie eingelassen hatte, war sie am Ende sang- und klanglos aus Sjöråhamn verschwunden.

Fan också!

Er zwang sich, wieder in die Realität zurückzukehren, und blickte auf sein Handy. Die Nummer des Anrufers kannte er nicht. Also handelte es sich nicht um Agneta. Jonas ignorierte die leise Enttäuschung und nahm das Gespräch an.

Zu seiner Überraschung meldete sich Anton Björklund von der Polizeiwache. „*Hej*, Jonas“, sagte er. „Tut mir leid, dass ich dich bei der Arbeit stören muss, aber … Nun, wir haben hier ein junges Mädchen, das behauptet, deine Tochter zu sein. Sie kann sich nicht ausweisen und …“

„Ich komme sofort“, fiel er Anton ins Wort, beendete das Gespräch und eilte über den Betriebshof zu seinem Wagen.

Unterwegs begegnete er seiner Mutter, die gerade aus dem Büro kam. Als sie ihn zu sich winkte, schüttelte er den Kopf. „Später“, rief er, stieg in seinen Saab und ließ den Motor an.

Was hatte Liv jetzt bloß wieder angestellt? fragte er sich, halb besorgt, halb verärgert. Ein Sack voll Flöhe war leichter zu hüten als dieses Mädchen. Hatte er mit elf Jahren auch so viel Unsinn angestellt?

Er erreichte die Polizeiwache von Sjöråhamn, die in der *Köpmangatan*, einer Seitenstraße des *Kyrkovägen*, lag, und stellte seinen Wagen im Halteverbot unmittelbar vor dem zartblau getünchten Gebäude ab, über dessen Eingangstür in Blockbuchstaben das Wort *POLIS* prangte.

Er brauchte nicht lange nach Anton zu suchen. Einen Becher Kaffee in der Hand, stand er direkt hinter dem Tresen im Eingangsbereich. Als er Jonas sah, stellte er den Becher beiseite und kam ihm entgegen.

„Komm rein“, sagte er und führte Jonas durch einen lang gestreckten Korridor zu einer Tür. Daneben war ein Fenster in die Wand eingelassen, durch das Jonas seine Tochter mit verschränkten Armen hinter einem schmucklosen Metalltisch sitzen sah.

Ihre ganze Haltung drückte Protest aus.

Er unterdrückte ein Seufzen. „Was hat sie ausgefressen?"

„Dann ist sie also wirklich deine Tochter?" Anton schüttelte überrascht den Kopf. „Ich wusste gar nicht, dass du Kinder hast."

„Nicht Kind*er*, nur ein Kind", entgegnete Jonas. „Liv lebt nicht bei mir. Jedenfalls eigentlich nicht."

Anton nickte. Auch wenn er sich offensichtlich wunderte, fragte er nicht weiter nach. „Petter Sonsby hat sie dabei erwischt, wie sie die Rückwand seiner Werkstatt mit Farbe beschmiert hat."

Entsetzt starrte Jonas ihn an. „Wie bitte?"

„Graffiti", erklärte Anton geduldig. „Ziemlich verbreitet in den größeren Städten. Hier allerdings ..."

„Ich weiß, was Graffiti ist!"

Anton seufzte. „Dürfte ich erfahren, wie lange deine Tochter jetzt schon bei dir wohnt?"

„Seit knapp einer Woche." Er runzelte die Stirn. Es war nicht das erste Mal, dass Liv in derartigen Schwierigkeiten steckte. Bisher hatte sich darum immer der Vertrauenslehrer auf dem Internat, ein gewisser Mikael Lindberg, gekümmert. Jonas übernahm in der Regel die Kosten für die Reinigung der verunstalteten Objekte und zahlte eine kleine Wiedergutmachung an deren Besitzer. Alles Weitere hatte er stets als Aufgabe der Schule betrachtet. Wozu zahlte er schließlich Jahr für Jahr eine horrende Gebühr? Für so viel Geld konnte er wohl erwarten, dass diese Leute seiner Tochter neben einer angemessenen Bildung auch ein paar Grundregeln beibrachten.

„Was ist los, Anton? Wird meiner Tochter noch etwas zur Last gelegt?"

Beschwichtigend hob Anton die Hand. „Im Augenblick

geht es erst einmal nur um die Sachbeschädigung von Petters Werkstatt."

„Ich rede mit ihm. Und mit Liv natürlich auch. Wir werden schon eine einvernehmliche Lösung finden, davon bin ich überzeugt." Er zuckte mit den Schultern. „Wer weiß, vielleicht begreift sie, was sie angerichtet hat, wenn sie ein paar Stunden damit verbracht hat, ihre Schmierereien von Petters Werkstattwand abzuwaschen."

„Generell würde ich dir zustimmen", entgegnete Anton. „Allerdings ... Jonas, es hat vor ein paar Tagen noch einen anderen Vorfall gegeben. Jemand ist in ein Ladenlokal hier im Ort eingedrungen, hat die Einrichtung demoliert und Graffiti an den Wänden hinterlassen. Jetzt liegt natürlich der Verdacht nahe, dass ..."

„Was?" Ungläubig schaute Jonas ihn an. „Und du denkst, das war Liv? Sie ist erst elf! *Fan!* Wände mit Farbe zu beschmieren ist eine Sache – das gewaltsame Eindringen in ein Geschäft und die Zerstörung von Möbelstücken eine ganz andere. Wessen Laden war es? Hat derjenige den Täter vielleicht gesehen?"

„*Nej.*" Anton schüttelte bedauernd den Kopf. „Das Durcheinander wurde erst am folgenden Morgen entdeckt. Agneta sagt, du hättest ..."

„Agneta Holmquvist? Das *Himmelska Sockerdrömmar* ist verwüstet worden?" Die Sorge um Agneta kam wie ein Reflex. Er konnte nichts dagegen tun. „Ihr und Gustaf geht es doch aber gut, oder?"

„Wie ich schon sagte, der Schaden wurde erst am nächsten Morgen entdeckt. Die beiden sind übrigens fest davon überzeugt, dass deine Mutter dahintersteckt. Natürlich haben wir keinerlei Hinweise gefunden, die diese Annahme untermauern würden."

„Natürlich nicht", entgegnete Jonas und bemühte sich, sämtliche Ironie aus seiner Stimme zu verbannen. Leicht fiel es ihm nicht. Wenn es darum ging, ihre Ziele zu erreichen, heiligte für seine Mutter der Zweck die Mittel – aber so dumm, sich erwischen zu lassen, war sie nicht.

„Um ehrlich zu sein, ich frage mich, ob Berit vielleicht deine Tochter angestiftet haben könnte …“

Jonas schüttelte den Kopf. „Meine Mutter akzeptiert Liv nicht. Sie würde nie …“ *Was? Riskieren, dass meine Tochter Schwierigkeiten mit der Polizei bekommt?*

Er runzelte die Stirn. Hatte sie Liv nicht vor Kurzem erst als Bastard, als Schande für die gesamte Familie bezeichnet und ihm klargemacht, dass seine Tochter auf *Arvidssons Slott* nicht erwünscht war?

Er brauchte sich nicht der Illusion hingeben, dass seine Mutter Liv schonen oder gar beschützen würde, weil sie ihre Enkelin war. Das hatte sie deutlich gemacht.

„Ich kläre das“, erklärte Jonas grimmig. „Mit Liv und mit Agneta – und auch mit meiner Mutter.“

Anton atmete erleichtert auf. „Es wäre gut, wenn du das machen könntest. Und falls es sich tatsächlich so abgespielt haben sollte, wie ich angedeutet habe, richte Berit bitte einen schönen Gruß von mir aus und sag ihr, dass jeder irgendwann einmal einen Fehler macht – und dass sie nicht damit rechnen sollte, geschont zu werden, nur weil sie eine Arvidsson ist.“

„Glaub mir, ihr diese Botschaft zu überbringen wird mir eine große Freude sein“, sagte Jonas mit großem Ernst. „Und jetzt kümmern wir uns wohl besser erst einmal um Liv. Wie sieht es aus? Kann ich sie mit nach Hause nehmen?“

Anton nickte. „Sie ist noch nicht strafmündig, daher könnte ich sie nicht hierbehalten, selbst wenn ich wollte. Aber sprich mit ihr. Mach ihr klar, wie unsozial ihr Verhalten ist. Ach, und übrigens – ich soll dir von Petter ausrichten, dass ihm das Kunstwerk deiner Kleinen gar nicht so übel gefallen hat. Er hat unten am Meer noch ein Bootshaus und sagt, dass er sich freuen würde, wenn Liv ihm dabei hilft, es ein bisschen zu verschönern.“

„Später vielleicht – ich glaube nicht, dass ich sie für das, was sie angerichtet hat, auch noch belohnen sollte.“

Sobald Jonas den Raum betreten hatte, starrte Liv eindringlich auf ihre Hände.

„Nimm deine Sachen und komm", sagte er. „Wir fahren nach Hause."

„Krieg ich meine Farbe wieder?", wandte sie sich an Anton.

Der schüttelte den Kopf. „*Förlåt*, die muss ich als Tatwerkzeug leider konfiszieren."

Sie nickte bloß, nahm ihren Rucksack und folgte ihrem Vater aus dem Verhörraum. Jonas musste noch einige Unterschriften leisten, bevor sie die Polizeiwache verlassen konnten. Die ganze Zeit über sprach Liv kein einziges Wort. Und daran änderte sich auch auf der Fahrt zum Gartenhaus nichts.

„Was hast du dir bloß dabei gedacht?", durchbrach Jonas schließlich das Schweigen. „Was bringt man euch heutzutage auf diesen Privatschulen eigentlich bei? Stehen Einbruch und Sachbeschädigung neuerdings auf dem Stundenplan?"

„Kann dir doch egal sein, oder?", entgegnete sie schnippisch. „Ich hab doch gesagt, ich geh nicht wieder dahin zurück. Und warum überhaupt Einbruch? Hat das der Typ behauptet, der mich zur Polizei geschleppt hat? Wenn ja, dann lügt er! Ich war überhaupt nicht in seinem bescheuerten Schuppen drin!"

Jonas setzte den Blinker und fuhr an den Straßenrand. Rechts und links der Fahrbahn erstreckte sich das Waldstück, in dem er vor vielen Jahren vergeblich auf Agneta gewartet hatte. Er stellte den Motor ab und bedachte seine Tochter mit einem eindringlichen Blick. „*Nej*, Petter hat nichts dergleichen ausgesagt, aber … Sag mir die Wahrheit – hat deine Großmutter dich dazu angestiftet, Agneta Holmquvists Laden zu verwüsten?"

„Wa…? Wie bitte? Ich soll – was?"

Die Fassungslosigkeit wirkte nicht gespielt, sodass Jonas beinahe geneigt war, Liv zu glauben. Allerdings nur beinahe.

Es passte alles einfach zu gut zusammen, um purer Zufall zu sein. Berit wollte beide – Agneta und Liv – loswerden. Vermutlich hatte sie eine Chance gewittert, zwei Fliegen mit einer Klappe zu schlagen, und sofort gehandelt.

Er zweifelte nicht daran, dass sie über Livs „Strafakte" auf dem Laufenden war. Seine Mutter mochte Liv nicht akzeptieren, das bedeutete jedoch nicht, dass sie sie auch nur eine Sekunde aus den Augen lassen würde. Das tat sie grundsätzlich nie. Ihr Lebensmotto lautete: Du sollst alles über deine Freunde wissen – und noch mehr über deine Feinde.

Nicht, dass Jonas irgendjemand einfiel, den Berit als Freund betrachten würde. Allenfalls noch Per Leifsson, diesen windigen Kerl, den sie ihren Privatsekretär nannte. Gott allein wusste, was genau dieser Mann wirklich für sie war. Jonas war nicht sonderlich erpicht darauf, Details zu erfahren.

Er wollte wissen, was seine Tochter noch alles angestellt hatte.

„In dem Laden ist vor ein paar Tagen eingebrochen worden. Jemand hat die Einrichtung demoliert und die Wände mit Graffiti beschmiert."

„Ja, und?" Bockig verschränkte Liv die Arme vor der Brust. „Ich hab die Wand von dieser Werkstatt angesprüht – ja. Aber darum bin ich wohl kaum für jedes Graffiti in Sjöråhamn und Umgebung verantwortlich!"

„Du warst das also nicht?"

„Nej!"

Was, wenn Liv die Wahrheit sagte? Traute er ihr das überhaupt wirklich zu, einen Einbruch? Eigentlich nicht. Allerdings wusste er aus Erfahrung, dass seine Mutter sehr überzeugend sein konnte, wenn sie es darauf anlegte. Jonas entschied, dass er sich keinen Fehler leisten konnte. Wenn Berit seine Tochter manipuliert hatte, musste er es herausfinden.

„Was hat deine Großmutter dir dafür versprochen, dass du diese Sache für sie erledigst? Hat sie gesagt, sie sorgt dafür, dass du nicht mehr ins Internat zurückmusst?"

„Hallo? Hörst du mir nicht zu?", rief Liv aufgebracht. „Ich war das nicht! Und vom Rest meiner sogenannten Familie hab ich, seit ich hier angekommen bin, niemanden zu Gesicht gekriegt." Sie verzog die Miene. „Sie müssen wohl irgendwie vergessen haben, eine Willkommensparty für mich zu veranstalten."

Seufzend fuhr Jonas sich durchs Haar. „Hör zu, es geht mir doch nur darum, zu wissen, was passiert ist. Sollte deine Großmutter also …"

„Verdammt, wie oft denn noch? Ich war es nicht!" Ehe Jonas sich's versah, hatte Liv den Sicherheitsgurt gelöst, die Beifahrertür geöffnet und stürzte aus dem Wagen.

Mit einem unterdrückten Fluch schnallte auch er sich ab und stieg aus. Er sah gerade noch, wie Liv im dichten Unterholz verschwand.

„Fan!"

Hier im Wald würde er sie nur finden, wenn sie gefunden werden wollte. Und die Chancen dafür standen im Augenblick realistisch betrachtet nicht sonderlich gut.

„Liv!"

Wie erwartet, erhielt er keine Antwort.

Frustriert kickte er nach einem Stein, der im hohen Bogen davonflog und gegen den Stamm eines Baumes prallte. Dieses Mädchen machte ihn noch wahnsinnig! Warum konnte sie nicht so folgsam sein wie seine beiden Nichten? Was hatte Elin sich bloß dabei gedacht, ihm so einen kleinen Satansbraten unterzujubeln?

Jonas hatte den Gedanken kaum zu Ende gebracht, da überfiel ihn auch schon sein schlechtes Gewissen. Elin war mit Sicherheit die letzte Person, die solch einen Vorwurf verdiente.

Neun Jahre hatte sie allein für ihre Tochter gesorgt. Und als sie zu ihm gekommen war, war Liv ein ganz normales, etwas schüchternes junges Mädchen gewesen. Irgendetwas war in den vergangenen zwei Jahren schiefgegangen. Er sollte sich nicht länger einreden, dass der Tod ihrer Mutter sie immer noch aus der Bahn warf. Wenn er ehrlich war, dann lag es zu einem nicht geringen Teil an ihm, wenn sie sich derart danebenbenahm.

Es lag an seinen mangelnden Qualitäten als Vater.

Seufzend fuhr er sich durchs Haar. Wie sollte das alles bloß weitergehen? Im Augenblick schien sein ganzes Leben im Chaos zu versinken. Agneta, die nach all den Jahren wieder in Sjöråhamn auftauchte, das schockierende Geständnis seiner Mutter und die damit verbundenen Konsequenzen, dann auch noch Liv, die plötzlich vor seiner Tür stand …

Davon abgesehen gab es noch Dutzende kleinerer Baustellen, um die er sich zu kümmern hatte, die er angesichts der übrigen Entwicklungen beinahe vergessen hätte. So wusste er noch immer nicht, wie seine berufliche Zukunft aussehen sollte.

Wenn seine Mutter sich weiterhin stur stellte und auf ihrer ablehnenden Haltung beharrte, würde ihm nichts anderes übrig bleiben, als sich anderweitig zu orientieren. Er hatte nicht vor, den Rest seines Lebens einer Arbeit nachzugehen, die ihn nicht erfüllte. Zwar wollte er seine Fähigkeiten lieber dem Familienunternehmen zur Verfügung stellen – aber wenn seine Unterstützung dort nicht erwünscht war …

Es gab sicher andere Firmen in der Region, die einen Marketingexperten, der etwas von seinem Fach verstand, zu schätzen wussten. Auch wenn das im Moment keine Rolle spielte.

„Liv, komm zurück!", rief er noch einmal, jedoch ohne große Hoffnung.

Wenn sie überhaupt noch in Hörweite war, was er bezweifelte, dann ignorierte sie ihn einfach.

Und was nun?

Angestrengt versuchte Jonas sich vorzustellen, was Elin ihm raten würde. Es führte zu nichts. Seine Beziehung zu Elin war eher oberflächlicher Natur geblieben, das bedauerte er heute sehr – immerhin war sie die Mutter seiner Tochter.

Er startete einen neuen Versuch und überlegte, was Agneta in seiner Situation tun würde. Wie würde ihr Rat lauten?

Zu seiner eigenen Überraschung war ihm, als könnte er ihre Stimme direkt in seinem Kopf hören. „Lass euch beiden ein bisschen Zeit, bis sich die Gemüter etwas abgekühlt haben. Sie kommt schon wieder zurück."

Er nickte. Vermutlich war es am besten so. Liv hasste es, wenn er ihr nachlief. Sie würde bockig reagieren, ein Wort würde das andere geben, und im Nu wäre der schönste Streit vom Zaun gebrochen.

Nein, so weit wollte er es nicht kommen lassen.

Widerstrebend ging er zu seinem Wagen zurück und setzte sich hinters Steuer. Nachdem er noch einmal fünf Minuten gewartet hatte, ließ er den Motor an und fuhr los.

„*Fan!* Ich glaube, ich habe vergessen, die hintere Ladentür zu schließen“, sagte Mats unvermittelt, als Agneta und er am späten Nachmittag zu ihren Wagen gingen. „Ich geh besser noch mal zurück und sehe nach.“

Sie hatten den ganzen Tag gearbeitet und waren überraschend gut vorangekommen. Mats war wirklich ein Geschenk des Himmels. Es schien keine handwerkliche Tätigkeit zu geben, mit der er nicht vertraut war. Ob es nun darum ging, Fußböden abzuschleifen, zu tapezieren oder Elektroarbeiten zu erledigen – er wusste stets, was zu tun war. Agneta freute sich jeden Tag darüber, dass er an ihre Tür geklopft hatte.

Die zweite, bangere Frage, die ihr nicht aus dem Kopf ging, war die, wie lange er wohl bleiben würde, ehe Berit ihn vergraulte.

Bisher war es Jonas' Mutter noch immer gelungen, ihr Steine in den Weg zu legen. Wenn sie erfuhr, dass es jemanden gab, der Agneta bei der Renovierung des *Himmelska Sockerdrömmar* unterstützte, würde sie ohne Zweifel alles Nötige unternehmen, um die Zusammenarbeit zu boykottieren.

„Lassen Sie mal“, sagte sie deshalb auch und winkte ab. „Sie haben für heute wirklich genug gearbeitet, Mats. Ich muss ohnehin noch mal zurück, um das Rezeptbuch meiner Tante zu holen. Seit dem Einbruch ist mir der Gedanke, es im Laden zu lassen, nicht geheuer.“

Mats salutierte andeutungsweise. „*Okej*, Sie sind die Chefin. Na dann, *trevlig kväll*!“

„Ihnen auch einen schönen Abend“, erwiderte Agneta seinen Gruß. „Bis morgen.“

Nachdenklich machte sie kehrt und ging zur Zuckerbäckerei zurück. Es stimmte, dass sie das Rezeptbuch vergessen hatte. Doch das war nicht der einzige Grund, warum sie zurückgegangen war. Es war ihr zu einer lieben Gewohnheit geworden, zum Tagesabschluss noch einmal einen letzten Rundgang durch den Laden zu unternehmen. Wenn das goldene Licht der Abenddämmerung durch die Fenster fiel, kam ihr die Backstube manchmal wie ein verwunschener Ort aus einem Märchen vor.

Wie ein Ort, an dem Wunder in Erfüllung gehen konnten.

Als sie durch die Tür trat, hörte sie zwei Dinge gleichzeitig: einmal das helle Klingeln des Glöckchens, das am oberen Türrahmen angebracht war, und dann noch ein leises Schluchzen, das im selben Augenblick verklang.

Agneta runzelte die Stirn. Ihre erste Eingebung, dass der Einbrecher zurückgekehrt war, um sein Zerstörungswerk zu vollenden, erschien ihr nach kurzem Überlegen absurd. Ein schluchzender Einbrecher? Wohl kaum.

Aber irgendjemand war da. Vermutlich war jemand durch die offen stehende Hintertür hereingekommen.

Mit klopfendem Herzen durchquerte Agneta den schmalen Flur, der vom Verkaufsraum in die Backstube führte. Da die Fenster nach Süden hinausgingen, war es schon so dunkel, dass Agnetas Augen einen Moment brauchten, um sich an die diffusen Lichtverhältnisse zu gewöhnen.

Dann sah sie eine Gestalt, die zusammengekauert in einer Ecke der Backstube hockte. Das pinkfarbene Haar war auch im Halbdunkeln gut zu erkennen und machte es nicht schwer, die Identität des Eindringlings zu erraten.

„Liv“, sagte Agneta.

Sie fragte nicht, was das Mädchen hier zu suchen hatte. Es war offensichtlich, dass die Kleine unglücklich war. *Jonas Arvidsson, was hast du jetzt schon wieder angestellt?* Ohne zu zögern, eilte sie zu Liv hinüber und ging vor ihr in die Hocke. Das Gesicht der Elfjährigen war tränennass.

„Schhh …" Beruhigend legte Agneta ihr eine Hand auf den Arm. „Du bist Liv, nicht wahr? Jonas' Tochter."

Die Kleine schaute auf. Sie hatte Jonas' Augen. Dasselbe helle Grau, das Agneta schon so viele schlaflose Nächte bereitet hatte. Liv war unverkennbar die Tochter ihres Vaters.

Unwillkürlich fragte Agneta sich, ob sie, wenn die Geschichte zwischen Jonas und ihr damals nicht so unschön zu Ende gegangen und sie aufgrund der Folgen jenes Unfalls nicht nur eine halbe Frau gewesen wäre, jetzt wohl ein gemeinsames Kind gehabt hätten. Würde es genauso aussehen wie Liv?

Der Gedanke schmerzte, und sie schob ihn hastig beiseite.

„Sie kennen meinen Vater?" Liv runzelte nachdenklich die Stirn, bevor sie langsam nickte. „Ja, ich erinnere mich an Sie. Sie waren das Date, das ich ihm mit meinem Auftauchen versaut habe, stimmt's?"

Agneta lachte trocken auf. „Ja, so könnte man sagen. Auch wenn ich es nicht unbedingt als Date bezeichnen würde." Sie neigte den Kopf ein Stück zur Seite und betrachtete Liv eindringlich. „Was ist passiert? Hattet ihr wieder Streit?"

Das Mädchen fuhr sich mit dem Handrücken über die Augen, wodurch ihre Mascara verschmierte. Jetzt sah sie noch jünger, noch verletzlicher aus als ohnehin schon.

„Ich glaub, ich hab ganz schön Mist gebaut", murmelte Liv schließlich und zuckte mit den Schultern.

Es zerriss Agneta fast das Herz, wie elend das Mädchen aussah. „Was ist denn passiert?", fragte sie. „Das heißt – wenn du darüber reden möchtest." Sie lächelte aufmunternd. „Man sagt mir nach, dass ich ganz gut im Zuhören bin."

Wieder hob Liv die Schultern. „Ich hab mich beim Graffitisprühen erwischen lassen, und jetzt glaubt *pap…* mein Vater, dass ich für jeden Mist verantwortlich bin, der hier passiert." Ihre Miene verfinsterte sich. „Ich hab doch nur ein bisschen gesprayt – deshalb bin ich doch noch keine Schwerverbrecherin!"

Agneta runzelte die Stirn. „Was sollst du denn gemacht haben?“

Geräuschvoll zog Liv die Nase hoch. „Es gab wohl einen Einbruch in einem Laden, bei dem ein ziemliches Chaos angerichtet wurde.“ Sie schüttelte den Kopf. „Ich kapier bloß nicht, warum er mich verdächtigt.“

Es war nicht schwierig, zu erraten, um welchen Laden es ging. In Sjöråhamn passierte für gewöhnlich so gut wie nie etwas. Die Verwüstung des *Himmelska Sockerdrömmar* war entsprechend rasch in aller Munde gewesen – aber das konnte Liv nicht wissen.

„Könnte es nicht sein, dass er sich einfach nur Sorgen um dich macht?“, versuchte Agneta Jonas’ Verhalten zu erklären.

Liv schnaubte abfällig. „Der und sich Sorgen um mich machen? Den interessiert doch nur, wie er mich so schnell wie möglich wieder loswerden kann!“

Agneta unterdrückte ein Seufzen. Sie wusste aus Erfahrung, dass Jonas nicht gerade ein Experte darin war, seine Gefühle zu zeigen. Dass Liv ihm gleichgültig war, konnte sie sich allerdings beim besten Willen nicht vorstellen.

„Weißt du, ich kenne deinen Vater schon eine ganze Weile“, sagte sie nach kurzem Nachdenken. „Und er mag auch nicht besonders gut darin sein, sich in andere hineinzuversetzen. Aber du kannst mir glauben, dass er kein schlechter Mensch ist. Wenn du ihm eine Chance gibst, wird er dich bestimmt nicht enttäuschen.“

„Meinst du? Ich meine … meinen Sie?“

„Bleiben wir doch beim Du“, schlug Agneta mit einem Lächeln vor. „Und – ja, das meine ich. Aber du musst ihm schon ein bisschen Zeit geben, *okej*? Und wenn du mal jemanden zum Reden brauchst, weißt du, wo du mich findest.“

„Ehrlich?“

„Aber natürlich.“ Sie stand auf und streckte Liv die Hand entgegen. „Was ist? Kommst du, oder willst du hier Wurzeln schlagen? Ich rufe deinen Vater an, und wir erklären ihm, dass du mit dem Einbruch in meinen Laden nichts zu tun hast ..."

„*Deinen* Laden?" Livs Augen wurden groß. „Du warst das, von dem *papp...* von dem mein Vater gesprochen hat?"

Agneta nickte. „Und dass du das nicht gewusst hast, ist schon Beweis genug, dass du die Wahrheit sagst."

Zweifelnd schaute Liv sie an. „Du glaubst mir also?"

„Ja, ich glaube dir."

Nicht eine Sekunde hatte Agneta an den Worten des Mädchens gezweifelt. Es mochte sein, dass Liv versucht hatte, ihrer Rebellion mit einer Sprühflasche Farbe Gehör zu verschaffen. Doch auch wenn es nicht in Ordnung war, sich auf diese Weise am Eigentum anderer Leute zu vergreifen, so handelte es sich doch im Grunde nur um einen verzweifelten Hilferuf. Auf keinen Fall hatte sie eine so blinde Zerstörungswut gezeigt, mit der der Einbrecher im *Himmelska Sockerdrömmar* vorgegangen war.

Endlich ließ Liv sich von ihr aufhelfen. Agneta legte ihr einen Arm um die Schulter. „Komm, wir gehen zu mir. Im *Klippanhus* kannst du dich in Ruhe ein wenig frisch machen, während mein Vater einen schönen heißen Tee für uns kocht. Danach fahren wir zu Jonas. Und bis wir da sind, haben wir genug Zeit, uns einen Schlachtplan zu überlegen. Wie klingt das für dich?"

Ein zaghaftes Lächeln legte sich auf Livs Lippen. „Ich würde sagen, das klingt verdammt gut."

„Du triffst dich wieder mit ihr, oder?"

Jonas musste sich zusammenreißen, um nicht die Augen zu verdrehen. Henrietta hatte vor dem Gartenhaus auf ihn gewartet, als er vor etwas mehr als einer Stunde dorthin zurückgekehrt war.

Es war eine eher unerwartete – und unerfreuliche – Überraschung für ihn gewesen. Doch im Grunde wusste er auch, dass er ihr eine Erklärung schuldig war. Seit geraumer Zeit kommunizierte er nur noch per Kurznachricht mit ihr. Und seit mehreren Tagen herrschte bereits komplette Funkstille zwischen ihnen.

Henrietta war nicht der Typ von Frau, der sich eine solche Behandlung einfach so gefallen ließ. Aber Jonas hatte andere Sorgen, als sich um ihren verletzten Stolz zu kümmern. Ständig wanderte sein Blick zwischen Henrietta und der großen Uhr an der Wohnzimmerwand hin und her; mit jeder Minute, die verstrich, wuchs seine Anspannung.

Noch immer hatte er nichts von Liv gehört, und draußen wurde es jetzt langsam dunkel. Die väterlichen Gefühle, die ihn beim Gedanken daran, dass seine elfjährige Tochter mutterseelenallein durch die Nacht irrte, überfielen, überraschten ihn selbst. In den vergangenen zwei Jahren, die Liv auf dem Internat verbracht hatte, hatte er sein Leben weitgehend so weitergelebt, als habe er gar keine Tochter.

Jetzt, da Liv bei ihm war, konnte er die Verantwortung nicht länger ignorieren.

„... mir überhaupt noch zu?"

„*Förlåt* – was hast du gesagt?"

Henriettas Miene verfinsterte sich. „Du bist wirklich unglaublich! Seit Wochen ignorierst du mich auf geradezu beschämende Art und Weise. Du reagierst weder auf meine Anrufe noch antwortest du auf eine SMS – und wenn, dann nur sehr wortkarg." Sie schüttelte den Kopf. „Wie stellst du dir eigentlich vor, wie das mit uns weitergehen soll?"

Das war eine sehr gute, absolut berechtigte Frage, die sich Jonas in den vergangenen Wochen auch schon sehr oft gestellt hatte. Ohne dabei jedoch zu einem befriedigenden Ergebnis zu kommen.

Eines allerdings wurde ihm jetzt klar, da er Henrietta gegenüberstand, die ihn aus ihren türkisblauen Augen anfunkelte: Er empfand nichts für sie. Jedenfalls nicht genug, um weiterhin mit ihr zusammenzubleiben.

Dass die Gefühle für eine Beziehung nicht reichten, bedeutete selbstverständlich nicht, dass Henriettas Wohlergehen ihm gleichgültig war. Nein, ganz und gar nicht. Sie hatten eine Weile sehr viel Spaß miteinander gehabt. Aber diese Zeiten waren vorüber. Ohne Hintergedanken wünschte er ihr alles Gute und dass sie einen Mann fand, der sowohl ihren Erwartungen als auch ihren gehobenen Ansprüchen gerecht wurde. Er selbst war das nun einmal definitiv nicht. Und es war nicht fair, ihr weiterhin Hoffnungen auf etwas zu machen, das es niemals geben würde.

Seufzend fuhr er sich durchs Haar. „Hör zu, Henrietta. Ich denke, es ist an der Zeit, dass wir beide ein offenes Wort miteinander sprechen."

„Was soll das heißen?" Sie musterte ihn unter zusammengezogenen Brauen. Als Jonas nicht sofort antwortete, schüttelte sie den Kopf. „Sag nichts – dieses kleine Flittchen hat dir irgendwelche Flausen in den Kopf gesetzt. Und jetzt glaubst du also, wieder da anknüpfen zu können, wo ihr damals aufgehört habt." Ihre Stimme nahm einen ätzenden Tonfall an. „Aber du bist keine neunzehn mehr, Jonas! Also hör in Gottes Namen auf, dich wie ein verliebter Teenager aufzuführen!"

Er wusste selbst nicht, warum ihre Worte ihn so trafen. Sie täuscht sich, sagte er zu sich. Es geht bei all dem hier nicht um Agneta. Aber um was dann?

„Bitte geh jetzt", bat er sie. „Wir unterhalten uns ein anderes Mal. Nicht jetzt."

Er umfasste ihr Handgelenk und führte sie zur Tür.

Mit einem Schrei riss Henrietta sich los. „Lass mich los!" Ein gefährliches Funkeln lag in ihren Augen. „Du wirst es noch bereuen, mich so abserviert zu haben, das garantiere ich dir!" Sie ließ offen, ob sie ihre Worte als Drohung oder als Versprechen meinte, wirbelte auf dem Absatz herum, riss die Tür auf – und stieß beinahe mit Agneta und Liv zusammen.

„Na, wie rührend!", stieß Henrietta zwischen den Zähnen hervor. „Die ganze Familie glücklich vereint – zum Kotzen!"

Sie drängte sich an den beiden vorbei und eilte zu ihrem Wagen.

„Wer, zum Teufel, war denn die aufgedrehte Furie?“, durchbrach Liv die plötzlich eingetretene Stille.

Jonas schüttelte den letzten Rest von Benommenheit ab, den Henriettas Auftritt bei ihm hinterlassen hatte, und wandte sich seiner Tochter zu. „Mit dir habe ich noch ein Hühnchen zu rupfen, junge Dame! Du kannst nicht immer einfach abhauen, wann immer es dir gefällt!“

KLADDKAKA MIT APRIKOSENMARMELADE

Zutaten

300 Gramm Zucker
2 Eier
4 Esslöffel Kakaopulver
1 Teelöffel Vanillezucker
100 Milliliter zerlassene Butter (etwa 50 Gramm)
150 Gramm Mehl
Aprikosenmarmelade

Zubereitung

1. Ofen auf 175 °C vorheizen. Springform einfetten. Sämtliche Zutaten außer der Marmelade miteinander verrühren und in eine Springform geben. 20 bis 30 Minuten backen und abkühlen lassen.

2. Wenn Kuchen kalt ist, in 2 Böden zerteilen und mit Aprikosenmarmelade füllen.

13. KAPITEL

Sjöråhamn, Schweden – Juli 1957
Backstube von Arvidssons Konditorei

Etwas stimmte nicht mit Berit.

Mia konnte es sich nicht erklären, doch sie spürte, dass ihre Freundin etwas auf dem Herzen hatte. Das Problem war nur: Sie redete einfach nicht darüber. Und das war höchst ungewöhnlich.

In der Backstube um sie herum herrschte noch mehr Betriebsamkeit, als es üblicherweise der Fall war. Eine große Hochzeit stand an, und das Brautpaar hatte die Konditorei Arvidsson beauftragt, die fünfstöckige Hochzeitstorte zu backen. Sie dagegen musste noch schnell ihre *kladdkaka* fertig machen.

Normalerweise wäre Mia Feuer und Flamme gewesen. Heute jedoch nicht.

Heute gingen ihr andere Dinge im Kopf herum.

Berit.

Seit sie sich kannten, hatten Berit und sie nie Geheimnisse voreinander gehabt. Mia wusste von Berits Sorge, niemals die übersteigerten Erwartungen ihres Vaters zu erfüllen. Ebenso wusste sie, dass Berit heimlich in Olof Svensson, einen der Gesellen der Konditorei, verliebt war. Im Gegenzug hatte sie ihre Gedanken und Gefühle stets mit Berit geteilt. Sie waren wirklich beste Freundinnen. Aber in den vergangenen Wochen hatte sich die Atmosphäre zwischen ihnen aus unerfindlichen Gründen verändert.

Es war kühler geworden. Und Mia wurde das Gefühl nicht los, dass Berit ihr aus dem Weg ging.

Aber warum nur? Warum?

Ob sie eifersüchtig war, weil Mia neuerdings so viel Zeit mit Emil verbrachte? Konnte Berit nicht verstehen, dass sie am liebsten jede Sekunde des Tages mit ihm verbringen wollte?

Der Gedanke an Emil zauberte ein Lächeln auf Mias Lippen.

Es war so schön mit ihm, dass sie wie auf Wolken zu schweben glaubte. Noch nie hatte sie so etwas für einen Jungen empfunden. Wenn er sie küsste, dann vergaß sie die Welt um sich herum. Und seit sie vor ein paar Tagen endlich das seltsame Missverständnis aus der Welt geräumt hatte, demzufolge sie einem Jungen erst dann erlauben würde, sie zu küssen, wenn er sich mit ihr verlobte, konnte sie sich über mangelndes Engagement seinerseits nicht beklagen.

Sie fand es fast ein wenig ritterlich, dass er ihr nicht verraten wollte, wer ihn auf diese seltsame Idee gebracht hatte. Vermutlich irgendeine arme Seele, die selbst bis über beide Ohren in ihn verliebt war.

Verdenken konnte Mia es dem Mädchen jedenfalls nicht. Emil war einfach perfekt. Er sah nicht nur gut aus, er interessierte sich auch für das, was Mia dachte und sagte. Und noch nie hatten die bewundernden Blicke eines Jungen ihr so sehr das Gefühl gegeben, schön und liebenswert zu sein.

Ach, es fühlte sich so gut an!

Berit hatte sie immer als eine hoffnungslose Romantikerin bezeichnet, wenn sie verkündet hatte, auf den Richtigen warten zu wollen. Sie wollte sich nicht, wie die anderen Mädchen, mit dem Erstbesten zufriedengeben.

„Lieber der Spatz in der Hand als die Taube auf dem Dach", pflegten ihre Freundinnen zu sagen. Und manchmal hatte Mia schon angefangen sich zu fragen, ob das nicht stimmte. Inzwischen hatte sie selbst nicht mehr richtig daran glauben können, dass er noch kommen würde, ihr Traumprinz. Doch nun wusste sie, dass es richtig gewesen war zu warten.

Seit sie Emil getroffen hatte.

Sie liebte ihn mehr, als sie in Worte fassen konnte. Er war für sie wie die Luft zum Atmen. Sie wusste gar nicht mehr, wie sie jemals ohne ihn ausgekommen war und …

„Mia, kommst du bitte kurz in mein Büro?"

Überrascht blickte sie auf. Ludvig Arvidsson stand in der Tür der Backstube.

Wie lange stand er wohl schon dort und wartete? Mia hatte ihn bis gerade nicht bemerkt. Hastig stand sie auf. Etwas an der Art und Weise, wie er sie ansah, als sie auf ihn zukam, bereitete ihr ein flaues Gefühl im Magen. Berits Vater und sie kamen gut miteinander aus. So gut, dass Mia manchmal ein richtig schlechtes Gewissen deswegen hatte. Doch heute schien er ungewohnt ernst, seine Miene wirkte völlig verschlossen.

Nervös überlegte sie, welcher Fehler ihr wohl unterlaufen war. So unaufmerksam und fahrig, wie sie heute war, konnte es sich um alles Mögliche handeln. Sie hoffte, dass es nichts allzu Schlimmes war.

Ludvig Arvidsson war vorausgegangen und wartete vor seinem Büro. Nachdem Mia eingetreten war, schloss er die Tür und bat Mia, auf dem Besucherstuhl Platz zu nehmen.

„Du fragst dich vermutlich, warum ich dich herzitiert habe", begann ihr Lehrmeister ohne große Vorrede. Als Mia nickte, fuhr er fort: „Es sind einige Beschuldigungen gegen dich erhoben geworden, zu denen ich dich gern Stellung beziehen lassen möchte."

Mia schluckte. Ihre Gedanken rasten. Was für Beschuldigungen konnten das sein? Sie konnte sich beim besten Willen nicht erinnern, jemals etwas Unrechtmäßiges getan zu haben.

„Was wird mir vorgeworfen?" Ihre Stimme war kaum mehr als ein Flüstern.

„Du sollst Firmeneigentum gestohlen haben. Kleinigkeiten – einen Rührbesen, etwas Butter –, aber du weißt hoffentlich, dass ich in einem solchen Fall gezwungen bin, hart durchzugreifen."

Die Ungeheuerlichkeit des Vorwurfs raubte Mia für einen Moment den Atem. In ihrem ganzen Leben hatte sie nichts gestohlen. Und sie war ganz sicher nicht so dumm, wegen so etwas ihre Lehrstelle zu riskieren.

„Das glauben Sie doch nicht wirklich", empörte sie sich daher. „Sie kennen mich doch! Ich würde so etwas nie tun!" Ungläubig schüttelte sie den Kopf. „Wer behauptet denn so etwas?"

Seufzend fuhr sich Ludvig Arvidsson durch das schon recht lichte Haar. „Du hast recht, es fällt mir tatsächlich schwer, diesen Beschuldigungen Glauben zu schenken", entgegnete er. „Vor allem, da sie anonym vorgebracht wurden, die Person also nicht bereit ist, zu ihren Vorwürfen zu stehen. Aber du verstehst hoffentlich, dass ich der Angelegenheit nachgehen muss. Ich kann es mir einfach nicht erlauben, den Eindruck zu vermitteln, dass ich Leute davonkommen lasse, die lange Finger machen."

„Natürlich nicht", entgegnete Mia. Sie straffte die Schultern. „Und was heißt das jetzt? Wollen Sie mir kündigen?"

„Um Himmels willen, *nej*!" Ludvig Arvidsson schüttelte den Kopf. Aber er wirkte dabei so bekümmert, dass Mia sich nicht wirklich besser fühlte. „Ich werde mein bestes Lehrmädchen doch nicht wegen ein paar haltloser Anschuldigungen vor die Tür setzen – zumindest nicht, solange es keine stichhaltigen Beweise gibt, die gegen dich sprechen."

Mia wurde kalt. Sie wusste, sie hatte sich nichts vorzuwerfen. Das änderte jedoch nichts daran, dass sie Angst hatte.

Was, wenn derjenige, von dem sie denunziert worden war, gleich sicherheitshalber noch ein paar Indizien platziert hatte? Wie sollte sie dann beweisen, dass sie unschuldig war?

„Sie können sich gern meinen Spind ansehen und auch den Inhalt meiner Tasche, wenn Sie wünschen." Ihre Stimme klang merkwürdig fremd, selbst für ihre Ohren. „Ich habe nichts zu verbergen."

Er nickte. Ein verhaltenes Lächeln umspielte seine Mundwinkel. „Das weiß ich doch", erwiderte er, und seine Worte wirkten offen und ehrlich.

Aber glaubte er ihr wirklich? Oder warfen die feigen Beschuldigungen des Unbekannten nicht doch einen Schatten des Zweifels über sie?

Sie fühlte sich wie betäubt, als sie schließlich zusammen mit Ludvig Arvidsson zu ihrem Spind ging. Die ganze Zeit über, während ihr Lehrmeister ihre persönlichen Sachen überprüfte, ging ihr eine Frage nicht aus dem Kopf: *Wer hasst mich so sehr, dass er mir so etwas antut?*

Ich hasse sie, dachte Berit. Ich hasse, hasse, HASSE sie.

Als ihr Vater Mia vor zwei Tagen zu sich in sein Büro zitiert hatte, war Berit fast sicher gewesen, ihr Ziel erreicht zu haben. Doch anstatt Mia fristlos zu kündigen, wie jeder vernünftig denkende Lehrmeister es getan hätte, musste Ludvig Arvidsson ihr ja unbedingt eine Chance geben, sich zu rechtfertigen.

Ärgerlicherweise hatte Berit diese Entwicklung nicht vorausgesehen. Dabei hätte es so einfach sein können. Ein paar fingierte Beweise in Mias Spind oder ein geschickt platzierter Gegenstand in ihrer Tasche – das wäre genug gewesen. Dann wäre Mias Schicksal besiegelt gewesen.

Doch nun war es zu spät. Sie würde sich etwas Neues einfallen lassen müssen.

Ohne den Auslagen der Schaufenster der Geschäfte auf dem *Kyrkovägen* wirklich Aufmerksamkeit zu schenken, schlenderte sie die Straße entlang. Mit ihren Gedanken war sie nicht bei den Taschen, den Spitzendeckchen und Kerzenleuchtern, die unbeachtet an ihrem Auge vorüberzogen. Unaufhörlich überlegte sie, was sie tun konnte, um sich endgültig von dem Ärgernis zu befreien, das einmal ihre beste Freundin gewesen war.

Mia.

Der Mensch, der alles besaß, was Berit sich jemals erträumt hatte: ein liebevolles Elternhaus, einen Vater, der stolz auf sie war, und einen Jungen, der sie liebte.

Nej, korrigierte Berit sich sofort. Nicht *irgendeinen* Jungen.

Emil.

Sie schloss die Augen und holte tief Luft. Inzwischen wusste sie gar nicht mehr so recht, ob sie ihn hasste oder liebte.

Auf jeden Fall nahm sie es ihm übel, dass er ihr Mia vorgezogen hatte. Unwillkürlich ballten sich ihre Hände zu Fäusten.

Ständig ging das so. Mia war immer die Beliebtere, die Witzigere, die Hübschere und Talentiertere, neben der sie sich wie ein farbloses Mauerblümchen fühlte.

Es war einfach ungerecht!

Was war es, das Mia in den Augen anderer Menschen so viel interessanter, so viel anziehender machte? Was war ihr großes Geheimnis, das sie nicht mit ihrer besten Freundin teilen wollte?

Ohne es zu merken, war sie vor dem Schaufenster von *Kronbergs Juwelierladen* stehen geblieben. Als sie jetzt blinzelte, sah sie nicht nur die Ketten, Ringe und Armbänder in der Auslage vor sich. Nein, im blitzblank polierten Glas der Scheibe spiegelte sich die Gestalt eines Jungen.

Berit blieb fast das Herz stehen – vor Schreck und vor Freude.

„Emil", stieß sie überrascht hervor und drehte sich hastig zu ihm um.

Das Lächeln auf ihren Lippen erstarb rasch, als sie ihm ins Gesicht blickte. Seine Miene war finster. Tiefe Falten verunzierten seine Stirn.

„Warum tust du das?"

Völlig überrumpelt starrte Berit ihn an. „Was? Ich verstehe nicht ... Wovon sprichst du eigentlich?"

Er war gut zwei Köpfe größer als sie, doch das hatte sie nie gestört – bis er jetzt beinahe drohend auf sie herabblickte, als wäre sie ein widerwärtiges Insekt, das er am liebsten unter seinen Schuhsohlen zerquetschen wollte.

„Du weißt verdammt gut, wovon ich spreche!", entgegnete er kalt. „Du hast mich absichtlich mit falschen Informationen über Mia gefüttert. Und mir fällt nur ein Grund ein, warum du das getan haben könntest: Du wolltest uns auseinanderbringen." Seine Stimme war jetzt kaum mehr als ein wütendes Zischen. „Warum? Ich dachte, Mia ist deine Freundin!"

Berit spürte, wie eine Welle der Übelkeit über sie hinwegrollte. Ihr war eiskalt geworden, so als wäre der laue Frühsommertag verschwunden und dem tiefsten Winter gewichen.

Sie schluckte. Die Wut in Emils Augen zu sehen gab ihr das

Gefühl, ins Bodenlose zu stürzen. Aber dann fing sie sich wieder – es war nicht leicht. Dennoch wandte sie den Blick ab. Und jetzt endlich kochte auch in ihr heißer Zorn hoch. „Was bildest du dir eigentlich ein?“, zischte sie. „Du weißt überhaupt nichts über mich oder meine Freundschaft mit Mia! Überhaupt nichts!“

„Du täuschst dich“, widersprach Emil ernst. „Ich weiß, dass es Mia das Herz brechen würde, wenn sie wüsste, was für eine falsche, berechnende Schlange du bist. Deshalb werde ich ihr auch nicht verraten, was du getan hast. Aber ich warne dich, Berit.“ Wie mit der Klinge eines Messers drohend, stieß er mit dem Zeigefinger in ihre Richtung. „Du solltest dich lieber nie wieder bei so etwas erwischen lassen, denn wenn ich davon erfahren sollte …“

Den Rest des Satzes ließ er unausgesprochen. Trotzdem hingen die Worte zwischen ihnen in der Luft.

Ehe er sich umdrehte und davonging, bedachte Emil sie noch mit einem letzten, zornerfüllten Blick.

Wie betäubt stand Berit da und schaute ihm nach. Ihr Herz hämmerte wie verrückt, doch sie hatte das Gefühl, dass es einfach nicht genug Sauerstoff durch ihren Körper zu pumpen vermochte. Immer wieder hallten seine zornigen Worte durch ihren Kopf, und sie konnte nur dastehen und ins Leere starren.

Das hatte sie nicht gewollt.

Das nicht.

Doch aus der dumpfen Resignation wurde rasch Ärger und schließlich heiße Wut. Was bildete Emil sich ein, sie so zu behandeln? Er war auch nicht besser als Mia. Solange er sich einen Vorteil davon versprach, war er freundlich zu Berit gewesen. Aber jetzt …

Sie war so wütend, dass sie die Lippen zusammenpressen musste, um sie am Zittern zu hindern. Hatte sie sich eben noch gefragt, was sie für Emil empfand, so wusste sie es jetzt ganz genau. Sie musste ja nur an die Verachtung denken, die sie in seinen Augen gesehen hatte.

Er verachtete sie.

Als hätte sie nicht genauso ein kleines bisschen Glück verdient wie Mia. Als wäre es nicht bloß menschlich, dass sie bereit gewesen war, alles zu tun, um das zu bekommen, was sie sich am meisten wünschte.

Angesichts der Scheinheiligkeit, mit der Emil und Mia in die Welt blickten, wurde ihr richtiggehend übel. Sie glaubten also, sich ein Urteil über sie erlauben zu können? Ausgerechnet diese beiden?

Damit würde Berit sie nicht durchkommen lassen.

Sie wirbelte herum und eilte, so schnell ihre Beine sie trugen, nach Hause zurück. Eine grau getigerte Katze, die zufällig ihren Weg kreuzte, fauchte, als sie das hasserfüllte Blitzen in Berits Augen erkannte. Der scharfe Instinkt des Tieres sagte ihm sicher, dass von diesem Menschen nichts Gutes zu erwarten war. Wäre es in der Lage gewesen, seine Beobachtungen jemandem mitzuteilen, hätte es vielleicht größeres Unglück verhindert.

So aber nahm das Schicksal ungehindert seinen Lauf …

14. KAPITEL

Gegenwart

Henrietta Mårtensson aus Jonas' Haus kommen zu sehen hatte Agneta zu ihrer Überraschung einen Stich versetzt. Und das, obwohl sie längst wusste, dass die beiden schon seit einer Weile etwas miteinander hatten.

Es ist nicht gerade so, als hättest du irgendwelche Besitzansprüche auf Jonas, ermahnte sie sich.

Nicht, dass sie ein wie auch immer geartetes Interesse an ihm hegte.

Nein, du kannst nur nicht aufhören, an ihn zu denken – davon abgesehen ist er dir vollkommen egal …

Rasch schob sie den unbequemen Gedanken beiseite. Sie war jahrelang wunderbar ohne Jonas zurechtgekommen. Er gehörte schon längst nicht mehr zu ihrem Leben. Sie hatte ihre Erfahrungen mit ihm gemacht – und die waren nicht unbedingt positiv gewesen.

Sollte sich statt ihrer doch Henrietta mit ihm herumschlagen. Die beiden verdienten einander.

Das Problem war nur, dass Agneta zwar immer wieder versuchen konnte, sich einzureden, wie gleichgültig ihr Jonas war. Aber dummerweise sah die Wahrheit anders aus.

„Dir ist doch eh vollkommen egal, was aus mir wird!"

Livs wütende Worte ließen Agneta wieder in die Realität zurückkehren. Sie blinzelte hart – und bemerkte erst jetzt die unversöhnlichen Blicke, die zwischen Vater und Tochter hin- und herflogen.

Sie unterdrückte ein Seufzen. Wie der Vater, so die Tochter, schoss es ihr durch den Kopf, als sie sah, wie Liv verstockt die Arme vor der Brust verschränkte und schmollend die Unterlippe vorschob.

Es war exakt die Haltung, die Agneta nur allzu gut von Jonas kannte. Wie oft hatte er sie damit in den Wahnsinn getrieben?

„Wenn es mir tatsächlich gleichgültig wäre", entgegnete Jonas mühsam beherrscht, „dann hätte ich dich wohl kaum bei mir aufgenommen, als deine Mutter plötzlich mit dir vor meiner Tür gestanden hat."

„Aufgenommen", wiederholte Liv spöttisch und verdrehte die Augen. „Keine zwölf Wochen hast du es mit mir unter einem Dach ausgehalten, bevor du mich ins Internat abgeschoben hast."

„Ich …", setzte Jonas an.

Er kam nicht weiter, denn Agneta hob in einer Gehorsam einfordernden Geste die Hand. „Sofort aufhören", sagte sie, selbst überrascht darüber, wie befehlsgewohnt sie klang.

Augenblicklich ließen die beiden voneinander ab. Beide musterten Agneta verwundert, so als wären sie sich ihrer Anwesenheit gar nicht bewusst gewesen – was vermutlich den Tatsachen entsprach.

Agneta atmete tief durch und sah Jonas eindringlich an. „Können wir uns kurz unter vier Augen unterhalten?" Es war weniger eine Frage als eine Aufforderung – und Jonas zögerte nicht, ihr Folge zu leisten.

Auch Liv murrte nicht, als Agneta ihr mit einem Wink zu verstehen gab, sich zu setzen. Sie erkannte offenbar, dass jeder Protest zwecklos war, und nahm still Platz, während Agneta sich von Jonas in den Nebenraum – ein kleines, für einen Mann überraschend gemütlich eingerichtetes Esszimmer – führen ließ.

„Also?", fragte er und verschränkte die Arme vor der Brust. Offenbar war ihm gerade klar geworden, dass er sich von Agneta nicht herumkommandieren lassen wollte.

Nun, das war sein Problem. Hier ging es um seine Tochter.

„Was ist eigentlich los mit dir?", fragte sie und bedachte ihn mit einem forschenden Blick. „Liv ist dir also davongelaufen – interessiert dich gar nicht, warum sie das getan hat?"

„Ist das nicht offensichtlich? Sie hatte keine Lust, sich meinen unbequemen Fragen zu stellen." Er runzelte die Stirn.

„Hat sie dir erzählt, was sie getan hat?"

Agneta lächelte schwach. „Sie hat mir erzählt, was sie *nicht* getan hat. Und vor allem, was *du* nicht getan hast, Jonas: ihr geglaubt."

Erstaunt sah er sie an. „Du denkst, sie sagt die Wahrheit?"

„Ich wüsste nicht, warum ich an ihren Worten zweifeln sollte."

Jonas presste die Lippen aufeinander. „Du kennst Liv nicht. Es ist nicht das erste Mal, dass sie auffällig wird. Heute ist sie erst auf frischer Tat dabei ertappt worden, wie sie die Wand von Petter Sonsbys Werkstatt mit ihrer Schmiererei verziert hat."

„Und das bedeutet für dich, dass sie automatisch für alles verantwortlich ist, was in und rund um Sjöråhamn passiert?"

Ärgerlich funkelte er sie an. „*Nej*, selbstverständlich nicht. Aber deshalb kann ich doch nicht ausschließen, dass ..."

„Ich glaube, genau da liegt das Problem", fiel Agneta ihm ins Wort. „Du hörst nur auf das, was dein Verstand dir diktiert. Aber was sagt dir dein Herz, Jonas?"

Seine Miene spiegelte Verständnislosigkeit wider. „Was erwartest du von mir? Dass ich ihr alles glaube, bloß weil sie meine Tochter ist?"

„Ach, Jonas ..." Sie seufzte leise. „Es geht nicht darum, was ich von dir erwarte, sondern um Liv. Was, wenn sie tatsächlich unschuldig ist? Hast du die Möglichkeit überhaupt einmal in Betracht gezogen?"

Sie sah ihm an, dass er mit sich haderte. Womöglich hatte er tatsächlich nicht daran gedacht, dass Liv unschuldig sein konnte.

Doch der Jonas, den sie von früher kannte, war nie besonders gut darin gewesen, eigene Fehler und Schwächen einzugestehen. Und er enttäuschte sie auch heute nicht.

„Wie kann sie erwarten, dass ich ihr glaube, wenn sie ständig nur Unsinn im Kopf hat?", presste er hervor. „Dieses Mädchen ist schwerer zu hüten als ein Sack voll Flöhe. Aber du kannst dein Glück gern bei ihr versuchen, wenn du der Meinung bist, dass du alles besser weißt."

Sie konnte nicht verhindern, dass ihre Mundwinkel zuckten. Immerhin lachte sie nicht. Sie wusste, Jonas konnte es nicht ausstehen, belächelt zu werden. Aber wenn er sich kindisch benimmt, sagte sie sich, muss er damit leben, entsprechend behandelt zu werden.

„Oh, ich bin sicher, dass du dich als Vater ganz wunderbar machst", erwiderte sie und schaffte es, allen Spott aus ihrer Stimme zu verbannen. Trotzdem erntete sie für ihre Worte einen bitterbösen Blick. „Und wenn du dir irgendwann in einer Frage unsicher sein solltest, dann überleg einfach, wie sich deine Mutter an deiner Stelle verhalten hätte – und tu das genaue Gegenteil davon."

Einen Moment lang herrschte angespanntes Schweigen. Plötzlich hellte sich Jonas' Miene jedoch auf, und seine Lippen verzogen sich zu einem Grinsen, ehe er schlagartig wieder ernst wurde.

„Ich glaube, du täuschst dich. Ich bin kein guter Vater, und ich werde es auch niemals sein. Nur hat Liv außer mir leider niemanden, der auf sie aufpassen könnte. Schade – sie hätte wirklich jemanden wie dich in ihrem Leben verdient."

Obwohl Agneta wusste, dass er es freundlich gemeint hatte, trafen seine Worte sie wie ein Stich mitten ins Herz. Es war dreizehn Jahre her, seit sie die Wahrheit über Jonas' Beweggründe für den Heiratsantrag herausgefunden hatte. Dreizehn Jahre, seit ihr Traum vom großen Glück geplatzt war.

Vom Alter her hätte Liv durchaus ihre gemeinsame Tochter sein können. Das Kind, das sie niemals haben würde.

Sie schloss die Augen und schluckte hart. Als sie sie wieder öffnete, las sie in Jonas' Blick, dass er verstand. Er wusste, was in ihr vorging.

Und sein Mitleid war mehr, als sie ertragen konnte.

„*Förlåt*", stieß sie atemlos hervor. „Ich …" Sie verstummte, schüttelte den Kopf und stürmte an Jonas vorbei zur Tür. Nicht einmal Livs überraschter und besorgter Gesichtsausdruck, den sie im Vorbeigehen erhaschte, hielt sie zurück.

Agneta wollte nur fort. So viel Raum wie möglich zwischen sich, Jonas und die unbequemen Erinnerungen bringen.

Erst als sie in ihrem Wagen saß und gut zwei Kilometer zwischen sich und *Arvidssons Slott* gebracht hatte, konnte sie wieder einigermaßen klar denken. Nach einem weiteren halben Kilometer wurde ihr klar, was für einen Eindruck ihr überstürzter Aufbruch hinterlassen haben musste.

Es muss ausgesehen haben, als würdest du vor ihm davonlaufen, sagte sie sich und fuhr sich stöhnend über die Augen.

Aber handelte es sich nicht auch genau darum? Um eine Flucht vor dem, was war?

Vor dem, was hätte sein können?

Zum ersten Mal seit Langem fragte sie sich wieder, ob es eine kluge Entscheidung gewesen war, in Sjöråhamn zu bleiben und sich in ein riesiges Projekt wie die Wiedereröffnung des *Himmelska Sockerdrömmar* zu stürzen. Das Gefühlschaos, das Jonas in ihr anrichtete, schien sich nicht zu lichten.

Ganz im Gegenteil. Es wurde immer schlimmer.

„... mit ihr gemacht, dass sie es plötzlich so eilig hatte, von hier wegzukommen?"

Jonas fühlte Livs vorwurfsvollen Blick. Er unterdrückte ein Seufzen, wandte sich vom Fenster ab und drehte sich zu seiner Tochter um, die nach Agnetas überstürztem Aufbruch ungebeten das Zimmer betreten hatte.

„Was ich mit ihr gemacht habe?", wiederholte er und hob eine Braue. „Überhaupt nichts! Ich habe nicht die geringste Ahnung, was auf einmal in sie gefahren ist."

Das war eine Lüge. Er konnte sich sogar verflixt gut vorstellen, warum Agneta so überspannt reagiert hatte. Und er verspürte mehr als nur einen Anflug von schlechtem Gewissen. In seiner Gedankenlosigkeit hatte er sie in die Flucht geschlagen.

Schließlich kannte er die Prognose, die die Ärzte im Krankenhaus Agneta nach ihrem Unfall gestellt hatten. Die Chancen, dass sie jemals eigene Kinder zur Welt bringen würde, waren nur verschwindend gering. Agneta solle froh sein, weil sie überlebt habe, hatte damals einer der Professoren gesagt. Nicht jeder, der in einen Verkehrsunfall mit Fahrerflucht verwickelt wurde, habe so viel Glück.

Glück …

Glück?

Sicher, Agneta war mit dem Leben davongekommen. Doch musste sie allein dafür bereits dankbar sein? Sie war völlig unverschuldet in eine Situation geraten, die ihr ganzes Leben und all ihre Zukunftsträume mit einem Schlag durcheinandergewirbelt hatte. Und der wahre Schuldige kam einfach so davon, ohne sich jemals für die Konsequenzen seines Handelns verantworten zu müssen. War das fair?

Auf der anderen Seite … Verdiente Agneta es überhaupt, dass er sich ihretwegen Gedanken machte? Wenn er daran dachte, wie sie vor dreizehn Jahren von einem Tag auf den anderen aus seinem Leben verschwunden war … Ohne ein Wort des Abschieds …

„Sie ist echt nett“, sagte Liv und riss ihn damit erneut aus den Grübeleien.

Er runzelte die Stirn. „Woher willst du das wissen? Du kennst sie doch kaum.“

„Gut genug, um zu wissen, dass sie nett ist.“ Seine Tochter verschränkte die Arme vor der Brust. „Jedenfalls netter als diese … Trulla, die uns vorhin beinahe über den Haufen gerannt hat.“ Sie musterte ihn eindringlich. „Wer war das überhaupt?“

Jonas wusste, dass er Liv zurechtweisen sollte, weil sie so unverschämt über Henrietta sprach. Insgeheim gratulierte er ihr jedoch zu ihrer hervorragenden Menschenkenntnis. Wie es schien, konnte sie sich mit ihren elf Jahren besser auf ihr Bauchgefühl verlassen als er sich auf seins.

„Sie heißt Henrietta Mårtensson“, entgegnete er daher lediglich. „Sie ist … sie *war* eine gute Freundin von mir.“

Mit einem erleichterten Seufzen ließ Liv sich aufs Sofa plumpsen und legte die Füße auf den gläsernen Couchtisch. „Und ich hatte schon Angst, dass du mir diese Ziege als zukünftige Stiefmutter präsentieren wolltest." Sie bedachte Jonas mit einem so eindringlichen Blick, dass er sich wie eine Labormaus unter dem Mikroskop fühlte. „Was läuft da eigentlich zwischen dir und Agneta?"

Er spürte, wie ihm das Blut ins Gesicht schoss. „Nichts läuft da", stritt er die Vermutung heftiger als beabsichtigt ab. Etwas ruhiger sagte er dann: „Zumindest nichts, was heute noch irgendwie von Bedeutung wäre." Er hob eine Braue. „Ganz davon abgesehen, dass du für solche Dinge noch viel zu jung bist, *tjej*."

Liv stieß ein abfälliges Schnauben aus. „Ich bin *elf*", konstatierte sie, „und kein kleines Baby mehr!"

Mit einiger Mühe unterdrückte Jonas ein Seufzen. Wie viel einfacher wären einige Dinge, wenn du noch in den Windeln liegen würdest, dachte er.

Wie viel einfacher – und zugleich so viel komplizierter …

Es war wohl besser, er fand sich mit den Gegebenheiten ab. Schließlich hatte er es wirklich mit keinem Kleinkind zu tun, sondern mit einem vorpubertierenden Mädchen. Je eher er das akzeptierte, desto leichter würde es ihm fallen, damit umzugehen.

Das hoffte er zumindest.

Und die Hoffnung war es, die ja bekanntermaßen zuletzt starb.

Besonders leicht fiel es ihm jedoch nicht, daran festzuhalten, als Liv weitersprach.

„Ich finde, du solltest dir das noch mal überlegen. Agneta und du, ihr würdet echt gut zusammenpassen. Sie ist nett und …" Sie zuckte mit den Schultern. „Ich schätze, ich gehe morgen Vormittag mal runter in den Ort und frage, ob sie Hilfe bei der Renovierung ihres Ladens braucht. Obwohl ich jemanden wüsste, der dazu sehr viel besser geeignet wäre als ich …"

Was für ein absurder Gedanke! Er und Agneta – das konnte einfach nicht gut gehen. Ganz davon abgesehen, dass sie sich schon bei dem kleinsten Anlass an die Kehle gingen – oder übereinander herfielen, je nachdem –, lag es nicht gerade in seinem Interesse, dass sie das *Himmelska Sockerdrömmar* wiedereröffnete. Oder zumindest nicht im Interesse der Belegschaft von *Arvidssons Tårtafabrik*.

Andererseits …

Im Grunde ging es ja lediglich darum zu verhindern, dass Agneta seiner Mutter auf die Schliche kam. Solange die Wahrheit nicht ans Licht kam, bestand für die Firma keine Gefahr. Und wenn Berit sich am Ende nicht an ihr Versprechen zu seiner Position hielt, würde er Nägel mit Köpfen machen und sich eine andere Anstellung suchen.

„Hmm-mmh", murmelte er geistesabwesend, als er Liv etwas sagen hörte.

Er hatte ihr gar nicht richtig zugehört, und so war er umso überraschter, als sie ihm vor Begeisterung fast um den Hals fiel. „Ist das dein Ernst? *Papp…* Jonas, du bist der Allerbeste! Agneta wird ausflippen, wenn sie erfährt, dass wir beide ihr bei der Arbeit helfen."

Entsetzt starrte Jonas sie an. Wann sollte er seine Zustimmung dazu gegeben haben? Er wollte das Missverständnis gerade aufklären, zögerte dann aber.

Vielleicht war die Idee gar nicht so schlecht. Zwar bereitete ihm die Vorstellung, Seite an Seite mit Agneta zusammenzuarbeiten, einiges Unbehagen. Aber er musste endlich eine Lösung für das Problem finden, das seine Mutter ihnen eingebrockt hatte.

Und zwar bevor Berit sich wieder daranmachte, selbst in Aktion zu treten – auf ihre ganz besondere und wenig diplomatische Art und Weise.

Er wusste, seine Mutter zögerte nicht lange, wenn es darum ging, Existenzen zu zerstören. Und im Fall von Agneta würde es ihr ohnehin nicht schwerfallen. Sie hatte sie nie gemocht und es Jonas stets übel genommen, dass er sie beinahe zu einem Teil der Familie gemacht hätte.

Der Tag, an dem Agneta aus Sjöråhamn verschwunden war, musste für Berit ein wahrer Freudentag gewesen sein.

Und nun war Agneta wieder zurück. Und bedrohte das Wohl von Firma und Familie Arvidsson, weil sie praktisch jederzeit über Berits schmutziges kleines Geheimnis stolpern konnte.

Es gab nur eine Möglichkeit, zu verhindern, dass seine Mutter in ihrem blinden Hass irgendwann zu weit ging: Er musste endlich selbst in Aktion treten.

Seufzend fuhr er sich durchs Haar. „Also schön. Wir fahren morgen früh zu Agneta und fragen sie, ob sie unsere Hilfe gebrauchen kann – aber nur“, er erstickte Livs Jubelschrei mit einer energischen Geste, „wenn du versprichst, dich zu benehmen und gemeinsam mit mir nach einer Lösung zu suchen, wie es mit dir weitergehen soll.“

„Aye, Sir!“ Seine Tochter salutierte ungelenk. „Zu Befehl, *Sir*!“

Missbilligend runzelte Jonas die Stirn. „Ich meine es ernst, Liv. Überleg es dir gut, denn ich gedenke, dich beim Wort zu nehmen.“

„Was immer du willst“, sprudelte es aus ihr heraus. Dann lief sie auf ihn zu, schlang ihm die Arme um den Hals und drückte ihm einen Kuss auf die Wange, ehe sie auf dem Absatz herumwirbelte und aus dem Zimmer stürmte.

Kopfschüttelnd blickte Jonas ihr nach. *Da versteh einer das schöne Geschlecht …*

Er schien dazu jedenfalls nicht in der Lage zu sein.

Weder was seine Tochter betraf noch Agneta.

Henrietta hatte sich wutentbrannt zunächst auf den Heimweg gemacht. Auf halber Strecke war sie jedoch umgekehrt und zurückgefahren. Nun rollte ihr Sportwagen auf der mit Kies gestreuten Auffahrt aus, und sie stellte den Motor ab.

Die Tür wurde geöffnet, noch bevor Henrietta den oberen

Absatz der breiten Vortreppe erreicht hatte, und Jonas' Mutter trat hindurch. Sie schenkte Henrietta ein sparsames Lächeln. „Ich nehme nicht an, dass du gekommen bist, um dich hier mit Jonas zu treffen."

Es war keine Frage, sondern vielmehr eine Feststellung. Und Berit wirkte auch nicht sonderlich überrascht. Vielmehr schien sie schon mit Henriettas Erscheinen gerechnet zu haben.

Im Grunde wunderte Henrietta sich nicht besonders. Sie hatte Berit als eine Frau kennengelernt, der nicht viel entging. Was im Ort, in ihrer Firma und erst recht in ihrer Familie geschah, wusste Berit mit hundertprozentiger Sicherheit als eine der Ersten.

Angespannt strich Henrietta sich eine Strähne ihres kurzen rotblonden Haars hinters Ohr. „Können wir vielleicht drinnen weitersprechen?"

Auf keinen Fall sollte Jonas etwas von ihrem Treffen mit seiner Mutter mitbekommen.

Ein Lächeln umspielte Berits Mundwinkel, doch es erreichte ihre hellblauen Augen nicht, mit denen sie Henrietta kalt und berechnend musterte. Trotzdem nickte sie. „Komm herein", sagte sie und trat zur Seite, um die Eingangstür freizugeben.

Henrietta war als Tochter des Bankdirektors von Sjöråhamn in einem großen Haus mit Angestellten aufgewachsen. Nach ihrem zwölften Geburtstag hatte ihr Vater sie dann auf ein Internat in England geschickt, das in einem ehemaligen Herrenhaus untergebracht gewesen war. Obwohl sie ein gewisses Ambiente gewohnt war, verfehlte die riesige Eingangshalle mit dem cremefarbenen Marmorboden und dem Kristallkronleuchter über der breiten Freitreppe ihre Wirkung auf sie nicht. Kein Wunder, dass die Leute im Ort stets ehrfürchtig von *Arvidssons Slott* sprachen, wenn der Stammsitz der Familie Arvidsson gemeint war.

Berit führte sie in einen Raum, der Henrietta entfernt an das Arbeitszimmer ihres Vaters in der Bank erinnerte. Die Einrichtung war sparsam, aber nicht schlicht. Ein wuchtiger Schreibtisch aus auf Hochglanz poliertem Eichenholz nahm fast die gesamte Rückseite des Raumes ein. Davon abgesehen gab es mehrere hohe Regale mit Büchern, die aussahen, als seien sie seit Jahrzehnten nicht angerührt worden. Neben dem Fenster stand ein ovaler Tisch mit mehreren Stühlen.

Es war perfekt. Hier zeigte sich ganz eindeutig die Handschrift eines Innenarchitekten, der etwas von seinem Beruf verstand. Dies war ein Raum, der wie geschaffen dafür war, anderen Menschen zu imponieren, nein, sie einzuschüchtern. Und genau dazu, dachte Henrietta mit einem unauffälligen Seitenblick in Berits Richtung, war er vermutlich auch gedacht.

„Wie geht es deinem Vater?", fragte Berit, nachdem sie Henrietta einen Platz am Tisch angeboten und sich dann ebenfalls gesetzt hatte.

Sie saßen etwa auf Augenhöhe da – trotzdem konnte Henrietta nicht das Gefühl abstreifen, dass auf sie herabgeblickt wurde. Unwillkürlich fragte sie sich, wie es erst jenen armen Delinquenten ergehen mochte, die von Berit an ihren Schreibtisch zitiert wurden.

Sie schüttelte das Unbehagen ab. „Gut", entgegnete sie, zögerte kurz und lächelte dann. „Das nehme ich zumindest an. Wir sehen uns nicht allzu oft." Und wenn wir es tun, streiten wir meist, fügte sie in Gedanken hinzu. Ob Berit die unausgesprochene Wahrheit erahnte? Ihr Blick ließ keine Schlussfolgerungen zu. „Aber ich bin nicht seinetwegen hier", fuhr sie fort. „Es geht um Jonas."

Berit nickte. „Das dachte ich mir bereits." Sie seufzte. „Ich nehme an, er hat dir den Laufpass gegeben?"

Henrietta blinzelte überrascht. „Woher …?"

„Ich habe meine Methoden", entgegnete die ältere Frau rätselhaft. „Davon abgesehen war es nur eine Frage der Zeit, nachdem diese … *Person* nach Sjöråhamn zurückgekehrt ist."

Henriettas Herz fing an, heftiger zu klopfen. „Du sprichst von Agneta Holmquvist?"

„Von wem wohl sonst?" Berits Züge wurden hart und verschlossen – noch mehr, als es ohnehin bereits der Fall war. „Diese Frau hat nichts als Schwierigkeiten gemacht, seit sie in das Leben meines Sohnes getreten ist. Als ich gehört habe, dass sie zurück ist, ist mir klar gewesen, dass etwas Derartiges geschehen würde." Sie zuckte mit den Schultern. „Tut mir wirklich leid für dich."

„Ist das alles?" Überrascht schaute Henrietta sie an. „Du willst nichts unternehmen? Gar nichts?" Sie runzelte die Stirn. „*Nej*, das kaufe ich dir nicht ab. Du hast doch etwas vor. Lass mich dir helfen!"

Einen kurzen Moment lang musterte Berit sie nur schweigend. Mit ihrem stechenden Blick schien sie geradewegs in Henriettas Herz zu schauen. Und was sie dort sah, gefiel ihr offenbar, denn ihre Lippen teilten sich zu einem wölfischen Lächeln.

„Du hast natürlich recht, ich habe nicht vor, die Hände in den Schoß zu legen und tatenlos zuzusehen, wie diese Frau alles kaputt macht." Ihr Tonfall machte mehr als deutlich, was sie von Agneta Holmquvist hielt. „Die Frage ist nur, ob du aus dem richtigen Holz geschnitzt bist, mir zu helfen." Sie musterte Henrietta durchdringend. „Ob ich dir vertrauen kann."

Henrietta fühlte sich wie das sprichwörtliche Kaninchen vor der Schlange, die jeden Moment zubeißen konnte. Irgendwie brachte sie ein Nicken zustande. „Du kannst mir vertrauen", brach es aus ihr hervor. „Ich tue alles."

Die Sekunden dehnten sich zu Minuten, kleinen Ewigkeiten. Schließlich nickte Berit langsam. „Ja", sagte sie leise. „Ja, ich glaube, du könntest mir tatsächlich von Nutzen sein. Also schön, hör zu – das ist mein Plan …"

15. KAPITEL

Ich weiß nicht, ob das wirklich so eine gute Idee ist", sagte Jonas, als er seinen Wagen am nächsten Morgen vor dem *Himmelska Sockerdrömmar* abstellte.

Es war Freitag, und auf dem *Kyrktorget* herrschte das bunte Treiben des Wochenmarkts. Stände und Buden mit farbenfrohen Markisen reihten sich aneinander, in den Gassen dazwischen drängten sich Menschen aus der gesamten Umgebung. Hier gab es alles zu kaufen, was das Herz begehrte: von Obst und Gemüse über frische Backwaren, Fisch, Wurst und Gewürzen bis hin zu Blumen, Spitzendeckchen und warmer Unterwäsche.

Als Junge hatte Jonas sich freitags in der großen Pause oft heimlich vom Schulgelände geschlichen, um über den Markt zu stromern. In seiner Fantasie war es einmal ein türkischer Basar gewesen und dann wieder ein mittelalterlicher Flachsmarkt. All die verschiedenen Gerüche, die sich miteinander vermischten, die dröhnenden Stimmen der Marktschreier, die ihre Waren anpriesen, verwandelten den Kirchplatz in etwas Fremdes, etwas Magisches. Jonas hatte sich dort in Sindbad den Seefahrer oder einen tapferen Wikinger verwandelt – natürlich nur so lange, bis die Glocke zum Ende der Pause geläutet hatte. Dann war er widerstrebend wieder in die Realität zurückgekehrt. Mit dem Glockenschlag hatte er sich wieder wie ein kleiner Junge gefühlt, der in einem freudlosen Elternhaus aufwuchs und sich verzweifelt nach Freiheit und Abenteuer sehnte.

Das lag nun lange zurück, und er war jetzt ein erwachsener Mann und selbst Vater einer halbwüchsigen Tochter. Heute musste er, auch wenn er manchmal lieber wie ein kleiner Junge davonlaufen würde, ein Vorbild sein. Versprechen muss man einhalten, sagte er sich, gab sich einen Ruck und stieg aus dem Wagen.

Liv, die übers ganze Gesicht strahlte – ein Anblick mit echtem Seltenheitswert –, folgte ihm. Sie trug ein Paar zerfetzte

Jeans – die noch vollkommen intakt gewesen waren, als Jonas sie ihr vor ein paar Tagen im Ort gekauft hatte – und eines seiner alten T-Shirts, das ihr viel zu weit war und außerdem fast bis zu den Knien reichte. Da sie heute auf ihr übliches Make-up verzichtet hatte, sah sie zum ersten Mal, seit sie in Sjöråhamn war, wie ein elfjähriges Mädchen aus. Zumindest wenn man einmal von ihrem grell pinkfarbenen Haar absah, das sie sich an diesem Tag zu einem unordentlichen Zopf zusammengefasst hatte, aus dem sich bereits unzählige Strähnen gelöst hatten.

Jonas seufzte stumm. Er selbst hatte ebenfalls alte Jeans angezogen, um die es nicht schade war, wenn sie bei der Arbeit im *Himmelska Sockerdrömmar* ruiniert wurden. Dazu trug er ein altes Bandshirt, das er im hintersten Winkel seines Kleiderschranks entdeckt hatte. Es trug den Schriftzug von *Aerosmith*, der amerikanischen Rockgruppe, die Agneta und er als Jugendliche geliebt hatten.

Als er die Ladentür öffnete, verspürte er eine nervöse Aufregung, die ihn selbst irritierte. Er war hier, um seiner Tochter einen Gefallen zu tun und einer alten Freundin zu helfen. Was war schon dabei? Die Zeiten, in denen Agneta und ihn mehr verbunden hatte, lagen schon eine Ewigkeit zurück. Er war selbst kaum mehr als ein Kind gewesen, als er sie gebeten hatte, seine Frau zu werden.

Dennoch schlug sein Herz unwillkürlich schneller, als er das *Himmelska Sockerdrömmar* betrat. Obwohl Agneta nirgends zu sehen war, meinte er ihre Präsenz doch in jedem Raum zu spüren. Das hatte ihn an ihr schon immer fasziniert: Es war, als würde sie auf ihrem Weg ein Echo ihrer Persönlichkeit zurücklassen, das noch nachhallte, wenn sie selbst längst fort war.

Er schloss die Augen, um die ungewünschten Empfindungen zurückzudrängen, die in ihm aufstiegen. Doch sofort erschien vor seinem geistigen Auge das Bild, wie er sie in der Küche des *Klipppanhus* geküsst hatte. Hastig hob er die Lider wieder.

Er durchquerte den Verkaufsraum und den Korridor, bis er schließlich zur Backstube gelangte. „Agneta, Liv und ich …“ Der Anblick eines Fremden, der sich über einen Karton mit Papieren beugte und diese durchwühlte, ließ ihn abrupt verstummen. Seine Augen wurden schmal. „Wer sind Sie? Und was tun Sie da?“

Der Mann – er war etwa so groß wie Jonas, aber um einiges stämmiger und mindestens zehn Jahre älter – richtete sich ohne besondere Eile auf. „Dasselbe könnte ich Sie wohl fragen. Die Chefin hat nicht erwähnt, dass sie Besuch erwartet.“

Jonas musterte den Unbekannten eindringlich. Schon möglich, dass er für Agneta arbeitete. Berit hatte es ihr vermutlich unmöglich gemacht, jemanden aus dem Ort zu beschäftigen. Aber irgendetwas an diesem Mann gefiel ihm nicht. Er beschloss, ihm noch ein wenig auf den Zahn zu fühlen. „Und was haben Sie mit diesen Papieren zu schaffen?“, fragte er und deutete auf den offenen Karton, der vor dem Fremden auf dem Boden stand.

„Ich wüsste nicht, was Sie das anginge“, entgegnete der ältere Mann und verschränkte die Arme vor der Brust. „Schließlich sind Sie derjenige, der unbefugt in den Laden eingedrungen ist.“

„Eingedrungen? Ich …“

„Was, zum Donnerwetter, ist denn hier los?“ Agneta, die in der offenen Hintertür stand, blickte stirnrunzelnd in die Runde. „Man hört das Geschrei hier ja bis zum Markt runter. Kann mir mal jemand erklären, was das Theater soll?“

„Agneta!“ Freudestrahlend lief Liv auf sie zu. *„Pappa* und ich sind gekommen, um dir bei der Renovierung deines Ladens zu helfen!“

Es war das erste Mal, dass Liv ihn *pappa* nannte, ohne sich zu korrigieren. Das warme Gefühl, das dieses Wort in Jonas auslöste, verwunderte ihn.

Er und Liv mochten blutsverwandt sein, sie waren einander aber stets fremd geblieben.

Wieder fragte Jonas sich, ob das nicht seine Schuld gewesen war. Er hatte Liv bei der ersten sich bietenden Gelegenheit aufs Internat geschickt. Um sie vor seinem schädlichen Einfluss zu beschützen, so zumindest die Theorie. Aber stimmte das auch wirklich? Mit Agneta wäre er auch jederzeit bereit gewesen, Kinder in die Welt zu setzen. Er hatte die Diagnose der Ärzte gekannt. Doch wenn es trotzdem passiert wäre, hätte er sich gefreut. *Nej*, es hätte ihn zum glücklichsten Mann auf Erden gemacht.

Liv war bereits neun Jahre alt gewesen, als er erfahren hatte, dass sie seine Tochter war. Leider hatte ihn mit Elin lediglich eine kurze Affäre verbunden. Nichts, was ihm dabei hätte helfen können, eine Beziehung zu diesem Kind aufzubauen.

Hatte er ihr überhaupt eine echte Chance gegeben? War er nicht vielmehr froh gewesen, als sie nach dem Tod ihrer Mutter verständlicherweise gegen ihn rebelliert hatte? Hatte er ihr Verhalten nicht als Vorwand genutzt, um sie tatsächlich abzuschieben?

Ganz gewiss hatte er diese Entscheidung nicht bewusst getroffen. Doch irgendwie war er auch erleichtert über die Chance gewesen, sein altes Leben weiterführen zu können. Natürlich kam er seiner Verantwortung nach, indem er ihre schulische Ausbildung und ihre Erziehung finanzierte. Doch eine echte Bezugsperson war er ihr nie gewesen – konnte er das wirklich mit den Genen seines Vaters entschuldigen?

„Ist das wahr?"

Agnetas Frage riss ihn aus den Gedanken. Jonas räusperte sich. „Liv hat gemeint, dass du Unterstützung nötig hast. Ich habe dir meine Hilfe schon einmal angeboten, aber du wolltest sie nicht." Er zuckte mit den Schultern. „Es ist deine Entscheidung."

Ihr war deutlich anzusehen, wie sie mit sich kämpfte. Zweifellos konnte sie jede helfende Hand brauchen. Aber musste es ausgerechnet seine sein? Das fragte sie sich wohl.

Schließlich sprang sie allerdings über ihren Schatten und

nickte. „Also schön, dann wollen wir doch mal schauen, was ich für euch zu tun habe."

„Ich habe solchen Hunger, ich könnte ein ganzes Pferd verdrücken", sagte Liv vier Stunden später stöhnend. Sie wischte sich mit dem Handrücken über die Stirn, ohne zu merken, dass sie sich dabei mit Farbe beschmierte.

Agneta, die mit ihr gemeinsam die Theke im Verkaufsraum angestrichen hatte, zog lächelnd ein Taschentuch aus der Hosentasche und wischte damit Livs Gesicht sauber.

Sie waren gut vorangekommen. Ebenso wie Jonas und Mats, die Agneta in die Backstube verbannt hatte, um dort den ständig verstopften Abfluss zu reparieren. Es war ihr lieber, Jonas ein wenig auf Abstand zu halten. Denn immer, wenn sie einander begegneten, verspürte sie sofort dieses gefährliche Kribbeln, das ihr schon vor vielen Jahren fast zum Verhängnis geworden war.

Leugnen war zwecklos: Sie empfand immer noch etwas für Jonas. Womöglich mehr, als sie je für Kristoffer empfunden hatte. Doch das bedeutete nicht, dass es zwischen ihnen auch funktionieren konnte. Das Gegenteil war der Fall. Agneta *wusste*, dass ein erneutes Aufflackern der alten Liebe nur zu Schwierigkeiten führen konnte.

Und mit Schwierigkeiten hatte sie so schon genug zu kämpfen. Da brauchte sie nicht noch einen Mann, der ihr zusätzliche bereitete. Trotzdem – seine tatkräftige Unterstützung kam ihr sehr gelegen. Vor allem, da ihre Geldreserven inzwischen wie Butter in der Sonne dahinschmolzen.

„Also schön", sagte sie. „Machen wir eine Pause." Sie hob den Korb, den sie heute Morgen vom *Klippanhus* mitgebracht hatte, auf die Theke. Ihr Vater hatte zwar nur Proviant für zwei Personen eingepackt, aber so wie sie ihn kannte, reichten die Portionen auch locker für vier. „Holst du deinen Vater und Mats?"

Liv nickte und rief einen Augenblick später im Korridor

lauthals nach den beiden Männern. Agneta schmunzelte. Dieses Mädchen war ein echtes Energiebündel. Kein Wunder, dass Jonas Probleme hatte mitzuhalten. Der Ärmste war schlichtweg überfordert mit einer Tochter, die immerzu unter Strom stand.

Allerdings, ganz so schlecht schien es gar nicht zu laufen. Während der Arbeit hatte Liv beinahe pausenlos geredet – über ihre Zeit am Internat, wo es wohl einen jungen Mann gab, in den sie verliebt war, über ihre Hobbys, die Musik, die sie gerne hörte, und auch über das Zusammenleben mit Jonas. Sie hatte Agneta sogar gestanden, dass sie am liebsten hier in Sjöråhamn bei Jonas im Gartenhaus bleiben würde. Doch bisher war sie noch nicht mutig genug gewesen, ihn darum zu bitten.

Agneta beschloss, Jonas in nächster Zeit zu diesem Thema auf den Zahn zu fühlen.

Es dauerte nicht lange, bis Liv gemeinsam mit ihrem Vater zurückkehrte. Wie immer, wenn sie Jonas erblickte, reagierte ihr Körper auf seine ganz eigene Art. Ihr Herz klopfte eine Spur schneller, ihre Knie wurden weich, und ihr wurde so heiß, dass sie das Gefühl hatte, innerlich zu verbrennen.

Zum Glück verschwanden diese irritierenden Gefühle in der Regel rasch wieder. Was jedoch blieb und sich nicht so einfach vertreiben ließ, war das Knistern zwischen ihnen.

Sie holte tief Luft. „Wo habt ihr Mats gelassen?"

„Der wollte lieber einen Spaziergang machen", erwiderte Liv schulterzuckend, ehe sie sich auf den Korb mit den Leckereien stürzte und sich kalten Braten, Brötchen und Tomaten daraus stibitzte. „Ich gehe runter zum Hafen", verkündete sie dann und stürmte zur Tür hinaus, ohne Jonas' Erlaubnis abzuwarten.

Er blickte seiner Tochter kopfschüttelnd nach und seufzte. „Sie macht einfach, was sie will. Wenn sie sich etwas in den Kopf gesetzt hat, zieht sie es auch durch – ganz egal, was ich oder sonst jemand davon hält."

„Von wem sie das wohl hat …?"

„Wovon sprichst du?“

„Na davon, dass du auch immer nur getan hast, was du wolltest.“ Sie schmunzelte. „Auch wenn Berit deswegen nicht selten getobt hat.“

Sie wusste nur zu gut, wovon sie sprach. Berit musste damals völlig außer sich gewesen sein vor Wut. Sie hatte mit Sicherheit getobt, als sie von dem Heiratsantrag erfahren hatte. Anderenfalls wäre sie wohl auch nicht so weit gegangen, das schmutzige kleine Familiengeheimnis zu enthüllen, über das sie bis dahin den Mantel des Schweigens gehängt hatte.

Fast wünschte Agneta, die Wahrheit nie erfahren zu haben. Die Wahrheit darüber, wer den Unfall verursacht hatte, das war der wahre Grund, warum Jonas sie gebeten hatte, seine Frau zu werden.

Wie immer, wenn sie daran zurückdachte, stieg Bitterkeit in ihr auf, die ihr schier die Kehle zuzuschnüren schien. Mühsam verbannte sie die Erinnerungen jetzt. Das war in einem anderen Leben geschehen.

„Weißt du“, sagte er und lächelte traurig, „manchmal wünschte ich, Liv wäre unsere …“ Er brach ab, offensichtlich entsetzt darüber, dass er seinen Gedanken laut ausgesprochen hatte. „*Nej*, vergiss, was ich gerade gesagt habe.“

Agneta schlug das Herz bis zum Hals. Wie könnte sie es vergessen, wenn ihr der gleiche Gedanke doch selbst immer wieder und wieder im Kopf herumspukte? Wie hätte sich ihr Leben entwickelt, wäre sie damals nicht angefahren worden? Hätte Jonas ihr auch dann einen Antrag gemacht? Wäre Liv dann vielleicht wirklich ihr gemeinsames Kind?

Das Verlustgefühl, das wie eine Woge über sie hinwegrollte, war so heftig, dass sie nur mühsam ein Schluchzen unterdrücken konnte. Hastig wandte sie sich ab. Jonas sollte nicht sehen, wie aufgewühlt sie war.

Es war jedoch zwecklos, etwas vor ihm verbergen zu wollen.

Dass er hinter sie trat, spürte sie, noch bevor er die Hände auf ihre Schultern legte. Seine Berührung vertrieb langsam die eisige Kälte, die von ihr Besitz ergriffen hatte. Gleichzeitig erweckte sie eine uralte Sehnsucht in ihr zu neuem Leben. Die Sehnsucht danach, sich einfach in Jonas' starke Arme sinken zu lassen und die Welt um sich herum zu vergessen.

Doch dazu durfte sie es nicht kommen lassen. Es würde alles nur noch komplizierter machen, als es ohnehin bereits war.

„Jonas, ich …" Ihr stockte der Atem, als sie sich umdrehte und ihm geradewegs in die Augen sah.

Es war, als hätte sich der Boden unter ihren Füßen aufgetan, als befände sie sich im freien Fall. Seltsamerweise kein gänzlich unangenehmes Gefühl. Nicht, solange Jonas bei ihr war.

Sie konnte den Blick einfach nicht von ihm wenden.

Seine Augen glänzten in demselben hellen Grau, das für die Familie Arvidsson so typisch war. Während es bei seiner Mutter aber stechend und hart, bei seinem Bruder gleichgültig und kühl wirkte, ging von Jonas' Augen ein sanftes, warmes Leuchten aus. Es umfing sie, hüllte sie ein, und für einen Moment schien es nur noch sie beide zu geben. Agnetas Herz klopfte so heftig, als wollte es zerspringen. Alles in ihr fieberte dem einen, flüchtigen Moment entgegen, den sie ebenso herbeisehnte, wie sie ihn fürchtete.

Als er sich schließlich zu ihr herabbeugte und ihren Mund mit seinen Lippen verschloss, hörte die Welt um sie herum für einen Augenblick auf zu existieren. Es war, als hätte ihr Körper seine Küsse niemals wirklich vergessen können. Die Geräusche um sie herum – das leise Zwitschern der Vögel draußen vor dem Fenster, die Schritte der Passanten, die auf dem Weg zum Markt an der Ladentür vorübereilten – traten zurück, bis sie nur noch das heftige Klopfen des eigenen Herzens vernahm.

Das Blut rauschte ihr in den Ohren, und hinter ihren Schläfen hämmerte es. Sie schmiegte sich an Jonas, spürte die harten Muskeln seiner Brust und drückte die Finger an seine kräftigen Schultern. Als er die Hände unter ihren Po schob und sie dann mit einer einzigen, kraftvollen Bewegung auf den Ladentresen hob, stieß Agneta ein überraschtes Keuchen aus.

Sie brannte innerlich regelrecht.

Das Schaufenster des *Himmelska Sockerdrömmar* war noch immer mit Zeitungspapier verkleidet, sodass niemand von draußen in den Laden hineinschauen konnte. Zum Glück, denn Agneta wäre jetzt nicht in der Lage gewesen, sich vor neugierigen Blicken zu schützen.

Ohne den Kuss zu unterbrechen, schob Jonas die Hände unter ihr T-Shirt, wanderte mit den Fingerspitzen ihren Bauch empor und umschloss besitzergreifend ihre Brüste.

Wie von selbst schlang sie die Beine um seine Hüften und zog ihn damit näher zu sich heran. Dann entzog sie sich seinem Kuss, griff beherzt nach dem Bund seines T-Shirts und zog es ihm mit einem Ruck über den Kopf.

Mit entblößtem Oberkörper stand er nun vor ihr. Er war genauso gut gebaut wie früher. Besser sogar. Damals hatte er an der Schwelle vom Jungen zum Mann gestanden. Heute konnte kein Zweifel mehr daran bestehen, dass er ein Mann war.

Seine Brust hob und senkte sich heftig. Sein Gesicht, das sich jetzt auf einer Höhe mit ihrem befand, war leicht gerötet, und seine grauen Augen hatten einen fiebrigen Glanz angenommen. In diesem Moment wurde Agneta bewusst, dass sie die Frau war, die ihn so die Kontrolle verlieren ließ. Es war ein berauschendes Gefühl, zu sehen, welche Macht sie über diesen starken, unbeugsamen Mann ausübte.

Spielerisch strich sie ihm mit den Fingerspitzen über die Brust, woraufhin er scharf einatmete, sie beinahe grob an sich zog und so leidenschaftlich küsste, dass sie glaubte, vor Lust zu vergehen. Durch ihre Adern pulsierte scheinbar flüssiges Feuer, und in ihrem Kopf drehte sich alles. Kein anderer Mann hatte jemals einen solchen Taumel der Gefühle in ihr ausgelöst.

Und kein Mann hat dich jemals so tief verletzt wie er …

Der Gedanke wirkte auf sie, als hätte man einen Eimer Eiswasser über ihrem Kopf ausgeleert.

Hastig schob sie Jonas von sich, rutschte von der Theke herunter und richtete mit zitternden Fingern zunächst ihr T-Shirt, dann ihr Haar.

„Das … ist keine besonders gute Idee“, sagte sie, sobald sie sich wieder in der Lage fühlte, einen ganzen Satz zusammenzubringen. Ihn direkt anzuschauen wagte sie dennoch nicht, aus Angst, sonst wieder die Kontrolle zu verlieren. „Wir wissen doch beide, wohin das führt.“

Obwohl sie seinem Blick auswich, spürte sie, wie er sie eindringlich musterte. Schließlich trat er zurück und nickte. „Du hast recht. Wir sollten es ein wenig ruhiger angehen lassen.“

„*Nej!*“, gab sie vehement zurück und schüttelte den Kopf. „Wir sollten es *überhaupt nicht* angehen lassen, begreifst du das denn nicht?“ Nun sah sie doch zu ihm auf, und fast augenblicklich verspürte sie den unbändigen Drang, sich wieder in seine Arme sinken zu lassen.

Doch sie widerstand. *Fürs Erste.*

Nein, korrigierte sie sich sofort in Gedanken. Nicht fürs Erste – für immer.

So recht daran glauben konnte sie jedoch selbst nicht.

Zum Glück tauchte plötzlich jemand an der Tür auf und räusperte sich vernehmlich. Agneta hätte Mats um den Hals fallen können. Er war genau im richtigen Moment erschienen.

„Störe ich?“, fragte er und schaute von einem zum anderen.

Agneta schüttelte den Kopf. „Ganz und gar nicht. Jonas und ich sind fertig.“ Und zwar schon seit vielen, vielen Jahren, dachte sie, als ihr die Doppeldeutigkeit ihrer Worte auffiel. „Ich habe eine neue Aufgabe für Sie. Kommen Sie, ich zeige Ihnen, worum es geht.“

In Wahrheit wollte sie nur so weit wie möglich weg aus Jonas’ irritierender Nähe. Was sollte sie bloß tun? Hier in Sjöråhamn würde sie immer wieder in verfängliche Situationen mit ihm geraten. Wollte sie eine unbeschwerte Zukunft, sollte sie sich ganz von ihm fernhalten – oder die Katastrophe von vor dreizehn Jahren würde sich wiederholen.

Die Entscheidung hätte ihr nicht schwerfallen sollen. Tat sie aber.

„Und Sie haben das wirklich mit eigenen Augen gesehen?“ Angewidert rümpfte Berit die Nase. „Es besteht keine Chance, dass Sie die Situation falsch gedeutet haben?“

Fahles Mondlicht fiel durch das Fenster ihres Arbeitszimmers. Neben dem matten Schein der Leselampe, die nur einen Lichtkegel auf die Schreibtischoberfläche warf, war es im Raum dunkel.

Der Mann am anderen Ende der Telefonleitung quittierte die Frage mit einem leisen Lachen. „Glauben Sie mir, es gab nur verschwindend wenig Raum für Missverständnisse.“ Er räusperte sich angestrengt. „Zwischen Ihrem Sohn und Agneta Holmquvist hätte nicht einmal mehr ein Blatt Papier gepasst, wenn Sie verstehen, was ich meine.“

Berit verstand sehr gut. Besser, als sie wollte.

Dieses Flittchen hatte Jonas also tatsächlich wieder an den Haken bekommen!

Nur gut, dass sie diesbezüglich bereits Maßnahmen ergriffen hatte. Mit Henriettas Unterstützung würde es ihr hoffentlich schon bald gelingen, einen Keil zwischen die beiden zu treiben.

Es war von Anfang an ein Fehler gewesen, Jonas mit dieser besonderen Aufgabe zu betrauen. Für solcherlei Dinge war er viel zu schwach, zu weich. Mit seinem albernen Mitgefühl hatte er sich selbst schon viel zu oft im Weg gestanden. Hinzu kam diese unverständliche Schwäche für Agneta Holmquvist.

Ich hätte wissen müssen, dass das nicht gut gehen kann, dachte Berit.

Sie unterdrückte ein Seufzen. „Und die eigentliche Aufgabe, mit der ich Sie betraut habe? Wie sind Sie damit bis jetzt vorangekommen?“

„Ich arbeite daran“, entgegnete der Mann ausweichend.

„Darf ich das so verstehen, dass Sie bisher noch keine Spur haben?“, hakte sie eisig nach.

Es dauerte einen Moment, bis sie eine Antwort erhielt. „Ja“, sagte der Mann zögernd, „aber …“

„Ich will Ihre Ausflüchte nicht hören“, fiel Berit ihm ärgerlich ins Wort. „Erledigen Sie einfach Ihren Auftrag, verstanden? Mir ist völlig gleich, wie Sie es anstellen!“

Damit beendete sie das Gespräch, ohne dem Mann die Chance zu geben, noch etwas zu entgegnen.

Sie warf das Telefon auf den Tisch und trat ans Fenster. Unter ihr erstreckte sich, in die sanfte Wölbung der Bucht geschmiegt, Sjöråhamn. Der Ort, in dem sie geboren und aufgewachsen war. Wo sie ihre erste große Liebe und niederschmetternde Enttäuschungen erlebt hatte.

Nichts und niemand würde sie und ihre Familie von hier vertreiben. Berit war fest entschlossen, sie und alles, was ihnen gehörte, bis zum Letzten zu verteidigen. Sie würde alle Mittel einsetzen, die ihr zur Verfügung standen – ob es Jonas nun gefiel oder nicht.

Etwa zur selben Zeit saß Jonas draußen auf der Terrasse des Gartenhauses und blickte hinauf zum Firmament. Er hatte, bis auf die kurze Unterbrechung während seines Studiums, nie woanders gelebt als ins Sjöråhamn. Doch das bedeutete nicht, dass er noch nichts von der Welt gesehen hatte. Aber ganz gleich, wohin seine Reisen ihn auch führten – sei es nun New York, Tokio oder Peking –, nirgends strahlten die Sterne so hell wie in Sjöråhamn.

Und irgendwie war ihr Anblick für ihn stets tröstlich gewesen. Denn wo in Schweden er sich auch aufhielt, er wusste, dass Agneta nachts denselben Sternenhimmel über sich sah. Auf diese Weise hatte er sich ihr stets ein wenig näher gefühlt.

Agneta …

Obwohl ihre Beziehung nun schon so lange zurücklag, war es ihm doch nie gelungen, Agneta zu vergessen. Natürlich hatte er nicht immerzu an sie gedacht. Nur hin und wieder, dann aber mit großer Sehnsucht, gepaart mit Zorn und Enttäuschung.

Jetzt war sie zurückgekehrt und stürzte sein Leben, das er sich notgedrungen ohne sie aufgebaut hatte, in ein heilloses Chaos. Sie brachte sein gesamtes Gefühlsleben durcheinander.

Viel stärker, als es nach mehr als dreizehn Jahren der Fall sein sollte.

Wenn er nur an sie dachte, spürte er ja schon die altbekannte nervöse Unruhe in sich aufsteigen.

Unruhig? Mach dir ruhig selbst etwas vor, Jonas, aber das, was du empfunden hast, als ihr euch geküsst habt, war weit mehr als Unruhe!

Aufstöhnend fuhr er sich durch das schwarze Haar und brachte es damit vollkommen durcheinander. Es war unvernünftig, an jenen schwachen Moment zu denken, in dem er Agneta in den Armen gehalten hatte. Unvernünftig und doch unvermeidlich. Denn wann hatte er sich zuletzt so frei, so lebendig gefühlt wie in dem flüchtigen Augenblick?

Vor Wochen? Monaten? Jahren?

Er dachte an Henrietta. Hatte er mit ihr jemals etwas auch nur ansatzweise Vergleichbares erlebt?

Nej – und die Erklärung dafür war ganz einfach: Er liebte Henrietta nicht, und sie empfand auch nicht mehr für ihn. Ihre Beziehung war eine reine Zweckgemeinschaft gewesen. Zwei Menschen, die sich aus praktischen Beweggründen zusammengetan hatten. Wenn er jetzt darüber nachdachte, erschien es ihm so offensichtlich, so schrecklich banal.

Und Agneta und du?

Er stand auf und fing an, mit ausgreifenden Schritten auf und ab zu laufen. Die Bewegung tat ihm gut, wenn es ihm auch kaum dabei half, seine Gedanken zu sortieren.

Was verband ihn noch mit Agneta? Waren es vor allem nostalgische Gefühle? Gemeinsame Erinnerungen an eine goldene Vergangenheit, die schon so lange vorüber war, dass sie schon gar nicht mehr wahr erschien?

Oder war da noch mehr?

Fan! Und ob da noch mehr war! Er konnte sie ja kaum ansehen, ohne dass sein Blut in Wallung geriet. Er ertappte sich immer wieder dabei, dass er ihr helfen, sie beschützen und unterstützen wollte, selbst wenn es seinen Plänen zuwiderlief.

Aber er hatte auch nicht vergessen, was damals passiert war. Die Erinnerung hatte sich so tief in sein Gedächtnis gebrannt, dass er sie wohl niemals vollständig würde abschütteln können.

Er war bereit gewesen, alles für Agneta zu tun. Ohne mit der Wimper zu zucken, wäre er mit ihr aus Sjöråhamn fortgegangen, wenn sie ihn darum gebeten hätte. Bis ans Ende der Welt wäre er mit ihr gegangen.

In guten wie in schlechten Zeiten …

Sie hatte ihm nicht die Chance gegeben, zu beweisen, wie ernst es ihm damit war. Stattdessen war sie allein gegangen. Ohne ein Wort des Abschieds. Ohne ein Wort der Erklärung.

Er verstand bis heute nicht, was eigentlich geschehen war. An dem Abend, an dem er ihr den Antrag gemacht hatte, war sie überglücklich gewesen. Wenige Tage später hatte ihr Vater ihm erklärt, dass sie nach Stockholm gegangen sei.

Einfach so.

Natürlich hatte er nichts unversucht gelassen, sie zu erreichen. Er wäre ihr auch nach Stockholm nachgereist, hätte er einen Anhaltspunkt zu ihrem Aufenthaltsort gehabt. Doch Gustaf Holmquvist hatte den Wunsch seiner Tochter respektiert und geschwiegen, auch wenn es ihm sichtlich schwergefallen war.

Mit einem Mal verspürte Jonas das unbändige Verlangen, zur Küste hinunterzufahren. Dorthin, wo er Agneta zum ersten Mal geküsst hatte.

Es war ein albernes, kindisches Bedürfnis, das nichts von dem, was geschehen war, ändern würde. Jonas war jedoch sicher, heute Nacht keine Ruhe zu finden, wenn er dem Drang nicht nachkam. Also ging er ins Haus zurück, hinterließ Liv für den unwahrscheinlichen Fall, dass sie aufwachte und nach ihm suchte, eine Nachricht, und ging aus dem Haus. Kurz überlegte er, den Wagen zu nehmen, entschied sich aber dagegen. Ein bisschen Bewegung würde ihm guttun.

Silbernes Mondlicht fiel durch die lichten Kronen der Birken, die das Gartenhaus umgaben. Jonas wandte sich nach Osten, passierte den Seitenflügel des Haupthauses und folgte dem gewundenen, abschüssigen Weg in Richtung Ortschaft. Zuerst ging er langsam, aber bereits nach ein paar Minuten wurden seine Schritte schneller, sodass er schon bald die ersten Ausläufer von Sjöråhamn erreichte.

Hinter den Fenstern der Häuser entlang des *Skyttevägen* war es dunkel. Der Ort lag in tiefem Schlaf. *Und du solltest eigentlich auch schlafen, ansonsten bist du morgen zu nichts zu gebrauchen.*

Liv schlief bestimmt auch fest. Sie war bereits auf der Heimfahrt eingeschlafen, sodass Jonas sie aus dem Auto gehoben und auf ihr Zimmer getragen hatte. Die ganze Zeit über hatte sie nicht einmal geblinzelt. Ganz im Gegensatz zu Jonas, der kein Auge zubekam.

Als er den *Kyrktorget* erreichte, verlangsamte er seine Schritte. Die Schaufensterscheiben des *Himmelska Sockerdrömmar* waren noch immer von innen mit Zeitungspapier beklebt, doch das Schild *Tillfälligt stängd* – Vorübergehend geschlossen – war gegen ein neues ausgetauscht worden: *Nyöppning snart* – Wiedereröffnung in Kürze.

Abermals wanderten seine Gedanken zurück zum Nachmittag, als Agneta und er allein im Laden gewesen waren. Wie es sich angefühlt hatte, sie zu halten. Sie zu küssen.

Er kniff die Augen zusammen, um die Bilder, die wie eine Flutwelle auf ihn zustürzten, aus seinem Kopf zu verbannen. Zwecklos.

Als er die Lider wieder hob, glaubte er kurz, ein schwaches Aufflackern zu sehen. Argwöhnisch runzelte er die Stirn und starrte konzentriert in die Dunkelheit. Durch die Lagen von Zeitungspapier auf der Scheibe konnte er nichts Genaues erkennen. Vielleicht war es nur das Mondlicht gewesen, das durch die großen Fenster der Backstube einfiel, oder …

Doch da! Da war es wieder!

Und dieses Mal war Jonas sich ganz sicher, dass es sich um das Licht einer Taschenlampe handelte. Jemand hielt sich im

Himmelska Sockerdrömmar auf.

Agneta? Er warf einen Blick auf die Kirchturmuhr. Nein, bestimmt nicht mehr um diese Zeit.

Aber wenn nicht sie – wer dann?

Einbrecher, war sein nächster Gedanke. Womöglich ein und dieselbe Person, die den Laden verwüstet hatte.

Es mochte verrückt sein, aber Jonas zögerte keine Sekunde. Durch einen schmalen Gang zwischen dem *Himmelska Sockerdrömmar* und dem Nachbarhaus gelangte er in den Hinterhof des Gebäudes. Dieser war lediglich mit einem niedrigen Zaun von den Gärten der umliegenden Häuser abgetrennt. Als Jonas ihn erreichte, sah er gerade noch, wie eine dunkel gekleidete Gestalt durch die Hintertür des Ladens trat.

„Halt!", rief er. „Sofort stehen bleiben!"

Die Person erstarrte für einen Moment. Dann wandte sie Jonas das Gesicht zu, das mithilfe einer schwarzen Skimütze vermummt war, sodass er im fahlen Mondschein nur die leuchtend blauen Augen des Mannes – denn um einen solchen handelte es sich von der Statur her eindeutig – erkennen konnte.

Jetzt oder nie, dachte Jonas und lief los. In derselben Sekunde setzte sich auch der Einbrecher in Bewegung. Mit einem Satz war er über den Zaun in den Garten des Nachbarhauses gesprungen, wo seine Umrisse in der Schwärze der Nacht verschwammen.

„*Fan också!*", stieß Jonas wütend hervor, nachdem er ebenfalls über den Zaun geklettert war. Suchend blickte er sich um. Der Mann schien wie vom Erdboden verschluckt zu sein. „Das darf doch nicht wahr sein!"

In einigen der umliegenden Häuser gingen die Lichter an, ein älterer Mann erschien im Fenster, um nach dem Rechten zu sehen. Als er Jonas erblickte, öffnete er das Fenster. „Was veranstaltest du hier mitten in der Nacht für einen Lärm, Jonas Arvidsson? Hat dir deine Mutter keine Manieren beigebracht?"

Jonas erkannte Gunnar Löfgren, den Inhaber von *Löfgrens Bageri*. „Ruf die Polizei, Gunnar!", rief er. „Es hat wieder einen

Einbruch im *Himmelska Sockerdrömmar* gegeben!"

Der Gesichtsausdruck des älteren Mannes wechselte ziemlich abrupt von verhaltenem Ärger über die nächtliche Ruhestörung hin zu einer Mischung aus Wut und Schreck. Er fluchte unterdrückt, dann sagte er: „Bin schon unterwegs", und verschwand vom Fenster.

16. KAPITEL

„Nej, es scheint alles in Ordnung zu sein", erklärte Agneta, nachdem sie sich zusammen mit Anton Björklund, der diese Nacht Dienst hatte, den ganzen Laden angeschaut hatte. Sie schlang sich die Arme um den Oberkörper. „Ein paar Sachen sind in Unordnung gebracht worden, aber gestohlen wurde nichts, soweit ich es feststellen kann."

„Vielleicht hat Jonas den Einbrecher aufgeschreckt, bevor er etwas hätte mitnehmen können", merkte ihr Vater an. Es war schon weit nach zwei Uhr gewesen, als das Klingeln des Telefons Gustaf Holmquvist aus dem Schlaf gerissen hatte. Agneta selbst hatte zu diesem Zeitpunkt noch immer wach gelegen und zur Decke ihres alten Kinderzimmers hinaufgestarrt.

„Das glaube ich kaum", entgegnete Jonas, der im Türrahmen lehnte – lässig wie immer und nicht, als hätte er gerade einen Einbrecher verjagt. „Als ich nach hinten in den Garten kam, sah es aus, als wollte er gerade verschwinden. Er hat mich gesehen und ist sofort losgerannt. Ich wollte ihm nach, aber als er über den Zaun war, habe ich ihn aus den Augen verloren."

„Und das ist auch gut so", sagte Anton Björklund und bedachte Jonas mit einem tadelnden Blick. „Warum wollen alle unbedingt immer die Arbeit der Polizei erledigen? Ist dir eigentlich bewusst, wie gefährlich so eine Verfolgungsjagd werden kann? Der Mann hätte bewaffnet sein können!"

Bei dem Gedanken daran, was Jonas alles hätte zustoßen können, schauderte Agneta. So etwas wollte sie niemals erleben.

„Das ist jetzt schon das zweite Mal, dass so etwas passiert", sagte sie und fuhr sich seufzend durchs Haar. „Ab morgen werde ich nach oben in die Wohnung über dem Laden ziehen."

„Was?", riefen Gustaf, Jonas und Anton wie aus einem Munde. Entsetzt starrten die Männer Agneta an.

„Das ist hoffentlich nicht dein Ernst", parierte Gustaf, der zuerst die Sprache wiederfand. „Die Wohnung ist doch noch gar nicht fertig! Es muss tapeziert werden, und die meisten der Einrichtungsgegenstände sind auch nicht mehr zu verwenden."

„Ich kann in Tante Mias altem Bett schlafen", entgegnete Agneta stur. „Überleg doch mal, *pappa* – es ist doch viel praktischer für mich. So muss ich nach dem Aufstehen nur die Treppe runtergehen, und schon bin ich im Laden."

„Und wenn wieder mal jemand versucht, hier einzubrechen?", fragte Jonas. „Was hast du dann vor? Den Einbrecher mit Marzipankartöffelchen bewerfen, bis er die Flucht ergreift?"

„Wirklich sehr lustig!" Agneta bedachte ihn mit einem eisigen Blick. „Du hast sicher eine bessere Idee. Aber zu deiner Information: Es geht hier um *meinen* Laden, und deshalb bin *ich* es, die hier die Entscheidungen trifft." Sie schüttelte den Kopf. „Ich danke dir, weil du diesen Einbrecher heute Nacht vertrieben hast. Ganz ehrlich. Trotzdem nehme ich mein Schicksal lieber selbst in die Hand."

Angriffslustig blickte sie in die Runde. Ihr Vater begriff als Erster, dass sie nicht mit sich reden lassen würde. „Ach, *min solstråle*", sagte er seufzend. „Mir gefällt zwar nicht, was du vorhast, aber ich kenne dich gut genug, um zu wissen, dass du deine Entscheidung schon längst getroffen hast."

„Nein", mischte sich Jonas ein. „Darüber ist das letzte Wort noch nicht gesprochen. Ich muss jetzt langsam zurück zu Liv. Ich möchte nicht, dass sie allein im Gartenhaus ist, wenn sie aufwacht. Aber wir unterhalten uns morgen früh darüber, *okej*?"

„Da gibt es nichts mehr zu besprechen." Entschlossen sah Agneta ihn an. „Mein Entschluss steht fest, und daran wirst weder du noch sonst jemand etwas ändern."

„Darüber sprechen wir noch", entgegnete er und wandte sich den beiden Männern zu. „Ihr entschuldigt mich – ich muss zu meiner Tochter. Es wäre verantwortungslos, sie noch länger allein zu lassen."

„Das sind ja ganz neue Töne", murmelte Agneta, die sich darüber ärgerte, dass Jonas sie nicht ernst nahm. Sie hatte wirklich vor, in die Wohnung über dem Laden zu ziehen. Im Grunde genommen war das schon seit Längerem ihr Plan gewesen. Nicht, dass ihr die Wohngemeinschaft mit ihrem Vater nicht gefiel, ganz im Gegenteil! Aber es war an der Zeit, dass sie endlich wieder auf eigenen Beinen stand.

Und jetzt war die Gelegenheit gekommen, endlich damit anzufangen.

Als Liv am nächsten Vormittag die Post aus dem Briefkasten des Gartenhauses holte, hatte sie schon beim Anblick des Umschlags, auf dem als Absenderadresse das Jugendamt stand, ein sehr ungutes Gefühl.

Mit klopfendem Herzen mischte sie ihn unter die übrige Post und legte den Stapel auf den Küchentresen. Sie hoffte, dass ihr Vater das spezielle Kuvert wie durch ein Wunder übersehen würde. Es verschwinden zu lassen traute sie sich nicht.

Wie nicht anders zu erwarten gewesen war, erlebte sie eine Enttäuschung.

Sie hatte es sich gerade mit einem Buch in ihrem Zimmer gemütlich gemacht, da rief er sie auch schon mit einem energischen: „Liv, kommst du mal bitte?“ zu sich.

Seufzend legte sie das Buch zur Seite und stand auf. Es war ohnehin nicht ganz nach ihrem Geschmack. Shakespeare. Nach etwas mehr als anderthalb Szenen fragte Liv sich, wie dieser Mann es zu etwas hatte bringen können, so langatmig und verstaubt, wie das Theaterstück war.

„Ja?“, fragte sie unschuldig, blieb im Türrahmen des Arbeitszimmers stehen und wartete ab. Die Stimme ihres Vaters klang nicht anders als sonst, das konnte jedoch täuschen. Sie waren noch immer nicht so vertraut miteinander, dass Liv durch die Nuancen in Stimme, Mimik oder Haltung Rückschlüsse auf seine Gemütslage hätte ziehen können.

Zu ihrer Überraschung schien Jonas ihr keineswegs eine Standpauke halten zu wollen. Stattdessen gab er ihr mit einem knappen Winken zu verstehen, dass sie sich setzen sollte.

„Du bist jetzt … wie lange hier?“

„’ne ganze Weile“, antwortete Liv ausweichend. Sie ahnte, worauf das Ganze hinauslief. Früher oder später hatte es so weit kommen müssen, dass sie ihrem Vater lästig wurde. Vermutlich wollte er mit ihr besprechen, wie es nach den großen Ferien mit ihr weitergehen sollte.

Und genauso war es auch – Liv erlebte aber eine weitere Überraschung, als Jonas fragte: „Sag mal, könntest du dir eigentlich vorstellen … Wir kommen doch immer besser miteinander aus, oder? Ich meine … Willst du bei mir wohnen bleiben?“

Livs Augen wurden groß. Sie hatte sich gefragt, wann er ernst machen und sie zurück ins Internat schicken würde, und sich bereits Gegenargumente zurechtgelegt. Sie konnte unmöglich dorthin zurückkehren – hätte ihrem Vater gegenüber allerdings niemals den Namen Mikael erwähnt. In letzter Zeit hatte sie auch erstaunlich selten an ihn gedacht … Seltsam eigentlich, da sie vor ihrer überstürzten Flucht vom Internat an kaum etwas anderes hatte denken können als an ihn. Daran, wie gut er aussah, wenn er vorne an der Tafel stand und sich bemühte, Dinge in die Köpfe von ihr und ihren Klassenkameraden zu bringen, die keiner von ihnen im Leben brauchen würde.

Umso mehr vermisste sie Lucas, der ihr fast jeden Tag SMS oder E-Mails schrieb. Und ihre beste Freundin Emma, die sie über das, was an der Schule vor sich ging, auf dem Laufenden hielt. Doch nicht einmal der Gedanke an diese beiden hinderte sie jetzt daran, ihrem Vater begeistert um den Hals zu fallen. „Ja!“, rief sie. „Ja! Ist das wirklich dein Ernst? Oh Mann, ich kann es nicht fassen!“

„Natürlich musst du trotzdem weiter zur Schule gehen“, erklärte er mit mühsam zur Schau gestellter Strenge. „Ich erwarte außerdem von dir, dass du dir ein deutlich weniger kriminelles Hobby suchst als das Besprühen von Häuserwänden, haben wir uns verstanden?“

Liv nickte mit Nachdruck. Sie würde alles tun, wenn er sie bloß nicht wieder wegschickte. Denn obwohl sie noch nicht so lange hier war, fühlte sie sich in Sjöråhamn schon richtig heimisch. Was zu einem nicht geringen Teil auch mit Agneta zu tun hatte.

Trotz des großen Altersunterschieds betrachtete Liv sie als so etwas wie eine Freundin. Sie war nett, verständnisvoll und hatte, ohne dass sie lange gebeten werden musste, im Streit mit Jonas Partei für sie ergriffen. Außerdem schien Agneta tatsächlich keine Sekunde daran geglaubt zu haben, dass sie etwas mit dem Einbruch und der Verwüstung des *Himmelska Sockerdrömmar* zu tun hatte.

„Also, dann sind wir uns einig?"

„Ob wir uns einig sind?" Liv strahlte übers ganze Gesicht. „Worauf du dich verlassen kannst!"

Sie umarmte ihren Vater noch einmal, dann eilte sie zurück auf ihr Zimmer, um Emma und Lucas gleich über die neuesten Entwicklungen zu informieren.

Na, die beiden würden Augen machen!

Lächelnd blickte Jonas seiner Tochter nach, als sie freudestrahlend aus dem Raum stürmte. Doch seine Miene verfinsterte sich rasch wieder, sobald er an den Brief dachte, den er vorhin zwischen der Post entdeckt hatte.

Er öffnete die Schublade, holte das Schreiben hervor und strich es vor sich auf der Schreibtischunterlage glatt. Müdigkeit befiel ihn, als er den Inhalt erneut überflog.

Das Jugendamt meldete eine Mitarbeiterin an, die Livs Unterbringung im Haus ihres Vaters einer genauen Prüfung unterziehen sollte. Irgendjemand hatte der Behörde zugetragen, dass Jonas nicht in der Lage sei, sich angemessen um seine Tochter zu kümmern. Daher bat man Jonas, sich zwecks einer Terminvereinbarung zu melden.

Er konnte sich schon denken, wer dahintersteckte. Berit hatte ihm mehr als deutlich zu verstehen gegeben, dass ihr Livs

Anwesenheit in Sjöråhamn ein Dorn im Auge war. Und ihm fiel beim besten Willen niemand anders ein, der einen Grund haben könnte, seiner Tochter und ihm so übel mitzuspielen … Wenn seine Mutter ihn beim Jugendamt angeschwärzt hatte, dann hatte sie es dieses Mal endgültig zu weit getrieben. Wütend ballte er die Hände zu Fäusten. Berit brauchte nicht zu glauben, dass sie damit so einfach durchkommen würde. *So nicht, Mutter! So nicht!*

Natürlich war der Brief vom Jugendamt nicht der einzige Grund, warum er Liv gefragt hatte, ob sie bei ihm in Sjöråhamn bleiben wollte. Denn sosehr es ihn selbst verwunderte, das Zusammenleben mit seiner Tochter gefiel ihm immer besser. Es war schon seltsam: Er hatte es stets als Privileg empfunden, abends in eine penibel aufgeräumte, stille Wohnung zurückzukehren. Nie wäre er auf den Gedanken gekommen, dass er es einmal genießen könnte, fremde Schmutzwäsche vom Badezimmerfußboden aufzulesen und über herumliegende Schuhe, Taschen und Jacken zu stolpern. Doch genauso war es. Und inzwischen konnte er es sich fast nicht mehr vorstellen, wieder ganz allein für sich zu leben.

Sein Entschluss stand fest: Liv würde bei ihm bleiben. Die Mitarbeiterin vom Jugendamt sollte nur kommen. Gemeinsam würde es ihnen gelingen, die Dame zu überzeugen, daran zweifelte Jonas keine Sekunde. Er freute sich sogar darauf.

Ein Lächeln umspielte seine Lippen, als er nach dem Telefonhörer griff und die in dem Schreiben angegebene Rufnummer wählte. Lange musste er nicht warten, bis sich eine energische Frauenstimme meldete.

„Ah, natürlich", sagte die Jugendamtsmitarbeiterin, nachdem Jonas sich vorgestellt hatte. „Inga Svensson mein Name. Wie schön, dass Sie so kurzfristig Zeit gefunden haben, sich zu melden. Ich bin davon überzeugt, dass sich die Vorwürfe, die uns zugetragen wurden, in Luft auflösen werden, wenn ich Sie und Ihre Lebensgefährtin erst einmal kennengelernt habe."

Jonas hob eine Braue. „Meine … Lebensgefährtin?"

„Ja – Sie leben doch in einer festen Partnerschaft? Die Mutter der kleinen Liv ist ja bedauerlicherweise verstorben. Aber machen Sie sich keine Sorgen, ich persönlich halte es für äußerst wichtig, dass ein elfjähriges Mädchen auch eine weibliche Bezugsperson hat."

Damit überrumpelte sie Jonas völlig. Henrietta würde er Inga Svensson ganz sicher nicht als liebevolle Ziehmutter präsentieren. Die Rolle passte nicht zu ihr. Außerdem würde es ihm wahrscheinlich nicht gelingen, sie zum Mitspielen zu bewegen. Aber was dann?

„Natürlich", erwiderte er, bemüht, sich seine Ratlosigkeit nicht anmerken zu lassen. „Liv und meine … Lebensgefährtin freuen sich schon sehr darauf, Sie kennenzulernen."

„Wunderbar! Und das Schöne ist, dass ich übermorgen ohnehin bei Ihnen in der Gegend bin. Ich könnte dann gleich bei Ihnen hereinschauen. Das können Sie doch einrichten, oder?"

Übermorgen? Entsetzt riss Jonas die Augen auf. Das war ja grauenvoll! Wie sollte er in so kurzer Zeit eine Frau auftun, die bereit wäre, die Ersatzmutter für Liv zu spielen? Vielleicht … Nein.

Im Augenblick blieb ihm kaum etwas anderes übrig, als gute Miene zum bösen Spiel zu machen. Was Inga Svensson von einem alleinerziehenden Vater hielt, der es mit der Wahrheit nicht ganz so genau nahm, wollte er sich gar nicht erst ausmalen. „Das passt ganz wunderbar", log er, während seine Gedanken rasten. Wen konnte er um Hilfe bitten? Wen? Wen? Wen?

Sosehr er auch überlegte, ihm fiel nur eine einzige Person ein, die hierfür infrage kam. Agneta.

Sie war nicht nur seine erste und einzige große Liebe gewesen, sondern auch seine beste Freundin. Sie kannte ihn besser als sonst jemand auf der Welt. Wer, wenn nicht sie, konnte überzeugend die Rolle seiner Lebensgefährtin spielen?

Die Frage war nur: Würde sie ihm den Gefallen tun und bei der kleinen Scharade fürs Jugendamt mitspielen?

Auch hier fiel ihm die Antwort nicht schwer: Sie würde es

tun – nicht für ihn, aber für Liv. Die beiden hatten sich auf Anhieb gut verstanden. Und im Grunde verdankte er es niemand anderem als Agneta, dass die Beziehung zwischen ihm und Liv sich auf so erstaunliche Weise verändert hatte.

„Dann sehen wir uns also übermorgen", erklärte Inga Svensson eine Spur zu fröhlich. „Ich freue mich!"

„Und ich erst", erwiderte Jonas stöhnend, nachdem die Frau das Gespräch beendet hatte. Er legte das Telefon auf den Tisch, stützte die Ellbogen auf die Tischplatte und barg das Gesicht in den Händen.

Da hast du dich ja in einen schönen Schlamassel geritten, Jonas Arvidsson!

Doch was half alles Klagen und Jammern? Da musste er jetzt durch. Am besten, er schob das nun dringend notwendige Gespräch mit Agneta nicht auf die lange Bank. Mit ein bisschen Glück konnten sie einen Deal ausmachen: Jonas versuchte nicht länger, sie davon abzubringen, in die Wohnung über dem *Himmelska Sockerdrömmar* einzuziehen, und dafür spielte sie seine Lebensabschnittsgefährtin, ohne groß Fragen zu stellen.

Dass es mit Agneta so leicht werden würde, glaubte Jonas aber selbst nicht.

„Du hast – bitte was?" Agneta entglitten für einen Moment die Gesichtszüge, als sie hörte, welchen Verlauf Jonas' Gespräch mit der Jugendamtsmitarbeiterin genommen hatte. Fassungslos starrte sie ihn an. „Du kannst nicht im Ernst verlangen, dass ich deine bessere Hälfte spiele, Jonas Arvidsson! Bist du von allen guten Geistern verlassen?"

Seufzend legte er die Farbrolle, mit der er die Wand der Backstube gestrichen hatte, zur Seite – vorsichtig, damit der Boden von Farbspritzern verschont blieb.

„Es ist doch nur für einen Nachmittag", erwiderte er. „Bitte, Agneta. Es geht hier nicht um mich, sondern um Liv. Diese Frau hat mir mehr oder weniger deutlich zu verstehen gegeben, dass ein alleinstehender Mann als Vater einer elfjährigen Tochter für sie nicht infrage kommt. Was hätte ich denn tun sollen?"

„Mehr oder weniger deutlich – wenn ich das schon höre! Was bitte hat sie denn gesagt? Dass ein junges Mädchen eine starke weibliche Bezugsperson braucht, um nicht dem moralischen Verfall zu erliegen?"

Sie hatte es sarkastisch gemeint, doch Jonas blieb vollkommen ernst, als er sagte: „Sie hat vielleicht nicht ganz dieselben Worte benutzt, aber so in etwa kommt es hin."

Das nahm Agneta den Wind aus den Segeln.

Sie war froh darüber, dass sich Jonas und Liv besser verstanden. Vor allem freute sie sich für Liv, die sehr viel entspannter und gelöster wirkte als gleich nach ihrer Ankunft in Sjöråhamn. Die beiden waren auf dem richtigen Weg, und natürlich wollte Agneta nicht, dass irgendeine übereifrige Paragrafenreiterin diese Fortschritte zunichtemachte. Liv brauchte Jonas, und umgekehrt brauchte er seine Tochter. Die zwei waren ein starkes Gespann – sie mussten nur noch lernen, richtig miteinander umzugehen.

„Das gefällt mir nicht", sagte sie. „Das Amt zu belügen. Aber ..." Obwohl sie ahnte, dass sie es schon bald bereuen würde, nickte sie seufzend. „Nun ja, ich möchte nicht, dass man euch jetzt, wo ihr euch gerade gefunden habt, gleich wieder auseinanderreißt. Also schön – für Liv."

„*Tack!*", stieß Jonas erleichtert aus. „Ehrlich – ich wüsste nicht, wen ich sonst hätte fragen sollen."

„Schon gut", winkte sie ab. „Ich möchte schließlich auch, dass es Liv gut geht. Aber wenn wir übermorgen als Paar überzeugen wollen, sollten wir lieber ein bisschen üben."

Er wischte sich mit dem Handrücken über die Stirn, wobei er, ohne es zu merken, einen Streifen weißer Farbe auf seiner Haut hinterließ. „Wie meinst du das?"

„Na, das alles hat keinen Sinn, wenn es uns nicht gelingt, diese Inga Svensson zu überzeugen, stimmt's? Und damit wir gar nicht erst in die Verlegenheit kommen, unangenehme Fragen beantworten zu müssen, schlage ich vor, dass wir heute und morgen eine kleine Testphase laufen lassen."

Jonas blinzelte überrascht. „Ist das dein Ernst? Wie genau stellst du dir das vor?"

Sie zuckte mit den Schultern. „Was hättest du zum Beispiel mit Henrietta unternommen, wenn du noch mit ihr zusammen wärst?"

Ein anzügliches Grinsen umspielte seine Mundwinkel. „Henriettas und meine gemeinsamen Aktivitäten waren zumeist auf das Schlafzimmer ihres Apartments beschränkt", erklärte er, und in seinen Augen glitzerte es herausfordernd.

Agneta spürte, wie ihr das Blut ins Gesicht schoss. Sie wusste nicht, worüber sie sich mehr ärgerte. Über Jonas' Unverfrorenheit oder über die eigene Reaktion darauf.

„Das schlag dir mal schnell aus dem Kopf, mein Lieber", entgegnete sie und bemühte sich, dabei gelassen zu klingen. „Ich denke, wir starten am besten mit etwas ganz Alltäglichem. Isst du immer noch gern Muschelsuppe?"

„Wieso? Willst du mich zum Essen einladen?"

Sie verzog das Gesicht. „Lektion Nummer eins: Abend für Abend auswärts zu essen ist nicht unbedingt der typische Zeitvertreib für ein durchschnittliches schwedisches Paar."

Schmunzelnd zuckte er mit den Schultern. „Also gut, was schlägst du stattdessen vor?"

„Wir kochen", erklärte sie energisch. „Und zwar gemeinsam. Liv kann ebenfalls helfen." Fragend schaute sie Jonas an. „Mag sie denn überhaupt Muscheln?"

Diese Frage schien ihn rettungslos zu überfordern, sodass sie schon fast wieder Mitleid mit ihm bekam. Aber nur fast.

„Also schön. Liv und ich kümmern uns um das Essen – deine Aufgabe ist es, für die passenden Getränke zu sorgen."

„Das ist leicht", entgegnete er. „*Arvidssons Slott* verfügt über einen der bestsortierten Weinkeller in der gesamten Region."

„Wein für eine Elfjährige, Jonas? Dergleichen solltest du die Dame vom Jugendamt lieber nicht hören lassen."

Zerknirscht senkte er den Blick. „Für Liv natürlich nur Saft.

Ich fürchte, ich werde nie einen besonders guten Vater abgeben."

Agneta schüttelte den Kopf. Wusste er denn wirklich nicht, dass er der einzige Mann war, mit dem sie sich je ernsthaft hatte vorstellen können, eine Familie zu gründen? Zwar hatten sie und Kristoffer jahrelang – trotz aller Hilfsmittel, die die moderne Medizin bot – vergeblich versucht, ein Kind zu zeugen. Doch sie war nicht sicher, ob sie es sich ernsthaft gewünscht oder nur Kristoffer einen Gefallen hatte tun wollen.

Bei Jonas hingegen …

Sie hatte vom ersten Augenblick an gewusst, dass er einmal ein wunderbarer Vater werden würde. Im Gegensatz zu ihm glaubte sie nicht daran, dass er durch eine Laune der Natur dazu verdammt war, die Fehler seines Vaters zu wiederholen. Das hatte er ihr vor Jahren mal gestanden. Und wie so oft im Leben versetzte der Glaube Berge – und zwar im positiven wie auch im negativen Sinne. Offensichtlich hatte sich Jonas' Furcht davor, ein ebenso gleichgültiger und gefühlsarmer Vater wie Carl-Henrik Arvidsson-Brömmer zu werden, niemals gelegt. Er glaubte noch immer fest daran – selbst jetzt noch, da die Dinge zwischen Liv und ihm sich so günstig entwickelten.

Agnetas Meinung nach sprach allein die Tatsache, dass er sich darüber überhaupt Gedanken machte, dafür, dass er eben nicht wie sein Vater oder sein Bruder war. Die Frage war nur, wann er das selbst realisieren würde – oder ob überhaupt.

„Du bist ein sehr viel besserer Vater, als du dir selbst zutraust, Jonas", sagte sie und klopfte ihm auf die Schulter. „Und jetzt komm – wir sollten Liv in unseren Plan einweihen, ehe sie am Ende noch auf irgendwelche dummen Gedanken kommt."

Jonas nickte, auch wenn er nicht recht zu verstehen schien, worauf sie hinauswollte. Konnte es wirklich sein, dass er es noch nicht bemerkt hatte?

Lachend sah sie ihn an. „Sie hofft, dass aus uns ein Paar wird. Ist das nicht offensichtlich?"

Jonas wirkte vollkommen verblüfft. „Hat sie denn irgendetwas in dieser Richtung angedeutet?"

Agneta lächelte. „*Nej* – aber das war auch gar nicht nötig. Ist dir nicht aufgefallen, dass sie sich immer diskret zurückzieht, wenn wir irgendwo zusammen sind? Sie hofft, dass es zwischen uns funkt."

„Du glaubst, sie will uns verkuppeln?" Ungläubig schüttelte er den Kopf. „Nie im Leben wäre ich darauf gekommen. Meinst du wirklich?"

„Absolut. Und deshalb sollten wir nicht noch zusätzlich Öl ins Feuer gießen, indem wir vor ihren Augen unsere Liebespaar-Komödie aufführen."

Jonas nickte erneut, wirkte jedoch nicht wirklich überzeugt.

Männer, dachte sie und unterdrückte ein Schmunzeln. Manchmal konnten sie geradezu unglaublich scharfsinnig sein – nur um sich im nächsten Moment begriffsstutzig und fast wie ein kleines Kind aufzuführen.

Aber bist du denn wirklich besser? Du lässt dich auf dieses Spielchen ein, um Liv zu helfen, schön und gut. Hast du dir dabei auch bewusst gemacht, was das für dich bedeutet?

Die Antwort auf diese Frage konnte nur Nein lauten.

„Mein Gott, bin ich müde!" Liv streckte sich auf ihrem Stuhl und gähnte herzhaft, wie um ihre Worte zu unterstreichen. „Ich glaube, ich sollte schleunigst ins Bett gehen."

Jonas musterte seine Tochter stirnrunzelnd. Seit Agneta ihm von ihrer Vermutung – oder eher ihrer Erkenntnis, denn das traf es wesentlich besser – berichtet hatte, betrachtete er Liv mit ganz anderen Augen. Ständig fragte er sich, ob sie dieses und jenes wohl nur sagte, um Agneta und ihn zu verkuppeln. Es war nervtötend und frustrierend – vor allem, weil er immer wieder zu dem Schluss kam, dass Agneta recht hatte.

Dass Liv jetzt schon zu Bett gehen wollte, war das beste Beispiel dafür. Es war gerade kurz nach neun, und normalerweise war für Liv vor zehn an Schlaf nicht einmal zu denken. Dass sie ausgerechnet heute, da Agneta zum Essen bei ihnen war, von einem Anfall spontaner Müdigkeit erfasst wurde, fand Jonas doch sehr auffällig. Offensichtlich hoffte seine Tochter, dass er und Agneta sich näherkamen.

Und – *verflucht!* – genau das wünschte er sich auch. Sehr viel mehr sogar, als gut für ihn sein konnte. Doch er wusste sich nicht zu helfen. Was in der Vergangenheit zwischen ihnen vorgefallen war, hatte diese besondere Art von Magie zwischen ihnen nicht zerstören können. Zumindest war noch genug davon übrig, um ihn in ernsthafte Schwierigkeiten zu bringen.

„Und du bist sicher, dass du auf den weltbesten Apfelstrudel verzichten möchtest?“, hakte er bei Liv nach – mehr um sich von seinen irritierenden Gedankengängen abzubringen, als um Liv zum Bleiben zu überreden. „Wie du inzwischen festgestellt haben dürftest, gehört Kochen nicht unbedingt zu meinen größten Leidenschaften. Du solltest dir also gut überlegen, ob du dir diese Gelegenheit wirklich entgehen lassen willst.“

Liv grinste bloß schief und tätschelte sich den Bauch. „Tut mir leid, aber mehr bekomme ich beim besten Willen nicht mehr runter. Agneta und du werdet das also unter euch ausmachen müssen.“ Augenzwinkernd rutschte sie vom Stuhl. „Aber ich bin sicher, ihr macht das schon …“

Nicht zum ersten Mal fragte er sich, ob er seine Tochter bislang immer unterschätzt hatte. Sie war nicht das arglose kleine Mädchen, für das er sie – ihrer ungewöhnlichen Haarfarbe und den schrillen Klamotten zum Trotz – gehalten hatte. Ganz im Gegenteil sogar: Liv hatte es faustdick hinter den Ohren!

Doch da er – oder zumindest ein Teil von ihm, und zwar ganz eindeutig der abenteuerlustige – froh darüber war, Zeit allein mit Agneta verbringen zu können, tat er einfach so, als hätte er nichts bemerkt, und ließ seine Tochter ziehen.

„Was habe ich dir gesagt?“, fragte Agneta lächelnd, nachdem sich die Tür hinter Liv geschlossen hatte. „Sie versucht es schon wieder.“

Jonas nickte nur amüsiert. Seit Liv die Nachricht, dass das

Jugendamt eine Mitarbeiterin vorbeischicken würde, verdaut hatte, reagierte sie geradezu begeistert auf den Plan ihres Vaters. Sie hatte sogar vorgeschlagen, dass Agneta – natürlich nur zu Übungszwecken – ab sofort bei ihnen übernachten sollte. Agneta hatte leider sofort die Notbremse gezogen und klargestellt, dass sie sich nicht davon abbringen lassen würde, die Wohnung über ihrem Laden zu beziehen.

Was das betraf, war Jonas noch immer beunruhigt. Es gefiel ihm nicht, dass Agneta allein dort wohnen wollte. Das *Himmelska Sockerdrömmar* war nun schon mehrfach zum Ziel von Einbrechern geworden. Und er fürchtete, dass Agneta sich beim nächsten Mal zu irgendwelchen Dummheiten hinreißen lassen könnte. Doch da sie auf dieses Thema überaus empfindlich reagierte, sprach er es vorerst nicht an und hatte selbst ein Auge auf den Laden.

„Komm, ich helfe dir mit dem Abräumen", sagte Agneta, als er Anstalten machte, das schmutzige Geschirr einzusammeln.

Seite an Seite brachten sie zunächst die Teller und Gläser in die Küche, dann übernahm Agneta das Abtrocknen, während Jonas das Spülen erledigte. Es waren so gut wie keine Worte notwendig, sie verstanden sich blind.

So, wie es schon immer gewesen ist …

Einen Moment lang gab Jonas sich dem Gedanken hin, was zwischen ihnen beiden hätte sein können, wenn … ja – was? Wenn Agneta nicht einfach ohne ein Wort aus Sjörâhamn verschwunden wäre? Wenn sie ihm die Gelegenheit gegeben hätte, um sie zu kämpfen? Er konnte es fast vor sich sehen: Agneta und er, als glückliches Paar, in einem hübschen Haus mit weißem Gartenzaun wohnend und …

Nej! Innerlich rief er sich zur Ordnung. Es war gut so, wie es war. Hätte Agneta ihn damals nicht verlassen, dann wäre er vielleicht nie an die Uni gegangen. Und selbst wenn, dann hätte er ganz sicher nicht mit Elin geschlafen, und Liv wäre niemals geboren worden. Sosehr ihn die Vaterrolle auch immer noch forderte, er hätte Liv um nichts auf der Welt eingetauscht. Jetzt, da sie sich so gut verstanden, sowieso nicht.

Sein Leben mochte nicht unbedingt in besonders geraden Bahnen verlaufen sein, aber im Grunde seines Herzens wollte er nichts davon ändern. Es hatte ihn zu dem Menschen gemacht, der er heute war. Und dasselbe galt auch für Agneta.

Was nicht bedeutete, dass er sich auch nur einen Bruchteil weniger zu ihr hingezogen fühlte.

„Habe ich Seifenschaum im Gesicht, oder warum starrst du mich so an?"

Erst jetzt merkte Jonas, dass er Agneta die ganze Zeit über betrachtet hatte. Lächelnd senkte er den Blick. „Nein, du siehst … makellos aus."

Agneta legte das Geschirrtuch auf der Abtropfplatte ab und hob eine Braue. „Makellos? Ich weiß nicht, ob das ein Kompliment ist." Sie schüttelte den Kopf. „Makellos sind Dinge wie Eiskristalle oder Schnee, die man nicht zu berühren wagt, weil man sie sonst zerstören könnte. Bin ich das in deinen Augen? Unberührbar?"

Er schluckte und spürte, wie sein Herz anfing, schneller zu klopfen. Ahnte sie überhaupt, was sie ihm damit antat, wenn sie so redete?

Vermutlich nicht.

Krampfhaft kämpfte er darum, Haltung zu bewahren.

„Jonas?"

Verdammt, der Klang ihrer Stimme raubte ihm noch den Verstand. Die Luft in der kleinen Küche schien plötzlich von etwas vollkommen anderem erfüllt zu sein als lediglich von heißem Wasserdampf und dem Zitrusduft des Spülmittels. Agneta war ihm so nah, dass er die Wärme, die ihr Körper ausstrahlte, praktisch fühlen konnte. Er brauchte nur die Hand auszustrecken, um sie zu berühren.

Den Gedanken hatte Jonas kaum zu Ende gebracht, als er feststellte, dass er ihn längst ausgeführt hatte.

Agneta schaute ihn an. Ihre Augen waren groß, und in ihren blauen Tiefen glaubte er dasselbe Verlangen zu erkennen, das auch er empfand.

Und ehe er sich versah, hatte er sie an sich gezogen und ihren Mund mit seinen Lippen verschlossen.

Agneta hatte sich's mindestens eine Million Mal eingeschärft, sich ja nicht noch einmal auf Jonas Arvidsson einzulassen. Ihn ein einziges Mal zu küssen war schon leichtsinnig gewesen. Es ein zweites Mal zuzulassen konnte man nur als Wahnsinn bezeichnen. Dass sie nun aber schon wieder willenlos in seine Arme sank …

Und damit allein war es ja nicht getan! Sie konnte sich nicht damit herausreden, dass die Initiative allein von ihm ausging, denn das entsprach nicht den Tatsachen. Wie von selbst glitten ihre Hände unter sein Hemd, als er sie hochhob und auf die Küchenarbeitsplatte setzte. Agneta sah ihm direkt in die Augen.

Oh Gott, wie sehr sie diese Augen liebte!

Grau wie der Himmel über der Ostsee an einem stürmischen Tag. Und doch waren sie dabei nicht kühl, nein – sie strahlten eine Wärme aus, bei der Agneta unwillkürlich weiche Knie und Herzklopfen bekam. Und nicht nur ihr erging es so. Sie erinnerte sich noch gut daran, wie die Mädchen ihn früher umschwärmt hatten.

Obwohl das alles bereits so lange zurücklag, spürte Agneta, wie sie ein leichter Stich von Eifersucht durchzuckte. Ein Teil von ihr stellte offenbar noch immer Besitzansprüche an Jonas. Wie lächerlich, angesichts der Tatsache, dass sie beide mehr als dreizehn Jahre lang ein eigenes Leben gelebt hatten. Sie mit Kristoffer und er mit zahlreichen …

Darüber wollte sie jetzt nicht nachdenken. Deshalb schob sie den Gedanken weit von sich und konzentrierte sich stattdessen auf das Gefühl, seine glatte, muskulöse Brust unter ihren Fingern zu spüren.

Es war berauschend. Nein, mehr als das: Sämtliche klaren Gedanken zerstoben in einem Funkenregen, Agneta warf alle

Vernunft über Bord, schlang die Beine um Jonas' Hüften und zog ihn auf diese Weise näher zu sich heran. Die Luft zwischen ihnen schien aufgeladen vor knisternder Energie. Agneta spürte, wie kühle Feuchtigkeit durch den Stoff ihrer Hose drang, doch es kümmerte sie nicht, dass sie mitten in einer Spülwasserpfütze saß. Das alles trat weit, weit in den Hintergrund. Und alles, was noch zählte, waren Jonas und sie.

Feuer pulsierte durch ihre Adern, um sie herum drehte sich alles. Als Jonas von ihrem Mund abließ und eine Spur heißer Küsse über ihren Hals hinunter zum Schlüsselbein zog, entfuhr ihr ein heiseres Stöhnen.

„Jonas ...!"

Sie warf den Kopf in den Nacken. Ihr Atem ging jetzt keuchend. Sie konnte nicht mehr klar denken, nur noch fühlen. Kurz dachte sie noch daran, dass Liv jederzeit in die Küche platzen und sie überraschen könnte.

Wenn, dann würde sie sich vermutlich freuen ...

Ein leises Lachen ließ ihren Brustkorb vibrieren. Jonas hielt in seinen Zärtlichkeiten inne und blickte sie aus vor Lust verhangenen Augen an. „Was ist so lustig?", raunte er dicht an ihrem Ohr.

„Nichts", erwiderte sie hastig und schüttelte den Kopf. „Mach weiter. Bitte!"

Das letzte Wort hatte sie mit einer solchen Vehemenz ausgestoßen, dass es sie selbst erstaunte. Noch nie hatte sie einen Mann praktisch angefleht, sie zu küssen. Und es überraschte sie fast noch mehr, dass sie keinerlei Scham dabei empfand.

Sie wollte Jonas.

Wollte ihn jetzt.

Mit Haut und Haar.

Die Welt um sie herum war bedeutungslos geworden.

Und er ließ sich nicht lange bitten. Seine Hände wanderten ihren Rücken hinunter, während seine Lippen sich hingebungsvoll ihrem Dekolleté widmeten. Als Agneta die süße Qual nicht länger ertragen konnte, schob sie ihn von sich, knöpfte sich mit zitternden Fingern die Bluse auf und streifte sie sich über die Schultern.

Ein paar Sekunden lang stand Jonas einfach nur da und betrachtete sie. Sein Blick war so voller unverhohlener Bewunderung, dass Agneta sich wie eine Königin fühlte. Es fühlte sich himmlisch an. Und ihr Anblick erregte ihn. Es berauschte sie, so viel Macht über ihn zu haben. Über diesen starken, unerschütterlichen Mann, der, ohne mit der Wimper zu zucken, riesige Maschinenteile stemmen konnte und für den sie vermutlich nicht mehr als ein Fliegengewicht war. Agneta spürte die Hitze, die sein Körper ausstrahlte, und sein überwältigender erregender Duft hüllte sie ein.

Dann zog er sie endlich an sich und küsste sie erneut. Fordernd umschlossen seine Hände ihre Brüste; Lust, Faszination und ein warmes Gefühl, das sie nicht benennen konnte, erfüllten Agneta. Sie wand sich in seinen Armen. Das Feuer der Leidenschaft loderte so grell, dass sie glaubte, vergehen zu müssen. Sie schloss die Augen und ließ sich einfach fallen. Ein einziges Mal wollte sie nicht vernünftig sein, nicht an die Konsequenzen ihres Handelns denken und einfach nur genießen.

Da hörte sie plötzlich Schritte aus dem Obergeschoss und machte sich so hastig von Jonas los, als hätte sie sich verbrannt.

„Was ist los?“, fragte er.

Über sich hörte sie nun, wie eine Tür geöffnet und wieder geschlossen wurde. Kurz darauf erklang das Geräusch der Toilettenspülung.

„Das ist nur Liv“, erklärte Jonas.

Agnetas Herz hämmerte wie verrückt. Was tat sie hier eigentlich? Hatte sie vollkommen den Verstand verloren?

„Ich kann das nicht!“, stieß sie atemlos aus und schüttelte den Kopf. „Es tut mir leid …“

Sie wirbelte auf dem Absatz herum und stürmte aus dem Raum. Im Vorübergehen nahm sie ihre Jacke vom Garderobenhaken, öffnete die Haustür und eilte hinaus in die laue Sommernacht.

Jonas kam ihr nach, blieb aber in der Tür stehen. „Agneta", rief er. „Warte!"

Sie blieb nicht stehen. Als sie aber ihren Wagen erreichte, schaute sie noch einmal zurück. Sein Anblick, wie er mit entblößtem Oberkörper im Türrahmen lehnte, raubte ihr fast den Atem.

Hastig wandte sie den Blick wieder ab, schloss ihren Wagen auf und ließ sich auf den Fahrersitz sinken.

Der Motor heulte protestierend auf, als sie viel zu energisch den Zündschlüssel umdrehte und gleichzeitig Gas gab. Doch das kümmerte sie nicht. Sie konnte nur eines denken: Weg, nichts wie weg von hier!

ÄPPELPAJ MIT EIERLIKÖR

Zutaten

225 Gramm Zucker
75 Gramm Weizenmehl
80 Gramm Stärke
150 Gramm Butter
1 Prise Salz
3 Eier
200 Milliliter Schlagsahne
1 Teelöffel Backpulver
½ Päckchen Vanillezucker
125 Milliliter Eierlikör
1 Kilogramm säuerliche Äpfel
Vanillepudding für ½ Liter Milch

Zubereitung

1. Backofen vorheizen (Umluft 175 °C/Ober-/Unterhitze 200 °C). Springform einfetten. Eier trennen. Eigelbe mit 3 Esslöffeln lauwarmem Wasser, Vanillezucker und 50 Gramm Zucker schaumig schlagen. Eiweiße mit Salz steif schlagen. Unter Rühren 50 Gramm Zucker zugeben. Anschließend mit Eigelbmasse vermischen. Backpulver, Stärke und Mehl gesiebt hinzugeben und mit Schneebesen vorsichtig unterheben. In die Form geben und ca. 25 Minuten backen. Auskühlen lassen.

2. Äpfel schälen und Kerngehäuse entfernen, dann grob raspeln. Mit 125 Gramm Zucker vermischen. Puddingpulver und 125 Milliliter Eierlikör im Topf verrühren. Apfelraspel und Butter in Stückchen hinzugeben und alles zusammen unter Rühren aufkochen. Nach ca. 2 Minuten

vom Herd nehmen und abkühlen lassen.

3. Apfel-Eierlikörmasse auf Boden streichen. Alles etwa 2 Stunden kalt stellen.

4. Sahne steif schlagen und auf die Apfelmasse geben. Torte nach Wunsch verzieren.

17. KAPITEL

Sjöråhamn, Schweden – Juli 1957
Grundstück der Familie Arvidsson

Berit saß am Gartenteich und betrachtete scheinbar die Goldfische, die im smaragdgrünen Wasser ihre Kreise zogen. In Wahrheit war sie mit ihren Gedanken ganz woanders.

Seit etwas mehr als einer Woche spielte sie nun schon die Kranke. Sie war sicher, dass ihr Vater längst Verdacht geschöpft hatte. Und trotzdem sagte er nichts. Vielleicht war er ganz froh darüber, dass seine Tochter sich nicht in der Backstube blicken ließ. Was ihre Fähigkeiten als Konditorin betraf, war sie ohnehin eine nicht enden wollende Enttäuschung für ihn.

Inzwischen war ihr sogar fast egal, was ihr Vater dachte. Sie hatte lang genug vergeblich versucht, seine Anerkennung zu gewinnen. Sollte er ihr doch gestohlen bleiben.

Ihre verkorkste Beziehung zu ihrem Vater war allerdings nicht der Grund dafür, dass sie sich seit nunmehr neun Tagen vor der Arbeit drückte. Nein, der wahre Grund trug einen anderen Namen.

Mia.

Berit konnte kaum die Vorstellung ertragen, ihrer ehemals besten Freundin gegenüberzutreten. Sie war schon immer neidisch auf sie gewesen, weil ihr die Dinge einfach zuflogen – während sie selbst so hart arbeiten musste und ihr dennoch viel misslang. Dass ihr Vater Mia so offensichtlich bevorzugte, hatte ein Übriges getan. Doch trotz allem waren sie Freundinnen geblieben.

Durch Emil aber hatte sich alles verändert.

Nun konnte Berit nur noch Hass auf Mia empfinden. Weil Mia den Jungen bekommen hatte, den auch sie liebte. Weil Emil sie nun verachtete, da er wusste, dass sie versucht hatte, Mia mit einer Intrige zu schaden. Berit verabscheute Mia mit aller Inbrunst ihres siebzehnjährigen Herzens. So sehr, wie sie Emil liebte.

Und hasste.

Aufstöhnend barg sie das Gesicht in den Händen. Sie wusste selbst nicht mehr, was sie eigentlich für Emil empfand. Nur über eines war sie sich absolut im Klaren: Wenn sie ihn nicht haben konnte, dann sollte auch keine andere ihn bekommen.

Schon gar nicht Mia!

Berit seufzte. Sie musste sich etwas einfallen lassen, um einen Keil zwischen die beiden zu treiben. Nur was?

Seit Tagen überlegte sie nun schon hin und her, jedoch ohne zu einem brauchbaren Ergebnis zu kommen. Es musste etwas Großes sein. Etwas, dem sich Mia und Emil unmöglich entziehen könnten. Der Versuch, Mia bei ihrem Vater schlechtzumachen, war kläglich gescheitert.

Aber das bedeutete nicht, dass sie aufgeben würde. Im Gegenteil, dachte Berit mit zusammengekniffenen Augen. Jetzt erst recht!

Sie nahm einen Kieselstein und warf ihn ins Wasser. Von der Stelle, wo er eingetaucht war, breiteten sich Wellen in konzentrischen Kreisen aus, bis sie schließlich verebbten und der Teich wieder so ruhig und spiegelglatt wie eh und je dalag. In einiger Entfernung schwamm eine Entenmutter mit einem halben Dutzend Küken, die ihr wie Perlen an einer Schnur folgten, schnatternd am Ufer entlang. Es war warm, aber dank des kühlen Winds nicht heiß. Ein wunderbarer Tag, um die Seele baumeln zu lassen.

Doch danach würde Berit erst wieder zumute sein, wenn sie ihr Ziel erreicht hatte.

Seufzend rappelte sie sich auf und ging zum Haus zurück. Ihr Vater würde in spätestens einer halben Stunde eintrudeln, um – wie jeden Tag – mit seiner Frau das Mittagessen einzunehmen. Berit wusste, dass sie besser auf ihrem Zimmer sein sollte, wenn er zu einer überraschenden Kontrollvisite vorbeikam. Also schlich sie sich auf demselben Weg zurück, den sie schon unzählige Male genommen hatte, wenn sie sich heimlich aus dem Haus stehlen musste: durch den Wintergarten, dessen Tür schon seit Jahren nicht mehr richtig schloss. Von dort aus gelangte sie in den roten Salon, der nur genutzt wurde, wenn wichtiger Besuch eintraf, über eine schmale Wendeltreppe, die eigentlich für das Personal gedacht war, direkt ins Obergeschoss und erreichte so unbemerkt ihr Zimmer. Zumindest in der Theorie.

Als Berit heute in den Wintergarten trat, entdeckte sie auf dem Tisch aus weiß lackiertem Schmiedeeisen eine aufgeschlagene Zeitung.

Es handelte sich um die aktuellste Ausgabe des *Sjöråhamn Veckovis*, in dem vor allem über lokale Ereignisse und Politik aus der Region berichtet wurde. Normalerweise interessierte Berit sich nicht sonderlich dafür. Doch heute blieb ihr Blick an einer Schlagzeile hängen:

SCHATTENMANN SCHLÄGT WIEDER ZU!

Berit nahm die Zeitung und fing an zu lesen:

Eine Einbruchserie von bisher nicht gekanntem Ausmaß hält die Bewohner von Sjöråhamn in Atem. Mittlerweile zum fünften Mal hat der Einbrecher zugeschlagen, der wegen seiner Fähigkeit, völlig unbemerkt in jedes Gebäude gelangen zu können, der Schattenmann genannt wird. Aus dem Haus von Torben Västman (56) und seiner Frau Hilda (53) wurden nach eigener Aussage Gegenstände von beträchtlichem Wert entwendet. Das Ehepaar befand sich zum Zeitpunkt des Einbruchs auf der Dinnerparty eines befreundeten Geschäftspartners. Keiner der unmittelbaren Nachbarn hat etwas von den Vorgängen im Haus auf der Hantverkargatan bemerkt.

Der Artikel ging noch weiter, doch Berit hatte genug gelesen. Ein Einbrecher trieb also in Sjöråhamn sein Unwesen. Der Schattenmann. Ihre Stimmung hob sich. Na, daraus ließ sich doch mit Sicherheit etwas machen …

Als sie Stimmen auf dem Korridor hörte, legte sie die Zeitung hastig wieder auf ihren Platz zurück und eilte zum Treppenaufgang. Zwei Minuten später schloss sie oben ihre Zimmertür hinter sich und lehnte sich schwer atmend gegen die Wand.

Ein triumphierendes Lächeln umspielte ihre Mundwinkel. Sie hatte einen Plan. Er war noch nicht ganz ausgereift, aber das würde schon noch werden. Und wenn alles so lief, wie sie es sich vorstellte, dann würden Mia und Emil bald ihr blaues Wunder erleben.

Berit spürte, wie fieberhafte Aufregung durch ihre Adern pulsierte. Sie konnte es kaum noch abwarten …

„Ich weiß wirklich nicht, wo du das alles hinsteckst", erklärte Mia lachend, als sie Emil das letzte Stück *äppelpaj* auf den Teller tat und mit einer riesigen Portion Schlagsahne dekorierte. „Du isst und isst und isst, ohne auch nur ein Gramm zuzunehmen, während ich ein Stück Torte nur ansehen muss, und schon ziert ein zusätzliches Speckröllchen meine Hüften."

Emil, der am Küchentisch im *Klippanhus* saß, schlang die Arme um ihre Taille und zog Mia an sich. „Na und?", fragte er grinsend. „Ich liebe jedes Gramm an dir – und deine Speckröllchen ganz besonders!"

„Verrückter Kerl!", rief sie und wuschelte mit beiden Händen durch sein Haar, ehe sie sich von ihm losmachte und mit dem Abwasch begann.

Sie lächelte. Nicht etwa, weil ihr die Hausarbeit so viel Freude bereitete. Nein, es lag an Emil. Er trug sie förmlich auf Händen, ihre Eltern mochten ihn, und sogar ihr Bruder Gustaf kam gut mit ihm aus. Besser konnte es eigentlich gar nicht laufen. Es gab nur einen einzigen Wermutstropfen: Berit.

Seit über einer Woche hatte Mia ihre Freundin nicht mehr gesehen. Sie kam nicht zur Arbeit, und wenn Mia sie auf *Arvidssons Slott* besuchen wollte, ließ Berit sich von den Hausangestellten ihrer Familie verleugnen. Etwas stimmte nicht. Aber was auch immer es war, Berit würde normalerweise mit ihr darüber sprechen. Und genau das begriff Mia nicht. Sie waren doch beste Freundinnen. Warum rückte Berit nicht einfach mit der Sprache heraus? Gemeinsam würden sie schon eine Lösung finden – ganz gleich, was für ein Problem es auch sein mochte.

„Du wirkst so nachdenklich", sagte Emil und umarmte sie von hinten. „Was ist los?"

„Berit", antwortete Mia, woraufhin Emil nur seufzte. „Es ist wegen Berit. Ich mache mir Sorgen um sie."

„Vielleicht will sie einfach nur ihre Ruhe haben. Lass sie. Sie wird schon kommen, wenn sie etwas von dir braucht."

Mia runzelte die Stirn. „Du magst sie nicht", stellte sie fest.

Wieder seufzte Emil. „So würde ich das nicht sagen, ich …"

„Doch – denn es ist ganz einfach. Du kannst Berit nicht ausstehen. Dabei seid ihr doch anfangs recht gut miteinander ausgekommen. Was ist passiert?"

Sie sah, dass Emil das Thema alles andere als angenehm war. Schließlich schüttelte er den Kopf. „Ich habe ihr etwas versprochen, und ich pflege meine Versprechen zu halten. Bitte, frag nicht mehr."

Mias ungutes Gefühl nahm eine vollkommen neue Qualität an. Sie wollte Emil nicht bedrängen. Aber aus ihrer Befürchtung, dass mit Berit etwas nicht stimmte, war Gewissheit geworden. Und Emil wusste etwas darüber.

Ein energisches Klopfen an der Haustür riss Mia aus den Überlegungen. Ihre Eltern waren zu Besuch bei Verwandten, und ihr Bruder Gustaf hatte sich mit Freunden getroffen. Emil und sie waren allein. Sie erwartete niemanden.

„Willst du nicht aufmachen?", fragte Emil und hob eine Braue, als Mia nicht auf das Klopfen reagierte.

„Ja, ja natürlich", entgegnete sie, strich sich fahrig durchs

Haar und eilte zur Tür.

Als sie öffnete, holte sie erschrocken Luft. „Sergeant Månsson!“, stieß sie hervor. „Das ist … unerwartet. Meine Eltern sind nicht zu Hause, ich …“

„Ich bin auf der Suche nach Emil Bergström“, erklärte der Dorfpolizist ernst. „Ich habe einen Tipp bekommen, dass ich es einmal hier bei euch versuchen soll.“

„Was?“ Mia blinzelte irritiert. Was hatte das zu bedeuten? Was wollte Magnus Månsson von Emil?

Ehe sie mehr sagen konnte, war Emil aus der Küche gekommen und hinter sie getreten. „Sie haben mich gefunden“, sagte er. „Ich bin Emil Bergström. Warum suchen Sie nach mir, wenn ich fragen darf?“

„Um Sie zur Befragung mit zum Revier zu nehmen“, entgegnete Månsson finster. „Tut mir leid, aber uns liegen Hinweise vor, die darauf hindeuten, dass Sie der Schattenmann sind.“

Mia verstand überhaupt nichts mehr. „Der Schattenmann? Du meinst diesen Einbrecher, von dem ständig etwas in der Zeitung steht?“

Månsson nickte. „Er treibt schon seit einiger Zeit in Sjöråhamn und Umgebung sein Unwesen. Seit ungefähr zwei Monaten, um genau zu sein.“

Mia runzelte die Stirn. Etwa so lange lebte Emil nun schon in Sjöråhamn. Trotzdem glaubte sie nicht eine Sekunde daran, dass er der gesuchte Einbrecher war.

„Das ist doch absurd!“, stieß sie kopfschüttelnd hervor. „Emil würde so etwas niemals tun, er …“

Sie verstummte, als Emil ihr beruhigend eine Hand auf die Schulter legte. „Lass nur“, sagte er. „Ich bin sicher, dass sich die ganze Angelegenheit rasch aufklären wird. Ich habe mir nichts zuschulden kommen lassen, und das werden auch die Ermittlungen ergeben.“

Magnus Månsson wirkte erleichtert darüber, dass Emil sich so kooperativ zeigte. Offenbar hatte er mit größerem Widerstand gerechnet.

„Ich komme sofort nach“, versicherte Mia, als Emil dem Polizisten zu dessen Wagen folgte.

Er winkte ab. „*Nej,* du bleibst hier, bis deine Eltern zurück sind. Erklär ihnen, was passiert ist. Sie werden wissen, was zu tun ist.“

Nur widerwillig fügte Mia sich. Sie stand im Türrahmen und blickte dem Polizeiwagen nach, als dieser sich vom *Klippanhus* entfernte. Sie fühlte sich elend, und sie machte sich Sorgen. Sjöråhamn war eine Kleinstadt. Selbst wenn sich Emils Verhaftung später als Irrtum herausstellte, würde sein Ruf auf ewig beschmutzt sein. Sehr viel schlimmer war natürlich die Vorstellung, dass die Polizei zu dem Schluss kam, den Richtigen gefasst zu haben. Aber Emil war kein Einbrecher! Was für ein absurder Gedanke!

Andererseits … Konnte sie da wirklich sicher sein?

TEIL 3

18. KAPITEL

Gegenwart

Die Wohnung war in keinem besonders guten Zustand. Im Grunde war Mias altes Schlafzimmer der einzig wirklich bewohnbare Raum. Und selbst hier blätterte die Tapete von den Wänden, und die Luft roch muffig nach Staub und noch etwas anderem, das Agneta nicht genau identifizieren konnte.

Einen Moment lang gestattete sie sich seufzend, an ihr gemütliches warmes Bett im *Klippanhus* zu denken, schüttelte den Gedanken jedoch rasch ab. Sie würde jetzt nicht klein beigeben. Nein! Und ganz davon abgesehen – sosehr sie ihren Vater auch liebte, seine Gesellschaft war ihr im Augenblick wirklich nicht willkommen.

Sie musste allein sein und brauchte Ruhe. Um sich darüber klar zu werden, was da beinahe zwischen Jonas und ihr passiert wäre.

Klar werden? Worüber gibt es sich da klar zu werden? Du hättest um ein Haar mit ihm geschlafen! Das ist wohl kaum so schwer zu begreifen!

Seufzend machte sie sich daran, das alte Bett ihrer Tante vorzubereiten, sodass sie darin schlafen konnte. Wobei sie fast sicher war, dass sie heute Nacht kein Auge zubekommen würde. Sie kannte sich. Die Sache mit Jonas würde ihr nicht aus dem Kopf gehen und ihr den Schlaf rauben. Ebenso wie die Aussicht, ihm morgen wieder zu begegnen.

Sie verfluchte sich dafür, dass sie zugestimmt hatte, bei Jonas' kleiner Scharade mitzuspielen. Doch sie tat es ja nicht für ihn, sondern für Liv. Die Kleine sollte nicht leiden müssen, nur weil sie, Agneta, ihre Hormone nicht im Griff hatte.

Dass Jonas ihr das Gefühl gab, die einzige Frau auf der Welt für ihn zu sein, und dass er sie mühelos in die höchsten Höhen der Leidenschaft zu katapultieren vermochte, zählte nicht. Es durfte nicht zählen. Sich erneut auf Jonas einzulassen, das war der größte Fehler, den sie überhaupt begehen konnte. Er hatte sie schon einmal so tief verletzt, dass sie beinahe nicht mehr auf die Füße gekommen wäre. Noch einmal würde sie eine solche Demütigung nicht überstehen.

Dabei wusste sie, dass er es damals nur gut mit ihr gemeint hatte. Natürlich! Nur leider machte das die ganze Angelegenheit auch nicht leichter zu ertragen. Ebenso wenig wie die Tatsache, dass sie die Wahrheit ausgerechnet aus dem Mund seiner Mutter hatte erfahren müssen.

Rückblickend erkannte Agneta, dass jener Moment für Berit vermutlich die Erfüllung eines lang gehegten Traumes gewesen war. Die Freundschaft zwischen ihr und Jonas war Berit schließlich seit jeher ein Dorn im Auge gewesen. Andererseits hatte es ihr sicher nicht gefallen, das schmutzige kleine Familiengeheimnis auszuplaudern …

Jonas' überraschender Antrag. Die Tatsache, dass er bereit gewesen war, sich mit seiner Familie zu überwerfen, um sie zu heiraten. Und das, obwohl er gewusst hatte, dass sie wahrscheinlich niemals in der Lage sein würde, ihm Kinder zu schenken. Hätte sie damals bereits gewusst, dass er mit dem Antrag lediglich eine alte Schuld hatte begleichen wollen, sie hätte niemals Ja gesagt. Doch so …

Jonas hatte sie nicht wirklich geliebt. Und das war heute nicht anders. Er mochte sie, ja, und vielleicht respektierte er sie sogar. Aber vor allem quälte ihn sein schlechtes Gewissen wegen dem, was sein Vater getan hatte. Ehrenhaft wie immer, hatte Jonas in gewissem Sinne für die Taten seines Vaters geradestehen wollen.

Allein deshalb hatte er ihr den Antrag gemacht. Nicht aus Liebe.

Obwohl das alles schon viele Jahre zurücklag, schnürte sich ihr bei der Erinnerung noch immer die Kehle zu. Was war ihr anderes übrig geblieben, als dem ein Ende zu setzen, indem sie Sjöråhamn verlassen hatte? Sie hatte sich einfach nicht vorstellen können, Jonas noch einmal gegenüberzutreten. Das hätte sie nicht ertragen. In seine Augen zu blicken und zu erkennen, dass es nicht Liebe war, die sich darin abzeichnete, sondern Mitleid … Ihr war keine andere Wahl geblieben, als zu gehen.

Sie hatte Jonas einen Brief geschrieben, in dem sie ihre Entscheidung erklärt und ihm für die Zukunft alles Gute gewünscht hatte, ihn dann aber weggeworfen, weil ihre Worte ihr auf einmal schrecklich banal und albern erschienen waren.

Ihr Vater kannte nur einen Teil der Wahrheit. Von Carl-Henrik Arvidsson-Brömmer hatte sie ihm bis heute nichts gesagt. Damals war ihr klar gewesen, dass Gustaf den Mann, der seine Tochter angefahren hatte, zur Rechenschaft ziehen wollen würde. Aber das hätte nichts besser gemacht. Denn was geschehen war, war geschehen. Nichts und niemand vermochte daran mehr etwas zu ändern. Darum hatte sie ihrem Vater nur das Allernötigste gesagt, nämlich, dass sie ihre Verlobung mit Jonas auflösen und aus Sjöråhamn fortgehen werde.

Gustaf war wegen der Entscheidung zwar sichtlich todtraurig gewesen, hatte sie aber respektiert. Und bis heute hatte Agneta das schmutzige Geheimnis gewahrt, das Berit ihr in jener schicksalhaften Nacht vor dreizehn Jahren offenbart hatte.

Sie war nach Stockholm gegangen und hatte sich ein neues Leben aufgebaut. Dort hatte sie Kristoffer kennengelernt, für den sie nicht dasselbe empfunden hatte wie einst für Jonas. Doch er war freundlich und charmant gewesen. Und er hatte ihr ohne zweifelhafte Beweggründe einen Antrag gemacht. Er hatte sie geheiratet und gewusst, dass sie niemals in der Lage sein würde, ihm Kinder zu schenken.

Sie war so sicher gewesen, dass sie die Vergangenheit hinter sich gelassen und mit Jonas abgeschlossen hatte. Nun musste Agneta feststellen, dass das nie der Fall gewesen war. Und ihre Gefühle für Jonas hatten sich in Wahrheit auch nie verändert. Sie liebte ihn noch immer – was jedoch nicht bedeutete, dass sie dumm genug war, denselben Fehler zu begehen wie damals als Achtzehnjährige.

Sie wusste ja nicht einmal, ob seine Mutter ihm je von dem Gespräch berichtet hatte. Wusste er inzwischen, warum sie Sjöråhamn verlassen hatte? Agneta vermutete beinahe, dass Berit geschwiegen hatte. Sie musste befürchtet haben, dass ihr Sohn sich von ihr abwenden würde, wenn er die Wahrheit erfuhr, und hatte deshalb vermutlich lieber geschwiegen.

Wenn Jonas sie jetzt küsste – konnte sie dann sicher sein, dass er dasselbe für sie empfand wie sie für ihn? Konnte sie sich seiner Liebe wirklich jemals sicher sein?

Die Antwort auf diese Frage lautete eindeutig Nein. Und Agneta war nicht bereit, es darauf ankommen zu lassen. Dazu war sie beim letzten Mal einfach zu tief verletzt worden. Wobei es das Wort „verletzt" nur unzureichend beschrieb. Damals hatte sie am Rande eines Abgrunds gestanden, ohne zu wissen, wohin ihr Weg sie führen würde. Gott sei Dank hatte sie es geschafft und den entscheidenden Schritt zurück ins Leben getan. Heute war sie nur nicht sicher, ob ihr das noch einmal gelingen würde. Sie mochte Jonas lieben, doch das bedeutete nicht, dass sie auch mit ihm leben konnte. Sie musste versuchen, ihn sich aus dem Herzen zu reißen – irgendwie.

Niedergeschlagen trat sie ans Fenster und schaute traurig hinaus in die laue Sommernacht.

Sterne glitzerten am Himmel, und der fast volle Mond tauchte den *Kyrktorget* in silbrigen Schein. Einen Moment lang vergaß Agneta alle Sorgen und Probleme und ließ sich von der Magie des Augenblicks verzaubern.

Als sie plötzlich ein kratzendes Geräusch unten aus dem Laden vernahm, runzelte sie die Stirn.

War es möglich, dass …?

Sie hatte den Gedanken noch nicht zu Ende geführt, da hörte sie ein lautes Poltern und einen unterdrückten Fluch. Ihr gefror das Blut in den Adern. Der Einbrecher – er war zurück!

Panik stieg in ihr auf und machte es ihr unmöglich, Angst und Entsetzen abzuschütteln. Dann zwang sie sich, tief und ruhig durchzuatmen.

Durchdrehen hat noch nie geholfen! Du musst jetzt die Nerven bewahren, Agneta Holmquvist!

Aber was sollte sie jetzt tun? Das *Himmelska Sockerdrömmar* verfügte bisher noch über keinen funktionierenden Telefonanschluss. Agneta war nicht dazu gekommen, sich darum zu kümmern. Ihr Smartphone hatte sie, wie ihr jetzt siedend heiß einfiel, unten auf der Theke im Laden liegen gelassen. Es war unerreichbar.

Sie schloss die Augen und atmete noch einmal tief durch. Es blieben eigentlich nur zwei Möglichkeiten: Entweder sie versuchte, sich unbemerkt aus dem Haus zu schleichen, um Hilfe zu holen, oder sie versteckte sich irgendwo, bis der Einbrecher verschwunden war.

Als Schritte auf der Treppe zur Wohnung ertönten, blieb Agneta keine Wahl mehr.

Fieberhaft sah Agneta sich nach einem geeigneten Versteck um.

Es war schon weit nach eins gewesen, als Jonas den Versuch schließlich aufgab, in dieser Nacht noch Schlaf zu finden. Seine Gedanken kreisten immerzu um Agneta, und sosehr er sich auch bemühte, er bekam sie einfach nicht aus dem Kopf. Zwar nicht ausschließlich, weil er sich Sorgen um sie machte. Nicht ausschließlich – aber auch.

Es gefiel ihm noch immer nicht, dass sie allein in der Wohnung über dem *Himmelska Sockerdrömmar* übernachten wollte. Und so war er einem Impuls folgend in seinen Wagen gestiegen und in die Stadt gefahren. Am Rande des *Kyrktorget* stellte er seinen Wagen ab. Dann zögerte er.

Was tust du hier eigentlich? Hat Agneta dir nicht klar und deutlich zu verstehen gegeben, dass du sie in Ruhe lassen sollst?

Seufzend fuhr er sich durchs Haar, als unwillkürlich Bilder vor seinem geistigen Auge aufblitzten. Agneta, die sich leidenschaftlich an ihn schmiegte. Die den Kopf in den Nacken legte, damit er ihren Hals und ihr Dekolleté mit Küssen bedecken konnte. Agneta, die …

Aufhören! rief er sich zur Ordnung. Das war einfach lächerlich! Nach Agneta hatte er sich mit vielen Frauen vergnügt, wenn auch nur, um sich zu beweisen, dass er sie nicht brauchte, um glücklich zu sein. Sie konnte nicht so mir nichts, dir nichts in sein Leben zurückkehren, und er verfiel ihr gleich wieder. Er war in den vergangenen dreizehn Jahren wunderbar ohne sie zurechtgekommen. Und abgesehen davon, dass er jetzt ihre Hilfe brauchte, gab es nur einen Grund, warum er sich überhaupt wieder mit ihr abgab: Er musste verhindern, dass sie durch einen unglücklichen Zufall hinter das schmutzige Rezeptgeheimnis von *Arvidssons Tårtafabrik* kam.

Ach ja? Und wem versuchst du hier etwas vorzumachen?

Nachdenklich biss er sich auf die Unterlippe. Schließlich schüttelte er den Kopf.

Fan!

Energisch stieß er die Fahrertür auf und stieg aus dem Wagen. Jetzt war er schon hier. Er wollte sich zumindest davon überzeugen, dass bei Agneta alles in Ordnung war. Dann würde er auf dem Absatz kehrtmachen und wieder nach Hause fahren.

Nachdem er die Straße überquert hatte, kamen ihm jedoch erneut Zweifel. War es wirklich klug, sich derartig emotional zu engagieren?

Er war bereits drauf und dran, wieder zu seinem Wagen zurückzukehren, als er durch das Fenster der Wohnung über dem *Himmelska Sockerdrömmar* einen zuckenden Lichtkegel bemerkte. Eine Taschenlampe?

Jonas runzelte die Stirn. Er brauchte nur Sekunden, um eins und eins zusammenzuzählen, und bei der Erkenntnis überlief es ihn eiskalt. Der Einbrecher war zurückgekehrt, um seine Arbeit zu Ende zu bringen. Und dieses Mal hielt sich Agneta oben in der Wohnung auf!

Ohne lange nachzudenken, rannte er los. Die Ladentür war zwar verschlossen, doch ein beherzter Tritt auf Höhe des

Schlosses ließ sie auffliegen. Im Nu war Jonas bei der Treppe und stürmte nach oben. Er verschwendete keinen Gedanken an das Risiko, konnte nur an Agneta denken.

Wenn dieser Mistkerl ihr auch nur ein Haar krümmt …

Als er die oberste Stufe erreichte, kam plötzlich etwas auf ihn zugeschossen. Instinktiv versuchte er auszuweichen, doch es war zu spät. Die geballte Faust traf ihn frontal in die Brust und trieb ihm die Luft aus den Lungen.

Jonas krümmte sich zusammen, wankte, fiel aber nicht. Da schlug der Angreifer erneut zu – dieses Mal ließ er seine Faust wuchtig auf Jonas' Hinterkopf niedersausen.

Sterne explodierten vor Jonas' Augen, und er ging zu Boden. Im Fallen blickte er zu dem Mann auf, der ihn niedergeschlagen hatte. Er sah das Gesicht nur für den Bruchteil einer Sekunde, ehe er die Besinnung verlor. Doch das Erkennen in der Miene des anderen spiegelte wider, was er empfand: Entsetzen.

Im nächsten Augenblick umfing ihn Dunkelheit.

„Um Himmels willen, Jonas!“ Agneta stürzte aus ihrem Versteck – dem kleinen Wandschrank in der Diele, in dem Mia Jacken und Regenschirme aufbewahrt hatte und in dem es immer noch nach Lavendel roch – und kniete sich neben Jonas auf den Boden.

Durch das Schlüsselloch der Schranktür hatte sie mit angesehen, wie Jonas niedergeschlagen worden war. Der Einbrecher war längst über alle Berge, Agneta hatte ihn die Treppe hinunterpoltern und dann durch den Laden laufen hören. Doch ihre Aufmerksamkeit galt nicht dem Eindringling, sondern Jonas.

„Oh Gott“, stöhnte sie, als sie das Blut sah, das aus seinem Mundwinkel sickerte.

Hastig stürzte sie nach unten und schnappte sich ihr Handy. Ihre Finger zitterten, als sie die Nummer der örtlichen Polizeistation eingab.

„Es hat wieder einen Einbruch gegeben“, sagte sie schluchzend, als sich Anton Björklund am anderen Ende meldete.

„Jonas ist niedergeschlagen worden. Er ist bewusstlos! Wir brauchen einen Arzt! Schnell!“

Dann ließ sie das Telefon achtlos zu Boden fallen und eilte wieder zu Jonas nach oben. Er war schrecklich bleich, doch als sie sanft sein Gesicht berührte, öffnete er leicht die Augen.

Vor Erleichterung kamen Agneta fast die Tränen. „Halte noch ein bisschen durch“, beschwor sie ihn, bettete seinen Kopf auf ihren Schoß und streichelte Jonas sanft. „Hilfe ist schon auf dem Weg. Nur noch ein paar Minuten.“

Tatsächlich konnten kaum mehr als fünf Minuten vergangen sein, da kündigte ein Martinshorn die nahende Hilfe an. Anton war zuerst da, der Krankenwagen kurz darauf.

Während die Sanitäter Jonas untersuchten, musste Agneta ein Stück abseits warten. Sie fühlte sich wie betäubt. Verzweifelt rang sie die Hände. Wenn ihm nur nichts Ernsthaftes geschehen war! Im Moment wollte sie Antons Fragen nicht beantworten. Es war ihr ganz egal, was mit dem Einbrecher war. Wenn es nach ihr ging, brauchte er niemals gefasst zu werden. Hauptsache, Jonas wurde wieder gesund.

Die Intensität ihrer Gefühle erschreckte sie fast ein wenig. Doch dann sagte sie sich, dass es ganz normal war, so zu empfinden. Sie stand unter Schock. Schließlich wäre sie dem Einbrecher selbst um ein Haar in die Hände gefallen.

Wem versuchst du hier eigentlich etwas vorzumachen?

Seufzend fuhr sie sich durchs Haar. Es stimmte ja, ihre Sorge galt allein Jonas, weil ... Wenn sie doch nur seine Stelle einnehmen könnte! Ohne auch nur eine Sekunde zu zögern, wäre sie dazu bereit.

So viel zu deinem Entschluss, dir diesen Mann aus dem Herzen zu reißen!

Gegen die eigenen Gefühle war sie machtlos. Wie eine Welle rollten sie über sie hinweg. Agneta konnte an nichts anderes denken.

„Er scheint noch einmal glimpflich davongekommen zu sein“, erklärte einer der Sanitäter schließlich, woraufhin sie tief aufseufzte. „Aber zur Sicherheit müssen wir ihn trotzdem nach Gävle ins Krankenhaus bringen."

„Kann ich mitkommen?", fragte Agneta mühsam beherrscht.

Der Mann schaute seinen Kollegen an. Als dieser nickte, wandte er sich an Anton Björklund. „Wenn Sie nichts dagegen haben?"

Der schüttelte den Kopf. „Geh nur", sagte er und legte Agneta eine Decke über die Schulter. „Ich informiere Jonas' Familie, seine Kleine und deinen Vater. Alles Weitere besprechen wir dann später."

„Anton, kannst du Liv bitte zu Ann-Kristin Åberg und ihrem Mann bringen? Sie werden sich bestimmt um sie kümmern." Hoffnungsvoll sah Agneta ihn an und war froh, als er erneut nickte.

Anton half Agneta, zu dem bewusstlosen Jonas in den Krankenwagen zu steigen. Nachdem die Türen zugeschlagen wurden, fuhren sie mit zuckendem Blaulicht los.

Angespannt lief Agneta auf dem weiß getünchten Klinikflur auf und ab. Seit ihrem Unfall als Teenager mied sie Krankenhäuser wie die Pest. Der Geruch von Desinfektionsmitteln und das Geräusch von Gummisohlen auf dem grauen Linoleum riefen unliebsame Erinnerungen in ihr wach, denen sie sich lieber nicht aussetzen wollte. Doch heute Nacht war ihr das alles gleichgültig. Keine zehn Pferde hätten sie von hier wegbringen können.

Da es schon weit nach zwei Uhr nachts war, hielten sich außer ihr nur noch zwei weitere Personen in der Notaufnahme des *Gävle Vårdcentral* auf. Ein älteres Ehepaar saß im hinteren Bereich des Wartesaals nebeneinander auf grellroten Plastikstühlen, die Frau hatte den Kopf an die Schulter des Mannes gelehnt. Ihre Augen waren geschlossen.

Einen Moment lang fragte Agneta sich, weshalb die beiden wohl hier sein mochten. Nach einem überraschenden Zwischenfall sah es nicht aus, dazu waren die beiden zu gefasst.

Also etwas, das sich schon seit Längerem angekündigt hatte? Vielleicht waren sie sogar oft in der Notaufnahme, wegen der chronischen Erkrankung eines Angehörigen?

Sie schob den Gedanken beiseite. Es gab genug eigene Probleme, um die sie sich kümmern musste. Seit Jonas nach ihrer Ankunft im Krankenhaus in eine Untersuchungskabine geschoben worden war, hatte sie ihn nicht mehr gesehen. Sie wusste weder, ob er das Bewusstsein wiedererlangt hatte, noch wie es ihm sonst ging. Die Ungewissheit machte sie verrückt, aber weit und breit war niemand, an den sie sich mit ihren Fragen hätte wenden können.

Sie stand kurz davor, die Wände hochzugehen, als endlich ein Arzt aus dem Behandlungszimmer trat. Im ersten Augenblick erschrak Agneta angesichts seiner ernsten Miene. Doch als er sie erblickte, lächelte er.

„Es tut mir leid, dass Sie so lange warten mussten", sagte er. Das Namensschild, das am Revers seines Kittels klemmte, wies ihn als Doktor Werner Solberg aus. „Sie müssen außer sich vor Sorge um Ihren Mann sein."

Agneta blinzelte irritiert, korrigierte ihn jedoch nicht. Vermutlich durfte er nur Familienmitgliedern Auskunft über den Zustand eines Patienten geben. Die Chance wollte sie sich nicht verbauen.

„Wie geht es ihm?"

„Den Umständen entsprechend sehr gut", erwiderte Doktor Solberg. „Er klagt zwar über Kopfschmerzen, aber das ist nach einem kräftigen Schlag gegen den Schädel nichts Ungewöhnliches."

„Er ist also wach?" Vor Erleichterung bekam Agneta weiche Knie, sodass sie sich an dem Geländer an der Wand festklammern musste. „Gott sei Dank!"

„Ja, er ist wach. Und er erinnert sich sogar an den genauen Hergang des Einbruchs und kann den Mann identifizieren, der ihn niedergeschlagen hat. Ich habe die Polizei bereits informiert, dass es sich um einen gewissen Mats Stevensson handelt."

Erschrocken blickte Agneta ihn an. Mats hatte das getan? Aber warum?

Die Sorge um Jonas ließ sie diese Frage rasch wieder vergessen. Mats zu suchen und seine Beweggründe herauszufinden war nun Angelegenheit der Polizei.

„Wir wollen ihn gern noch eine Nacht hierbehalten, aber das ist eine reine Vorsichtsmaßnahme", sprach der Arzt weiter. „Er wird gleich auf die Station gebracht. Wenn Sie wollen, können Sie dann zu ihm."

„Wirklich?" Agneta klopfte das Herz bis zum Hals.

„Natürlich", entgegnete Doktor Solberg lächelnd. „Wenn ich eines in meiner Laufbahn gelernt habe, dann dass die Anwesenheit eines geliebten Menschen mitunter heilsamer sein kann als die beste Medizin."

Agneta ließ sich kein zweites Mal bitten. Sie musste sich unbedingt mit eigenen Augen davon überzeugen, dass es Jonas gut ging. Nachdem sie mit dem Lift in die erste Etage gefahren war und mehrere Flure überquert hatte, war sie endlich auf der richtigen Station.

Ohne anzuklopfen, trat sie in das Zimmer, das ihr die Stationsschwester nannte, und schloss geräuschlos die Tür hinter sich, ehe sie sich Jonas zuwandte. Er sah immer noch schrecklich blass aus. Seine Augen waren geschlossen, seine Brust hob und senkte sich gleichmäßig. Er musste eingeschlafen sein.

Leise rückte Agneta sich den Besucherstuhl zurecht und nahm Platz. Sie verspürte den Drang, Jonas' Hand zu nehmen, doch sie wollte ihn nicht aufwecken. Er brauchte jetzt vor allem Ruhe. Doch sie saß kaum, als seine Lider auch schon zu flattern begannen. Seufzend schlug er die Augen auf und blinzelte überrascht, als er Agneta erblickte.

Ein Lächeln glitt über sein Gesicht. „Wenn es bedeutet, dass dann immer eine schöne Frau neben meinem Bett wacht, lasse ich mich in Zukunft öfter niederschlagen."

Agneta wusste nicht, ob sie lachen oder weinen sollte – also tat sie einfach beides. Tränen strömten ihr über die Wangen, sie schluchzte, gleichzeitig strahlte sie über das ganze Gesicht. Sie war so erleichtert, dass ihr die Worte fehlten.

„Du dummer, dummer Kerl“, brachte sie schließlich mit erstickter Stimme hervor. „Weißt du eigentlich, was ich mir für Sorgen um dich gemacht habe? Dich einfach so einem Einbrecher in den Weg zu stellen. Dir hätte sonst was zustoßen können!“

Jonas wirkte ehrlich erschrocken. „Wein doch nicht, es ist ja nichts passiert.“

„Nichts passiert?“ Sie schaute ihn fassungslos an. „Du bist niedergeschlagen worden und liegst im Krankenhaus. Ich …“ Erneut kamen ihr die Tränen. Sosehr sie es auch wollte, sie konnte sie nicht zurückhalten.

Das Bett quietschte, als Jonas sich aufrichtete und Agneta in die Arme nahm. „Schhhhh …“, machte er und streichelte ihr zärtlich übers Haar. „Wer wird denn gleich weinen?“

Agneta fühlte sich sofort besser. So war es schon immer gewesen: Umfangen von Jonas’ starken Armen, schien nichts auf der Welt ihr mehr etwas anhaben zu können. Wie hatte sie nur je glauben können, sich vollständig von ihm gelöst zu haben?

Erschrocken zuckte sie zusammen, als plötzlich die Tür aufgerissen wurde und grelles Neonlicht ins Innere des Krankenzimmers fiel. Ihre Augen brauchten einen Moment, um sich an die veränderten Lichtverhältnisse zu gewöhnen. So sah sie nur die Umrisse der Person, die im Türrahmen stand.

Der Klang der Stimme ließ jedoch keinen Zweifel daran, wen sie da vor sich hatte.

„Was, zum Donnerwetter, geht denn hier vor?“, keifte Berit Arvidsson wütend. „Jonas – was hat diese … *Person* in deinem Zimmer verloren?“

19. KAPITEL

Jonas stöhnte unterdrückt auf. Nicht, weil das grelle Licht das wütende Schmerzungeheuer, das in seinem Schädel hauste, zu neuem Leben erwachen ließ. *Nej!* Hier ging es um etwas ganz anderes.

Etwas, das heißen Zorn in ihm aufsteigen ließ.

„Diese *Person*, wie du es so schön ausdrückst, Mutter, hat einen Namen", entgegnete er frostig. „Außerdem würde ich es sehr begrüßen, wenn du versuchen könntest, dich an deine gute Kinderstube zu erinnern."

Berit trat ins Zimmer. Er kannte sie gut genug, um allein an ihrer Haltung abzulesen, dass sie kurz davor stand zu explodieren. Fein. Er hatte ebenfalls ein Hühnchen mit ihr zu rupfen.

„Wie kannst du es wagen, so mit mir zu reden?", empörte sich Berit.

Agneta, die noch immer neben dem Bett saß, würdigte sie keines Blickes. Anders als Jonas, der Agnetas Hand nahm und sie sanft drückte. „Würde es dir etwas ausmachen, mich kurz mit meiner Mutter allein zu lassen? Wir haben etwas miteinander zu besprechen."

Zögernd erhob Agneta sich und drückte Jonas demonstrativ noch einen Kuss auf die Stirn, ehe sie ging. Er musste sich zusammennehmen, um nicht verblüfft die Augen aufzureißen.

„*Fan!*", fluchte Berit wenig damenhaft, sobald sie allein waren. „Ich kann für dich nur hoffen, dass dieses … Schmierentheater allein dem Zweck dient, Mias verflixtes Rezeptbuch in die Finger zu bekommen, sonst …!"

„Sonst was, Mutter?" Obwohl es hinter seinen Schläfen wie verrückt hämmerte, zwang er sich, eine aufrechte Position einzunehmen und den stechenden Blick seiner Mutter ungerührt zu erwidern.

Wieder fluchte sie. Dann verschränkte sie die Arme vor der Brust und fing an, im Zimmer auf und ab zu laufen. Es machte Jonas schwindelig, ihr zuzusehen. Dennoch sagte er nichts dazu.

„Hat dieses kleine Flittchen es also wieder geschafft, dich um den Finger zu wickeln? Ich wusste ja, dass du eine Schwäche für sie hast, aber dass sie dir wichtiger ist als deine eigene Familie …"

„Sei still, Mutter!", fiel Jonas ihr ins Wort, und es erfüllte ihn mit Genugtuung, sie überrascht zu sehen. „Ich habe zugestimmt, dir bei der Vertuschung deines schmutzigen kleinen Geheimnisses zu helfen", sprach er weiter. „Und du hast mir versprochen, dich im Gegenzug zurückzuhalten – ein Versprechen, das du bereits mehrfach gebrochen hast."

„Ich …", wollte Berit aufbegehren.

Jonas brachte sie mit einer knappen Handbewegung zum Schweigen. „Ich habe den Mann gesehen, der mich niedergeschlagen hat, Mutter. Der Name, unter dem er sich bei Agneta als Helfer vorgestellt hat, lautet Mats Stevensson – aber ich nehme an, dass dies nicht sein richtiger Name ist, stimmt's?"

Sie verschränkte die Arme vor der Brust – eindeutig eine unbewusste Geste der Abwehr. Bislang war Jonas sich nicht hundertprozentig sicher gewesen, dass seine Mutter diesen Stevensson engagiert hatte. Jetzt gab es für ihn keinen Zweifel mehr.

„Versuch gar nicht erst, es abzustreiten. Ich kenne dich, Mutter. Das sind genau deine Methoden. Du hast Stevensson beauftragt, das Rezeptbuch von Agnetas Tante zu beschaffen – mit welchen Mitteln auch immer." Er schüttelte den Kopf. „Weißt du, der Mann ist mir von Anfang an verdächtig vorgekommen. Als ich ihm zum ersten Mal begegnet bin, hat er gerade irgendwelche Kartons mit Papieren durchwühlt. Eigentlich hätte es da schon bei mir klick machen müssen. Aber ich hatte ja geglaubt, dass du dich an unsere Absprache halten und Agneta in Ruhe lassen würdest." Er lachte bitter auf. „Was für ein Idiot ich doch gewesen bin!"

Seine Mutter schien begriffen zu haben, dass sie verloren hatte. Denn statt ihn wie sonst auch mit wütenden Vorwürfen zu überschütten, setzte sie eine betrübte Miene auf, als sie sich zu ihm ans Bett setzte.

„Du hast recht“, gestand sie widerstrebend. „Dieser Mann – Stevensson – ist mir als zuverlässig und verschwiegen empfohlen worden. Ich konnte ja nicht ahnen, dass er so weit gehen würde, ins *Himmelska Sockerdrömmar* einzubrechen!“

Wieder lachte Jonas auf. „Als hätte dich das interessiert! Wir wissen doch beide, dass für dich der Zweck stets die Mittel heiligt. Mir brauchst du nicht die Unschuldige vorzuspielen, Mutter.“

„Also schön.“ Ihre Miene war nun wieder beinahe ausdruckslos, ihr stechender Blick ruhte auf ihm. „Was erwartest du von mir?“

„Das fragst du noch?“ Er schüttelte den Kopf, was zur Folge hatte, dass ihn ein heftiges Schwindelgefühl erfasste. Doch er ließ sich nichts anmerken. „Du wirst Agneta ab sofort in Ruhe lassen, verstanden? Was immer auch zwischen ihr und mir sein mag, es geht dich nicht das Geringste an. Wenn ich noch ein einziges Mal jemanden in ihrer Nähe entdecke, der auch nur so aussieht, als könnte er einer deiner Speichellecker sein …“

Berit versteifte sich. „Was dann?“

„Dann werde ich Agneta erzählen, was du getan hast – und überlasse ihr, welche Schritte sie gegen dich und die Firma in die Wege leitet.“

„Das würdest du nicht tun!“, flüsterte Berit erschrocken.

Du täuschst dich, dachte Jonas entschlossen. Dieses Mal war seine Mutter zu weit gegangen. Sie hatte alles auf eine Karte gesetzt und verloren. Und er war nicht länger bereit, ihr Verhalten durch sein Schweigen zu unterstützen.

Schon gar nicht, wenn Agneta dadurch in Gefahr geriet. Er mochte gar nicht daran denken, was alles hätte geschehen können, wäre nicht er, sondern Agneta diesem Verbrecher in die Quere gekommen.

„Ich an deiner Stelle würde es lieber nicht darauf ankommen lassen“, entgegnete er drohend. „Und jetzt bitte ich dich zu gehen, Mutter.“

Sie erhob sich steif und ging zur Tür. Ehe sie das Zimmer verließ, drehte sie sich jedoch noch einmal zu Jonas um. „Dieses Flittchen hat dich verhext", stieß sie mit vor Zorn bebender Stimme hervor. „Ich kann nicht glauben, dass du bereit bist, ihretwegen deine Familie zu verraten!"

„Und ich hätte es nicht für möglich gehalten, dass du jemals so tief sinken würdest, einen Schläger auf jemanden zu hetzen", entgegnete er kühl. „Geh jetzt bitte, Mutter. Der Arzt sagt, ich brauche Ruhe, und im Moment kann ich mich über dich nur aufregen. Wir unterhalten uns später."

Berit schien noch etwas sagen zu wollen, wirbelte dann aber auf dem Absatz herum und stürmte hinaus auf den Korridor. Mit einem ohrenbetäubenden Knall, der den Rahmen erzittern ließ, fiel die Tür ins Schloss.

Agneta wartete noch vor dem Krankenzimmer, als Berit aus Jonas' Zimmer stürmte und, ohne sie auch nur eines Blickes zu würdigen, auf das Treppenhaus zusteuerte. Besonders gut konnte das Gespräch zwischen Mutter und Sohn nicht verlaufen sein. Agneta fragte sich, um was es wohl gegangen war.

Kannst du dir das wirklich nicht denken?

Sie unterdrückte ein Seufzen. Vermutlich war sie der Grund für die Auseinandersetzung gewesen. Berit Arvidsson konnte sie nicht ausstehen. Sie war von Anfang an gegen Jonas' Beziehung mit Agneta gewesen und hatte alles versucht, um einen Keil zwischen sie zu treiben. Doch es war ihr nicht gelungen. Ironischerweise hatten sie es ganz ohne Berits Hilfe geschafft, sich zu entzweien.

Trotzdem war Agneta über das Verhalten der älteren Frau entsetzt. Sie hatte ihren Sohn nicht einmal gefragt, wie es ihm ging oder was eigentlich passiert war. Stattdessen hatte sie nur wissen wollen, was Agneta an seinem Krankenbett zu suchen hatte.

Agneta wollte gerade zu Jonas zurückkehren, da hörte sie jemanden nach ihr rufen. Als sie sich umdrehte, erblickte sie Liv, die auf sie zugelaufen kam. Ein ganzes Stück hinter ihr folgte Anton Björklund, der seine Uniformmütze unter den Arm geklemmt trug.

„Agneta!", rief Liv erneut und warf sich schluchzend in Agnetas Arme. „Was ist passiert? Wie geht es *pappa*? Kann ich zu ihm?"

Es zerriss Agneta fast das Herz, das Mädchen so aufgelöst zu sehen. Im Gegensatz zu Berit war Liv wirklich außer sich vor Sorge. Was kein Wunder war, wenn man bedachte, dass sie erst vor zwei Jahren ihre Mutter verloren hatte. Vermutlich fürchtete sie, die einzige Bezugsperson zu verlieren, die ihr noch geblieben war.

„Ich hatte eigentlich vor, sie zu Ann-Kristin und ihrer Familie zu bringen, aber davon wollte sie nichts wissen", erklärte Anton, als er zu ihnen aufgeschlossen hatte. „Wie geht es Jonas?"

„Der Arzt sagt, dass er Glück gehabt hat", erwiderte Agneta.

„Ihr kommt hier allein zurecht?", fragte der Beamte.

„Du musst sicher zurück zur Wache." Sie nickte. „Ich kümmere mich schon um Liv, keine Sorge. Und, Anton, danke. Danke für alles."

Die Wangen des Polizisten überzogen sich mit einer feinen Röte. Schweigend nickte er Agneta noch einmal zu, bevor er sich abwandte und zurück zum Aufzug ging.

„Ich glaube, der steht auf dich", kommentierte Liv, kaum dass sich die Lifttür hinter ihm geschlossen hatte.

„Unsinn", entgegnete Agneta, wobei sie sich insgeheim gar nicht so sicher war, ob Livs Mutmaßung nicht doch ein Fünkchen Wahrheit enthielt. Sie schob den Gedanken aber beiseite. Es gab andere Dinge, um die sie sich kümmern musste.

„Komm", sagte sie und legte den Arm um Livs Schultern. „Wir gehen deinen *pappa* besuchen."

Als sie das Krankenzimmer betraten, war Jonas gerade dabei, sich aus dem Bett zu stemmen. Er war noch nicht wieder ganz sicher auf den Beinen, denn er wankte merklich.

„Was soll das werden, wenn es fertig ist?“, fragte Agneta, nachdem sie zu ihm geeilt war, um ihn zu stützen. „Hast du für eine Nacht nicht genug Unsinn angestellt?“

„Ich bleibe nicht hier“, erklärte Jonas, ließ sich aber auf den Rand der Matratze zurücksinken. Als er Liv erblickte, erhellte ein Lächeln sein Gesicht. „*Hej*, Kleines. Wo kommst du denn her?“

„Anton hat sie gebracht. Sie ist genauso unvernünftig wie du – das muss wohl in der Familie liegen. Apropos Familie. Berit ist vorhin wutschnaubend an mir vorbeigestampft. Ihr habt euch doch hoffentlich nicht meinetwegen gestritten?“

Jonas grinste schief. „Doch – aber das ist nicht deine Schuld, also solltest du dir darüber auch keine Gedanken machen.“ Er stützte sich mit beiden Händen am Bettrahmen ab und stemmte sich hoch. Dieses Mal wirkte sein Stand schon viel fester. Jonas schwankte nur noch kaum merklich und war auch nicht mehr so unnatürlich blass. „So, und jetzt gehen wir nach Hause.“

Besorgt runzelte Agneta die Stirn. „Sollten wir nicht lieber noch einmal mit einem Arzt sprechen?“, fragte sie. „Ich hole Doktor Solberg, wenn du willst.“

Störrisch schüttelte er den Kopf. Er schien tatsächlich fest entschlossen, das Krankenhaus noch in dieser Nacht zu verlassen.

„Nun sei doch vernünftig“, beschwor sie ihn. „Ich …“ Zu ihrer Erleichterung schwang in diesem Moment die Tür auf, und Solberg trat ein. „Gott sei Dank, Herr Doktor! Er hat es sich in den Kopf gesetzt, nach Hause zu gehen. Aber ist das nicht zu gefährlich?“

Der Arzt lächelte. „Na, Sie haben es ja ganz schön eilig. Aber bei einer so hinreißenden Gattin kann ich Ihren Wunsch sehr gut nachvollziehen.“

Agneta spürte, wie ihr das Blut ins Gesicht schoss.

Jonas hingegen hob nur eine Braue. „Jede Stunde, die ich ohne sie bin, ist eine verlorene Stunde“, entgegnete er mit einem feinen Lächeln. Bildete Agneta es sich nur ein, oder lag ein

Hauch von Spott in seinen Worten?

„Nun, eigentlich wollte ich Sie ja eine Nacht hierbehalten, aber … Vom medizinischen Standpunkt aus spricht im Grunde nichts dagegen, dass Sie die Nacht im eigenen Bett verbringen – allerdings nur unter der Voraussetzung, dass permanent jemand bei Ihnen ist, der auf etwaige Verschlechterungen Ihres Gesundheitszustandes reagieren kann."

„Ich bin sicher, meiner Frau wird es eine Freude sein, diese Aufgabe zu übernehmen." Dieses Mal war Agneta sich ganz sicher, dass er sich über sie lustig machte. „So ist es doch, nicht wahr, *min älskling*?"

Auf Livs Lippen lag ein breites Grinsen. Sie hatte offenbar längst verstanden, welches Spiel hier gespielt wurde, und amüsierte sich ganz wunderbar.

„Ja, natürlich", antwortete Agneta lahm.

„Na, dann will ich Ihrem gemeinsamen Glück mal nicht im Wege stehen", verkündete Doktor Solberg augenzwinkernd und verschwand, um die Entlassungspapiere fertig zu machen. Agneta seufzte und schickte Liv unter Jonas' Protest los, um einen Rollstuhl zu besorgen, da Jonas noch immer ziemlich schwach auf den Beinen war.

„Was sollte das denn?", zischte Agneta, sobald sie mit Jonas allein war. „Du hast mich in eine ziemlich unangenehme Situation gebracht, ist dir das eigentlich klar?"

„Wieso?" Anscheinend hatte Jonas beschlossen, den Unschuldigen zu spielen. „Du hast doch den Stein überhaupt erst ins Rollen gebracht, indem du dich als meine Frau ausgegeben hast."

Ärgerlich seufzte sie. „Das bedeutet aber noch lange nicht, dass ich auch für dich die Krankenschwester spiele, Jonas Arvidsson!"

Er lächelte verschmitzt. „Hat dir schon einmal jemand gesagt, dass du wunderschön bist, wenn du dich aufregst?"

Sie schüttelte den Kopf, konnte ihre strenge Miene aber nicht aufrechterhalten. „Also schön", erklärte sie schließlich.

„Jetzt bringen wir dich erst einmal nach Hause, und dann sehen wir weiter. Vermutlich ist es ohnehin am besten, wenn ich heute Nacht bei dir bleibe. Schließlich kommt morgen diese Frau vom Jugendamt.“ Und außerdem, fügte sie gedanklich hinzu, wird Berit Arvidsson vor Wut platzen, wenn sie erfährt, dass ich bei ihrem Sohn im Gartenhaus übernachte. Allein das war es schon wert.

Dass ein Teil von ihr sich danach sehnte, mit Jonas zusammen zu sein, verdrängte sie lieber.

Als Jonas am nächsten Morgen erwachte, zwitscherten die Vögel vor seinem Fenster, und goldenes Sonnenlicht drang durch die Schlitze der Läden. Mit halb geschlossenen Augen lag er noch ein paar Minuten da, ehe er die Arme ausbreitete, um sich zu strecken.

Dabei streiften seine Hände etwas Weiches, das er in seinem Bett nicht vermutet hatte.

Stirnrunzelnd drehte er den Kopf und lächelte, als er Agneta erblickte, die zusammengerollt wie eine Katze neben ihm auf der Matratze lag.

Wie wunderschön sie war. Im Schlaf fiel alle Anspannung von ihr ab, und sie sah unglaublich sanft und friedlich aus. Das weizenblonde Haar umrahmte ihr herzförmiges Gesicht mit den hohen Wangenknochen, und ihre samtigen, rosenholzfarbenen Lippen waren leicht geöffnet, sodass er das perfekte Weiß ihrer Zähne sehen konnte.

Im ersten Moment fragte er sich, was geschehen war – dann erinnerte er sich wieder an den Einbruch im *Himmelska Sockerdrömmar* und daran, dass er im Krankenhaus gelandet war. Als hätte sein Körper die Verletzung, die der Einbrecher ihm zugefügt hatte, kurzzeitig vergessen, setzte nun das leichte Hämmern hinter seinen Schläfen wieder ein. Doch er ignorierte es. Agnetas Anblick entschädigte ihn für jeden erlittenen Schmerz.

Nur mit Mühe konnte er den in ihm aufkeimenden Drang, sie zu berühren, unterdrücken. Er wollte sie nicht aufwecken und den Zauber des Augenblicks zerstören. Außerdem hatte sie ihm mehr als deutlich zu verstehen gegeben, dass sie an keinem Wiederaufleben alter Geschichten interessiert war.

Und du solltest es, verdammt noch mal, auch nicht sein, Jonas Arvidsson!

Mit einem leisen Seufzen fuhr er sich durchs Haar. Nach der vergangenen Nacht hatte er seine Ansichten grundlegend geändert. Nachdem er nun wusste, dass seine Mutter diesen Mats Stevensson beauftragt hatte, Agneta auszuspionieren, und dabei wissentlich in Kauf genommen hatte, dass sie zu Schaden kommen könnte, befand er sich in einem ernsthaften Gewissenskonflikt. Natürlich wollte er nicht, dass *Arvidssons Tårtafabrik* in den Ruin getrieben wurde und Hunderte von Arbeitern ihre Anstellung verloren. Trotzdem konnte er die Methoden seiner Mutter nicht länger billigen. Deshalb hatte er sich entschlossen, Agneta reinen Wein einzuschenken und darauf zu vertrauen, dass sie nichts unternehmen würde, das für zahllose Familien den wirtschaftlichen Ruin bedeutete.

Im Grunde hätte er das schon längst tun sollen. Spätestens ab dem Moment, in dem ihm bewusst geworden war, dass er Agneta noch immer liebte und dass er den Teufel tun würde, sie aus Sjöråhamn zu vertreiben. Ihn kümmerte auch nicht mehr, ob Berit seine Marketingstrategien nun endlich testen würde oder nicht. Mittlerweile wusste er, dass es nur eines gab, was er sich wirklich und von ganzem Herzen wünschte: Agneta glücklich zu sehen.

Das Problem war nur, dass sie mit Sicherheit wütend reagieren würde, wenn sie die Wahrheit erfuhr. Wie sollte er diesen Drahtseilakt vollführen? Vor allem, da er auf Agnetas Hilfe mehr als angewiesen war, was Livs Zukunft betraf.

Er hatte noch keine Patentlösung für all seine Probleme gefunden, als Agneta sich zu bewegen begann. Schließlich schlug sie die Lider auf, und er blickte in ihre wunderbaren leuchtend blauen Augen, deren Anblick ihn so oft die Fassung hatte verlieren lassen. Die goldenen Sprenkel darin funkelten wie eingefangenes Sonnenlicht. Ihre Lippen teilten sich zu einem Lächeln.

„*God morgon*, Schlafmütze", sagte er, und entgegen all seiner Vorsätze beugte er sich zu ihr hinunter und küsste sie.

Es war nur als ein sanfter, im Grunde vollkommen harmloser Kuss gedacht gewesen. Doch ihre Lippen berührten sich kaum, da erwiderte Agneta den Kuss mit einer solchen Hingabe, dass Jonas sich vor Überraschung kaum rühren konnte.

Damit hatte er nicht gerechnet.

Sie in seinem Bett vorzufinden war eine angenehme Überraschung gewesen. Doch er hatte angenommen, dass sie damit lediglich den Anweisungen des Arztes hatte nachkommen wollen. Das hier ging allerdings weit über medizinische Fürsorge hinaus!

Sofort fing das Blut in seinen Adern an zu pulsieren. Alle Vernunft über Bord werfend, zog er Agneta an sich. Selbst der kleinste Abstand schien ihr zu viel zu sein. Eng schmiegte sie sich an ihn, während sie den Kuss noch weiter vertiefte.

Sie saugte sanft an seiner Unterlippe, dann spürte er ihre Zunge, als sie in seinen Mund drang. Es war ein so köstliches Gefühl, dass Jonas erstickt aufstöhnte. Wie konnte ein einfacher Kuss nur so unglaublich erregend sein, dass es ihm fast den Verstand raubte? Weder mit Henrietta noch mit einer seiner vorherigen Freundinnen hatte er so etwas je erlebt. Es war wie eine Offenbarung, und er konnte einfach nicht genug davon bekommen.

Als Agneta sich rittlings auf ihn setzte, verschlug es ihm den Atem. Einen Augenblick lang fürchtete er, dass sie seine Erektion durch den dünnen Stoff seines Pyjamas spüren und sich von ihm zurückziehen könnte. Doch das genaue Gegenteil war der Fall.

Mit geschlossenen Augen und halb geöffnetem Mund fing sie an, sich auf ihm zu bewegen. Eine Welle der Erregung, so heftig, wie Jonas sie noch nie verspürt hatte, rollte über ihn hinweg, und er keuchte atemlos. Die Hose erschien ihm mit einem Mal zu eng geworden zu sein, und er sehnte sich danach, sie endlich loszuwerden.

Agneta hingegen schien keine Eile zu haben. Langsam knöpfte sie ihm das Pyjamahemd auf und befreite seinen Oberkörper von dem störenden Stoff. Dann beugte sie sich zu ihm hinunter und zog eine Spur heißer Küsse über seine nackte Brust, so sinnlich, dass Jonas das Gefühl hatte, jeden Moment explodieren zu müssen vor Erregung.

„Oh Gott, Agneta!“

Sie richtete sich wieder auf. Ihre Augen waren halb geschlossen, das Haar hing ihr in wilden Strähnen ins Gesicht. Er atmete scharf ein, als sie ihr Gewicht so verlagerte, dass ihr Schwerpunkt nun genau über seiner Körpermitte lag. Als sie auch noch anfing, sich zu bewegen, stöhnte er auf und krallte die Finger ins Bettlaken.

Leise seufzend rieb sie sich an ihm und trieb ihn damit schier in den Wahnsinn. Ihr Atem ging jetzt schneller und unregelmäßiger. Sie legte den Kopf in den Nacken und schien die Welt um sich herum vergessen zu haben.

Irgendwann hielt Jonas die süße Folter nicht länger aus. Mit einem kehligen Knurren drehte er sich, sodass Agneta nun unter ihm lag. Der Blick, mit dem sie zu ihm aufschaute, machte ihn fast verrückt.

Fast? Das was du hier tust, ist definitiv *verrückt! Sei vernünftig und hör auf, ehe es zu spät ist!*

Doch er wollte gar nicht aufhören. Der Punkt, an dem eine Umkehr noch möglich gewesen wäre, war längst überschritten. Er begehrte Agneta. Begehrte sie mehr, als er je zuvor eine Frau begehrt hatte. Nur eins ließ ihn noch zögern: Er war sich nicht sicher, ob sie wirklich wusste, was sie tat.

Als sie die Arme um seinen Nacken schlang, um ihn zu sich hinunterzuziehen, loderte ein letzter Funke Verantwortungsbewusstsein in ihm auf. Er machte sich von ihr los und schaute ihr fest in die Augen. „Agneta, ich … Bist du dir sicher, dass du das wirklich willst? Wenn wir jetzt weitermachen, kann ich für nichts mehr garantieren …“

Ob sie wirklich mit Jonas schlafen wollte?

Auf diese Frage gab es für Agneta nur eine ganz simple Antwort: Ja! Sie sehnte sich so sehr danach, dass sie glaubte, den Verstand verlieren zu müssen, wenn er sie nicht sofort küsste. Aber eine mahnende Stimme sagte ihr, dass sie womöglich im Begriff stand, einen schweren Fehler zu begehen.

Als sie damals aus Sjöråhamn fortgegangen war, hatte sie sich ihre Gefühle für Jonas aus dem Herzen gerissen. Zumindest hatte sie das lange geglaubt. Sie hatte sich gezwungen, ihn all die Jahre in Stockholm aus ihren Gedanken zu verbannen. Anders wäre ihr ein Leben ohne ihn nicht möglich gewesen, ganz gleich, was er ihr angetan hatte.

Nun, mehr als dreizehn Jahre später, war sie zurück in Sjöråhamn und stand kurz davor, sich erneut auf den Mann einzulassen, wegen dem sie die schwärzeste Zeit in ihrem Leben erduldet hatte. Weil sie sich wieder in ihn verliebt hatte. Nein, weil sie in Wahrheit nie damit aufgehört hatte, ihn zu lieben.

Aber empfand er auch dasselbe für sie? Oder ging es ihm noch immer nur darum, die alte Schuld seines Vaters zu begleichen? Wiedergutmachung dafür zu leisten, dass Carl-Henrik Arvidsson-Brömmer ihre Träume von einer Zukunft mit Familie und Kindern für immer zerstört hatte?

Sie schaute ihm in die Augen und sah darin dieselbe verzweifelte Leidenschaft, die in ihr loderte. *Nej*, dachte sie. Sie wusste nicht, ob er sie liebte, aber eines stand fest: Er begehrte sie. Und mehr verlangte sie im Augenblick auch gar nicht von ihm.

Entschlossen schob sie alle Bedenken, alle Zweifel von sich, schlang erneut die Arme um seinen Nacken und zog seinen Kopf zu sich hinunter.

Als ihre Lippen sich vereinten, fuhr ein Beben der Erregung durch ihren Körper. Es war weiß Gott nicht ihr erster Kuss; und doch ließ dieser Kuss sich mit nichts vergleichen, was sie je erlebt hatte. Sie stöhnte heiser auf, als Jonas' Zunge ihre berührte. Und ihr Kuss nahm eine tiefe, drängende Intensität an, die sie schwindelig machte. Agneta vergaß alles um sich herum.

Sie wusste nur noch, dass sie mehr wollte – viel mehr.

Alles.

Er spürte offenbar, was in ihr vorging. Ohne den Kuss zu unterbrechen, knöpfte er ihr geschickt die Bluse auf, in der sie geschlafen hatte, und streifte den blauen Baumwollstoff zur Seite. Jonas atmete scharf ein und setzte sich auf, als er feststellte, dass sie nichts darunter trug. Agneta fühlte sich in BHs seit jeher eingeengt und trug sie wirklich nur, wenn es unbedingt nötig war.

Sein Blick glitt über ihren Körper. Bewundernd. Verzückt. Er gab ihr das Gefühl, eine Königin zu sein. Und dieses Gefühl machte sie wagemutig.

Sie hakte mit beiden Daumen unter den Bund seiner Pyjamahose, die ohnehin schon tief auf seinen Hüften saß. Dann befreite sie ihn von dem viel zu eng gewordenen Kleidungsstück, das er sofort hastig abschüttelte.

Mit einem animalisch klingenden Knurren umfasste er ihr Gesicht und verschloss ihren Mund mit einem besitzergreifenden Kuss, der scheinbar flüssiges Feuer durch ihre Adern pulsieren ließ. Sie hatte das Gefühl, von innen heraus zu verbrennen. Leidenschaftlich drängte sie ihm ihre Hüften entgegen; und er stöhnte heiser auf, als er spürte, wie sehr sie ihn begehrte.

Ein unkontrollierbares Zucken durchlief ihren Körper, als Jonas ihre Brüste zunächst mit den Händen und dann mit den Lippen liebkoste. Ein heiserer Schrei entrang sich ihrer Kehle. Sie hatte das Gefühl zu fliegen. Leicht und der Welt enthoben fühlte sie sich.

Ihre Hände wanderten über seinen Oberkörper, die breite Brust, die starken Schultern, den flachen Bauch. Alles an ihm wirkte auf sie berauschend wie eine Droge. Und sie konnte einfach nicht genug von ihm bekommen.

Während ihre Berührungen ihn aufstöhnen und lustvoll keuchen ließen, durchströmte sie ein Gefühl unglaublicher Macht. Sie war es, die ihn so die Kontrolle verlieren ließ. Kristoffer war beim Sex stets beherrscht, beinahe unterkühlt gewesen. Jedes Aufflackern echter Lust war so stets im Keim erstickt worden. Umso größer war ihr Verlangen jetzt, da sie es mit einem Mann zu tun hatte, der seine Gefühle nicht unterdrückte und ihr offen zeigte, wie sehr er sie begehrte.

Jonas keuchte auf, als Agneta mit einer Hand den eindrucksvollen Beweis seiner Männlichkeit umfasste.

„*Åh*, Agneta …“

Als er schließlich zu ihr kam und sie in Besitz nahm, erfüllte sie ein Gefühl von solch unsagbarer Zärtlichkeit, dass sie zu schweben glaubte. Und in dem Augenblick, in dem sie gleichzeitig den Gipfel erreichten, wusste sie, dass sie ohne ihn nicht mehr leben konnte.

Sie liebte Jonas Arvidsson.

Möge der Himmel mir gnädig sein!

20. KAPITEL

Ja, meine Liebe, ich bin mir sogar absolut sicher, dass es keinen anderen Weg gibt." Berit Arvidsson legte alle Überzeugungskraft an den Tag, die sie aufbringen konnte. „Nicht, wenn du meinen Sohn nicht an Agneta Holmquvist verlieren willst."

Üblicherweise wäre es ihr nicht in den Sinn gekommen, der Verflossenen eines ihrer Söhne einen Höflichkeitsbesuch abzustatten. Wenn sie sich überhaupt mit einer solchen Person abgab, dann hielt sie eher eine Audienz in ihrem Arbeitszimmer ab. Doch besondere Umstände erforderten nun einmal besondere Mittel. Und die Tatsache, dass sie Agneta Holmquvists Wagen an diesem Morgen vor dem Gartenhaus parkend vorgefunden hatte, rechtfertigte jede neue Maßnahme.

Und so saß sie nun in Henrietta Mårtenssons Apartment auf deren weißer Ledercouch und hoffte inständig, dass es ihr gelingen würde, die junge Frau nun doch noch von dem Plan zu überzeugen, nachdem sie beim letzten Mal gescheitert war.

Skeptisch hob Henrietta eine ihrer perfekt gezupften Brauen. „Ich stimme dir zu, sein übersteigertes Ehrgefühl ist eindeutig Jonas' größter Schwachpunkt. Sicher würde er sich verpflichtet fühlen, mich zu heiraten, wenn ich ihn glauben machen könnte, dass ich ein Kind von ihm erwarte, aber ..."

„Du befürchtest, dass er eine etwaige Verlobung sofort wieder löst, wenn er die Wahrheit erfährt." Als Henrietta nickte, glitt ein Lächeln über Berits Lippen. „Nun", erklärte sie, „dann müssen wir eben dafür sorgen, dass er es nicht erfährt. Jeder weiß doch, wie risikoreich die ersten drei Monate einer Schwangerschaft sind. Worauf es ankommt, ist, dass wir Jonas keine Gelegenheit geben, in letzter Minute noch einen Rückzieher zu machen. Das Timing ist unglaublich wichtig. Aber ich halte dich für eine kluge, einfallsreiche Person – dir wird schon etwas einfallen, um meinen Sohn bei der Stange zu halten."

Henriettas Miene hellte sich auf – bevor sie misstrauisch die

Augen zusammenkniff. „Warum tust du das?", fragte sie gedehnt. „Und versuch nicht, mir vorzuspielen, dass ich deine Wunschschwiegertochter bin, das glaube ich dir ohnehin nicht."

„Das stimmt", erwiderte Berit, die die Erfahrung gemacht hatte, dass schonungslose Offenheit in solchen Momenten die klügste Vorgehensweise war. „Aber du kennst doch sicher das alte Sprichwort: Lieber den Spatz in der Hand als die Taube auf dem Dach." Als Henrietta leise lachte, wusste sie, dass sie richtiglag. „Außerdem solltest du bedenken, dass ich es deutlich schlechter treffen könnte, als die Tochter des hiesigen Bankdirektors zur Schwiegertochter zu bekommen."

Jetzt nickte Henrietta langsam. „Du spielst auf Agneta Holmquvist an? Nun, einen gesellschaftlichen Aufstieg würde eine solche Verbindung für Ihre Familie sicher nicht mit sich bringen."

Nej, dachte Berit, ganz sicher nicht. Viel schwerer wog für sie allerdings die Tatsache, dass Agneta die Nichte von Mia Holmquvist war. „Wenn du dich dazu entschließt, auf meinen Vorschlag einzugehen, soll es dein Schaden nicht sein", sagte sie, ohne weiter auf die Gründe für ihr Handeln einzugehen. „Nun, was sagst du? Sind wir uns einig?"

„Ich werde es mir überlegen", erwiderte Henrietta, doch Berit sah ihr an, dass sie nur noch rein anstandshalber zögerte. Sie hatte die junge Frau genau dort, wo sie sie haben wollte.

Bemüht, sich ihre Zufriedenheit nicht zu deutlich anmerken zu lassen, nickte Berit. „Aber lass dir nicht zu lange Zeit", bat sie noch und erhob sich majestätisch von ihrem Platz. „Wenn sich im Leben einmal unerwartete Möglichkeiten eröffnen, sollte man seine Entscheidung nicht auf die lange Bank schieben."

Berit rechnete damit, noch an diesem Abend von Henrietta zu hören.

Bis zum späten Nachmittag hatte Agneta nicht viel Gelegenheit, über das nachzudenken, was zwischen Jonas und ihr geschehen war. Der Besuch der Dame vom Jugendamt dauerte sehr viel länger, als sie geglaubt hatte. Und am Ende war sie sehr froh, Jonas schon seit einer kleinen Ewigkeit zu kennen. Andernfalls wäre sie bei Inga Svenssons neugierigen Fragen wohl mehr als einmal ins Schwimmen geraten.

So aber gelang es ihr, die meisten Klippen einigermaßen souverän zu umschiffen und einen – wie sie hoffte – positiven Gesamteindruck zu hinterlassen.

„Ich wünschte wirklich, jeder meiner Schützlinge wäre so gut aufgehoben wie die kleine Liv", schwärmte Inga Svensson zum Abschied. „Zwischen Ihnen und Ihrem Lebensgefährten herrscht eine ganz besonders innige Zuneigung, das merkt man sofort."

Sie haben ja keine Ahnung, dachte Agneta. Aber im Stillen musste sie sich eingestehen, dass es tatsächlich innige Zuneigung war – wenigstens von ihrer Seite aus. Wie Jonas die ganze Sache sah, wusste sie nicht.

Mit einem erleichterten Seufzen lehnte Agneta sich an den Türrahmen, kaum dass die Jugendamtsmitarbeiterin das Haus verlassen hatte. „Gott sei Dank, das wäre geschafft", stieß sie hervor. „Ich dachte schon, sie will überhaupt nicht mehr gehen!"

„Ja, den Eindruck konnte man durchaus bekommen", entgegnete Jonas schmunzelnd und strich ihr zärtlich eine Haarsträhne aus dem Gesicht.

Ein wohliger Schauer durchrieselte Agneta. Sie sehnte sich danach, die Arme um seinen Nacken zu schlingen und Jonas zu küssen, doch sie zögerte. Er hatte den heißen Sex vom Morgen mit keinem Wort mehr erwähnt – er machte auch jetzt nicht den Eindruck, als ob er sich nach einer Wiederholung sehnte. Agneta wusste nicht, wie sie sein Verhalten deuten sollte. War es eher positiv oder negativ, dass er sich derart zurückhielt?

Und überhaupt: Was wollte sie eigentlich?

Sie war kein romantisches junges Ding mehr. Den Glauben daran, dass Liebe allein ein Garant für ewiges Glück war, hatte sie längst verloren. Genauer gesagt hatte Jonas ihn ihr schon vor vielen Jahren genommen. Und es bestand keinerlei Veranlassung anzunehmen, dass sich an den Gegebenheiten seitdem irgendetwas verändert hatte. Jonas mochte die Liebe ihres Lebens sein – doch wie sollte er mit ihr glücklich werden, solange er sich immer, wenn er sie ansah, nur an die Schuld erinnerte, die sein Vater einst auf sich geladen hatte?

Agneta war heute wie damals fest davon überzeugt, dass sie vor dreizehn Jahren die einzig richtige Entscheidung getroffen hatte. Sie wollte keine Beziehung mit einem Mann, der nur aus Mitleid und um sein Gewissen zu beruhigen, mit ihr zusammen war. Und wie könnte sie jemals sicher sein, dass er sie nur um ihrer selbst willen liebte?

In diesem Augenblick kam Liv die Treppe hinuntergepoltert und riss Agneta aus den fruchtlosen Grübeleien.

„Das ist ja wohl echt spitzenmäßig gelaufen!“, verkündete sie strahlend. „Ich fresse ’nen Besen, wenn die olle Svensson uns keine Top-Beurteilung schreibt!“

„Schon möglich, solange du dich in ihrer Gegenwart einer passenderen Ausdrucksweise bedienst“, entgegnete Jonas tadelnd.

Liv grinste. „Glaub mir, *pappa*, die ist garantiert Schlimmeres gewohnt.“

„Was für dich nicht bedeutet, dass du dir jetzt alles herausnehmen kannst!“ Das Zucken in Jonas’ Mundwinkeln verriet, dass er es nicht ganz ernst meinte. „Ich …“

Weil Agnetas Smartphone klingelte, ging sie ins Nebenzimmer und bekam den Rest des Gesprächs nicht mit. Sie war nicht sonderlich überrascht, Ann-Kristins Nummer auf dem Display zu sehen. Mit einem Anflug von schlechtem Gewissen dachte sie daran, dass sie sich in den letzten Wochen kaum einmal bei ihrer Freundin gemeldet hatte. Leise seufzend ging Agneta ran. „*Hej!* Du, hör mal, es tut mir leid, dass ich dich so vernachlässigt habe, ich …“

„Agneta?“, fiel Ann-Kristin ihr ins Wort. „Du musst sofort

ins *Gävle Vårdcentral* kommen. Dein Vater hatte einen schlimmen Unfall."

„Mein Vater?" Agneta hatte das Gefühl, innerlich zu Eis zu erstarren. Die Hand, in der sie das Handy hielt, sank herab und hing schlaff an ihrer Seite herunter. Sie konnte die aufgeregte Stimme ihrer Freundin noch immer hören, doch die Worte drangen nur wie durch Watte an ihr Ohr. Mit einem Mal gaben die Knie unter ihr nach. Das Handy entglitt ihr und fiel polternd zu Boden. Im nächsten Moment nahm sie wahr, wie starke Arme sie umfingen.

Jonas bugsierte sie auf einen Sessel. Dann ging er vor ihr auf die Knie und musterte sie besorgt. „Großer Gott, Agneta, du siehst ja aus wie der wandelnde Tod! Was ist denn bloß passiert?"

Sie konnte ihn einfach nur anstarren, unfähig, auch nur ein Wort hervorzubringen.

Das war auch gar nicht nötig, denn Liv hatte sich geistesgegenwärtig Agnetas Handy vom Boden geschnappt. „Ihr Vater hatte einen Unfall", erklärte sie, nachdem sie kurz mit Ann-Kristin gesprochen hatte. „Ihre Freundin sagt, wir sollen sie zu ihm ins Krankenhaus bringen."

„Kannst du aufstehen?", fragte Jonas, und nachdem Agneta irgendwie ein Nicken zustande gebracht hatte, sagte er: „Also gut, dann los."

Die Fahrt zum Krankenhaus schien Jonas eine Ewigkeit zu dauern. Was für eine Ironie des Schicksals, dachte er. Gestern habe ich noch in der Notaufnahme gelegen. Jetzt geht es mir besser und es hat Gustaf Holmquvist erwischt.

Er hoffte, dass es dem älteren Mann nicht allzu schlecht ging. Nicht nur um Agnetas willen, sondern ganz generell. Jonas hatte Gustaf immer gut leiden können. Was wohl vor allem daran lag, dass er einer der wenigen Menschen war, die sich von Berits herrischem Gebaren nicht einschüchtern ließen.

Agneta, die auf dem Beifahrersitz saß, schluchzte leise. Sie blickte starr aus dem Fenster, sodass er ihr Gesicht nicht sehen konnte. Das leichte Beben ihrer Schultern sagte ihm allerdings, dass sie weinte. Er konnte es ihr nicht verübeln. Sie war eine starke Frau, sie liebte ihren Vater jedoch über alles. Hinzu kam, dass er der einzige Mensch war, den sie auf der Welt noch hatte. Alle anderen Familienmitglieder – ihre Mutter, ihre Tante – waren schon vor Jahren gestorben. Wenn Gustaf nun auch noch etwas zustieß, wäre sie ganz allein auf der Welt.

Nein, nicht allein – ich bin schließlich auch noch da!

Aber was bedeutete das schon? Wäre vor dreizehn Jahren alles anders gelaufen, dann würde er jetzt auch zur Familie gehören. Aber so …

Er fuhr in die Tiefgarage des Krankenhauses und parkte in der Nähe der Aufzüge. Dann ging er um den Wagen herum, um Agneta herauszuhelfen. Schwer stützte sie sich auf ihn. Ihr Gesicht wirkte blass und angespannt. Sie sah aus wie jemand, der seit Tagen keine Nacht mehr durchgeschlafen hatte.

Telefonisch hatte Jonas in Erfahrung gebracht, auf welcher Station Gustaf behandelt wurde, damit sie nicht erst lange fragen mussten. Dass es sich um die Intensivstation des *Gävle Vårdcentral* handelte, hatte er jedoch nicht gewusst.

Ann-Kristin stand zusammen mit ihrem Mann draußen auf dem Flur. Die Sohlen ihrer Schuhe quietschten auf dem grauen Linoleum, als Ann-Kristin zu Agneta und Jonas eilte.

„Ach, Liebes“, stieß sie mit erstickter Stimme hervor und schloss ihre Freundin in ihre Arme. „Mattias hatte gerade Dienst, als er eingeliefert wurde. Er hat mich sofort angerufen, damit ich dich informieren kann. Ich habe mich dann gleich auf den Weg gemacht.“

„Wie geht es meinem Vater?“, wandte Agneta sich an Mattias, die Stimme kaum mehr als ein Flüstern. „Hast du schon etwas gehört? Er wird doch nicht …?“

„Er befindet sich nicht in akuter Lebensgefahr“, erwiderte Ann-Kristins Mann sanft, nachdem er zu ihnen getreten war. „Dass er auf der Intensivstation behandelt wird, ist eine reine Vorsichtsmaßnahme.“

„Was ist denn überhaupt passiert?“, wandte Jonas sich an Mattias. „Ann-Kristin hat am Telefon gesagt, es hätte einen Unfall gegeben.“

„Ja – und nein.“ Mattias seufzte. „Nach allem, was wir bisher wissen, war er gerade mit der Wartung einer Maschine beschäftigt, als er einen leichten Herzanfall erlitt. Dabei muss er wohl das Gleichgewicht verloren haben und ist gestürzt – vier Meter tief auf nackten Betonboden.“

Agneta schluchzte laut auf, und Jonas legte ihr schützend einen Arm um die Schultern. Er konnte nur ahnen, wie sie sich fühlte. Es gab wohl keinen Menschen auf der Welt, der nachempfinden konnte, was in diesem Augenblick in ihr vorging. Selbst für Jonas war die Vorstellung, wie Gustaf mit verdrehten Gliedern auf dem Boden der Tortenfabrik lag, ein Graus. Wie schrecklich musste es da erst für Agneta sein?

„Dann ist es also sein Herz, das Probleme macht?“, hakte er nach.

„Grundsätzlich ja – aber das ist nichts, was wir in diesem Schweregrad nicht sehr gut medikamentös in den Griff bekommen könnten.“

Jonas runzelte die Stirn. „Aber?“

„Offen gestanden bereiten uns die Folgen des Sturzes Sorgen. Er … Agnetas Vater hat einen Schädelbasisbruch erlitten. Wir können im Augenblick noch nicht sagen, ob er bleibende Schäden zurückbehalten wird – und wenn ja, welche.“

„Ich will zu ihm!“, stieß Agneta heiser hervor. Sie wischte sich mit dem Handrücken die Tränen von den Wangen. „Ich muss ihn sehen!“

Jonas wollte sie nicht allein gehen lassen. Fragend sah er Mattias an – der verstand und nickte. „Geh ruhig mit ihr.“

Sie mussten Kittel, eine Haube und einen Mundschutz anziehen, bevor sie die Intensivstation betraten. Das blasse Grün der Schutzkleidung ließ Agnetas Blässe noch deutlicher hervortreten. Sie schwankte leicht, als sie zum ersten Mal einen Blick auf Gustaf erhaschte. Rasch griff Jonas nach ihrem Arm, um sie zu stützen, und führte sie zu dem Besucherstuhl neben dem Bett.

„Wenn ich irgendetwas für dich tun kann …", sagte er leise.

Agneta blickte zu ihm auf. Sie schien seine Anwesenheit völlig vergessen zu haben. „Ich …" Sie schluckte. „Ich würde gern ein paar Minuten allein mit ihm sein …"

Jonas wollte jetzt nicht mit ihr streiten und nickte langsam. Widerstrebend zog er sich dann durch die gläserne Tür in den Korridor zurück, wo er erneut auf Mattias traf.

„Wie schlimm ist es wirklich?", fragte er seinen Freund. „Er kommt doch wieder in Ordnung, oder?"

Mattias wirkte keineswegs so zuversichtlich, wie Jonas es sich erhofft hatte. Ganz im Gegenteil. „Wir müssen abwarten", antwortete er ausweichend. „Im Moment ist er nur sporadisch bei Bewusstsein, und selbst dann ist er nicht ansprechbar. Es wird noch ein paar Tage dauern, bis wir Genaueres sagen können."

„Aber du rechnest nicht damit, dass er glimpflich davonkommen wird", hakte Jonas nach.

Mattias zögerte. Schließlich schüttelte er den Kopf. „Nein", sagte er und senkte den Blick. „Ich denke, wir sollten das Beste hoffen – und auf das Schlimmste vorbereitet sein."

In der Realität hatte sich ein Riss aufgetan und sie und all die Menschen um sie herum in eine andere Dimension geschleudert, die nur aus Schmerz und Leid bestand. So fühlte sich Agneta, als sie an Gustafs Krankenbett saß und seine kühle, klamme Hand hielt.

So lange sie zurückdenken konnte, hatte sie ihren Vater immer nur als starken, unbeugsamen Mann gekannt, voller Willenskraft und positiver Energie, der andere mit seiner Begeisterung mitreißen konnte. Er war ihr Fels in der Brandung. Dass er nun bleich und reglos dalag, seltsam klein wirkend zwischen den weißen Laken, brach ihr fast das Herz.

„Ach, *pappa*", flüsterte sie mit tränenerstickter Stimme.

„Was machst du denn bloß für Sachen? Kann man dich denn keine fünf Minuten allein lassen, ohne dass du irgendeinen Unsinn anstellst?“

Er rührte sich nicht. Überhaupt hatte er sich, seit Agneta da war, noch kein einziges Mal geregt. Abgesehen von den schrecklichen Blutergüssen rund um die Augen, sah es fast aus, als würde er einfach nur schlafen.

„Bitte, *pappa*, wach auf, ich schaff das alles hier ohne dich nicht …“ Sie schluchzte leise. „Du kannst dich doch nicht einfach so sang- und klanglos davonschleichen und …“ Sie verstummte abrupt, als seine Lider kaum merklich zu flattern begannen. „*Pappa*? Kannst du mich hören, *pappa*?“

Sie hielt noch immer seine Hand, und zu ihrer grenzenlosen Erleichterung spürte sie – schwach, aber doch deutlich – einen Gegendruck. Dann, endlich, schlug Gustaf die Augen auf.

Er wirkte verwirrt. Obwohl das Licht im Zimmer gedämpft war, blendete es ihn. Er blinzelte. „Agn…“, krächzte er heiser und räusperte sich angestrengt. „Agneta?“

„Ich bin hier, *pappa*“, stieß sie, schluchzend vor Glück, hervor. „Ich bin bei dir.“

Gustaf schien sie zu sehen und doch nicht zu sehen. Die Verwirrung zeichnete sich immer deutlicher auf seiner Miene ab.

Verwirrung – und Schock.

„Was ist los?“, fragte Agneta. „Was hast du, *pappa*?“

„Ich …“ Er schluckte hart. „Was hast du gesagt? Ich kann dich nicht hören. Ich … kann überhaupt nichts hören!“

„Was ist bloß los mit ihm?“ Verzweifelt raufte Agneta sich das Haar, während sie unruhig auf dem Flur vor der Intensivstation auf und ab schritt. Sie hatte Mattias sofort informiert, als sie realisiert hatte, was die Worte ihres Vaters bedeuteten. Inzwischen untersuchten er und ein Kollege ihren Vater. Die Ungewissheit raubte Agneta schier den Verstand.

Sie war froh, dass Jonas bei ihr war, auch wenn er wie sie nichts tun konnte. Doch allein seine Anwesenheit nahm ihr das

Gefühl, ungebremst in die Tiefe zu rasen. An ihm konnte sie sich festhalten. Er war so etwas wie ein Licht der Vernunft in dem schwarzen Loch der Panik, das sie zu verschlingen drohte.

Auch jetzt kam er auf sie zu und schloss sie in seine Arme. Sofort wich die eisige Kälte, die sie umfangen hatte. Agneta schmiegte das Gesicht an seine Schulter, schloss die Augen und vergaß einen Moment lang alles andere.

Sanft strich Jonas ihr übers Haar. „Es kommt alles wieder in Ordnung“, sagte er tröstend. „Du wirst schon sehen. Alles wird gut.“

Alles wird gut – wenn Agneta nur daran glauben könnte!

Das Entsetzen im Blick ihres Vaters ließ sie nicht los. Sie überlegte, wie es wohl sein mochte, nichts mehr hören zu können. Nicht das Zwitschern der Vögel an einem lauen Frühlingsmorgen oder das Rauschen der Brandung, die gegen die Felsen unter dem *Klippanhus* schlug. Nicht mehr die Stimme von Menschen zu hören, die man liebte, keine Musik – gar nichts.

Allein der Gedanke jagte Agneta Angst ein. Wie sollte sein Leben bloß weitergehen, wenn er gehörlos blieb? Eines stand fest: Den Job in der Tortenfabrik würde er nicht wieder aufnehmen können. Als Vorarbeiter musste er sich nicht nur mit seinen Leuten verständigen können. Die Anweisungen für die Produktion bekam er telefonisch; und anhand der Geräusche, die die Maschinen machten, erkannte er, ob alles rundlief.

Sein ganzes Leben würde sich verändern.

Endlich ging die Tür zur Intensivstation auf, und Mattias trat heraus.

Sofort war Agneta bei ihm. „Was ist? Wie geht es meinem Vater? So sag doch endlich etwas!“

„Wir sollten in mein Büro gehen“, erwiderte er nur. Seine Miene war wenig ermutigend. Agnetas Magen krampfte sich schmerzhaft zusammen, während Jonas und sie ihm ein Stück den Korridor hinunter folgten.

Das Büro war ein kleiner Raum mit einem Fenster, das auf den anderen Flügel des Krankenhauses hinausging. Mehr als ein schmaler Schreibtisch und zwei Besucherstühle fanden hier kaum Platz.

„Setzt euch“, sagte Mattias.

Agneta, die innerlich zitterte, konnte ihre Unruhe kaum im Zaum halten. Sie griff nach Jonas’ Hand und drückte sie fest. Er erwiderte den Druck, was ihr ein wenig half – aber wirklich nur ein wenig. Sie atmete tief durch. Es klang wie ein heiseres Schluchzen.

Mattias räusperte sich. „Wir haben deinen Vater gründlich untersucht, und mein Kollege und ich sind zu dem Schluss gekommen, dass wir im Augenblick noch nichts Konkretes sagen können.“

Entsetzt starrte Agneta ihn an. „Was?“ Sie blinzelte überrascht. „Aber was …? Wieso? Du hast doch gesagt, dass ihr ihn gründlich untersucht habt. Irgendetwas müsst ihr dabei doch festgestellt haben!“

Jonas legte ihr beruhigend eine Hand auf den Arm. „Lass ihn doch erst einmal ausreden.“

Angestrengt schluckte sie den empörten Protest herunter, der ihr auf der Zunge lag, und nickte.

„Mir ist klar, wie schwer das für dich sein muss“, fuhr Mattias fort. „Aber es ist im Moment einfach noch zu früh, um eine echte Diagnose zu stellen. Wir müssen weitere Untersuchungen durchführen, ehe wir mehr sagen können. Aber ich will auch ehrlich zu dir sein: Wenn die ersten Prognosen sich bestätigen, könnte es sein, dass er durch seine Verletzung eine Schädigung des Hörnervs davongetragen hat.“

Für Agneta brach eine Welt zusammen. Sie hatte das Gefühl, den Boden unter den Füßen zu verlieren. Verzweifelt klammerte sie sich an Jonas’ Hand. Wäre er nicht da gewesen, um ihr beizustehen – sie wusste nicht, wie sie mit dieser Nachricht hätte fertigwerden sollen.

Ihr Vater – für immer taub? Das erschien ihr völlig unvorstellbar.

„Habt ihr es ihm schon ge…“ Sie brach ab, als ihr klar wurde, dass ihr Vater nicht hören konnte, was man ihm sagte. Mühsam räusperte sie sich. „Weiß er es schon?“

Mattias nickte. „Wir haben ihm erklärt, dass wir alles in unserer Macht Stehende tun, um seine Hörfähigkeit wiederherzustellen – aber auch, dass wir keine Wunder vollbringen können.“

Agneta schluckte. „Darf ich wieder zu ihm?“

„Er schläft jetzt“, erklärte Mattias. „Und ich denke, du solltest dich auch ein bisschen ausruhen. Fahr nach Hause und leg dich aufs Ohr. Ich informiere dich, sobald er aufwacht oder es sonst etwas Neues gibt.“

Sie wollte widersprechen, doch Jonas kam ihr zuvor. „Ich nehme sie mit zu mir – du hast ja meine Nummer.“

Mattias nickte und erhob sich. „Ich muss jetzt wieder zurück. Ihr kommt zurecht?“

Agneta unterdrückte ein hysterisches Aufschluchzen. Ob sie zurechtkam? Wie sollte sie, wo doch ihre ganze Welt in sich zusammenzubrechen drohte? Sie fühlte sich wie betäubt.

Sie war froh, dass Jonas die Initiative übernahm. Er führte sie aus dem Arztbüro und den Gang hinunter. Willenlos wie eine Marionette ließ sie sich von ihm lenken. Die Geräusche des Krankenhauses drangen wie durch eine dichte Watteschicht an ihr Ohr. War das alles nur ein böser Traum? Aber wenn dem so war – warum wachte sie dann nicht endlich auf?

Ehe sie sich’s versah, saß sie neben Jonas auf dem Beifahrersitz seines Wagens, und sie fuhren aus der Krankenhaustiefgarage hinaus in den hellen Sonnenschein. Das alles erschien ihr vollkommen unwirklich.

„Agneta?“

Jonas’ Stimme holte sie zurück in die Realität. Schnell blinzelte Agneta die Tränen fort, die ihr in die Augen gestiegen waren. Reiß dich zusammen, ermahnte sie sich. *Wenn du dich so hängen lässt, bist du Gustaf keine Hilfe! Hör also auf, dich selbst zu bemitleiden, und kümmere dich lieber darum, dass er alle Unterstützung bekommt, die er braucht.*

Entschlossen ballte sie die Hände zu Fäusten. „Ich werde mich nicht damit abfinden, dass er taub bleibt", sagte sie – weniger zu Jonas als zu sich selbst. „Nicht, solange es noch irgendetwas gibt, was man tun kann."

Jonas nickte. „Ja." Er schwieg kurz. „Aber später – jetzt wirst du einfach tun, was der Onkel Doktor gesagt hat. Danach reden wir weiter."

BLÅBÄRSPAJ MIT VANILLEPUDDING

Zutaten

100 Gramm Butter
300 Gramm Mehl
100 Gramm Zucker
1 bis 2 Esslöffel Wasser
1 Kilogramm Blaubeeren
50 Gramm Mandeln
½ Liter Milch
1 Päckchen Vanillepudding

Zubereitung

1. Ofen vorheizen (Heißluft 160 °C/Ober-/Unterhitze 200 °C). Butter, Mehl, 50 Gramm Zucker und Wasser zu einem Teig verarbeiten und diesen in eine gefettete Bodenform geben. 10 Minuten vorbacken.

2. Ofentemperatur erhöhen (Heißluft 190 °C/Ober-/Unterhitze 225 C). Vanillepudding nach Anleitung zubereiten und auf den Boden streichen. Dann Blaubeeren darübergeben. 50 Gramm Mandeln mit restlichem Zucker vermischen und über die Blaubeeren streuen. Kuchen ca. 30 Minuten lang fertig backen.

21. KAPITEL

Sjöråhamn, Schweden – Juli 1957

Mia spürte bohrende Blicke in ihrem Rücken, als sie mit zügigen Schritten den *Kyrkovägen* hinunterging. Das Haus der Bergströms lag am Ende der *Hantverkargatan*, nicht weit vom Waldrand entfernt. Obwohl Emils Familie erst seit kurzer Zeit in Sjöråhamn lebte, war inzwischen allgemein bekannt, wo sie wohnte. Ebenso wie jeder wusste, dass sie, Mia, mit Emil befreundet war.

Praktisch über Nacht war ihre Beziehung zu so etwas wie dem Gesprächsthema Nummer eins in Sjöråhamn geworden. In einem kleinen Ort, in dem sonst so gut wie nie etwas passierte, waren die Ereignisse, die seit jenem schicksalhaften Abend vor fast einer Woche ihren Lauf genommen hatten, so etwas wie eine kleine Sensation.

Mias Eltern waren nach Hause gekommen, kurz nachdem Sergeant Månsson mit Emil zur Wache gefahren war – jede Minute bis dahin war ihr wie eine Ewigkeit vorgekommen. Zum Glück glaubten weder Ulla noch Karl Holmquvist, dass an den Vorwürfen gegen Emil etwas dran war. Sofort hatten sie sich mit ihrer Tochter auf den Weg zur Polizeistation gemacht, um in Erfahrung zu bringen, ob und wie sie Emil helfen konnten.

Dort angelangt, hatte Mia ein Gespräch zwischen Emils Eltern und deren Anwalt mit angehört, das ihre Hoffnung, die Angelegenheit könne schnell und unkompliziert aufgelöst werden, jäh zerstörte.

„Die Einbrüche wurden spät in der Nacht begangen“, hatte der Anwalt erklärt. „Es dürfte daher schwierig für Ihren Jungen werden, ein Alibi zu seiner Entlastung vorzubringen.“

Die Reaktion seines Vaters war unwirsch gewesen. „Unsinn! In den Nächten, in denen der Schattenmann zugeschlagen hat, lag Emil friedlich schlafend in seinem Bett – so wie jede Nacht! Und überhaupt – wie kann es sein, dass unser Junge seine Unschuld beweisen muss? Ich dachte, wir leben in einem Rechtsstaat, in dem jeder so lange unschuldig ist, bis das Gegenteil bewiesen ist!"

„Ich versuche lediglich, auf alles vorbereitet zu sein. Und solange keine belastenden Indizien auftauchen, hat der zuständige Staatsanwalt nicht viel in der Hand. Allein aufgrund einer anonymen Anschuldigung wird kein Gericht der Welt Ihren Sohn verurteilen."

„Als ob das eine Rolle spielen würde!", hatte Emils Mutter schluchzend eingeworfen. „Wir haben das alles schon einmal erlebt. Die Geschichte wird sich wie ein Lauffeuer in Sjöråhamn verbreiten, und ganz gleich, was danach auch geschieht, es wird immer ein Schatten des Zweifels an unserem Jungen haften bleiben! Ich kann einfach nicht glauben, dass uns das passiert!"

Zuerst hatte Mia nicht glauben wollen, dass es tatsächlich so kommen würde. Nun, sieben Tage später, musste sie sich ihren Irrtum eingestehen.

Emil war nach der Befragung auf der Polizeistation wieder in die Obhut seiner Familie gegeben worden, da einfach nicht ausreichend Beweise vorlagen, die eine Verhaftung gerechtfertigt hätten. Abgesehen von einem anonymen Brief, in dem er bezichtigt wurde, der Schattenmann zu sein, gab es nichts, was Emil belastete. Das hielt die Sjöråhamner jedoch nicht davon ab, mit dem Finger auf ihn zu zeigen.

Auf ihn – und auf sie.

„Na Mia", zischte ihr Anita, ebenfalls bei Ludvig Arvidsson in der Lehre, im Vorübergehen zu, „bist wohl unterwegs zu deinem Süßen, diesem miesen Verbrecher, was?"

Mia ignorierte sie. Nach außen hin gab sie sich ruhig und gelassen, so als ob ihr das ganze Gestichel und Getratsche vollkommen gleichgültig wäre. Um sich abzulenken, stand sie auch zu Hause die meiste Zeit des Tages in der Küche, um an einem neuen Rezept zu feilen, auf das sie kürzlich gekommen war: *blåbärspaj* mit Vanillepudding.

Doch sobald sie die gewohnten vier Wände verließ, holte die Realität sie wieder ein. Und jeder Gang durch den Ort erschien ihr mehr und mehr wie ein Spießrutenlauf. Sie fragte sich, ob Emils Mutter am Ende vielleicht doch recht haben und diese Geschichte ihn niemals ganz loslassen würde.

Sie atmete erleichtert auf, als sie das Haus der Bergströms erreichte. Jedoch nur, bis sie sah, was da jemand mit schwarzbrauner Ölkreide auf die weiße Haustür geschrieben hatte:

Verschwinde – wir wissen alle, was du getan hast!

Entsetzt starrte Mia auf die Schmiererei. So eine Gemeinheit! Wer machte denn bloß so was?

Da schwang die Tür auf, und Emil trat, einen Wassereimer in der Hand, nach draußen. Als er Mia erblickte, lächelte er traurig. „Nett, findest du nicht?" Seufzend setzte er den Eimer ab. „Ich würde es ja stehen lassen. Wer immer das gemacht hat, freut sich doch nur, wenn wir uns ärgern. Aber meine Mutter bricht jedes Mal in Tränen aus, wenn sie es sieht …" Hilflos zuckte er mit den Schultern. „Schön, dass du gekommen bist. Ein echter Lichtblick an einem ansonsten durchweg miesen Tag."

Mia trat auf ihn zu und schloss ihn in die Arme. Wenn sich auch der Rest der Welt gegen sie verschworen haben mochte, sie hatten immer noch einander.

Emil hielt sie fest, und sie standen ein paar Minuten lang einfach nur da. Ineinander versunken. Sich gegenseitig Halt und Trost spendend.

Ein feuchtes Klatschen unmittelbar neben ihnen holte sie zurück in die Realität. Mia brauchte einen Moment, um sich darüber klar zu werden, was passiert war. Dann sah sie das aufgeplatzte Eigelb, das an der hellblau getünchten Fassade des Bergström-Hauses hinunterlief, und hörte ein gehässiges Lachen von der Straße her.

„Du bist dir auch für nichts zu schade, was, Mia?" Sten

Sonsby lehnte sich aus dem Fenster des Lieferwagens seines Vaters. Neben ihm saß noch eine weitere Person auf dem Beifahrersitz, die Mia nicht genau sehen konnte – ihr helles Lachen erkannte sie dafür sofort.

„Berit!“, rief sie atemlos.

Natürlich hatte sie längst bemerkt, dass mit ihrer Freundin etwas nicht stimmte. Berit ging ihr aus dem Weg, schwänzte die Berufsschule und ließ sich auch in der Backstube nur selten sehen. Und wenn sie einmal dort war, ignorierte sie Mia.

Sie war traurig darüber gewesen. Vor allem, weil sie nicht verstand, warum Berit sich ihr gegenüber so abweisend verhielt. Aber irgendwie hatte sie immer daran geglaubt, dass sich zwischen ihnen schon wieder alles einrenken würde. Dass Berit sich jetzt auf die Seite der Hetzer schlug, damit hatte sie beim besten Willen nicht gerechnet. Das war ein Vertrauensbruch, der sich vielleicht niemals wiedergutmachen lassen würde.

Tränen brannten ihr in den Augen, als sie auf den Wagen zulief. Durch die Windschutzscheibe sah sie Berits triumphierendes Grinsen.

Und in diesem Augenblick erkannte Mia zum ersten Mal die Wahrheit: Berit hasste sie. Sie hasste sie von ganzem Herzen.

Aber warum nur? Warum?

Aufgebracht umrundete Mia den Wagen und trat zu Berit ans Beifahrerfenster. „Wieso?“ Fassungslos schaute sie ihre ehemals beste Freundin an. „Ich begreife das nicht! Wir waren doch wie Schwestern! Wie kannst du mir das antun?“

„Du kapierst es wirklich nicht, oder?“ Feindselig funkelte Berit sie an. „Dann bist du noch viel dümmer, als ich bis jetzt geglaubt habe!“

Sie griff nach etwas, das zwischen ihrem und Stens Sitz lag, und ehe Mia reagieren konnte, hatte Berit ein Ei auf ihrer Stirn zerschlagen. Mia spürte es kühl und feucht auf der Nase. Die Schale zerbrach, und flüssiges Eiweiß und Eidotter liefen ihr übers Gesicht.

„Fahr!“, wies Berit Sten an, der sofort Gas gab und mit

quietschenden Reifen davonpreschte.

„Mia!“ Emil war sofort bei ihr. „Ist alles in Ordnung? Bist du verletzt?“

Schluchzend schüttelte Mia den Kopf. Sie versuchte sich mit den Händen das Gesicht zu säubern, verteilte die klebrige Flüssigkeit dabei aber nur.

Emil zückte ein Taschentuch und half ihr. Als sie in seine Augen sah, erschrak sie. So wütend hatte sie ihn bisher noch nie gesehen.

„Diese miese ...! Jetzt ist sie endgültig zu weit gegangen!“

„Was?“, stieß Mia verwirrt hervor. „Was meinst du? Wovon sprichst du, Emil?“

„Damit kommt sie nicht durch“, sagte er, ohne ihre Frage zu beantworten. „Dafür werde ich sorgen. Und wenn es das Letzte ist, was ich tue!“

Mit diesen Worten ließ er Mia einfach stehen und lief zu seinem alten Volvo hinüber. Donnernd röhrte der Motor, nachdem Emil den Zündschlüssel umgedreht hatte.

„Emil! Nicht!“

Das Aufheulen des Motors übertönte ihr Rufen, als Emil aufs Gaspedal trat.

Beklommen schaute Mia ihm nach, wie er die Straße hinunterjagte. Sie hatte ganz und gar kein gutes Gefühl und betete, dass Emils Worte kein schlechtes Omen gewesen waren.

Und wenn es das Letzte ist, was ich tue ...

22. KAPITEL

Gegenwart

Als Agneta zwei Wochen nach dem Unfall ihres Vaters ihren Wagen vor dem *Klippanhus* parkte, hörte sie schon von Weitem laute Musik, die aus dem Haus drang. Stirnrunzelnd schloss sie die Haustür auf und atmete scharf ein, als sie von jaulenden Gitarrenklängen empfangen wurde.

„Was um Himmels willen …? *Pappa?*“

Sie ließ ihre Handtasche im Hausflur fallen und eilte von einem Raum in den anderen. In der Küche fand sie ihren Vater schließlich – mit dem Rücken zu ihr am Fenster stehend.

Wie er dastand, die Arme hinter dem Rücken verschränkt und gedankenverloren aufs Meer hinausblickend, während ein Rocksong ohrenbetäubend laut durch das Haus dröhnte, machte Agneta traurig. Sie schluckte hart, ging ins Wohnzimmer und schaltete die Stereoanlage aus, ehe sie in die Küche zurückkehrte, um mit ihrem Vater zu sprechen.

Er erwartete sie bereits. Jetzt saß er am Küchentisch, die Hände um eine Tasse Kaffee geschlossen. Auf Agnetas Platz stand ebenfalls eine Tasse.

„Ich habe die Bässe vibrieren gefühlt“, erklärte er lächelnd. „Es ist nicht ganz dasselbe, wie die Musik zu hören, aber immer noch besser als gar nichts.“ Prüfend schaute er seine Tochter an. „Geht es dir gut?“

Die Frage ließ Agneta Tränen in die Augen schießen, doch sie blinzelte sie hastig weg. Nein, es ging ihr nicht gut. Ganz und gar nicht.

Natürlich freute sie sich, weil er aus dem Krankenhaus entlassen worden war. Die Verletzungen, die er sich bei dem Sturz in der Tortenfabrik zugezogen hatte, waren inzwischen gut verheilt. Nur in einem Punkt hatte sich keine Verbesserung eingestellt, und das war sein Hörvermögen.

Sein Gehör war mithilfe eines Audiometers gemessen worden – ein Gerät, das Töne in verschiedenen Frequenzen und Lautstärken produziert. Diese Laute werden dem Patienten über Kopfhörer eingespielt, zuerst sehr leise, dann immer lauter. Sobald die Testperson den Ton vernimmt, drückt sie einen Schalter. Für einen Normalhörenden wird der Normwert von null Dezibel definiert. Gustafs Ergebnis lag bei minus achtundneunzig Dezibel – was praktisch totale Gehörlosigkeit bedeutete.

Mattias hatte ihr erklärt, dass es bei Gustafs Sturz zu einer Schädigung sowohl der Cochlea, der Hörschnecke, als auch des Hörnervs gekommen war. Das bedeutete, dass sein Gehör mit den üblichen Hilfsmitteln wie einer Operation und dem Einsetzen eines Implantats nicht wiederhergestellt werden konnte. Wie es schien, würde Gustaf bis an sein Lebensende taub bleiben. Und mit dieser Prognose konnte sich Agneta einfach nicht abfinden.

Sie hatte die vergangenen Tage nahezu ausschließlich damit verbracht, zu dem Thema zu recherchieren. Dabei hatte sie viele niederschmetternde, aber auch einige hoffnungsvolle Informationen entdeckt. So gab es in den Vereinigten Staaten einen Arzt, der für solche Fälle eine neuartige Form von Implantat entwickelt hatte. Agneta hatte sich bereits bei der Krankenkasse erkundigt und eine abschlägige Antwort erhalten. Da sich diese Methode noch in einer experimentellen Testphase befand, würde keine Kostenübernahme genehmigt werden.

Ihr Vater hatte gelassen darauf reagiert.

„Mach dir nicht so viele Gedanken, *min solstråle*“, hatte er gesagt. „Ich komme schon zurecht. Weißt du, es ist gar nicht so schlimm, nichts zu hören. Und du weißt doch, was Mattias gesagt hat: Es gibt heutzutage so viele Hilfsmittel für Leute wie mich …“

Leute wie ihn.

Allein bei der Formulierung zog sich Agneta schmerzhaft das Herz zusammen. Sie konnte doch nicht zulassen, dass er sich einfach so mit den Gegebenheiten abfand! Es musste einen Weg geben, ihrem Vater sein Gehör zurückzugeben. Es musste einfach!

„Es geht schon“, erwiderte sie ausweichend, wobei sie ihn direkt ansah, damit er ihr von den Lippen ablesen konnte, und rang sich für ihren Vater ein Lächeln ab.

Sein Unfall hatte ihr Leben mindestens ebenso auf den Kopf gestellt wie seines. Das *Himmelska Sockerdrömmar*, das seit ihrer Rückkehr nach Sjöråhamn fast all ihre Zeit in Anspruch genommen hatte, war in der Liste ihrer Prioritäten sehr weit nach unten gerutscht. Stattdessen verbrachte Agneta jede freie Minute mit ihrem Vater.

Da Gustaf im Ort sehr beliebt war, kamen ständig Leute vorbei, um sich nach seinem Befinden zu erkundigen. Bekannte, Nachbarn und Arbeitskollegen, von denen manche sogar am Tag des Unfalls dabei gewesen waren und bei deren Erzählungen Agneta jedes Mal ein eisiger Schauer den Rücken hinunterrieselte.

Dass sie sich emotional nicht vom Rest der Welt abschottete, verdankte sie allein Liv und Jonas. Jeden Abend rief er an und fragte, ob sie und Gustaf irgendetwas brauchten. Wann immer sie es einrichten konnten, kamen er und Liv vorbei. Dann aßen sie zusammen zu Abend, redeten und lachten – und es war fast wieder so wie früher.

Aber nur fast. Denn Gustaf konnte am Gespräch nicht wirklich teilnehmen. Wenn man ihm etwas mitteilen wollte, musste man es aufschreiben. Agneta wusste, dass er diese Art der Kommunikation als sehr frustrierend empfand, auch wenn er sich nicht beschwerte. Er beschwerte sich überhaupt nie. Manchmal hatte sie fast das Gefühl, dass sie mit den neuen Gegebenheiten sehr viel schlechter zurechtkam als ihr Vater.

Das Läuten der Türklingel ließ sie aus ihren Gedanken aufschrecken. „Es ist jemand an der Tür“, erklärte sie Gustaf mit betont deutlichen Lippenbewegungen, der sie fragend angeschaut hatte.

In der Klinik hatte man ihm ein Lehrbuch für Gebärdensprache gegeben, mit dem er fleißig übte, und auch beim Lippenlesen machte er bereits Fortschritte. Agneta hatte sich das Buch ebenfalls vorgenommen und kannte schon einige grundlegende Zeichen. Sie hoffte allerdings immer noch, dass es nicht nötig sein würde, die Gebärdensprache richtig zu lernen.

Es war Jonas. Wie selbstverständlich trat er an ihr vorbei ins Haus, nachdem sie geöffnet hatte. Ein bisschen überraschte es sie selbst, wie viel Raum er wieder in ihrem Leben eingenommen hatte. Noch viel mehr überraschte sie jedoch, dass es ihr gefiel. Sie hatte ihn gern um sich. Ihn und Liv.

„Wo hast du deine Tochter gelassen?“, fragte Agneta.

„Sie hat sich mit der Kleinen von Gunnar Löfgren angefreundet. Die beiden sind zusammen zum Hafenfest runter.“

Agneta blinzelte „Hafenfest?“

„Du bekommst wirklich überhaupt nichts mehr mit, oder?“ Jonas seufzte. „Es ist nicht gut, dass du dich hier vergräbst. Dein Engagement für Gustaf in allen Ehren, aber …“

„Aber – was?“ Genervt blies sie sich eine Ponysträhne aus dem Gesicht. „Das Wohlbefinden meines Vaters ist für mich im Augenblick einfach das Wichtigste, verstehst du das denn nicht?“

Besänftigend legte Jonas ihr eine Hand auf den Arm. „Natürlich verstehe ich dich. Aber schau doch mal in den Spiegel! Du bist blass wie die Wand! Wann bist du zum letzten Mal an der frischen Luft gewesen?“

„Vor einer halben Stunde war ich im Ort“, protestierte Agneta schwach.

„Um einzukaufen“, mutmaßte Jonas. „Und wann hast du zuletzt etwas für dich getan? In der Zuckerbäckerei haben Liv und ich dich in letzter Zeit jedenfalls nicht oft gesehen!“ Als Agneta den Blick senkte, nickte er. „Dachte ich es mir doch. Hier.“

Er nahm ihre Jacke vom Garderobenhaken und warf sie ihr zu. Reflexartig fing Agneta sie auf. Fragend schaute sie Jonas an. „Und jetzt?“

„Jetzt“, er grinste, „gehen wir zwei zum Hafenfest.“

Agneta hatte es nicht für möglich gehalten, doch Jonas schaffte es tatsächlich, sie all ihre Sorgen und Probleme für ein paar Stunden vergessen zu lassen. Das Hafenfest hatte in Sjöråhamn Tradition. Es war eine der Gelegenheiten, bei denen alle Sjöråhamner zusammenkamen, um ausgelassen zu feiern.

Für die Kinder gab es ein Karussell, eine Schiffsschaukel und Wurfbuden, während die Männer an der Schießbude ihr Können beweisen durften. Ein ganz besonderes Highlight war aber der Fischmarkt, wo frisch zubereiteter Fisch in allen Variationen zum Kauf angeboten wurde.

Sie trafen Ann-Kristin und Mattias bei der Schiffsschaukel, wo sie ihren vor Vergnügen jauchzenden Kindern beim Schaukeln zuschauten.

„Es ist gut, dich mal wieder lächeln zu sehen“, sagte Ann-Kristin, nachdem sie die Männer weggeschickt hatte, um etwas zu trinken zu besorgen. „Du bist so fürchterlich ernst in letzter Zeit. Ich kann ja verstehen, dass die Sache mit deinem Vater dich mitnimmt, aber …“ Seufzend zuckte sie mit den Schultern. „So wie ich Gustaf kenne, gefällt es ihm sicher nicht, dass du dich so im *Klippanhus* vergräbst.“

Agneta schwieg. Was sollte sie auch sagen? Ann-Kristin hatte ja recht. Ihr Vater sagte immer wieder, dass sie unter Menschen gehen und sich amüsieren solle. Aber es kam ihr einfach nicht richtig vor, Spaß zu haben, während er allein zu Hause saß, umgeben von undurchdringlicher Stille.

„Mattias hat sich übrigens noch einmal über diese neue Methode informiert, die gerade in den Vereinigten Staaten erprobt wird.“ Ann-Kristin lächelte aufmunternd. „Es klingt ganz so, als könnte deinem Vater damit tatsächlich geholfen werden.“

„Nur leider weigert sich die Krankenkasse, die Behandlungskosten mitzutragen“, entgegnete Agneta düster. „Ich habe mich bereits danach erkundigt. Es wird ja alles getan, was die reguläre Schulmedizin in einem solchen Fall an Möglichkeiten bietet. Das Problem ist, dass es sich um eine bisher nicht anerkannte Methode handelt. Weder die Kasse noch die Firma sind verpflichtet, dafür auch nur eine Krone zu zahlen."

„Tja, dann solltest du vielleicht einmal beim Gemeinderat vorsprechen." Als sie den verdutzten Gesichtsausdruck ihrer Freundin bemerkte, lachte sie. „Falls du es noch nicht wusstest: Sjöråhamn ist ein Ort, an dem sich die Menschen noch umeinander kümmern. Wir haben für Notfälle einen Fonds eingerichtet, der vom Gemeinderat verwaltet wird. Insgesamt zwei Prozent der Steuereinnahmen fließen direkt in den Fonds, der Rest wird durch Spenden und Wohltätigkeitsveranstaltungen finanziert."

„Und du meinst …?" Agnetas Herz machte einen Sprung. Wenn das stimmte – wenn Gustafs Behandlung durch Mittel dieses Wohltätigkeitsfonds bezahlt werden konnte –, dann gab es ja doch noch eine Chance, dass am Ende alles gut wurde!

„Aber sicher." Ann-Kristin strahlte. „Wie gesagt – der Fonds ist für echte Notfälle. Und ehrlich gesagt fällt mir niemand ein, der das Geld mehr verdient hätte als dein Vater."

Die Männer kehrten zurück. Jonas reichte Agneta ein Glas Weißwein und hob überrascht eine Braue, als sie ihm fröhlich zuprostete. „Was ist denn mit dir passiert?", fragte er. „Du strahlst ja bis über beide Ohren!"

„Ich habe auch allen Grund dazu", entgegnete sie und erklärte ihm, was Ann-Kristin ihr erzählt hatte. „Ist das nicht wunderbar?", sprudelte es aus ihr hervor.

Jonas nickte, wirkte jedoch, als sei er nicht richtig bei der Sache. Und daran änderte sich auch nichts, als sie etwas später den Rückweg zum *Klippanhus* antraten.

„Was hast du?", fragte Agneta irritiert, als er sie zum Abschied flüchtig umarmte. „Irgendetwas stimmt doch nicht mit dir!"

Er schüttelte den Kopf. „Alles in Ordnung." Die Heiterkeit in seiner Stimme wirkte erzwungen. „Grüß Gustaf von mir, ja?

Hej då!"

Stirnrunzelnd blickte Agneta ihm nach. Sie spürte, dass er etwas vor ihr verbarg – nur was?

„*Fan också!*"

Ruckartig riss Jonas das Steuer seines Wagens herum, als die Elchkuh unmittelbar vor ihm aus dem Unterholz auf die Straße sprang. Er rechnete schon damit, jeden Augenblick einen dumpfen Aufprall zu spüren, doch nichts geschah.

Sie hatten noch einmal Glück gehabt, die Elchkuh und er. Doch im Gegensatz zu ihm schien sie gar nicht begriffen zu haben, in welcher Gefahr sie noch vor Sekunden geschwebt hatte. Während Jonas das Herz gegen die Rippen hämmerte, graste das Tier seelenruhig am Straßenrand.

Unfälle mit Elchen waren in der Gegend keine Seltenheit. Es konnte vorkommen, dass hinter der nächsten Kurve ein ausgewachsenes männliches Exemplar stand, das gut und gerne achthundert Kilo auf die Waage brachte. Man tat also besser daran, mit angemessener Geschwindigkeit und vor allem vorausschauend zu fahren. Eine Regel, die Jonas nicht beachtet hatte – was katastrophale Folgen hätte haben können.

Er war unkonzentriert. Denn ständig ging ihm durch den Kopf, was Agneta gesagt hatte. Dass sie sich an den Gemeinderat wenden und für Gustaf um eine Zuwendung aus dem Härtefallfonds bitten wollte.

Im Großen und Ganzen war das eine gute Idee – prinzipiell. Nur leider ahnte Jonas, wie die Entscheidung des Gemeinderats ausfallen würde. Die erste Vorsitzende war aus persönlichen Gründen nicht sonderlich daran interessiert, Agneta einen Gefallen zu erweisen. Denn diese Position bekleidete niemand anderes als ausgerechnet seine Mutter.

Er schloss für einen Moment die Augen und atmete tief durch, ehe er den Motor seines Saab wieder anließ. Es würde sich nicht vermeiden lassen, er musste mit Berit sprechen. Sie durfte keiner hilfsbedürftigen Person die Unterstützung verweigern, irgendwie musste er ihr das klarmachen. Die Frage war nur: Was sollte er tun, wenn sie sich stur stellte? Wenn sie sich etwas in den Kopf gesetzt hatte, war sie unerbittlich. Und obwohl Jonas wusste, dass sie Gustaf im Grunde ihres Herzens schätzte, würde sie die Gelegenheit dennoch nutzen, um Agneta eins auszuwischen. Vor allem, da sie wusste, dass er sich in der letzten Zeit um die Renovierung des *Himmelska Sockerdrömmar* gekümmert hatte. Seine Hilfsbereitschaft hatte Berit vermutlich noch mehr gegen Agneta aufgebracht.

Er musste mit seiner Mutter reden.

Noch heute.

Doch als er den Wagen vor dem Gartenhaus abstellte, wurde er von Liv abgefangen, die schon auf ihn gewartet zu haben schien.

„Endlich!", rief sie erleichtert. „Deine Mutter ist hier. Ist vor einer halben Stunde aufgekreuzt und lässt sich nicht abwimmeln. Ich wusste nicht, was ich tun soll, daher hab ich sie einfach ins Wohnzimmer gesetzt." Schüchtern sah sie zu Boden. „Das war doch hoffentlich okay, oder?"

Jonas kniff die Augen zusammen. Das war wieder einmal typisch Berit! Sie wusste genau, dass er es nicht ausstehen konnte, wenn sie ohne Vorankündigung bei ihm hereinplatzte. Und Livs Unsicherheit auszunutzen, um sich in seiner Abwesenheit Zutritt zu verschaffen – das war eine Unverschämtheit.

Liv schien seinen Gesichtsausdruck falsch zu deuten. „Oh-oh, du bist sauer …"

Mühsam rang er sich ein Lächeln ab. „Aber nicht auf dich, *min älskling*." Er strich ihr übers Haar, das, wie ihm jetzt auffiel, längst nicht mehr so grellpink und chaotisch gestylt war wie an jenem Tag, an dem sie in Sjöråhamn angekommen war. „Außerdem trifft es sich im Grunde ganz gut – ich wollte ohnehin mit ihr sprechen."

Seine Mutter saß in perfekter Haltung auf dem Sofa, so als wäre es ein Thron. Als Jonas den Raum betrat, machte sie keinerlei Anstalten, sich zu erheben. Er hatte es auch nicht erwartet und hielt sich mit keiner langen Begrüßung auf. Gesten der Höflichkeit waren an seine Mutter vollkommen verschwendet.

„Was willst du?“, fragte er geradeheraus.

„Für den Anfang wäre ein Kognak nicht schlecht.“

Jonas ärgerte sich darüber, dass sie seine Frage zweifellos bewusst falsch verstand, ging jedoch darüber hinweg. „Komm schon, Mutter, wir wissen beide, dass du nie ohne triftigen Grund hierherkommen würdest. Also – was ist los?“

„Henrietta Mårtensson hat mich kürzlich besucht“, entgegnete Berit knapp. „Sie hielt es für besser, sich mit ihrem Anliegen direkt an mich zu wenden, da sie sich ein wenig vor deiner Reaktion fürchtet.“

„Henrietta und sich vor irgendetwas fürchten?“ Er stieß einen abfälligen Laut aus. „Das ist in sich bereits ein Widerspruch! Aber sei's drum – was hat sie denn so Wichtiges auf dem Herzen, dass sie deswegen deinen Rat sucht?“

Berit lächelte süßlich. „Ich darf dir gratulieren, mein Sohn – du wirst Vater!“

Jonas brauchte einen Augenblick, um die Nachricht zu verdauen, die seine Mutter ihm so genüsslich präsentierte. Dann schüttelte er den Kopf.

„Nein, unmöglich“, entgegnete er energisch. „Henrietta und ich haben immer … Es kann einfach nicht sein!“

„Du weißt ebenso gut wie ich, dass selbst die besten Verhütungsmethoden keine hundertprozentige Sicherheit garantieren können. Wie heißt es noch so schön? Das Leben findet immer einen Weg.“

Er fühlte sich wie vor den Kopf geschlagen. Mit einem selbstgefälligen Lächeln hatte seine Mutter ihm den Boden unter den Füßen weggezogen. Doch er konnte noch immer nicht so recht daran glauben, dass sie die Wahrheit sagte. War das wieder einer ihrer hinterhältigen Tricks? Und wenn, was versprach Henrietta sich davon, bei Berits Intrige mitzuspielen? Oder war sie am Ende tatsächlich schwanger?

Es wäre nicht das erste Mal, dass dir so etwas passiert, nicht wahr?

Unwillkürlich musste er an Elin denken. Obwohl es nur eine kurze Affäre an der Uni gewesen war, gab es jetzt Liv. Im Grunde unterschied sich seine Beziehung zu Henrietta nicht einmal so sehr von seinem Verhältnis mit Elin damals. Sie hatten einander nie Versprechungen gemacht. Es war eine unausgesprochene Vereinbarung zwischen ihnen gewesen, dass sie sich eines Tages ohne großes Aufhebens voneinander trennen würden. Wenn Henrietta jetzt wirklich ein Kind von ihm erwartete, bedeutete das …

Oh nein! Agneta!

Es war, als hätte er einen Schlag in die Magengrube erhalten. Agneta gegenüber hatte er Henrietta nie zum Thema gemacht. Und die Affäre war spätestens seit dem Moment Geschichte, in dem er sich über seine Gefühle für Agneta klar geworden war. Er liebte sie. Auch wenn es aussah, als habe das Schicksal nicht vor, es ihm allzu leicht zu machen.

„Du wirst sie natürlich heiraten", erklärte Berit.

So wie sie es sagte, klang es wie das Normalste von der Welt. Nur, dass Jonas sich absolut nicht vorstellen konnte, den Rest seines Lebens an Henriettas Seite zu verbringen. Sie passten einfach nicht zueinander. Es war nicht nur, weil er sie nicht liebte. Nein, er mochte sie nicht einmal besonders. Nüchtern betrachtet war sie kein sehr liebenswerter Mensch. Er konnte sich nicht erinnern, dass sie jemals etwas Nettes für jemand anderen getan hatte. Nein, Henrietta Mårtensson war das Zentrum ihres eigenen Universums – alle anderen waren für sie lediglich Statisten.

Eine Ehe mit ihr konnte nur in einer Katastrophe enden.

„Ich glaube nicht, dass du das entscheidest", entgegnete er energisch. „Und ganz gleich, was du sagst – ich werde Henrietta nicht heiraten! Natürlich werde ich die Verantwortung für das Baby übernehmen, sollte sie wirklich schwanger sein, aber …"

„Oh doch, mein Lieber, du wirst sie heiraten. Ansonsten

kannst du dich nämlich darauf verlassen, dass ich alles in meiner Macht Stehende unternehme, damit die finanzielle Unterstützung für Gustaf vom Gemeinderat abgelehnt wird."

Im ersten Moment glaubte Jonas, sich verhört zu haben. „Was …? Ich …" Er schüttelte den Kopf. „Du weißt davon?"

Berit lachte humorlos. „Ich bitte dich, Junge, du solltest mich wirklich besser kennen. Linda Claesson hat mich sofort angerufen, als sich Agnetas Freundin, diese Ann-Kristin Åberg, nach den Bedingungen für den Härtefallfonds erkundigt hat. Es war nicht weiter schwer, eins und eins zusammenzuzählen."

Jonas schluckte hart. „Das würdest du nicht tun", stieß er heiser hervor. „Du magst Gustaf Holmquvist. Er ist dein bester und treuester Mitarbeiter. Ich kaufe dir nicht ab, dass du ihn einfach im Stich lassen willst."

„Darauf würde ich mich an deiner Stelle nicht verlassen", entgegnete sie kühl. „Ich schätze Gustaf, das ist wahr. Aber ich würde sein Wohl nie über das der Familie stellen, darüber solltest du dir im Klaren sein. Und du weißt, dass ich in der Lage bin, die Entscheidung des Gemeinderates zu beeinflussen."

Leider war sich Jonas dieser Tatsache nur allzu bewusst. „Willst du mich erpressen, Mutter?"

„Erpressung ist so ein unschönes Wort …" Der Blick ihrer grauen Augen war hart wie Stahl. „Ich würde es eher als kleinen Denkanstoß bezeichnen."

„Und im Klartext bedeutet das, ich heirate Henrietta und du sorgst im Gegenzug dafür, dass der Gemeinderat in Gustafs Sinne entscheidet", fasste Jonas nüchtern zusammen. „Ist es das, was du willst?"

„Noch nicht ganz", erwiderte Berit. „Ich erwarte außerdem von dir, dass du Sjöråhamn verlässt – und zwar lieber heute als morgen."

„Was?" Entsetzt starrte Jonas sie an. Vor nicht allzu langer Zeit hatte er zwar mit dem Gedanken gespielt, sich einen Job in der Marketingabteilung einer großen Firma zu suchen, um dem

Machtbereich seiner Mutter endgültig zu entkommen. Aber seit Agneta wieder da war, erschien ihm allein die Vorstellung völlig absurd. Er schüttelte den Kopf. „Hast du dir das auch wirklich gut überlegt, Mutter? Was ist mit der Firma und dem guten Ruf der Familie? Du brauchst mich, um zu verhindern, dass dein kleines Geheimnis herauskommt!"

Mit einem selbstgefälligen Lächeln lehnte Berit sich auf der Couch zurück und schlug die Beine übereinander. „Wir wollen doch ehrlich sein, Junge: Du bist in den vergangenen Wochen nicht einen Schritt vorangekommen. Stattdessen hast du deine und meine Zeit verschwendet, indem du diesem kleinen Flittchen schöne Augen gemacht hast. Erreicht hast du nicht das Geringste. Du bist einfach zu weich. Ich hätte wissen müssen, dass ich mich nicht auf dich verlassen kann. Und jetzt kümmere ich mich lieber selbst um diese lästige Angelegenheit."

Er kniff die Augen zusammen. „Was soll das heißen?"

„Das hat dich nicht mehr zu interessieren. Das Einzige, womit du dich jetzt zu befassen hast, ist deine Hochzeit mit Henrietta und euer Umzug nach Stockholm. Ich war so frei, bereits alles in die Wege zu leiten. Du musst nur noch packen, dann kann es gleich morgen losgehen."

In diesem Moment verspürte Jonas beinahe so etwas wie Hass für seine Mutter. Wie er ihre Spielchen hasste! Sie manipulierte Menschen, ohne sich auch nur einen Deut darum zu scheren, was sie damit anrichtete. Und jetzt hatte sie ihn – den eigenen Sohn – genau da, wo sie ihn haben wollte.

Ihm blieb keine andere Wahl, als auf ihre Forderungen einzugehen. Nicht, wenn er Agneta und Gustaf helfen wollte. Er kannte Berit gut genug, um zu wissen, dass sie ihren Einfluss im Gemeinderat geltend machen würde, um ihren Willen durchzusetzen. Da würde sie nicht einmal mit der Wimper zucken. Auf welche Seite sie sich stellte, hing unmittelbar mit seiner Entscheidung zusammen.

Es war, als hätte man ihm eine tonnenschwere Last auf die Schultern gelegt. Er liebte Agneta. Liebte sie so sehr, dass er sich ein Leben ohne sie nicht mehr vorstellen konnte. Manchmal, in seinen Tagträumen, sah er die gemeinsame Zukunft als glückliche Familie vor sich: Agneta, Liv und er, zusammen mit Gustaf als stolzem Großvater. Doch daraus würde nun nichts mehr werden. Er konnte Agneta unmöglich vor die Wahl stellen, sich zwischen ihm und ihrem Vater zu entscheiden. Nein, diese Sache musste er ganz allein mit sich ausmachen.

Er dachte an das *Himmelska Sockerdrömmar* und daran, wie Liv und er sich in den vergangenen Tagen in Eigenregie in die letzten Renovierungsarbeiten gestürzt hatten, um Agneta damit zu überraschen. An diesem Abend hatten sie ihr alles zeigen wollen.

Nun, eine Überraschung würde es tatsächlich geben – allerdings nicht ganz so, wie er es sich vorgestellt hatte.

„Nun, wie entscheidest du dich?“

„Als ob ich eine Wahl hätte!“

„Habe ich es mir doch gedacht, dass wir uns einig werden würden“, entgegnete seine Mutter kalt. „Ach, und ehe ich es vergesse: Sollte irgendjemand hiervon erfahren, ist unsere kleine Vereinbarung sofort hinfällig. Ich hoffe, ich habe mich klar ausgedrückt!“

„Das ist nicht dein Ernst, *pappa*!“ Fassungslos starrte Liv ihren Vater an. Sie war gleich zu ihm gegangen, nachdem sie seine Mutter aus dem Haus hatte gehen sehen. Weil sie neugierig gewesen war … Doch sie war nicht darauf vorbereitet gewesen, was Jonas ihr nun eröffnete. Nicht im Geringsten!

„Du willst nicht wirklich diese … *Tussi* heiraten!“, stieß sie ungläubig hervor und schüttelte verständnislos den Kopf.

Er schwieg.

„Aber wieso? Ich meine … Du liebst doch Agneta!“

Seufzend fuhr er sich durchs Haar. „Das verstehst du nicht. Dazu bist du einfach noch zu jung.“

„Blödsinn!“ Wütend funkelte sie ihn an. „Ich bin vielleicht noch nicht alt genug, um Alkohol zu trinken oder Auto zu fahren. Aber das heißt ja nicht, dass ich vom Leben keine Ahnung habe, *pappa*! Und – *fan!* – ich will nicht, dass du diese dumme Kuh zu meiner Stiefmutter machst!"

Mit diesen Worten wirbelte sie herum und stürmte aus dem Wohnzimmer. Tränen der Wut und der Enttäuschung liefen ihr übers Gesicht. Wie konnte Jonas das tun? Ausgerechnet jetzt, wo endlich alles gut zu werden schien!

Wenn er diese Henrietta heiratete, machte er damit alles kaputt! Kapierte er das denn nicht?

Laut stapfte sie die Treppe zu ihrem Zimmer hinauf und warf die Tür hinter sich ins Schloss, ehe sie sich schluchzend auf ihr Bett fallen ließ und sich die Decke über den Kopf zog.

„Hau ab!", rief sie, als es kurz darauf an der Tür klopfte.

„Liv, bitte! Lass uns in Ruhe über alles reden", erklang Jonas' gedämpfte Stimme vom Flur her.

„Ich will aber nicht mit dir reden! Lass mich in Ruhe!"

Einen Moment lang blieb es still, dann hörte sie Schritte, die sich langsam von ihrem Zimmer entfernten. Liv nahm ihr Kissen und schleuderte es mit einem frustrierten Aufschrei gegen die Tür. Schluchzend lag sie da und starrte zur Decke hinauf, als ein aufsteigender Dreiklang erklang, der den Eingang einer Textnachricht auf ihrem Handy verkündete.

Sie ignorierte das Geräusch. Zunächst. Dann griff sie doch nach dem Gerät, das auf dem Nachttisch lag. Sie hatte eine SMS von Emma bekommen. Liv öffnete sie.

Was ist passiert? Mikael sagt, dass du nach den Ferien nun doch zurück zu uns ans Internat kommst? Wollte dein Vater dich nicht bei sich behalten? Meld dich mal! Em

Ungläubig starrte Liv die Nachricht an. Sie überflog die Zeilen immer und immer wieder, doch der Text veränderte sich nicht. Liv konnte es nicht fassen. Jonas hatte gesagt, dass sie bei ihm wohnen bleiben konnte!

Aber jetzt wird er nach Stockholm ziehen und Henrietta

Mårtensson heiraten. Die beiden werden eigene Kinder kriegen. Kleine süße Babys. Was wollen sie dann mit einem nervigen Gör wie mir?

Sie versuchte, den Gedanken abzuschütteln, doch er ließ sie einfach nicht los. Was, wenn das stimmte …? Wenn Jonas sie tatsächlich wieder aufs Internat abschieben wollte …?

„*Nej!*", stieß sie heiser hervor. „Da mache ich nicht mit!"

Sie sprang vom Bett auf, holte ihren Rucksack und schüttete den Inhalt auf der Matratze aus. Dann stopfte sie alle Dinge hinein, an denen ihr Herz hing, öffnete das Fenster und schwang sich, ohne lange darüber nachzudenken, aufs Fensterbrett hinaus.

Schnell kletterte Liv am Rosenspalier hinunter. Den letzten halben Meter sprang sie, landete auf den Füßen und lief sofort weiter. Als sie den Waldrand erreichte, blickte sie sich noch einmal um. Ein wehmütiges Gefühl machte sich in ihr breit, als sie das Gartenhaus betrachtete.

Das hier hätte ihr Zuhause sein können.

Ein Teil von ihr wollte einfach umkehren und zu Jonas zurückkehren. Vielleicht täuschte Emma sich ja. Aber selbst dann könnte Liv ihn nicht davon abhalten, Henrietta zu heiraten. Und sie würde fast lieber ins Internat zurückkehren, als mit dieser Frau unter einem Dach zu leben. Was wie Pest und Cholera war. Liv wollte nichts davon.

Sie rückte den Trageriemen ihres Rucksacks zurecht. Dann wandte sie sich ab und lief los.

„Ich weiß ja, dass du es nur gut meinst, *min solstråle*, aber es ist wirklich nicht nötig, dass wir den ganzen Tag aufeinanderhocken." Gustaf zwinkerte schelmisch. „Ich kann zwar nichts hören, aber mein gesunder Menschenverstand hat keinen Schaden genommen."

Agneta verzog das Gesicht. „Ich gehe dir wohl ziemlich auf die Nerven, was?", sagte sie mit betont deutlichen Lippenbewegungen.

Inzwischen war ihr Vater richtig gut darin geworden, von den Lippen abzulesen. Er lachte. „Nimm es mir bitte nicht übel, aber ich glaube, wir können beide ein wenig Abstand gebrauchen. Warum gehst du nicht einmal wieder in den Laden? Seit meinem kleinen Malheur in der Tortenfabrik bist du kaum noch dort gewesen."

Zunächst zögerte sie. Als sie erkannte, wie ernst es ihrem Vater war, gab sie jedoch seufzend nach. „Also schön, aber wenn irgendetwas sein sollte, schreibst du mir eine SMS."

„Was soll denn schon sein?" Er legte ihr eine Hand auf die Schulter. „Tu deinem alten Vater den Gefallen und hör auf, dir immerzu Gedanken zu machen. Es wird schon alles werden, du wirst sehen."

Leicht fiel es Agneta nicht, ihren Vater allein zu lassen. Doch natürlich hatte er recht: Sie konnte nicht vierundzwanzig Stunden am Tag für ihn da sein. Zumal es überhaupt nicht notwendig war. Er kam inzwischen überraschend gut mit seiner Behinderung zurecht.

Tatsächlich imponierte Agneta, wie gelassen er sein Schicksal akzeptierte. Es schien ihm wesentlich leichter zu fallen als ihr. Sie verspürte jedes Mal, wenn im Radio sein Lieblingslied gespielt wurde, einen Stich ins Herz bei dem Gedanken, dass er es womöglich nie mehr hören würde.

Vielleicht aber auch doch. Ann-Kristins Hinweis auf den Hilfsfonds hatte ihr neue Hoffnung gegeben. Agneta wollte in den nächsten Tagen beim Gemeinderat den Antrag einreichen. Wenn die Verantwortlichen erfuhren, was passiert war, konnten sie ihre Unterstützung doch fast gar nicht verweigern. Das zumindest hoffte Agneta.

Sie küsste ihren Vater zum Abschied auf die Stirn, nahm ihre Jacke vom Garderobenhaken und verließ das Haus. Anstatt mit dem Wagen zu fahren, entschied sie sich für einen Spaziergang. Es dämmerte bereits, und auf der *Fiskaregatan* leuchteten die ersten Straßenlaternen. Die Luft war angenehm lau und von zartem Blumenduft erfüllt. Agneta atmete tief durch und spürte, wie ein wenig von der Anspannung, die sie umfangen hielt, von ihr abfiel. Vielleicht hatte Gustaf recht, und sie sollte aufhören, die Dinge so verbissen zu sehen.

Als sie den *Kyrktorget* erreichte und das Ladenschild des *Himmelska Sockerdrömmar* erblickte, das sanft im Wind vor- und zurückschwang, verspürte sie eine kaum in Worte zu fassende Sehnsucht. Agneta zückte ihren Schlüssel und schloss die Tür auf. Sobald das Licht über der Auslagevitrine aufflammte, atmete sie scharf ein.

„Was um alles in der Welt …?"

Sie hatte den Laden vor mehr als anderthalb Wochen zum letzten Mal betreten – aber die Veränderung, die seitdem mit ihm vorgegangen war, hätte kaum erstaunlicher sein können.

Das *Himmelska Sockerdrömmar* erstrahlte wie ein kostbares Juwel. Lieber Himmel, es war ja genau so, wie Agneta es sich in ihren schönsten Träumen ausgemalt hatte! Gardinen in zartem Bonbonrosa zierten die Fenster, der Boden glänzte frisch gebohnert. Weiß getünchte Regale und blitzblank polierte Vitrinen warteten förmlich darauf, von ihr mit den leckersten, selbst kreierten Köstlichkeiten gefüllt zu werden. Es war, als hätten die Heinzelmännchen über Nacht ein kleines Wunder in der Zuckerbäckerei gewirkt.

Nein, nicht die Heinzelmännchen – Jonas und Liv!

Eine andere Erklärung für das, was hier passiert war, gab es nicht. Außer ihr besaßen nur ihr Vater und Jonas, der ihr eine Weile bei der Renovierung geholfen hatte, einen Schlüssel. Jonas musste seine gesamte freie Zeit darauf verwendet haben, den Laden wieder flottzumachen.

Überwältigt schlug sie die Hand vor den Mund. Tränen stiegen ihr in die Augen, und sie blinzelte sie hastig weg. Das war so ziemlich das Netteste, was je ein Mann für sie getan hatte! Und es ließ die Grenzen, die sie zwischen sich und Jonas gezogen hatte, noch weiter – gefährlich weit! – verwischen.

Sie war gerade auf dem Weg in die Backstube, um zu sehen, ob mit ihr eine ähnlich erstaunliche Wandlung vorgegangen war, als das Glöckchen über der Eingangstür klingelte.

„Agneta?"

Ihr Herz vollführte einen überraschten Hüpfer. Jonas! Sie schloss die Augen und holte tief Luft. *Lass dich jetzt nicht von deinen Gefühlen überwältigen, Agneta! Sei vernünftig!*

„Ich bin hier hinten", rief sie und hörte, wie er mit langen Schritten das Ladenlokal durchquerte. „Jonas, ich kann gar nicht sagen, wie ..."

Sie stockte, als sie merkte, dass etwas nicht stimmte. Sein Blick flackerte nervös, und das Haar stand ihm wirr vom Kopf ab, so als sei er mehrfach mit der Hand hindurchgefahren.

„Was ist passiert?", fragte sie alarmiert.

„Dein Vater hat mir gesagt, dass ich dich hier finden würde." Er versuchte einen Blick hinter Agneta in die Backstube zu werfen. „Ist sie da hinten?"

„Ist *wer* da hinten?" Agneta hob eine Braue. „Würdest du mir freundlicherweise erklären, von wem du sprichst?"

„Na von Liv! Sie ist doch bei dir, oder nicht?"

Irritiert runzelte Agneta die Stirn. „*Nej!*", entgegnete sie. „Wie kommst du denn darauf? Ich ... Oh nein, ihr habt euch schon wieder gestritten, stimmt's?" Sie schüttelte seufzend den Kopf. „Nun sag schon, was hast du jetzt wieder angestellt?"

„Was ich angestellt habe?" Fluchend rieb er sich den Kopf und brachte das Haar damit noch mehr in Unordnung. „Wie kommst du darauf, dass ich schuld bin?"

Sie seufzte. „Liv würde nicht einfach so weglaufen. Nicht mehr. Also muss irgendetwas vorgefallen sein. Etwas, das sie vollkommen aus der Bahn geworfen hat."

Als er jetzt sekundenlang den Blick senkte, wusste Agneta, dass sie richtiglag.

Wieder fluchte er leise. „Ich war sicher, dass sie zu dir gehen würde. Aber wenn sie nicht hier ist – wo steckt sie dann?"

„Wie lange ist sie denn schon weg?"

„Das kann ich nicht so genau sagen. Nach unserem ... Nach unserer Meinungsverschiedenheit hat sie sich in ihrem Zimmer eingeschlossen und sich geweigert, mich hereinzulassen. Sie muss durchs Fenster gestiegen und das Rosenspalier hinuntergeklettert sein."

„Du hast bestimmt schon versucht, sie auf ihrem Handy zu erreichen?"

„Sie geht nicht ran. Bei Ann-Kristin und den Löfgrens habe ich es auch schon probiert. Da ist sie auch nicht. Und es wird bald dunkel! Ich ..."

Er unterbrach sich, als der Klingelton seines Handys erklang. Hastig zog er das Gerät aus seiner Jackentasche und atmete erleichtert auf. „Das ist ihre Nummer – Gott sei Dank!" Er nahm das Gespräch an. „Zum Teufel, Liv, wo steckst du? Ich ... Liv?"

„Was ist los?"

Er klopfte mit der flachen Hand gegen das Gehäuse des Mobiltelefons, ehe er es wieder ans Ohr hob. „Liv? Was ist los? Wo bist du? Ich kann dich kaum verstehen!"

Agneta sah, wie er plötzlich bleich wurde.

„Keine Angst, *min älskling*, ich finde dich. Du musst jetzt ganz ruhig bleiben, *okej*? Ich ..." Er ließ die Hand, in der er das Gerät hielt, sinken. Sein Blick ging ins Leere.

„Was ist denn passiert?" Agneta trat zu ihm und umfasste seine Schultern. „Was ist los, Jonas? Was ist mit Liv?"

„Sie ist irgendwo da draußen im Wald", stieß er gepresst hervor. „Ich glaube, sie ist verletzt, aber die Verbindung war so schlecht ..." In seinem Blick stand solches Entsetzen, dass es Agneta eiskalt überlief. „Großer Gott, Agneta, wenn ihr irgendetwas zustößt, werde ich mir das niemals verzeihen!"

Liv hatte das Gefühl, mitten in einen Albtraum geraten zu sein. In einem Moment war sie noch im Halbdunkel durch den Wald gestolpert, im nächsten hatte der Boden unter ihren Füßen nachgegeben. Sie war gestürzt und mit dem Hinterkopf so hart aufgeschlagen, dass es schlagartig schwarz um sie herum geworden war.

Sie wusste nicht, wie lange sie bewusstlos gewesen war. Der Schmerz in ihrem Knöchel hatte sie geweckt. Wahrscheinlich war sie beim Aufprall umgeknickt. Der Knöchel pochte so heftig, dass es ihr die Tränen in die Augen trieb, wenn sie auch nur versuchte, ihn zu belasten. Es tat so weh, dass sie kaum klar denken konnte.

Im schwachen Glimmen des Displays hatte sie erkannt, dass sie sich in einer Art Brunnenschacht befand. Die Wände bestanden aus Stein und ragten gleich mehrere Meter in die Höhe. Ans Hinausklettern war nicht zu denken – nicht einmal mit einem gesunden Knöchel hätte sie das geschafft!

Unglücklicherweise hatte sie hier unten kaum Empfang. Nur wenn sie sich aufrichtete und die Arme in die Höhe reckte, wurde ihr zumindest ein Balken angezeigt. Doch der Schmerz machte es ihr so gut wie unmöglich, sich länger als ein paar Sekunden in dieser Position zu halten. Und selbst wenn sie es tat, war die Verbindung so schlecht, dass sie vor lauter Rauschen kaum etwas verstand.

„Ruhig“, sagte sie zu sich selbst. Ihre Stimme klang in der Stille der Nacht unnatürlich laut. „Ganz ruhig. Immerhin hast du *pappa* erreicht, und er hat versprochen, dich hier rauszuholen.“

Sie wollte lieber nicht darüber nachdenken, wie er das bewerkstelligen sollte. Er hatte doch gar keine Ahnung, wo sie sich befand. Sie wusste es ja selbst nicht!

Sie war so wütend auf Jonas gewesen, weil er sie zurück nach Göteborg ins Internat schicken und diese dämliche Henrietta heiraten wollte. Sie hatte ihn niemals wiedersehen wollen. Doch jetzt wünschte sie nichts sehnlicher, als dass er kommen und sie aus dieser scheußlichen Situation befreien würde.

Zitternd schlang sie die Arme um den Körper und schloss die Augen. „Komm, *pappa*!“ Sie schluchzte leise. „*Bitte*, komm ganz schnell!“

23. KAPITEL

Nej, nej, NEJ!", stieß Jonas unwillig hervor und fuhr sich mit der Hand durchs Haar. „Das dauert alles viel zu lange!"

Er hatte sich von Agneta überzeugen lassen, einen Suchtrupp aufzustellen, statt sich auf eigene Faust auf die Suche zu machen. Inzwischen bereute er seine Entscheidung aber fast, auch wenn er wusste, dass es das einzig Richtige war. Die innere Anspannung war kaum noch zu ertragen. Allein Agneta hatte er es zu verdanken, dass er noch nicht völlig den Verstand verloren hatte.

Immer wenn er die Augen schloss, sah er Liv vor sich. Verletzt. Verängstigt. Mutterseelenallein. Es zerriss ihm schier das Herz. Er konnte sich nicht erinnern, wann er sich das letzte Mal solche Sorgen um jemanden gemacht hatte.

Aber Liv war eben nicht irgendjemand. Sie war seine Tochter und er liebte sie. Mehr, als er es jemals für möglich gehalten hätte. Er konnte inzwischen kaum mehr begreifen, wieso er sich so schwer damit getan hatte, eine Beziehung zu ihr aufzubauen. Innerhalb kürzester Zeit hatte Liv sich jetzt in sein Herz geschlichen. Wenn er sie nur gesund und wohlbehalten zurückbekam, würde er alles tun, um das Chaos, in das sich sein Leben verwandelt hatte, in Ordnung zu bringen. Er wusste zwar noch nicht so genau, wie er das anstellen sollte, aber er würde es tun.

Jetzt musste er Liv erst einmal finden – und zwar schnell!

Unbemerkt von allen anderen setzte sich Jonas von der Gruppe ab, die gerade von Anton Björklund instruiert wurde, und ging in den Wald.

„Wir werden sie finden, Jonas. Ganz sicher, ich …" Agneta verstummte abrupt, als sie sich umdrehte und den Platz hinter sich leer vorfand. „Jonas?" Suchend schaute sie sich um und sah noch, dass er gerade am Waldrand im Unterholz verschwand. „Jonas!"

Kurz zögerte sie, dann folgte sie Jonas in die Dunkelheit zwischen den Bäumen.

Zum Glück hatte Anton sie alle mit Taschenlampen ausgestattet. Agneta schaltete ihre ein. Der schmale Lichtstreifen, den sie aus der Schwärze riss, war jedoch kaum der Rede wert.

„Jonas?"

Er konnte sich noch nicht weit entfernt haben, doch sie hatte ihn bereits aus den Augen verloren. Sie ging weiter, halb stolpernd, halb laufend. Als sie sich umdrehte, erkannte sie den Waldrand nicht mehr. Panik stieg in ihr auf. Sie wollte zu den anderen zurückkehren, musste aber zu ihrem Entsetzen feststellen, dass sie vollkommen die Orientierung verloren hatte.

Bleib ruhig, sagte sie sich. Denk an Liv. Sie ist erst elf Jahre alt und ganz allein hier draußen. Du hilfst ihr nicht, wenn du jetzt die Nerven verlierst!

„Liv!", rief sie laut in der Hoffnung, dass Jonas' Tochter sie vielleicht hörte, wenn Jonas schon nicht reagierte. „Liv, Kleines, wo bist du? Sag doch etwas!"

Abgesehen vom Wind, der durch die Kronen der Bäume fuhr, blieb es still.

Agneta dachte an Jonas und daran, welche Ängste er durchstehen musste. Er scheute sich davor, zu enge Bindungen einzugehen, weil er fürchtete, der Verantwortung nicht gerecht zu werden. Dabei war er einer der verantwortungsvollsten Menschen, denen sie je begegnet war.

Er würde alles tun, um seine Tochter zu retten.

Einfach alles.

Suchend blickte sie sich um. In welche Richtung sollte sie sich wenden? Alles sah gleich aus. Da sie keinerlei Anhaltspunkte hatte, folgte sie einfach ihrem Instinkt.

Die Kronen der Bäume wurden dichter, und Agneta erhaschte nur noch hin und wieder einen Blick auf den nachtschwarzen Sternenhimmel. Ihr war klar, dass sie immer tiefer und tiefer in den Wald eindrang. Im schlimmsten Fall würde ein neuer Suchtrupp aufgestellt werden, um sie zu finden. Sie verdrängte den frustrierenden Gedanken und straffte die Schultern. So leicht würde sie sich nicht entmutigen lassen.

„Liv!", rief sie, und ihre Stimme erschien ihr in der Stille der Nacht ohrenbetäubend laut. Sie versuchte es noch einmal. „Liv, Kleines, wo …"

Agneta brach abrupt ab, als sie ein paar Meter entfernt im Schein ihrer Taschenlampe etwas auf dem Boden liegen sah. Sie kniete sich hin und hob den Gegenstand auf. Es handelte sich um einen schreiend pinkfarbenen Stoffrucksack, der nur einem Menschen hier in Sjöråhamn gehören konnte: Liv.

Ihr Puls raste. Jonas' Tochter war irgendwo ganz in der Nähe. Aber wo?

„Liv?"

„Agneta? Bist du das? Ich bin hier unten!"

Ein Stein fiel ihr vom Herzen, als sie Livs Stimme hörte.

Ihre Gedanken rasten. Unten? Was hatte das zu bedeuten?

Sie entdeckte den Schacht erst, als sie unmittelbar davor stand. Sofort ging sie auf die Knie und leuchtete mit ihrer Taschenlampe in die Dunkelheit hinunter. Und tatsächlich – dort unten kauerte Liv. Gott sei Dank!

„Kannst du aufstehen?", fragte Agneta sie, nachdem sie sich über das Loch gebeugt hatte.

Das Mädchen schüttelte den Kopf. „Mein Fuß", schluchzte es. „Er tut so schrecklich weh!"

„Keine Angst, Kleines, ich hole dich da raus." Sie legte sich flach auf den Boden und streckte den Arm nach Liv aus. „Hier, nimm meine Hand!"

Doch es reichte nicht.

Agneta fluchte leise und robbte noch ein Stück auf dem feuchten Waldboden nach vorne, um sich über die Abbruchkante zu lehnen. Als sie sich dieses Mal nach Liv ausstreckte, fehlten nur noch ein paar Zentimeter.

Nur noch ein kleines bisschen strecken, und …

Plötzlich spürte Agneta, wie der Boden unter ihr ins Rutschen geriet. Sie versuchte noch, die Katastrophe zu verhindern, doch es war zu spät.

Mit einem heiseren Aufschrei stürzte sie in die Tiefe.

Jonas wusste nicht, wie lange er nun schon durch die Dunkelheit irrte. Er hatte bisher keine Spur von Liv gefunden, auch vom Suchtrupp hatte er bislang weder etwas gehört noch gesehen. Es war zum Verzweifeln! Wenn Liv nun etwas zugestoßen war …

Nej! Diesen Gedanken durfte er nicht zulassen. Liv und er hatten gerade erst zueinandergefunden. Er durfte sie nicht gleich wieder verlieren. Sie war doch seine Familie.

Sie – und Agneta!

Irritiert über die eigenen Gedanken, schüttelte er den Kopf. Es war nicht der richtige Moment, über seine Beziehung zu Agneta nachzudenken. Dennoch wurde ihm schlagartig bewusst, dass er Henrietta nicht heiraten konnte. Ganz einfach, weil er sie nicht liebte.

Sein Herz gehörte bereits einer anderen. Und das schon seit vielen Jahren.

„Liv?“, rief er. „Wo bist du? Liv!“

Es blieb still.

Er ging weiter und versuchte es erneut. Als er ganz leise jemanden rufen hörte, hielt er den Atem an und lauschte in die Stille.

Da! Da war es wieder! Er hatte es sich also nicht nur eingebildet!

„Liv? Ruf weiter, Kleines! Ich komme dich holen!“

Er folgte dem Klang ihrer Stimme, bis sie plötzlich ganz nah war. Und zu seiner Verwunderung hörte er noch jemand anderen rufen.

Agneta?

Die Grube lag so versteckt, dass er sie beinahe übersehen hätte. Als er seine Tochter und Agneta auf deren Grund erblickte, durchflutete ihn jedoch ein Gefühl grenzenloser Erleichterung.

„Keine Angst“, rief er. „Jetzt wird alles gut, ich hole euch da raus.“

Agneta traten Tränen in die Augen, als Jonas’ Gesicht im Schein ihrer Taschenlampe über ihnen am Brunnenrand auftauchte. Sie zog Liv, die sich an sie geschmiegt hatte, an sich.

„Ist alles in Ordnung bei euch da unten?“

„Liv hat sich den Knöchel verletzt, ansonsten sind wir glimpflich davongekommen“, antwortete Agneta. „Und davon abgesehen sind wir einfach nur froh, dich zu sehen – nicht wahr, Kleines?“

Liv nickte energisch. „Tut mir leid, dass ich einfach abgehauen bin, *pappa*“, rief sie schluchzend. „Ich war so blöd!“

„Du brauchst dich nicht zu entschuldigen, *min älskling*“, entgegnete er sanft. „Und was immer dich auch dazu getrieben hat, die Flucht zu ergreifen – wir werden eine Lösung dafür finden, das verspreche ich dir! Aber jetzt muss ich euch erst mal da unten rausbekommen – und das schaffe ich nicht alleine.“

„Nicht weggehen“, stieß Liv entsetzt aus. „Bitte!“

„Es geht nicht anders, Liebes. Aber ich bin gleich wieder zurück, *okej*?“

Tatsächlich dauerte es nur wenige Minuten, bis er wieder bei ihnen war. Und er hatte mehrere Helfer dabei, die sich sofort an die Arbeit machten. Ein Seil wurde über den Rand der Grube gelassen, sodass Jonas zu ihnen nach unten klettern konnte.

Trotz ihrer Schmerzen rappelte Liv sich auf und schlang ihrem Vater aufschluchzend die Arme um den Hals, sobald er sie erreicht hatte.

Beruhigend strich er ihr übers Haar. „Ich bin ja da, *min älskling*. Du hast es gleich geschafft.“

Fragend wandte er sich an Agneta. „Schaffst du es allein, nach oben zu klettern?“

Sie nickte zuversichtlich, trotzdem brauchte sie mehrere Anläufe und seine Hilfe, ehe es ihr schließlich gelang. Gleich mehrere helfende Hände wurden ihr oben entgegengestreckt und zogen sie über den Rand der Grube hinaus.

Als Nächstes waren Jonas und Liv an der Reihe. Während Agneta warten musste, hielt sie die Hände fest zu Fäusten geballt. Sie entspannte sich erst, als die beiden aus der schrecklichen schwarzen Grube heraus waren.

„Gott sei Dank!“ Erleichtert eilte sie auf die beiden zu und schloss sie in ihre Arme. Dann stellte sie sich auf die Zehenspitzen und küsste Jonas spontan. Er zog sie an sich und erwiderte ihren Kuss mit solch inniger Zuneigung, dass ihr die Knie nachgaben.

„Siehst du, *pappa*?“, rief Liv da. „Du liebst sie! Du liebst Agneta! Und deshalb darfst du Henrietta nicht heiraten!“

Agneta erstarrte. „Heiraten?“, brachte sie heiser hervor und machte sich von ihm los. „Du willst heiraten?“

Jonas sah ihr tief in die Augen. Sein Blick war ernst. „Wir müssen uns unterhalten“, sagte er. „Noch heute – aber vorher bringen wir Liv ins Krankenhaus.“

Zwei Stunden später waren sie schon wieder zu Hause. Zum Glück war bei Liv nur eine Knöchelstauchung diagnostiziert worden, die zwar schmerzhaft, aber ansonsten harmlos war. Mittlerweile wusste Jonas auch, wie es dazu gekommen war, dass seine Tochter keinen anderen Weg gesehen hatte, als davonzulaufen. Offenbar hatte er es – wie so vieles andere – Berit zu verdanken. Eine andere Erklärung fand er nicht. Denn niemand außer seiner Mutter hätte die Unverfrorenheit, sich auf eigene Faust mit Livs ehemaliger Schule in Verbindung zu setzen und die Elfjährige kurzerhand wieder anzumelden.

Allein bei dem Gedanken daran kochte Wut in Jonas hoch. Es war typisch Berit: Sie hatte sich in den Kopf gesetzt, dass er Henrietta heiraten und mit ihr eine Familie gründen sollte. Was aus Liv werden sollte und ob er mit diesem Arrangement glücklich war, interessierte sie nicht im Geringsten.

Jonas hatte genug davon. Er hatte jetzt lange genug nach der Pfeife seiner Mutter getanzt. Damit war jetzt Schluss! Endgültig!

Auf der Rückfahrt zum Gartenhaus hatte Liv trotz all der Aufregung des Abends kaum noch die Augen offen halten können. Jetzt lag sie in ihrem Bett und schlief tief und fest, während Agneta und Jonas sich in Jonas' Wohnzimmer setzten.

„Du hast gesagt, dass du mit mir reden willst", begann Agneta – sie wirkte unsicher, so als wüsste sie nicht, was sie erwartete.

Auch Jonas war nervös. Er wusste nicht recht, wie er es anfangen sollte, aber es war an der Zeit, reinen Tisch zu machen. Und zwar in jeglicher Hinsicht. Was allerdings geschah, wenn Agneta die ganze Wahrheit erfuhr … Er konnte nur auf das Beste hoffen. Länger hinauszögern wollte er das Gespräch jedenfalls nicht.

„Hör zu, Agneta, ich muss dir etwas beichten …"

„Wenn es darum geht, dass du diese Henrietta heiraten willst …" Sie lächelte erschöpft. „Hör zu, du bist mir keine Rechenschaft schuldig, Jonas. Und das vorhin im Wald … dieser Kuss … Das hatte nichts zu bedeuten. Wir waren beide durcheinander und erleichtert und …"

Energisch schüttelte Jonas den Kopf. „Nein, es hat nichts mit Henrietta zu tun. Und ich werde sie auch nicht heiraten. Das, was ich dir zu sagen habe, hat mit deiner Tante zu tun."

„Mit Mia?" Agneta blinzelte überrascht. „Wie das?"

Er holte tief Luft. „Du musst wissen, dass *Arvidssons Tårtafabrik* vor ein paar Jahren in großen Schwierigkeiten gesteckt hat. Die Firma stand kurz vor der Pleite. Die Umsätze waren so weit eingebrochen, dass es unmöglich schien, die Katastrophe noch zu verhindern." Er atmete tief durch. „Und dann ist meine Mutter mit ein paar genialen neuen Rezeptideen gekommen und hat die Wende herbeigeführt."

Agneta nickte wissend. „Ich habe gesehen, dass ihr ausgefallene Tortenkreationen anbietet. Einige davon gleichen verblüffend einigen Rezepten, die ich in Mias Unterlagen gefunden habe, zum Beispiel die *mandeltårta*."

„Genau das ist der Punkt", entgegnete Jonas. „Agneta, die Rezepte ähneln einander nicht nur rein zufällig – meine Mutter hat Mias Ideen gestohlen."

„Gestohlen?" Erschrocken starrte Agneta ihn an. „Aber ... wie? Und wann?"

Er schüttelte den Kopf. „Es muss kurz nach Mias Unfall geschehen sein. Mutter hat einige Rezepte im Laden deiner Tante gefunden und die Gunst der Stunde genutzt. Frag mich nicht, was sie sich dabei gedacht hat! Ich weiß selbst erst seit einigen Wochen davon. Und das auch nur, weil ich verhindern sollte, dass du der Wahrheit auf die Spur kommst."

„Du hast es also gewusst?" Die Enttäuschung in ihrem Blick schmerzte ihn mehr, als hätte sie ihn wütend angeschrien. „Du hast es gewusst und die ganze Zeit hinter meinem Rücken gegen mich gearbeitet?"

„*Nej!*" Er ergriff Agnetas Hand. „Du musst mir glauben! Mir ging es nur darum, Schlimmeres zu verhindern. Denk doch nur an all die Menschen, die in der Tortenfabrik ihren Lebensunterhalt verdienen."

„Glaubst du etwa, das weiß ich nicht? Mein Vater hat bis zu seinem Unfall für euch gearbeitet. Dachtest du wirklich, ich würde das alles zerstören – die Existenz von gut der Hälfte aller Familien im Ort? Wegen eines persönlichen Rachefeldzugs gegen deine Mutter?"

Ihre Worte führten ihm klar vor Augen, wie unglaublich dumm er gewesen war. Dabei hätte gerade er es doch wirklich besser wissen müssen. Agneta war kein Mensch, der das Glück anderer leichtfertig aufs Spiel setzte. „Es tut mir leid", stieß er betroffen hervor. „Du hast recht, ich sollte dich besser kennen. *Förlåt*."

„Allerdings", entgegnete sie, und in ihrer Stimme schwang ein bitterer Klang mit. „Vor allem, wenn man bedenkt, dass ich nie auch nur ein Wort darüber verloren habe, was dein Vater mir angetan hat!“

„Mein Vater?“ Fragend hob Jonas eine Braue. „Ich verstehe nicht … Worauf willst du hinaus?“

Agneta stutzte. Jonas’ Verwirrung wirkte so echt, so ehrlich, dass sie ihm beinahe glaubte. Aber wenn er wirklich nicht wusste, was sie meinte …

„Der Unfall“, sprach sie weiter. „*Mein* Unfall. Die Fahrerflucht!“ Sie musterte ihn durchdringend. „*Fan*, Jonas, du weißt genau, wovon ich spreche!“

Jetzt schien er verärgert zu sein. „Natürlich erinnere ich mich an deinen Unfall!“, entgegnete er scharf. „Wie könnte ich ihn auch vergessen? Du bist damals immerhin fast gestorben! Aber was zum Teufel hat mein Vater damit zu tun?“

Agneta glaubte, wieder die höhnische Stimme von Berit Arvidsson zu hören. Sie erinnerte sich noch genau an Berits Worte.

Ich weiß, dass Jonas dich gebeten hat, seine Frau zu werden. Aber du dummes Ding hast ja keine Ahnung, warum er sich seine Zukunft verbauen will, um eine wie dich zu heiraten. Er ist überhaupt nur mit dir zusammen, weil er sich schuldig fühlt. Schuldig, weil er die Person kennt, die den Unfall verursacht hat, bei dem du damals so schwer verletzt wurdest. Denn es war niemand anderes als Carl-Henrik Arvidsson-Brömmer – Jonas’ Vater.

Agneta hatte nie daran gezweifelt, dass Berit die Wahrheit gesagt hatte. Warum auch? Jonas’ Vater konnte ja am Steuer des Unglückswagens gesessen haben …

Die Frage war nur: Hatte Jonas jemals von all dem erfahren? Hatte er ihr damals wirklich nur deshalb den Heiratsantrag gemacht? Oder hatte seine Mutter das einfach nur behauptet, um sie nicht zur Schwiegertochter zu bekommen?

Das alles war einfach zu viel für Agneta; sie spürte, wie die Aufregungen der vergangenen Stunden ihren Tribut forderten. Die Freude darüber, das *Himmelska Sockerdrömmar* fertig renoviert und zur Eröffnung bereit vorzufinden, dann Livs Verschwinden, die Suche nach ihr und der Sturz in den Brunnenschacht, bei dem sie sich zum Glück lediglich ein paar leichte Prellungen zugezogen hatte.

Und nun dies.

Sie spürte, wie die zumindest halbwegs heile Welt um sie herum zu bröckeln begann. All die Jahre, in denen sie verzweifelt versucht hatte, sich den Mann aus dem Herzen zu reißen, den sie liebte, der sie aber hintergangen hatte – alles umsonst. Denn alles beruhte vielleicht nur auf der Intrige einer bösartigen alten Frau, für die das Glück anderer vollkommen bedeutungslos war. Sogar das ihres Sohnes!

Warum hatte sie damals bloß nicht mit Jonas gesprochen? Sie hätte zu ihm gehen und es ihm auf den Kopf zusagen sollen … Dann hätte es sich geklärt.

„Agneta?"

Sie hatte die Augen geschlossen, doch sie spürte, wie Jonas sich neben sie setzte. Im nächsten Moment zog er sie in seine Arme und hielt sie fest. Und sehr langsam begann das eisige Entsetzen von ihr abzufallen.

Sanft strich er ihr übers Haar und gab ihr die Zeit, die sie benötigte, um den schlimmsten Schock zu überwinden. Dann fragte er sanft: „Was ist geschehen, Agneta? Was hat mein Vater getan?"

Sie atmete tief durch. „Kurz nachdem du mir damals den Antrag gemacht hast, ist deine Mutter zu mir ins *Klippanhus* gekommen. Sie hatte mir erklärt, dass ich mir keine Hoffnungen auf eine glückliche Zukunft mit dir machen brauche, da du mich lediglich aus Mitleid und Pflichtgefühl gebeten hättest, deine Frau zu werden, weil …" In ihrer Kehle hatte sich ein Kloß gebildet, der sich auch durch heftiges Schlucken nicht vertreiben ließ. „Weil dein Vater es war, der mich damals angefahren und schwer verletzt am Straßenrand liegen gelassen hat."

Wie vom Blitz getroffen starrte Jonas sie an. In seiner Miene spiegelte sich zunächst Unglauben, dann Entsetzen und Schmerz wider.

Er hatte tatsächlich keine Ahnung gehabt. Die Erkenntnis raubte ihr für einen Moment den Atem.

All die ganzen Jahre …

Jonas fühlte sich wie vor den Kopf geschlagen. Endlich, nach nunmehr dreizehn Jahren, erhielt er eine Antwort auf die Frage, die ihn niemals wirklich losgelassen hatte.

Die Frage nach dem Warum.

Es erschien ihm im Nachhinein alles so schrecklich logisch. Berit war seine enge Bindung zu Agneta seit jeher ein Dorn im Auge gewesen. Und als sie von seinen Heiratsplänen erfahren hatte, war sie außer sich gewesen vor Wut. Es entsprach der Natur seiner Mutter, alles zu tun, was in ihrer Macht stand, um zu verhindern, dass die Tochter eines einfachen Arbeiters in ihre Familie einheiratete. Er hätte es wissen müssen!

Und sie tat es schon wieder. Die Tatsache, dass sie ihm wegen Henrietta die Pistole auf die Brust gesetzt hatte, zeigte es überdeutlich: Berit hatte sich nicht verändert. Sie handelte immer noch ausschließlich nach ihren Interessen und hielt sich an keinerlei gesellschaftliche Regeln.

Dieses Mal würde er ihr aber nicht den Gefallen tun und sich kampflos geschlagen geben. Vor dreizehn Jahren war es ihr gelungen, Agneta und ihn auseinanderzubringen. Er schwor, dass ihr das nicht noch einmal gelingen würde.

„Ich hatte von all dem keine Ahnung", sagte er, und als sie betroffen den Blick senkte, legte er ihr einen Finger unters Kinn und hob ihr Gesicht an, sodass sie gezwungen war, ihm in die Augen zu schauen. „Ich wusste nicht, was mein Vater dir angetan hat, Agneta. Ich weiß nicht einmal, ob meine Mutter das vielleicht nur erfunden hat, um uns auseinanderzubringen. Du kannst mir glauben, dass ich meinen Eltern nicht dabei geholfen hätte, ihr schmutziges Geheimnis unter den Teppich zu kehren. Niemals! Ebenso wenig, wie ich dich jemals gebeten hätte, meine Frau zu werden, um irgendetwas wiedergutzumachen." Er atmete kurz durch. „Ich liebe dich, Agneta. Ich habe dich immer schon geliebt. Als du damals einfach fortgegangen bist, war es, als hätte man mir das Herz bei lebendigem Leib herausgerissen."

„Du … liebst mich? Grundgütiger, du hast ja keine Ahnung, wie sehr ich mich danach gesehnt habe, diese Worte aus deinem Mund zu hören. Aber Liv sagt doch, dass Henrietta und du …"

Jonas lachte bitter auf. „Henrietta ist schwanger – zumindest behauptet sie das. Darüber gesprochen hat sie bisher allerdings nur mit meiner Mutter. Und die hat die Gelegenheit gleich ergriffen, um mir die Pistole auf die Brust zu setzen."

„Soll das heißen, sie hat von dir verlangt, dass du Henrietta heiratest?"

„Mehr als das: Wenn es nach ihr geht, verlasse ich Sjöråhamn gemeinsam mit Henrietta. Und um einen zusätzlichen Anreiz zu schaffen, hat sie diesen Wunsch mit einer kleinen Drohung garniert. Sie verfügt nämlich über großen Einfluss im Gemeinderat, musst du wissen – und der entscheidet rein zufällig darüber, wer eine Unterstützung aus dem Hilfsfonds von Sjöråhamn erhält und wer nicht."

„Sie hat Gustafs Situation benutzt, um dich zu erpressen?" Fassungslos schüttelte sie den Kopf. „Sie hat in all den Jahren wirklich nichts von ihrer Bosheit eingebüßt!"

„Ich fürchte, dass ich dir leider nicht widersprechen kann. Berit war noch nie ein besonders netter Mensch, aber dieses Mal hat sie es wirklich zu weit getrieben. Und wenn sie hundertmal meine Mutter ist, ich habe genug von ihren Intrigen."

„Und genau das werden wir ihr jetzt auch klarmachen", entgegnete Agneta entschlossen. „Ich liebe dich viel zu sehr, als dass ich zulassen würde, dass Berit uns alles kaputt macht!"

Jonas hob eine Braue. „Was hast du vor?"

Sie stand auf und griff nach seiner Hand. „Komm mit, dann wirst du es herausfinden."

„Ich sagte Ihnen doch bereits, dass Ihre Mutter zwar noch wach ist, aber …"

Agneta hatte keine Lust, sich auf eine lange Diskussion mit Per Leifsson einzulassen. Sie hakte sich bei Jonas unter und drängte sich mit ihm an Berits Assistenten vorbei. Ohne anzuklopfen, betraten sie das Arbeitszimmer.

Mit einem missbilligenden Seufzen nahm Berit, die am Schreibtisch saß, ihre Lesebrille ab und faltete die Hände auf der Tischplatte. „Was für eine … unerwartete Überraschung. Ich dachte eigentlich, ich hätte dir bessere Manieren beigebracht, mein Sohn."

„Anstandsregeln sind nicht unbedingt das, was ich als deine besondere Stärke bezeichnen würde", entgegnete Jonas kühl. „Wohingegen dir das Manipulieren anderer Menschen sehr gut liegt. Ich weiß jetzt, dass Vater damals den Unfall verursacht hat, bei dem Agneta fast ums Leben gekommen wäre. Unfassbar, dass du es tatsächlich gewagt hast, ausgerechnet diese Geschichte zu benutzen, um Agneta und mich auseinanderzubringen. Aber dir ist jedes Mittel recht, nicht wahr, Mutter? Und um ein Haar hättest du es auch dieses Mal wieder geschafft."

Wenn Jonas' Worte sie beunruhigten, ließ sie es sich nicht anmerken. Spöttisch hob sie eine Braue. „Was willst du damit sagen?"

Agneta spürte, wie Wut in ihr aufstieg. Diese Frau war wirklich unglaublich dreist! Nicht genug, dass sie sie völlig ignorierte. Berit spielte mit den Gefühlen anderer Menschen, ohne sich auch nur einen Deut darum zu scheren, was sie mit ihrem Verhalten anrichtete. „Das kann ich dir sagen", meldete Agneta sich wütend zu Wort. „Wir sind hier, weil wir keine Lust mehr auf deine Spielchen haben. Vor dreizehn Jahren hast du es geschafft, uns gegeneinander auszuspielen. Aber dieses Mal wirst du deinen Willen nicht bekommen." Sie warf den Kopf zurück und reckte das Kinn. „Jonas wird hier in Sjöråhamn bleiben – und sollte Henrietta tatsächlich schwanger sein, wird er selbstverständlich die Verantwortung für sein Kind übernehmen. Aber heiraten muss er diese Frau deshalb noch lange nicht!"

Berits Augen wirkten plötzlich ganz schmal. „Hast du auch etwas dazu zu sagen, Jonas Arvidsson? Oder bist du nicht Manns genug, deiner alten Mutter selbst die Stirn zu bieten?"

„Mach dir keine Hoffnungen, Mutter", entgegnete Jonas. „Agneta hat recht, ich werde Henrietta nicht heiraten." Demonstrativ legte er den Arm um Agneta. „Das ist auch gar nicht möglich, weil ich um die Hand einer anderen Frau anhalten werde."

Agneta stockte der Atem, als Jonas plötzlich vor ihr auf die Knie ging, ihre Hand nahm und fragte: „Agneta Holmquvist, willst du mich heiraten?"

Mit allem hatte sie gerechnet, aber nicht damit! Agneta spürte, wie ihr die Tränen kamen. Tränen der Rührung und des Glücks.

„Ist das wirklich dein Ernst?", flüsterte sie.

Als er schweigend nickte, brach es förmlich aus ihr hervor: „Ja, Jonas, ja! Ich kann mir nichts Schöneres vorstellen, als den Rest meines Lebens mit dir zu verbringen!"

„Nej!" Berit war aufgesprungen und schlug mit der flachen Hand auf die Schreibtischplatte. In ihren Augen blitzte es gefährlich. „Das wirst du nicht tun, Jonas, hörst du? Ich werde nicht zulassen, dass sich dieses kleine Flittchen in unsere Familie drängt! Ich ..."

„Schluss damit!" Jonas erhob sich, stützte die Hände auf den Tisch und begegnete dem Blick seiner Mutter ungerührt. „Du hast mir überhaupt nichts zu befehlen, Mutter! Und ich rate dir dringend, meine Verlobte mit ein bisschen mehr Respekt zu behandeln!"

„Wie kannst du es wagen?", fauchte Berit. „Ich würde mir an deiner Stelle lieber gut überlegen, ob du dich mit mir anlegen willst! Du erinnerst dich, was ich dir über den Gemeinderat gesagt habe?"

„Du meinst, dass du ihn beeinflussen willst, um gegen

Gustafs Antrag Stimmung zu machen, wenn ich nicht tue, was du verlangst?"

„Jetzt reicht es!" Berits Miene hatte sich zu einer hasserfüllten Fratze verzerrt. „Du solltest ihn zur Vernunft bringen, Agneta! Ansonsten muss ich dem Gemeinderat bedauerlicherweise nahelegen, deinen Antrag zur Unterstützung deines Vaters abzulehnen."

Agneta konnte kaum glauben, wie eiskalt diese Frau war. „Wenn du das tust", entgegnete sie, „werde ich publik machen, dass du die Rezepte meiner Tante gestohlen und als deine verkauft hast!"

Einen Augenblick lang war es so ruhig, dass man eine Stecknadel hätte fallen hören können.

Dann schnappte Berit entsetzt nach Luft. Sie starrte Jonas an. „Du hast es ihr gesagt? Wie konntest du das tun?"

„Wie kannst ausgerechnet du es wagen, mir einen Vorwurf zu machen?", presste Jonas hervor. „Dein Leben lang hast du andere Menschen manipuliert und gegeneinander ausgespielt, aber damit ist jetzt Schluss! Schluck eine Dosis deiner eigenen Medizin, Mutter! Was ist, willst du wirklich den Ruf unserer Familie riskieren, nur um deinen Kopf durchzusetzen?"

„Du verstehst das nicht", schrie Berit. „Du hast doch überhaupt keine Ahnung!"

Mit diesen Worten stürmte sie aus dem Zimmer und warf die Tür hinter sich zu, so fest, dass der Rahmen erzitterte.

„Hast du das vorhin ernst gemeint?", fragte Agneta. Das Herz klopfte ihr bis zum Hals. „Du willst mich wirklich heiraten?"

Er zog sie an sich und küsste sie zärtlich. Als er sich Minuten später wieder von ihr löste, schaute er ihr tief in die Augen. „Noch nie in meinem Leben ist mir etwas so ernst gewesen. Ich …"

Er kam nicht dazu, den Satz zu beenden, denn in diesem Moment stürzte Per Leifsson herein. „Kommen Sie", stieß er atemlos hervor. „Kommen Sie schnell! Ihre Mutter steht oben auf dem Dach! Ich glaube, sie will sich etwas antun!“

Die Gestalt seiner Mutter auf dem schmalen Dachvorsprung wirkte schmal, beinahe zierlich. Der Wind zupfte am Saum ihrer Bluse und spielte mit einigen silbernen Strähnen, die sich aus dem strengen Knoten gelöst hatten.

Obwohl er allen Grund hatte, sie für ihre Taten zu verabscheuen, tat Jonas genau das nicht. Schlussendlich war sie doch seine Mutter. Und es ließ ihn alles andere als kalt, sie so dort stehen zu sehen.

Er blieb auf halbem Weg zur Dachkante stehen und sah seine Mutter an. Agneta war zurückgeblieben, ebenso wie Leifsson.

„Mutter?“

„Verschwinde, Jonas!“, rief sie, ohne sich umzudrehen. „Lass mich in Ruhe!“

„Bitte sei doch vernünftig, Mutter!“ Seufzend fuhr Jonas sich durchs Haar. „Lass uns in Ruhe über alles reden. Siehst du denn nicht, dass Agneta nicht darauf aus ist, einen Skandal zu provozieren? Wir werden eine Lösung finden, Mutter! Aber hör doch bitte mit diesem Unsinn auf – diese Art von dramatischem Auftritt ist doch überhaupt nicht dein Stil!“

„Du erwartest von mir, dass ich vor Mias Nichte zu Kreuze krieche?“ Sie wirbelte herum. „Niemals, hörst du? Niemals werde ich das tun!“

Agneta, die am Zugang zum Dach stehen geblieben war, trat nun zu Jonas. Verständnislos schüttelte sie den Kopf. „Warum hasst du Mia bloß so? Ich dachte, ihr seid einmal beste Freundinnen gewesen. Was ist geschehen?“

Berit verschränkte die Arme vor der Brust und schwieg verbissen. Jonas glaubte schon nicht mehr daran, dass sie von ihr etwas erfahren würden, als sie plötzlich zu sprechen begann.

„Es war Ende Juli 1957 …“

24. KAPITEL

Sjöråhamn, Schweden – Juli 1957
Klippanhus

Als der Wagen des Polizeichefs vor dem *Klippanhus* vorfuhr, wusste Mia, dass etwas Schreckliches geschehen sein musste. Sie spürte es einfach – spürte es ganz tief in ihrem Inneren –, dass Emil etwas zugestoßen war.

Sie wandte sich vom Fenster ab und ignorierte das Läuten der Türklingel und die Schritte ihres Vaters, der an ihrem Zimmer vorbeiging. Sie versuchte die Stimmen auf dem Korridor zu überhören, während die böse Vorahnung ihr beinahe die Kehle zuschnürte.

Nej, nej, NEJ! Bitte nicht!

Es klopfte an ihrer Tür. „Mia? Kommst du bitte kurz, *min älskling*?“

Sie wollte nicht reagieren. Wollte nicht erfahren, was passiert war. Und doch setzte sie sich wie von selbst in Bewegung. Das Gesicht, das ihr aus dem Spiegel an der Wand entgegenblickte, war kreidebleich. Sie erkannte sich kaum wieder.

Draußen auf dem Flur standen ihr Vater und der Polizeichef von *Sjöråhamn*. Der Beamte hielt seine Uniformmütze in der Hand und knetete sie nervös.

Ihr Vater trat auf sie zu und legte ihr einen Arm um die Schulter. „Mia, mein Mädchen …“ Noch nie hatte sie ihn so hilflos und verstört gesehen. „Es hat einen Unfall gegeben …“

Mia hatte das Gefühl, den Boden unter den Füßen zu verlieren. Sie starrte ihren Vater an, dessen Lippen sich noch immer bewegten. Doch anstelle seiner Stimme hörte sie nur ein lautes Rauschen, das alles andere übertönte.

Alles um sie herum fing an sich zu drehen.

Sie schwankte – dann wurde ihr schwarz vor Augen.

Sjöråhamn, Schweden – August 1957

Emils Beisetzung fand eine Woche später auf dem Friedhof von Sjöråhamn statt. Abgesehen von seiner Familie waren nur noch Mia, ihr Bruder und ihre Eltern gekommen. Obwohl der Schattenmann inzwischen gefasst worden war, kursierten noch immer Gerüchte über Emil. Doch das war nicht der Grund dafür, dass die meisten Einwohner des Ortes zu Hause geblieben waren. Sie hielten sich fern, weil sie sich schämten.

Berit hingegen schämte sich nicht.

Sie empfand auch keinen Triumph. Alles, was sie fühlte, war eine gähnende Leere.

Das hatte sie nicht gewollt.

Sie war wütend auf Emil gewesen, weil er ihr Mia vorgezogen hatte. Und sie hatte ihn bestrafen wollen. Den Tod hatte sie ihm allerdings nicht gewünscht. Mia schon – aber ihm?

Etwas abseits stehend, beobachtete sie die Beerdigung. Immer wieder blitzten die Bilder von der Verfolgungsjagd vor ihrem inneren Auge auf, die Emil sich mit Sten geliefert hatte. Auf der engen, kurvigen Straße waren die beiden Wagen so dicht an dicht gefahren, dass sich die Stoßstangen beinahe berührt hatten.

Berit erinnerte sich daran, wie das Adrenalin durch ihre Adern pulsiert war. Daran, wie es sie aufgepeitscht hatte, Sten anzustacheln, immer schneller und schneller zu fahren.

Als Emil schließlich zum Überholen angesetzt hatte, hatte Berit kurzerhand vom Beifahrersitz ins Steuer gegriffen. Sie hatte verhindern wollen, dass Emil links an ihnen vorbeizog – doch stattdessen hatten sie seinen Wagen am rechten Kotflügel gerammt, worauf er ins Schleudern geraten war.

Wenn sie die Augen schloss, sah sie die eine Szene immer wieder vor sich. Emils Wagen, der zur Seite ausbrach und die steile Böschung hinunterraste. Wie er sich immer wieder überschlug und schließlich auf dem Dach liegen blieb.

„Das ist alles deine Schuld“, zischte sie und starrte Mia, die ihr den Rücken zuwandte, hasserfüllt an. „Ohne dich könnte er noch leben! Es wäre niemals so weit gekommen, wenn du ihn mir nicht weggenommen hättest!"

Mia hatte Emil umgebracht. Sie allein trug die Verantwortung für das, was geschehen war, und das würde Berit ihr niemals verzeihen. Tränen voller Bitterkeit füllten ihre Augen, doch sie blinzelte sie weg.

„Mia Holmquvist, das zahle ich dir heim", schwor sie sich und ballte die Hände zu Fäusten. Dann wandte sie sich ab und verließ den Friedhof, ohne noch ein einziges Mal zurückzublicken.

25. KAPITEL

Gegenwart

Agneta, die die ganze Zeit über wie gebannt gelauscht hatte, schüttelte den Kopf, als Jonas' Mutter zum Ende der Geschichte gekommen war. „Deshalb all der Hass und die Feindseligkeiten? Wegen eines Jungen, in den Mia und du vor über sechzig Jahren verliebt gewesen seid?", fragte sie erstaunt.

„Darum ging es nicht!", protestierte Berit schwach. „Du weißt nicht, wie das ist, wenn man in allen Belangen immer nur die zweite Geige spielt. Überall musste Mia besser sein als ich! Zuerst hat sie mir die Anerkennung meines Vaters gestohlen und dann auch noch Emil. Eine echte Freundin tut so etwas nicht!"

„Hat sie es gewusst?", fragte Jonas, der bis dahin geschwiegen hatte. „Hat Mia gewusst, dass du diese Hetzkampagne gegen Emil verursacht hast?"

„Vielleicht hat sie es vermutet", entgegnete seine Mutter und reckte störrisch das Kinn. „Aber es dauerte dreiundfünfzig Jahre, bis sie die ganze Wahrheit erfahren hat."

Angewidert verzog Berit das Gesicht. „Ausgerechnet von Sten, diesem Schwächling! Er hatte erfahren, dass er bald sterben würde. Krebs. Jetzt wollte er sein Gewissen erleichtern."

Ihr Blick schweifte wieder in die Ferne. „Mia war außer sich …"

Damals

Mia stand auf einer Leiter und schraubte gerade eine Glühbirne in die Fassung der Deckenlampe, als Berit das *Himmelska Sockerdrömmar* betrat.

„Was willst du?", fragte Berit und kam sofort zum Punkt.

„Ich war einigermaßen verwundert, als Per mir mitgeteilt hat, dass du mich sprechen möchtest. Also, hier bin ich."

Warum sie Mias Aufforderung gefolgt war, wusste Berit selbst nicht so genau. Seit mehr als fünfzig Jahren herrschte zwischen ihr und ihrer ehemals besten Freundin nun schon Eiseskälte. Sie hätte Mias Nachricht einfach ignorieren und sie damit zwingen können, selbst aktiv zu werden. Doch aus irgendeinem Grund hatte sie sich am nächsten Morgen auf den Weg in den Ort gemacht.

Mia musterte sie mit undurchdringlicher Miene. „Ich konnte es zuerst nicht glauben, weißt du? Trotz allem, was du dir in der Vergangenheit geleistet hast, wollte ich nicht wahrhaben, dass du das tatsächlich getan hast."

Berit hob eine Braue. „Wovon, zum Teufel, sprichst du?"

„Von Emil", erwiderte Mia. „Davon, dass du diejenige warst, die damals diese schrecklichen Gerüchte über ihn in die Welt gesetzt hat."

Einen Moment lang hatte Berit das Gefühl, den Boden unter den Füßen zu verlieren. Ihre Gedanken rasten. Wie konnte Mia davon wissen? Wieso ausgerechnet jetzt?

Dann wurde ihr klar, dass nur Sten dahinterstecken konnte. Er war auf seine alten Tage rührselig geworden. Aber vor ein paar Tagen war er gestorben, also drohte von ihm keine Gefahr mehr.

„Du hast keinerlei Beweise", entgegnete sie kühl und verschränkte die Arme vor der Brust.

Wie unter Schmerzen verzog Mia das Gesicht. „Vielen Dank, Berit – deine Reaktion reicht mir als Beweis." Sie schüttelte den Kopf. „Du hast es also wirklich getan? Wie konntest du nur? Was hatte Emil dir denn getan?"

„Was er mir getan hatte?", wiederholte Berit. Fassungslos starrte sie ihre ehemalige Freundin an. „Die Frage sollte vielmehr lauten, was DU mir getan hast!"

„Ich?" Mia blinzelte.

„Alles musstest du immer an dich reißen! Meinen Vater,

Emil – einfach alles!“

Berit spürte, wie der alte Zorn heiß in ihr aufflammte. „Ich habe das einfach nicht mehr länger ertragen! Natürlich wollte ich ihn nicht umbringen. Ich wollte ihm lediglich einen Denkzettel verpassen, als ich ins Lenkrad gegriffen habe, aber …“ Sie fixierte Mia mit einem Blick. „Aber im Grunde bist ohnehin nur du schuld. Du allein! Wenn ich Emil nicht haben konnte, dann solltest du ihn auch nicht haben! Nicht du! Nur deinetwegen musste Emil sterben!“

„Du bist ja krank!“, stieß Mia schockiert hervor.

Kalte Wut erfüllte Berit. „Wie kannst du es wagen?“ Sie versetzte der Leiter, auf der Mia noch immer stand, einen leichten Stoß, sodass sie ins Schwanken geriet.

Verzweifelt versuchte Mia, die Leiter in Balance zu halten. „Berit, um Himmels willen …!“

Die Leiter kippte, und Mia fiel. Der Sturz war nicht tief, der Aufprall dafür umso härter. Berit hörte ein knirschendes Geräusch, das das Scheppern der zu Boden stürzenden Leiter übertönte.

Dann war es still.

„Mia?“

Die verkrümmte Gestalt am Boden rührte sich nicht.

Berit kniete sich neben sie auf den Boden, umfasste ihre Schultern und schüttelte sie.

Keine Reaktion.

Mit zitternden Fingern suchte Berit an Mias Halsschlagader nach dem Puls, doch sie konnte nichts ertasten. Panik stieg in ihr auf. Wie konnte das sein? Bei einem Sturz aus anderthalb Metern Höhe starb doch niemand!

Entsetzt schaute sie sich um. Hatte irgendjemand gesehen, was vorgefallen war?

Fast rechnete sie damit, draußen vor dem Schaufenster eine Menschenmenge zu sehen, die ihre Nasen an der Scheibe platt drückte. Aber es war niemand zu sehen. Keine Menschenseele.

Berit sprang auf. Sie musste weg – auf der Stelle!

Sie war bereits an der Tür, als ihr Blick auf ein paar lose Blätter fiel, die auf der Ladentheke lagen. Es handelte sich eindeutig um Rezepte, in Mias enger, schnörkelloser Handschrift verfasst. Bei dem Anblick dachte Berit daran, mit welchen Schwierigkeiten sie im Augenblick in der Tortenfabrik zu kämpfen hatte und welches Genie Mia in der Backstube an den Tag legte. Kurz entschlossen griff sie nach den Papieren und stopfte sie sich in die Handtasche.

Dann verließ sie den Laden so schnell sie konnte.

Gegenwart

Entsetzt starrte Agneta Jonas' Mutter an. „Du bist einfach weggelaufen? Mia war noch am Leben! Wäre sie schneller in ärztliche Behandlung gekommen, dann hätte sie vielleicht noch eine Chance gehabt."

Kurz senkte Berit den Blick. Als sie ihn jedoch wieder hob, war es nicht Scham oder Schuldbewusstsein, sondern Trotz, der in ihren Augen lag. „Jetzt fühlst du dich wohl sehr stark, was? Du bist genau wie deine Tante, Agneta! Aber du wirst nicht triumphieren!", fauchte sie, drehte sich um und trat einen Schritt vor, auf die Dachkante zu. „Das lasse ich nicht zu!"

Agneta reagierte instinktiv – ebenso wie Jonas, der genauso schnell vorwärtsstürzte. Sie erreichten Berit genau in dem Augenblick, in dem sie sich vom Dach stürzen wollte, und hielten sie fest.

Berit wehrte sich zwar, schrie, trat und schlug um sich, doch Jonas' Griff war unerbittlich, und schließlich erlahmte ihr Widerstand.

„Was hast du nur getan, Mutter?", fragte er, als sie wie ein Häufchen Elend vor ihm auf dem Boden kauerte. „Siehst du, wohin dein Hass dich gebracht hat?"

Sie antwortete nicht.

EPILOG

Zwei Monate später

Sind das etwa Ingwerplätzchen?" Jonas streckte die Hand aus, um sich eines der herzförmigen Gebäckstücke vom Backblech zu nehmen.

„Finger weg!", schimpfte Agneta und gab ihm einen spielerischen Klaps. „Diese Plätzchen sind nicht für dich gedacht, du Naschkatze, sondern für die Gäste unserer Eröffnungsfeier!"

„Aber dein alter Herr darf sich doch sicher eines nehmen, oder, *min solstråle*?"

„*Pappa!*" Strahlend wischte Agneta sich das Mehl von den Händen und umarmte ihren Vater, der soeben durch die Tür der Backstube getreten war. „Wie schön, dass du gekommen bist!"

„Also bitte, als ob ich mir das große Ereignis entgehen lassen würde!" Er lachte leise. „Kaum zu glauben, oder? Dass es jetzt endlich tatsächlich so weit ist? Ich gestehe, dass ich zwischenzeitlich kaum noch daran glauben konnte, dass wir es wirklich schaffen."

„Aber wir haben es geschafft", entgegnete sie mit Nachdruck.

„*Nej.*" Gustaf schüttelte den Kopf. „Nicht wir – du! Ohne dich und deinen unermüdlichen Einsatz wäre es nie so weit gekommen. Dass das *Himmelska Sockerdrömmar* jetzt in neuem Glanz erstrahlt, habe ich nur dir zu verdanken." Er machte eine kurze Pause, ehe er mit gepresster Stimme hinzufügte: „Deine Tante wäre stolz auf dich, *min solstråle*."

Auch Agneta kämpfte mit den Tränen.

Tante Mia …

Agneta hatte in jener schicksalhaften Nacht vor acht Wochen vieles über sie erfahren, was nicht einmal ihrem Bruder bekannt gewesen war. Sie verstand nun, warum Mia niemals geheiratet und eine Familie gegründet hatte: Emil war ihre große

Liebe gewesen. Sie hatte einfach nie einen Mann getroffen, für den sie dasselbe empfunden hatte wie für ihn. Niemand wusste besser als Agneta, wie es sich anfühlte. Immerhin hatte auch sie Jonas niemals wirklich vergessen können.

Seit ihrem missglückten Selbstmordversuch befand Berit sich in der Klinik. Sie war in psychiatrischer Behandlung und schien nur wirres Zeug zu reden. Kam Jonas sie besuchen, schwieg sie hingegen wie ein Grab. Agneta glaubte nicht, dass sie je wieder die Alte sein würde. Und auch wenn das, was sie getan hatte, unverzeihlich war und wohl noch einige Konsequenzen nach sich ziehen würde, empfand Agneta fast so etwas wie Mitleid mit ihr.

Jonas' Bruder hatte derweil die Leitung der Tortenfabrik übernommen und Jonas endlich die Chance gegeben, auf die er so lange gewartet hatte: Er leitete jetzt die Marketingabteilung des Unternehmens.

Berit hatte ihrem Vater auch keine Steine mehr in den Weg legen können. Und dank der Tatsache, dass er in Sjöråhamn sehr beliebt war, hatte der Gemeinderat sich einstimmig für die volle Übernahme der Behandlungskosten ausgesprochen. Vor vier Wochen war er operiert worden und vor einer Woche schon wieder aus den Vereinigten Staaten nach Schweden zurückgekehrt. Sein Gehör war zwar nicht vollständig wiederhergestellt, aber immerhin konnte er wieder etwas hören – seine Prognose war den behandelnden Ärzten zufolge äußerst positiv.

Alles hatte sich zum Guten gewendet – auch für Liv und Jonas, deren Bindung enger war denn je. Agneta freute sich darüber, denn auch ihr war Liv im Laufe der Zeit ans Herz gewachsen. Für sie war sie die Tochter, die sie niemals haben würde – und der sie unendlich dankbar war. Denn zum ersten Mal in ihrem Leben schmerzte sie der Gedanke daran nicht mehr, keine eigenen Kinder bekommen zu können.

Sie war endlich angekommen.

In Sjöråhamn.

Bei Jonas und Liv.

In ihrem Leben.

„Sag mal, was versteckst du eigentlich da hinten im Kühlraum?", fragte Jonas und riss sie damit aus den Gedanken.

„Seit Tagen schleicht sie schon wie eine Katze um den heißen Brei herum", erklärte er Gustaf. „Sie fängt schon an zu fauchen, sobald ich auch nur in die Nähe der Tür komme."

„Ich fürchte, du wirst dich noch ein wenig gedulden müssen", erwiderte Agneta schmunzelnd. „Aber keine Sorge, lange werde ich dich nicht mehr auf die Folter spannen. Wenn du artig bist, werde ich heute Abend für dich das große Geheimnis lüften."

Jonas stieß einen gespielt wütenden Laut aus. „Bitte? Wenn ich *artig* bin?"

„Du hast mich schon verstanden." Agneta lachte. „Und jetzt raus mit euch – ich habe noch zu tun, bis die ersten Gäste eintreffen, und im Verkaufsraum warten noch zwei Dutzend Trüffelpralinen darauf, in Zellophanfolie eingewickelt zu werden."

Seufzend fügte Jonas sich in sein Schicksal. „Komm", sagte er mit einem Augenzwinkern zu seinem zukünftigen Schwiegervater. „Wie mir scheint, sind wir hier heute nicht erwünscht." Trotzdem ließ er es sich nicht nehmen, Agneta noch einen schnellen Kuss abzuluchsen, ehe er ging.

Lächelnd schaute Agneta ihnen nach. Erst als sie sicher war, dass die beiden Männer nicht zurückkommen würden, öffnete sie die Tür des Kühlraums und trat ein.

Auf einem Rollwagen stand ein fünfstöckiger Traum aus Zuckerguss und Schokolade, verziert mit zartrosafarbenen Rosenblüten und gekrönt von einem hinreißenden Brautpaar aus Marzipan.

Eine Hochzeitstorte.

Nein, nicht *eine*, sondern *ihre* Hochzeitstorte.

Morgen, einen Tag nach der Eröffnung des *Himmelska Sockerdrömmar*, war es endlich so weit. Agneta konnte sich nicht vorstellen, dass es einen Menschen unter der Sonne geben könnte, der noch glücklicher war als sie.

Es kam ihr vor, als würde durch die Heirat mit Jonas endlich ein Kreis geschlossen. Das Schicksal hatte schon vor langer Zeit bestimmt, dass sie zusammengehörten, doch Berits Intrigen hatten sie entzweit.

Jetzt wurde die natürliche Ordnung wiederhergestellt.

Sie dachte an Mia und daran, dass ihr das Glück, ein Leben an der Seite ihres Seelengefährten zu führen, nicht vergönnt gewesen war. Mit einem leisen Seufzen berührte sie das Rezeptbuch ihrer Tante, das sie stets in der Tasche ihrer Schürze bei sich trug, wenn sie in der Backstube stand.

Dabei glaubte sie eine leise Stimme zu hören, die ihr zuflüsterte: *Gut gemacht,* min älskling*! Und jetzt halte dein Glück mit beiden Händen fest, auf dass es dich niemals verlassen wird …*

„Mia?"

Agneta blickte sich um und lauschte angestrengt in die Stille hinein, aber es blieb ruhig. Wahrscheinlich nur der Wind, dachte sie – doch die Vorstellung, dass es ihre Tante gewesen war, die schützend ihre Hand über Jonas, Liv, Gustaf und sie hielt, gefiel ihr noch viel besser.

– ENDE –

Band-Nr. 25595
9,99 € (D)
ISBN: 978-3-86278-321-2
384 Seiten

Pia Engström
Mittsommerherzen

Das Schloss am See

Hannes Westenberg reist nach Schweden, um das geerbte Schlösschen zu verkaufen und den Erlös in eine Hotelkette zu investieren. Doch die stille Sommerlandschaft nimmt ihn auf den ersten Blick gefangen …

Hand aufs Glück

Jonas Lavander ist Sabrinas Feind, denn der schwedische Anwalt will ihrem Stiefvater die Manufaktur für Kunsthandwerk abkaufen. Doch wenn Jonas wirklich ihr Feind ist, warum geht er ihr dann so unter die Haut?

Traumschiff vor Stockholm

Auf der „Midsommarsolen“ herrscht Ausnahmezustand. Ein gefürchteter Reise-Kritiker ist an Bord. Filippa soll ihn entlarven. Hoffentlich ist es nicht Erik Andersson, in den sie sich verliebt, kaum dass es heißt: „Leinen los“…

Kommen Sie an Bord – Seeräuberin Kate erwartet Sie!

Band-Nr. 25658
8,99 € (D)
ISBN: 978-3-86278-707-4
416 Seiten

Claire Garber
Die Liebe ist ein Dieb und der Pirat der Träume

Im Namen der Liebe geben wir Lebensziele auf, vernachlässigen Freundinnen und nehmen zu – und was bleibt, wenn die Liebe dann gestorben ist? Dieser Frage geht Redakteurin Kate Winters alias Piratin Kate in ihrer vielbeachteten Rubrik der Zeitschrift „True Love“ nach. Aber bis Kate erkennt, dass man eigene Träume verfolgen und wahre Liebe finden kann, sind viele Anschläge auf ihrer Computer-Tastatur und noch mehr Küsse von ihrem Jugendfreund Peter Parker nötig …